FLEURS CAPTIVES

Née en 1923 et décédée en 1986, Virginia C. Andrews est une romancière américaine. Restée infirme à la suite d'un grave accident à la colonne vertébrale à l'âge de quinze ans, elle est condamnée à vivre dans un fauteuil roulant. Portraitiste et dessinatrice de mode, elle publie son premier livre en 1972 mais connaîtra le succès à partir de 1979 avec sa série *Fleurs captives*.

Paru au Livre de Poche :

FLEURS CAPTIVES

2. Pétales au vent

VIRGINIA C. ANDREWS

Fleurs captives

TRADUIT DE L'ANGLAIS (ÉTATS-UNIS)
PAR MICHEL DEUTSCH

LE LIVRE DE POCHE

Titre original :

FLOWERS IN THE ATTIC

Couverture : Studio LGF. © Evelina Kremsdorf / Trevillion Images.

ISBN : 978-2-253-93762-3 – 1re publication LGF

Ce livre est dédié à ma mère.

Prologue

Donner à l'espoir l'éclat d'or de ce soleil que nous voyions si rarement va de soi et en commençant à recopier le vieux journal intime que j'ai si longtemps tenu, j'ai comme une inspiration et un titre me vient à l'esprit. *Ouvre la fenêtre au soleil.* Mais j'hésite à intituler ainsi notre histoire. C'est, en effet, plutôt comme à des fleurs dans le grenier que je pense à nous. Des fleurs de papier. Des fleurs flamboyantes qui se sont petit à petit fanées, étiolées, au fil des jours interminables, sinistres, effrayants, cauchemardesques, durant lesquels, prisonniers de l'espérance, la cupidité nous maintenait en captivité. Mais il ne nous a jamais été donné d'apporter cet éclat d'or à une seule de nos fleurs de papier.

Charles Dickens commence souvent ses romans à la naissance du héros et comme c'est un de nos auteurs préférés, à Chris et à moi, je suivrai son exemple – si j'en suis capable. Mais alors qu'il avait l'art d'écrire d'une plume fluide, chaque mot que je couche sur le papier me coûte des larmes de sang, ils ont un goût amer de fiel, de honte et de culpabilité. Je croyais que je n'éprouverais jamais ces sentiments, que c'était là un fardeau qui n'accablait que les autres. Les années ont passé. Maintenant, ayant gagné en âge et en sagesse, je l'accepte, moi aussi. La fureur qui, jadis, m'habitait s'est peu à peu apaisée comme la tempête qui retombe, de sorte que je peux désormais, j'espère, écrire avec plus de véracité, moins de haine et de préventions que ce n'eût été le cas il y a quelques années.

Ainsi, à l'instar de Charles Dickens, je me cacherai dans ce roman « imaginaire » derrière un nom d'emprunt, je vivrai dans des lieux fictifs en priant Dieu que ceux qui le doivent soient émus en lisant ce que j'ai à dire. En sa miséricorde infinie, il fera en sorte qu'un éditeur compréhensif fasse de ma parole un livre et m'aide à aiguiser le couteau que j'espère brandir.

PREMIÈRE PARTIE

L'argile dit-elle à celui
qui la façonne : Que fais-tu ?

Ésaïe 45, 9

L'adieu au père

Quand j'étais très jeune, dans les années 1950, je croyais que la vie serait tout entière une longue et parfaite journée d'été. Après tout, c'était ainsi qu'elle avait commencé. Il n'y a pas grand-chose à dire de notre petite enfance sinon qu'elle fut enchantée et j'en éprouve une gratitude éternelle. Nous n'étions pas riches mais nous n'étions pas pauvres non plus. S'il nous a manqué telles ou telles choses indispensables, je ne saurais dire lesquelles. Et si nous avions des choses superflues, je ne saurais davantage dire lesquelles, sauf à faire de comparaison entre ce que nous avions et ce qu'avaient les autres – et, dans le milieu petit-bourgeois où nous évoluions, personne n'en avait plus et personne n'en avait moins. Bref, en un mot comme en cent, nous étions des enfants normaux, tout à fait ordinaires.

Notre père travaillait au service des relations publiques d'une importante société d'ordinateurs de Gladstone, petite ville de 12 602 habitants, située en Pennsylvanie. Il réussissait très bien. Son patron, qui venait souvent dîner à la maison, se répandait en éloges sur ses succès. « C'est votre bonne mine de garçon sain et bien de chez nous, votre charme dévastateur qui les possèdent. Comment, au nom du ciel, quelqu'un de sensé pourrait-il vous résister, Chris ? »

J'approuvais du fond du cœur. Il était beau comme un dieu, notre père. Un mètre quatre-vingt-cinq et quatre-vingts kilos, une abondante chevelure de lin avec juste ce qu'il fallait de boucles pour être la perfection même, des yeux céruléens et rieurs – il mordait la vie et le plaisir à pleines dents. Son nez droit n'était ni trop long, ni trop étroit, ni trop large. Il jouait au tennis et au golf comme un professionnel et se baignait si souvent que sa peau restait bronzée d'un bout à l'autre de l'année. Il était tout le temps en avion car il devait se rendre en Californie, en Floride, dans l'Arizona, à Hawaii et même à l'étranger pour ses affaires tandis que notre mère s'occupait de nous.

Quand, avec un grand sourire, il ouvrait la porte le vendredi après-midi – tous les vendredis (il disait qu'il ne pouvait pas supporter d'être séparé de nous plus de cinq jours) –, c'était le soleil qui surgissait, même s'il pleuvait ou s'il neigeait. « Venez m'embrasser si vous m'aimez », criait-il à tue-tête en posant sa valise et sa serviette.

Mon frère et moi étions cachés non loin de la porte et, instantanément, nous bondissions de derrière le fauteuil ou le canapé pour nous jeter dans ses bras grands ouverts. Il nous serrait très fort tous les deux en même temps et nous couvrait de baisers. Le vendredi était le plus beau jour de la semaine : c'était le jour du retour de papa.

Ses poches étaient pleines de petits cadeaux et sa valise en recelait d'autres, plus importants, qu'il nous distribuait plus tard quand il avait embrassé notre mère qui attendait patiemment, un peu à l'écart, qu'il en eût fini avec nous. Lorsqu'il avait vidé ses poches, Christopher et moi battions en retraite tandis que maman s'avançait avec un sourire d'accueil qui lui retroussait les lèvres. Alors, les yeux de papa s'illuminaient, il la prenait dans ses bras et la regardait comme s'il y avait un an qu'il ne l'avait pas vue.

Le vendredi, maman passait la moitié de la journée au salon de coiffure. En revenant, elle prenait un bain parfumé où elle s'attardait longtemps. J'attendais de la voir sortir de la salle de bains dans un déshabillé vaporeux pour s'installer devant sa coiffeuse et se maquiller avec le plus grand soin. Et moi, j'étais si avide d'apprendre que je buvais chacun de ses gestes qui transformait la femme simplement jolie qu'elle était en une créature de rêve d'une beauté à vous couper le souffle. Le plus extraordinaire était que notre père était persuadé qu'elle ne se fardait jamais ! Il croyait qu'elle était naturellement comme cela.

« Aimer » était un mot dont on faisait un usage immodéré dans la famille : « Est-ce que tu m'aimes ?... Comme je t'aime ! Est-ce que je t'ai manqué ?... Es-tu contente que je sois rentré ?... As-tu pensé à moi ? Toutes les nuits ? Te retournais-tu dans ton lit en regrettant que je ne sois pas là pour te serrer très fort contre moi ? Parce que, sinon, je préférerais être mort. »

Maman savait exactement comment répondre à ce genre de questions – des yeux, avec de légers soupirs et des baisers.

C'était l'hiver. Nous rentrions de l'école, Christopher et moi, poursuivis par la bourrasque.

— Déchaussez-vous dans l'entrée, nous cria maman quand nous nous engouffrâmes à l'intérieur.

Elle était dans le salon. Je l'apercevais assise devant la cheminée en train de tricoter un petit chandail blanc. Je pensais qu'il était destiné à une de mes poupées, que c'était un cadeau de Noël.

Nous nous débarrassâmes de nos bottines, de nos gros manteaux, de nos passe-montagnes et nous précipitâmes en chaussettes dans la pièce.

— Il gèle, dehors, fis-je, hors d'haleine, en me laissant tomber à ses pieds et en présentant mes jambes aux flammes. C'était merveilleux de faire le chemin à vélo. Les arbres sont pleins de glaçons qui étincellent comme des diamants et il y a des cristaux en forme de prismes partout dans les buissons. On dirait le royaume des fées, maman. Pour rien au monde je ne voudrais vivre dans le Sud où il ne neige jamais.

Christopher s'abstint de faire des commentaires sur le temps et la splendeur des frimas. Il était de deux ans et cinq mois mon aîné et était beaucoup plus avancé que moi. Aujourd'hui, je le sais. Comme moi, il réchauffait ses pieds glacés. Soudain, il regarda maman en fronçant les sourcils.

Je la regardai à mon tour en me demandant pourquoi il avait soudain l'air tellement inquiet. Elle tricotait. Ses gestes étaient vifs et adroits. De temps en temps, elle jetait un coup d'œil à son modèle.

— Tu vas bien, maman ? demanda Christopher.

— Mais oui, bien sûr, répondit-elle avec un léger sourire.

— Tu as l'air fatiguée.

Abandonnant le chandail miniature, elle caressa la joue fraîche et rose de mon frère.

— J'ai été voir le docteur, tout à l'heure.

— Maman ! s'écria-t-il sur un ton angoissé. Tu es malade ?

Elle eut un petit rire étranglé.

— Ne dis pas de bêtises, veux-tu ? Quel cinéma es-tu en train de te fabriquer ? (Elle prit la main de Christopher et la mienne et les posa sur son ventre qui, depuis quelque temps, avait pris de la rondeur.) Vous ne sentez rien ? fit-elle, la mine secrètement épanouie.

Christopher retira vivement sa main. Il était devenu écarlate. Moi, je ne bougeais pas. Je ne comprenais pas. J'attendais.

— Alors, Cathy, qu'est-ce que tu sens ?

Effectivement, je sentais quelque chose de bizarre. Des espèces de drôles de frémissements. Je la dévisageai. Je me rappelle encore comme elle était belle. Une madone raphaélique.

— Ou tu as mal digéré ton déjeuner ou tu as des gaz, maman.

Elle éclata de rire. Ses yeux bleus scintillaient.

— Mes petits chéris, dit-elle d'une voix très douce, je vais avoir un bébé, début mai. En fait, le médecin m'a dit qu'il entendait battre deux cœurs. Ce qui signifie que j'aurai des jumeaux… ou des triplés, Dieu me pardonne ! Votre père ne le sait pas encore. Alors, laissez-moi lui annoncer la nouvelle la première.

J'étais abasourdie. Je lançai un coup d'œil à Christopher pour voir comment il prenait la chose. Il avait l'air ahuri et paraissait toujours aussi embarrassé. D'un bond, je me relevai et me précipitai dans ma chambre.

Je me laissai tomber sur mon lit et je me mis à bramer. Des bébés ! Deux ou même davantage ! Le bébé, c'était moi. Et je ne voulais pas que de petits braillards viennent prendre ma place ! Secouée de sanglots, je martelai mon oreiller à coups de poing. Pour faire du mal à quelque chose faute de ne pouvoir faire du mal à quelqu'un. Puis je m'assis et songeai à m'enfuir de la maison.

On frappa doucement à la porte que j'avais fermée à double tour. C'était maman.

— Je peux entrer, Cathy ? J'aimerais qu'on parle de cela toutes les deux.

— Va-t'en ! m'écriai-je. Je les déteste, tes bébés !

Parce que je savais ce qui m'attendait. Je serais l'enfant du milieu, celui dont les parents se désintéressent. La laissée-pour-compte. Finis, les petits présents du vendredi. Papa ne penserait plus qu'à maman, à Christopher et à ces horribles bébés qui allaient me voler ma place.

Mon père vint me voir, ce soir-là, peu après son arrivée. J'avais ouvert la porte à toutes fins utiles. Il avait l'air triste. Il tenait sous le bras une grosse boîte enveloppée de papier d'alu, ceinturée d'un énorme ruban de satin rose.

— Comment va ma petite Cathy ? demanda-t-il d'une voix douce tandis que je l'observais en catimini. Tu n'es pas venue m'accueillir, tu ne m'as pas dit bonjour, tu ne m'as même pas regardé. Ça me fait de la peine en rentrant quand tu ne me sautes pas dans les bras, ma petite Cathy, tu sais.

Je gardai le silence mais me mis sur le dos et lui dardai un regard féroce. Il ne savait donc pas que j'étais censée être sa petite fille favorite jusqu'à la fin des temps ? Pourquoi maman et lui avaient-ils passé commande d'autres enfants ? Comme si deux ne leur suffisaient pas ?

Il poussa un soupir et vint s'asseoir au bord de mon lit.

— Tu veux que je te dise ? C'est la première fois que tu me décoches un regard aussi noir. Et c'est le premier vendredi où tu ne viens pas te précipiter dans mes bras. Tu ne me croiras peut-être pas mais je ne vis vraiment que le week-end quand je suis à la maison.

Je fis la moue. Je ne voulais pas céder. Désormais, il n'avait plus besoin de moi. Il avait son fils et, maintenant, il y avait une flopée de marmots vagissants qui étaient en route. Je serais perdue au milieu de la foule.

— J'ai encore autre chose à te dire. Je me figurais – c'était peut-être idiot de ma part – que même si je ne vous apportais rien, à ton frère et à toi, vous vous jetteriez quand même comme des fous dans mes bras à mon arrivée. Je croyais que c'était moi que tu aimais, pas mes cadeaux. Je croyais à tort que j'étais un bon père, que j'avais réussi à gagner ton affection, que tu savais que tu aurais toujours une place de choix dans mon cœur même si nous avions une douzaine d'autres enfants, maman et moi. (Il soupira encore et son regard bleu s'assombrit.) Je croyais que ma Cathy savait qu'elle serait toujours ma petite fille préférée parce qu'elle est la première.

Je lui lançai un coup d'œil ulcéré et dis d'une voix étranglée :

— Mais si maman a une autre petite fille, tu lui diras la même chose !

— Tu crois ?

— Oui, fis-je dans un sanglot. (J'avais si mal que j'étais déjà prête à hurler de jalousie.) Peut-être même que tu l'aimeras plus que moi parce qu'elle sera toute petite et toute mignonne.

— Je l'aimerai peut-être autant que toi mais pas davantage. (Il m'ouvrit les bras et, incapable de résister plus longtemps, je me jetai contre lui, en pleurant.) Chut ! dit-il sur un ton apaisant. Ne pleure pas, ne sois pas jalouse. Nous t'aimerons toujours autant. Et, tu sais, Cathy, les vrais bébés, c'est beaucoup plus amusant que les poupées. Ta mère va être débordée et elle aura besoin de toi pour l'aider. Et quand je serai en déplacement, l'idée que ma grande fille sera là pour donner un coup de main à sa maman sera d'un grand réconfort. (Je sentis ses lèvres tièdes se poser sur ma joue barbouillée de larmes.) Bon ! Maintenant, tu vas me faire le plaisir d'ouvrir ce paquet et de me dire ce que tu penses de ce qu'il contient.

Je commençai par couvrir son visage de baisers et à faire gros câlin pour chasser la tristesse que j'avais lue dans ses yeux. Ce qu'il y avait dedans, c'était une boîte à musique en argent. Anglaise. Quand elle marchait, une petite danseuse en tutu rose tournait lentement devant un miroir.

— Cela sert aussi de boîte à bijoux, m'expliqua papa en glissant à mon doigt un minuscule anneau d'or orné d'une pierre rouge – un grenat, ajouta-t-il.

Dès que j'ai vu cette boîte à musique, j'ai su qu'elle serait pour toi. Et en te donnant cette bague, je fais un serment : j'aimerai toujours ma Cathy un tout petit peu plus que n'importe quelle autre petite fille – à condition qu'elle n'en dise jamais rien à personne.

Nous étions en mai et, ce jour-là, il faisait un temps superbe. Bien que ce fût un mardi, papa était à la maison. Il y avait quinze jours qu'il tournait comme un ours en cage en attendant l'arrivée des bébés. Maman était de mauvaise humeur. Elle n'avait pas l'air dans son assiette. Dans la cuisine, Mme Simpson nous préparait à manger en nous adressant des petits sourires en cul-de-poule à Christopher et à moi. Bertha Simpson était notre baby-sitter taillable et corvéable à merci. Elle habitait la maison qui touchait la nôtre. Elle répétait tout le temps que papa et maman avaient plus l'air d'être frère et sœur que mari et femme. C'était une personne maussade et grognon qui disait rarement du bien des gens. Elle était en train de faire cuire des choux. J'avais horreur du chou.

Un peu avant l'heure du dîner, papa entra en trombe dans la salle à manger pour nous annoncer qu'il allait conduire maman à la clinique.

— Ne vous inquiétez pas. Tout se passera bien. Obéissez à Mme Simpson, faites vos devoirs et peut-être que dans quelques heures vous saurez si vous avez des petits frères ou des petites sœurs… ou un échantillonnage des deux.

Il ne revint que le lendemain matin – pas rasé, exténué, son costume chiffonné mais avec un sourire radieux.

— Devinez ! Garçons ou filles ?

— Garçons ! s'écria Christopher qui voulait avoir deux frères pour leur apprendre à jouer au foot.

Moi aussi, j'étais pour des garçons. Je ne voulais pas d'une petite fille qui me volerait l'amour de papa.

— Un garçon et une fille, laissa-t-il fièrement tomber. On n'a jamais vu des bébés aussi mignons. Allez ! Habillez-vous en vitesse, je vous emmène faire leur connaissance.

Je boudais et refusai de les regarder, même quand papa me souleva pour que je puisse voir derrière la vitre les deux nouveau-nés qu'une infirmière tenait dans ses bras. Ce qu'ils étaient petits ! Des têtes pas plus grosses que des pommes. Ils agitaient de minuscules poings tout rouges. Il y en avait un qui braillait.

— Ah ! soupira papa en m'embrassant sur la joue et en me serrant très fort. Dieu a été bon pour moi. Il m'a fait cadeau d'un autre fils et d'une autre fille aussi parfaits que les deux premiers.

J'étais convaincue que je les détesterais. Surtout Carrie, la brailleuse, qui faisait dix fois plus de bruit que l'autre, Cory. Lui, c'était un père tranquille. Ils couchaient juste en face de ma chambre et je n'arrivais pour ainsi dire pas à fermer l'œil de la nuit. Pourtant, quand ils commencèrent à pousser et à faire des risettes, quand leurs yeux brillaient lorsque je m'approchais d'eux pour les prendre dans les bras, quelque chose de tendrement maternel s'éveilla en moi. Je me dépêchais de rentrer de l'école pour les voir, jouer avec eux, les changer, chauffer les biberons et leur faire faire leur petit rot. C'est vrai : ils étaient beaucoup plus amusants que des poupées.

Il ne me fallut pas longtemps pour apprendre qu'il y a assez de place dans le cœur d'un père et d'une mère pour aimer plus de deux enfants et qu'il y en avait assez dans le mien pour les aimer aussi – même Carrie qui était aussi jolie que moi, peut-être même davantage. Ils poussaient à une allure vertigineuse – comme de la mauvaise herbe, disait papa –, bien que maman leur jetât parfois un regard inquiet. Selon elle, ils ne grandissaient pas aussi vite que Christopher et moi. On finit par en parler au médecin qui s'empressa de la rassurer : les jumeaux sont souvent plus petits que les non-jumeaux.

— Tu vois ? fit Christopher. Les docteurs savent tout.

Papa leva les yeux de son journal.

— C'est mon fils le docteur qui parle, fit-il en souriant. Mais personne ne sait tout, Chris.

Papa seul appelait mon frère aîné Chris.

Nous avions un drôle de nom de famille, impossible à épeler : Dollanganger. Comme nous avions tous des cheveux couleur de lin et le teint clair – sauf papa, l'éternel bronzé –, son meilleur ami, Jim Johnston, nous avait surnommés « les poupées de Dresde[1] », soi-disant que nous ressemblions à ces figurines de porcelaine dont certaines personnes enjolivent les étagères et les dessus de cheminée. Et pour tout le quartier, nous étions les poupées de Dresde. C'était plus facile à prononcer que Dollanganger.

Ce vendredi-là ne fut pas du tout comme les autres.

---

1. Jeu de mots sur *doll*, poupée : *the Dresden Dolls.* (N.d.T.)

Les jumeaux avaient cinq ans, Christopher quatorze, je venais d'en avoir douze et c'était le trente-sixième anniversaire de papa. Nous avions décidé de lui faire une surprise : une petite fête. Maman était allée chez le coiffeur et elle avait l'air d'une princesse de contes de fées. Ses ongles au vernis ivoire étincelaient, sa robe d'hôtesse avait des teintes aquarelle estompées, un collier de perles se balançait à son cou tandis qu'elle allait et venait dans la salle à manger en mettant le couvert. Une pyramide de cadeaux se dressait sur la desserte. Ce serait une petite réunion intime, rien que la famille et nos amis les plus proches.

Maman me lança un coup d'œil en coulisse :

— Cathy, cela ne te ferait rien de donner leur bain aux jumeaux à ma place ? Je les ai déjà baignés avant leur sieste mais dès qu'ils se sont réveillés, ils sont allés jouer dans le sable et tout est à recommencer.

J'étais tout à fait d'accord. Pomponnée comme l'était maman, il n'était pas question de se faire éclabousser par deux marmots tout dégoûtants pour abîmer sa coiffure, ses ongles et sa jolie robe.

— Et quand tu auras fini, tu prendras un bain à ton tour. Et toi aussi, Christopher. Cathy, tu te feras des frisettes et tu mettras ta nouvelle robe, la rose qui est si ravissante. Et pas de blue-jean, s'il te plaît, Christopher. Je veux te voir avec une chemise et une cravate. Je t'ai sorti ton pantalon beige et ton blazer bleu clair.

— Oh zut ! J'ai horreur de m'habiller, bougonna Christopher sur un ton boudeur.

— Fais ce que je te dis… pour ton père. Tu sais combien il se donne de mal pour vous. Il faut qu'il soit fier de ses enfants. Ce petit sacrifice est bien la moindre des choses.

Christopher sortit en ronchonnant et en traînant les pieds, tandis que j'allais chercher les jumeaux dans la cour. Ils commencèrent aussitôt à faire leur comédie :

— Un bain par jour, ça suffit ! hurla Carrie. On est déjà propres. Arrête ! On n'aime pas le savon ! On n'aime pas qu'on nous lave les cheveux ! Si tu nous fais ça, on le dira à maman !

— Et qui crois-tu qui m'a chargée de récurer les deux petits monstres tout crasseux que vous êtes ? répliquai-je. Seigneur ! Je me demande comment vous vous débrouillez pour vous salir aussi vite !

Mais à peine furent-ils dans l'eau avec leurs petits canards et leurs bateaux en caoutchouc à faire des éclaboussures partout qu'ils ne demandèrent pas mieux que de se laisser astiquer, laver les cheveux et habiller coquettement. Après tout, ils allaient être de la fête ! Et, après tout, c'était vendredi et papa rentrait à la maison.

Je commençai par mettre à Cory son petit costume blanc à culottes courtes. C'était bizarre mais il se salissait moins que sa sœur. Malgré mes efforts, je ne parvins pas à aplatir l'épi qui s'obstinait à se dresser sur son crâne et, en désespoir de cause, je l'inclinai vers la droite pour en faire un accroche-cœur. Sur ce, Carrie exigea que je lui en fasse aussi un.

Lorsqu'ils furent prêts – on aurait dit deux poupées vivantes –, je les confiai à Christopher avec la consigne impérative de ne pas les quitter des yeux. À mon tour de me faire une beauté !

— Eh ! s'exclama mon frère aîné quand je sortis de

la salle de bains avec ma robe à jabot plissé. T'es pas trop tarte.

— Pas trop tarte ! C'est tout ce que tu trouves à dire ?

— Pour une sœur, c'est le maximum comme compliment. (Il jeta un coup d'œil à sa montre et empoigna les petits par leurs mains potelées.) Papa va arriver d'une minute à l'autre… vite, Cathy !

À 5 heures passées, nous attendions toujours de voir apparaître la Cadillac verte dans l'allée. Les invités essayaient de meubler la conversation tandis que maman faisait nerveusement les cent pas. En général, papa poussait la porte à 4 heures. Parfois même encore plus tôt.

À 7 heures, nous en étions au même point.

Les plats somptueux que maman avait mis tant de temps à préparer se desséchaient dans le four où on les avait laissés au chaud. 7 heures, c'était l'heure où, d'habitude, on couchait les jumeaux. Ils avaient faim, ils avaient sommeil, ils étaient de mauvaise humeur et demandaient toutes les six secondes : « Quand c'est que papa va arriver ? » Leurs costumes avaient perdu leur blancheur virginale. Carrie, que j'avais si bien ondulée, commençait à être tout ébouriffée. Cory avait le nez qui coulait et il ne cessait de l'essuyer avec le dos de sa main. Je me précipitai à la recherche d'un Kleenex.

— Pour moi, Corinne, j'ai l'impression que Chris s'est trouvé une super-nana quelque part, lança Jim Johnston.

Sa femme le fusilla du regard, furieuse qu'il eût fait une plaisanterie d'aussi mauvais goût.

Mon estomac protestait et je commençai à être aussi inquiète que maman qui ne cessait d'arpenter la pièce et d'aller à la fenêtre pour guetter.

— Oh ! m'exclamai-je en apercevant une voiture qui s'engageait dans l'allée bordée d'arbres. C'est peut-être enfin papa.

Mais l'auto qui s'arrêta devant la porte était blanche, pas verte. Sur le toit, il y avait un phare rouge qui tournait. Et le mot POLICE s'étalait sur son flanc.

Maman étouffa un cri lorsque deux agents en sortirent et sonnèrent à la porte. Elle était comme transformée en statue de pierre, les mains sur sa gorge. Ses yeux s'étaient ternis. Devant sa réaction, mon cœur se serra d'effroi.

Ce fut Jim Johnston qui alla ouvrir. Les agents entrèrent et jetèrent un coup d'œil gêné dans le salon. Je suis sûre qu'ils avaient compris, c'était une réunion d'anniversaire. Il suffisait de voir la table décorée, les guirlandes qui auréolaient le lustre, les présents disposés sur le dressoir.

— Madame Christopher Garland Dollanganger ? fit le plus âgé des deux agents en regardant tour à tour les femmes présentes.

Maman hocha légèrement le menton avec raideur. Je me rapprochai. Mon frère aussi. Les jumeaux qui, allongés par terre, jouaient aux petites autos ne prêtaient qu'une attention distraite à cette intrusion inopinée.

Celui qui avait un teint rougeaud et un air gentil fit un pas vers notre mère.

— Madame Dollanganger, commença-t-il d'une voix monocorde qui fit instantanément naître la panique en moi, madame Dollanganger, nous sommes terriblement désolés, mais il y a eu un accident sur la route de Greenfield.

— Oh..., fit maman dans un soupir.

Elle nous serra contre elle, Christopher et moi. Je la sentais trembler. Autant que je tremblais moi-même. J'étais fascinée par les boutons dorés des uniformes des agents. Je ne voyais que cela.

— Votre mari a eu un accident, madame Dollanganger.

Maman exhala un long soupir étranglé. Elle oscilla sur elle-même et elle serait tombée si nous n'avions pas été là pour lui servir d'appui.

— Nous avons déjà interrogé les automobilistes qui ont été témoins. Ce n'était pas la faute de votre mari, continua le policier sur le même ton dépourvu d'émotion. Selon les déclarations que nous avons recueillies et qui ont été enregistrées, il y avait une Ford bleue sur la voie de gauche qui faisait des zigzags. Le chauffeur était apparemment en état d'ébriété. Il a heurté de plein fouet la voiture de M. Dollanganger. Il semble que votre époux ait vu ce qui allait se produire car il a braqué pour éviter le choc. Mais un objet sans doute tombé d'un camion l'a empêché de réussir la manœuvre qui lui aurait sauvé la vie. Néanmoins, son auto, beaucoup plus lourde, a fait plusieurs tête-à-queue et il s'en serait peut-être sorti vivant. Mais un semi-remorque est survenu. Il n'a pas pu s'arrêter et s'est écrasé sur la Cadillac. Elle a fait un tonneau... et... elle a pris feu.

Jamais un pareil silence n'avait régné dans une pièce pleine de monde. Les jumeaux eux-mêmes avaient cessé de jouer et regardaient fixement les agents.

— Mon mari ? (La voix de maman était si faible qu'elle en était presque inaudible.) Il n'est pas… il n'est pas… mort ?

— Madame, répondit solennellement le policier au visage rubicond, je suis navré de vous apporter cette nouvelle au moment même où vous avez, semble-t-il, une fête. (Il se troubla et se détourna avec gêne.) Affreusement navré, madame… Tout le monde a fait l'impossible pour le dégager mais… mais il était déjà mort. Tué sur le coup, a dit le docteur.

Quelqu'un qui était assis sur le canapé poussa un cri.

Pas maman. Son regard était vitreux, hagard. Le désespoir rendit blême son visage d'une radieuse beauté. On aurait dit un masque mortuaire. Je levai la tête, essayant de lui dire avec mes yeux que ce ne pouvait pas être vrai. Pas papa ! Pas mon papa ! Il ne pouvait pas être mort… ce n'était pas possible. La mort, c'était bon pour les vieux, les gens malades… pas pour quelqu'un d'aussi aimé, d'aussi indispensable, d'aussi jeune.

Mais il y avait le visage gris de ma mère, ses yeux fixes et hantés, qui semblaient s'enfoncer dans leurs orbites, ses mains crispées.

Je fondis en sanglots.

— Quelques objets qui lui appartenaient ont été éjectés au moment de la collision, madame. Nous avons recueilli tout ce que nous avons pu sauver.

— Allez-vous-en ! criai-je à l'agent. Sortez ! Ce n'est pas mon papa ! Je sais que ce n'est pas lui ! Il s'est arrêté pour acheter une glace. Il va arriver dans quelques minutes. Sortez d'ici !

Je me précipitai sur lui et le frappai de mes poings. Il essaya de m'immobiliser. Christopher vint à la rescousse et m'entraîna.

— Est-ce qu'on ne pourrait pas calmer cette enfant ? demanda le policier.

Ma mère me prit par les épaules et me serra contre elle. Les invités chuchotaient, soupiraient. Ce qui attendait dans le four commençait à sentir le brûlé.

Ce fut finalement Christopher qui demanda d'une voix étrangement rauque :

— Êtes-vous certain que c'était notre père ? Si la Cadillac verte a pris feu, le conducteur a sûrement été gravement brûlé. Aussi, il se peut que ce soit quelqu'un d'autre.

De la gorge de maman s'échappaient des sanglots hachés mais elle avait les yeux secs. Elle le croyait ! Elle croyait que ces deux hommes disaient vrai !

Les invités qui s'étaient mis sur leur trente et un pour la soirée d'anniversaire se pressaient maintenant autour de nous avec les paroles de consolation que l'on sort quand il n'y a pas de mots pour dire ce que l'on ressent.

— Nous sommes bouleversés, Corinne, absolument bouleversés… C'est épouvantable…

— Ce malheureux Chris ! C'est tellement atroce…

— Nos jours sont comptés… c'est ainsi. Depuis l'instant où l'on vient au monde, ils sont comptés.

Cela continua, continua et, petit à petit, la réalité

s'infiltra en moi comme l'eau que boit le ciment. Papa était vraiment mort. Nous ne le reverrions plus jamais. Nous le reverrions seulement dans un cercueil, dans une boîte que l'on mettrait en terre, avec, par-dessus, une dalle de marbre portant son nom, la date de sa naissance et celle de sa mort. Le même jour mais pas la même année.

Je me retournai pour savoir ce que devenaient les jumeaux. Quelqu'un de compatissant les avait emmenés dans la cuisine et leur préparait un repas léger avant de les mettre au lit. Mon regard croisa celui de Christopher. Englué dans le même cauchemar que moi, il était livide, atterré, et la douleur qui altérait ses traits assombrissait ses yeux.

L'un des agents était allé à la voiture. Il revint avec un paquet d'où il sortit des objets qu'il aligna soigneusement sur une table basse. Pétrifiée, je contemplai toutes ces choses que papa avait dans ses poches : le portefeuille en lézard que maman lui avait offert pour Noël, son agenda en cuir, sa montre, son alliance. Tout était noirci par la fumée, carbonisé.

Puis ce furent les petits animaux en peluche destinés à Cory et à Carrie que, nous expliqua l'agent, l'on avait ramassés sur la route : un éléphant bleu aux oreilles de velours rose et un poney violet avec une selle rouge et des rênes dorées – celui-là était sûrement pour Carrie. Enfin, et c'était le plus horrible, les vêtements de papa qui s'étaient échappés des valises quand elles s'étaient ouvertes au moment du choc. Ces costumes, ces chemises, ces chaussettes, je les reconnaissais. Y compris la cravate que je lui avais offerte pour son anniversaire, l'année passée.

— Il faudra que quelqu'un vienne identifier le corps, dit l'agent.

À présent, le doute n'était plus permis. C'était bien vrai. Plus jamais notre père ne rentrerait avec des cadeaux pour tout le monde – même le jour de son anniversaire.

Je sortis en courant. Pour fuir tous ces objets qui me déchiraient le cœur, qui me faisaient souffrir comme je n'avais jamais souffert. Je me réfugiai dans le jardin derrière la maison et me mis à marteler le vieil érable à m'en faire saigner les poings. Alors, je me laissai tomber dans l'herbe et je pleurai, je versai des océans de larmes sur papa qui aurait dû être en vie. Sur nous qui allions devoir continuer à vivre sans lui. Sur les jumeaux à qui il n'aurait même pas été donné de savoir quel être merveilleux il était – il avait été.

Soudain, j'entendis des pas. C'était ma mère.

Elle s'assit à côté de moi et me prit la main. Un croissant de lune s'était levé, des millions d'étoiles brasillaient dans le ciel et le vent léger était chargé des arômes du printemps nouveau. Le silence se prolongeait au point qu'il semblait devoir durer éternellement. Enfin, elle le rompit.

— Cathy, dit-elle d'une voix égale, ton père est au ciel. Il te regarde et tu sais qu'il voudrait que tu sois courageuse.

Je m'insurgeai avec véhémence :

— Il n'est pas mort, maman !

— Il y a longtemps que tu es dans le jardin. Tu ne te rends peut-être pas compte qu'il est 10 heures. Il a fallu identifier le corps de ton père et bien que Jim Johnston m'ait proposé d'aller à ma place pour m'épargner cette douloureuse formalité, j'ai tenu à le voir de mes yeux. Parce que, moi aussi, j'avais du mal à le croire. Si, Cathy, il est mort. Christopher est en train de pleurer dans son lit. Les jumeaux dorment. Ils ne comprennent pas très bien ce que le mot « mort » veut dire. (Elle m'entoura de son bras, m'obligea à poser ma tête dans le creux de son épaule.) Viens. Il y a trop longtemps que tu es là. Je te croyais à la maison avec tout le monde et les autres pensaient que tu étais dans ta chambre ou avec moi. Ce n'est pas bon d'être seul quand on a du chagrin. Il vaut mieux partager sa peine et ne pas la garder pour soi.

Ses yeux étaient secs, elle n'avait pas versé une seule larme mais c'était quelque part tout au fond d'elle-même qu'elle pleurait, qu'elle criait. Cela se sentait dans sa voix, cela se voyait dans son regard glacé.

Notre père mort, un cauchemar commença, projetant son ombre sur notre existence. J'en voulais à maman. Je lui reprochais dans mon for intérieur de ne pas nous avoir préparés à un pareil événement. Quelqu'un, un adulte aurait dû nous avertir que les êtres jeunes, beaux et indispensables peuvent mourir, eux aussi.

Mais comment faire ce genre de reproche à une mère qui donnait l'impression d'être broyée, laminée par le sort ? Comment parler à cœur ouvert avec une femme qui ne voulait pas parler, qui refusait de manger, qui ne se peignait plus, qui refusait de mettre les jolies robes dont son armoire était pleine ? Elle ne s'occupait même pas de nous. Heureusement que nos braves voisines venaient nous apporter à manger.

La maison débordait de fleurs, de cocottes de ragoût amoureusement mitonné, de jambon, de petits pains chauds, de gâteaux et de tartes.

Ils venaient en foule, tous ceux qui aimaient, admiraient et respectaient notre père, et j'étais étonnée qu'il fût aussi populaire. Pourtant, chaque fois que quelqu'un demandait comment il était mort et se répandait en litanies – « Quelle injustice qu'un homme si jeune soit mort alors que tant d'inutiles et d'inadaptés qui sont un fardeau pour la société vivent tranquillement » –, j'en étais malade. À en juger par tous les propos que j'entendais ou que je surprenais, le destin était un inexorable et cruel moissonneur qui fauchait indifféremment ceux qui étaient aimés, indispensables, et les autres.

L'été succéda au printemps. On a beau tout faire pour essayer de l'entretenir, le chagrin finit par s'estomper et l'être que l'on pleure, si réel et si tendrement aimé qu'il ait été, devient peu à peu une ombre indistincte et floue.

Un jour, je regardai maman. Elle était si marquée par la tristesse qu'elle paraissait avoir oublié comment on fait pour sourire. Pour tenter de la dérider, je lui dis sur un ton allègre :

— Maman, je vais faire comme si papa était toujours vivant. Comme s'il était en voyage, comme s'il allait rentrer bientôt, pousser la porte et crier comme d'habitude : « Venez m'embrasser si vous m'aimez. » Alors, tu comprends, on se sentira tous mieux. Comme s'il était vraiment quelque part, comme s'il habitait ailleurs et qu'on ne puisse pas le voir mais qu'on puisse s'attendre qu'il revienne à tout instant.

— Non, Cathy, il faut regarder la vérité en face, répondit-elle avec emportement. Faire semblant ne te soulagera pas. Tu m'entends ? Ton père est mort, son âme est désormais au ciel et, à ton âge, tu devrais savoir que quand on est au ciel, on n'en revient pas. Pour ce qui est de nous, nous ferons de notre mieux sans lui, pour nous en sortir. Et ce n'est pas en fuyant la réalité que nous y parviendrons mais en l'affrontant à visage découvert.

Elle se leva et alla chercher ce qu'il fallait dans le réfrigérateur pour préparer le breakfast.

— Maman..., murmurai-je prudemment pour ne pas la remettre en colère, est-ce que nous pourrons continuer sans lui ?

— Je tâcherai de faire en sorte d'assurer notre survie, dit-elle d'une voix dénuée d'expression.

— Est-ce que tu devras travailler comme Mme Johnston ?

— Peut-être que oui, peut-être que non. La vie nous réserve toutes sortes de surprises, Cathy, et certaines sont pénibles, tu es en train d'en faire l'expérience. Mais rappelle-toi toujours que tu as eu le bonheur d'avoir eu pendant près de douze ans un père qui pensait que tu étais quelqu'un de très spécial.

— Parce que je te ressemble.

J'éprouvais encore un peu de cette jalousie que j'avais toujours ressentie parce que j'occupais la seconde place après elle.

Elle me lança un coup d'œil sans cesser de secouer la poêle où rissolait le jambon.

— Je vais te dire une chose que je ne t'ai encore jamais dite, Cathy. Tu ressembles beaucoup à la petite fille que j'étais quand j'avais ton âge mais tu n'as pas la même personnalité. Tu es beaucoup plus agressive et beaucoup plus déterminée. Ton père disait que tu étais comme sa mère – et il aimait sa mère.

— Tout le monde n'aime-t-il pas sa mère ?

— Non, rétorqua-t-elle d'un drôle d'air. Il y a des mères que l'on ne peut pas aimer parce qu'elles ne veulent pas qu'on les aime. (Elle sortit les œufs du réfrigérateur, puis se retourna et me prit dans ses bras.) Ma Cathy chérie, ton père et toi aviez des rapports particulièrement étroits et je suppose qu'à cause de cela, il te manque plus qu'il ne manque à Christopher ou aux jumeaux.

J'éclatai en sanglots, la tête nichée contre son épaule.

— Je déteste Dieu parce qu'il me l'a pris ! Il aurait dû vivre et devenir vieux ! Il ne sera pas là quand je serai une danseuse et que Christopher sera médecin. Maintenant qu'il est parti, rien n'a plus d'importance.

— La mort n'est pas toujours aussi terrible que tu le penses. Ton père ne sera jamais sénile ni infirme. Il restera éternellement jeune, beau et fort dans ton souvenir. Ne pleure plus, Cathy. Il disait souvent que tout a une raison d'être et que pour tout problème il existe une solution. Et je réfléchis, je réfléchis de toutes mes forces pour essayer d'imaginer la meilleure.

Nous étions quatre enfants qui trébuchions sur les débris de notre peine et de notre deuil. Nous jouions dans le jardin en espérant trouver une consolation dans l'éclat du soleil sans supposer que notre existence allait sous peu changer si brutalement, si dramatiquement que le mot « jardin » deviendrait pour nous synonyme de paradis – et serait aussi hors d'atteinte.

Un après-midi, peu après l'enterrement de papa, nous étions dans la cour avec les jumeaux. Christopher et moi. Les petits jouaient au sable et discutaient entre eux dans l'étrange charabia qu'ils étaient les seuls à comprendre. Bien qu'ils ne fussent pas de vrais jumeaux, ils ne faisaient qu'un et chacun était parfaitement heureux en compagnie de l'autre. Ils construisaient un mur autour d'eux et ils étaient comme deux donjons gardiens de leurs secrets. Cory avait Carrie, Carrie avait Cory et cela leur suffisait amplement.

L'heure du dîner était déjà passée. Sans attendre que notre mère nous appelât, nous prîmes les jumeaux par leurs mains potelées et pleines de fossettes et nous les remorquâmes jusqu'à la maison.

Notre mère était assise derrière le grand bureau de papa, en train d'écrire une lettre apparemment très compliquée à en juger par toutes les feuilles froissées, débuts de missives abandonnées, qui traînaient. Le front plissé, elle s'interrompait à tout moment pour lever la tête, les yeux fixés dans le vide.

— Maman, il est presque 6 heures. Les jumeaux commencent à avoir faim.

— Une minute, une minute, me répondit-elle distraitement. J'écris à vos grands-parents, en Virginie. Les voisines ont apporté des vivres pour une semaine. Va donc mettre une cocotte au four, veux-tu ?

C'était le premier repas que je préparais presque toute seule. La table était mise, la cocotte était sur le feu et j'y avais versé du lait quand maman vint me rejoindre pour m'aider.

Depuis la mort de papa, j'avais l'impression qu'elle avait tous les jours une foule de lettres à écrire et d'endroits où aller. C'était la voisine qui s'occupait de nous. Le soir, elle s'installait au bureau, un gros registre vert devant elle, et elle vérifiait des tas de factures. Rien n'était plus comme avant, rien. Maintenant, c'était la plupart du temps Christopher et moi qui baignions les petits, leur mettions leurs pyjamas et les couchions. Cela fait, mon frère regagnait sa chambre pour étudier et moi, je me hâtais de rejoindre maman et de chercher le moyen de chasser la tristesse qui assombrissait son regard.

Quelques semaines plus tard, ses parents répondirent enfin aux innombrables lettres qu'elle leur avait envoyées. Elle se mit aussitôt à pleurer – avant même d'avoir ouvert l'épaisse enveloppe couleur crème. Elle la déchira maladroitement à l'aide d'un coupe-papier et en sortit d'une main tremblante trois feuillets qu'elle relut trois fois tandis que les larmes qui coulaient lentement sur ses joues laissaient de longs sillons pâles et luisants sur son maquillage.

Elle nous avait appelés dès qu'elle avait pris le courrier dans la boîte, dehors, et nous étions tous les quatre assis en rang d'oignons sur le canapé. Un frisson glacé me parcourut l'échine quand je vis son visage se fermer et se durcir. Peut-être parce qu'elle nous regarda si longtemps... trop longtemps. Enfin, ses yeux se posèrent tour à tour sur les feuillets et sur la fenêtre comme si celle-ci pouvait répondre à la question contenue dans la lettre.

Son attitude était bizarre. Pourquoi nous dévisageait-elle de cette façon étrange ? Finalement, elle s'éclaircit la gorge et quand elle parla, ce fut d'une voix froide qui ne ressemblait en rien à son timbre habituellement chaud et velouté.

— Votre grand-mère s'est quand même décidée à répondre à mes lettres. Elle... enfin, elle est d'accord. Elle accepte que nous allions habiter chez elle.

C'était une bonne nouvelle. Exactement ce que nous espérions entendre – et nous aurions dû être contents. Mais maman retomba dans son silence morose. Immobile, elle se contentait de nous regarder. Qu'est-ce qui lui prenait ?

— Christopher, tu as quatorze ans et toi, Cathy, tu en as douze, reprit-elle. Vous devriez être assez grands tous les deux pour comprendre et aider votre mère à sortir d'une situation sans issue.

Elle s'interrompit encore en jouant nerveusement avec son collier et soupira longuement. Elle paraissait au bord des larmes et j'éprouvai un grand élan de pitié pour ma pauvre maman qui n'avait plus de mari.

— Tout va bien, maman ?

— Bien sûr, ma chérie, bien sûr. (Elle essaya de sourire.) Votre père – que Dieu ait son âme ! – comptait vivre longtemps et amasser une coquette fortune avant ses vieux jours. Il venait d'une famille qui savait gagner de l'argent et je suis convaincue qu'il aurait mené son projet à bien s'il en avait eu le temps. Mais trente-six ans, c'est trop jeune pour mourir. On croit toujours que c'est aux autres qu'il arrive malheur, pas à soi. On ne prévoit pas les accidents, on ne s'attend pas à mourir dans la fleur de l'âge. Nous nous voyions vieillir tous les deux ensemble, entourés de nos petits-enfants, et mourir le même jour. Et ni lui ni moi ne serait resté seul à pleurer sur celui qui serait parti le premier. (Elle soupira à nouveau.) Je dois avouer que nous vivions au-dessus de nos moyens actuels et que nous avons hypothéqué l'avenir. Nous dépensions l'argent avant qu'il rentre. Mais il ne faut pas en vouloir à votre père : c'était ma faute. Il savait ce qu'était la pauvreté. Pas moi. Vous vous rappelez comme il me grondait ? Tenez... quand nous avons acheté la maison, il disait que nous n'avions besoin que de trois chambres mais j'en voulais quatre. Et encore, je trouvais que ce n'était pas suffisant. Et nous avons pris des traites pour trente ans. Rien de ce qu'il y a ici ne nous appartient réellement. Les meubles, les voitures, les appareils électroménagers – rien n'est entièrement payé.

Avions-nous l'air effrayé ? Affolé ? Elle se tut, soudain toute rouge, et laissa son regard errer sur la jolie pièce qui mettait si bien sa beauté en valeur. Ses fins sourcils se haussèrent en une mimique anxieuse.

— Même si votre père me gendarmait un peu, il voulait quand même que nous ayons tout cela, lui aussi. Il me passait mes caprices parce qu'il m'aimait et je crois avoir fini par le convaincre que le superflu était une nécessité absolue. Il finissait toujours par céder. Et maintenant, enchaîna-t-elle de cette voix nouvelle, maintenant, on va tout nous prendre. Nous saisir – c'est comme cela que ça s'appelle. On vous saisit quand on n'a pas assez d'argent pour finir de payer ce que l'on a acheté. Prenez le canapé, par exemple. Il y a trois ans, il nous a coûté huit cents dollars. Il en reste seulement cent à payer mais on nous le reprendra quand même. Nous perdrons tout ce que nous avons déjà versé sur tout. C'est la loi. Et pas seulement les meubles et la maison mais aussi les voitures – tout sauf nos vêtements et vos jouets. Ils me laisseront mon alliance et j'ai mis en lieu sûr ma bague de fiançailles en diamant – aussi, ne dites surtout pas un mot si quelqu'un vient faire l'inventaire.

Personne ne demanda qui étaient ces « ils ». L'idée ne me vint pas de poser la question. Pas sur le moment. Et plus tard, cela n'eut plus aucune importance.

Le regard de Christopher croisa le mien. Je trébuchais dans mon désir de comprendre tout en luttant pour ne pas me noyer dans l'incompréhension. Mais, déjà, je coulais, je m'enlisais dans le monde des adultes, le monde de la mort et des dettes. Christopher m'étreignit la main, geste de réconfort fraternel inusité de sa part.

Étais-je aussi transparente qu'une vitre, si facile à déchiffrer pour que même mon frère, mon persécuteur insigne, cherchât à me consoler ? Je m'efforçai de lui sourire pour lui montrer comme j'étais une grande fille, pour camoufler le petit animal tremblant et apeuré, atterré, parce qu'« ils » allaient tout nous prendre. Je ne voulais pas qu'une autre petite fille prenne possession de ma jolie chambre vert d'eau, dorme dans mon lit, joue avec les choses que j'aimais – mes poupées miniatures, ma boîte à musique en argent avec sa petite danseuse en tutu rose… Me les prendraient-ils aussi ?

Maman suivait avec une grande attention notre

dialogue muet. Quand elle reprit la parole, je retrouvai un peu la mère que je connaissais.

— Ne faites pas cette tête-là ! Les choses ne sont pas aussi dramatiques que je vous en ai peut-être donné l'impression. Pardonnez-moi, j'ai parlé étourdiment en oubliant que vous êtes encore bien jeunes. J'ai commencé par les mauvaises nouvelles en gardant les bonnes pour la fin. Écoutez bien ce que je vais vous dire maintenant, vous n'allez pas en croire vos oreilles. Mes parents sont riches. Ce ne sont pas des nababs mais ils sont très, très riches. Odieusement, invraisemblablement, scandaleusement riches ! Ils ont une grande maison en Virginie, une maison comme vous n'en avez jamais vu. Je parle en connaissance de cause : j'y suis née et j'y ai grandi. Quand vous la verrez, la nôtre vous fera l'effet d'une masure en comparaison. Mais est-ce que je vous ai dit que nous allons vivre avec eux ? Avec ma mère et mon père ?

Ce fétu de paille qu'elle nous tendait d'une main tremblante et mal assurée ne parvint pas à chasser les doutes que son comportement et ces nouvelles avaient fait naître en moi. Je n'aimais pas la manière qu'elle avait de détourner les yeux d'un air coupable pour éviter les miens. Je sentais qu'elle nous cachait quelque chose.

— Mais elle était ma mère.

Et papa n'était plus là.

Je soulevai Carrie et l'assis sur mes genoux, son petit corps tout chaud serré contre moi, et remis en place les boucles blondes et humides qui tombaient sur son front bombé. Elle avait les paupières lourdes et ses lèvres en bouton de rose faisaient la moue. Je lançai un coup d'œil à Cory, affalé sur son frère.

— Les jumeaux sont fatigués, maman. Il faut qu'ils dînent.

— Plus tard, fit-elle sur un ton sec et irrité. Il y a des plans à faire et nos bagages à préparer parce que nous allons prendre le train cette nuit. Les petits mangeront pendant ce temps. Vous ne prendrez que deux valises. N'emportez que les affaires que vous préférez et les quelques petits jouets dont vous ne pouvez vraiment pas vous passer. Un seul chacun. Je vous en achèterai plein quand vous serez là-bas. Cathy, je te laisse le soin de choisir les vêtements et les joujoux que les jumeaux aiment le plus mais prends-en le moins possible. Nous ne pouvons pas partir avec plus de quatre valises en tout et j'en ai besoin de deux pour mes affaires à moi.

Ainsi, c'était bien vrai ? Nous devions nous en aller et tout abandonner ? Je me mis à sangloter.

Nous devions avoir l'air consterné car maman se leva brusquement et commença à faire les cent pas.

— Comme je vous le disais, mes parents sont extrêmement riches.

Elle nous décocha un regard en coulisse à Christopher et à moi afin de juger de l'effet produit par cette déclaration et se retourna vivement pour dissimuler son visage.

— Il y a quelque chose qui ne tourne pas rond, maman ? demanda mon frère.

Comment pouvait-il poser une pareille question alors qu'il était évident que *rien* ne tournait rond ?

Elle continuait de faire les cent pas. La fente de

son immatériel déshabillé noir découvrait ses longues jambes fuselées. Elle avait beau porter le deuil et ne s'habiller qu'en noir, elle était bouleversante de beauté. Oh ! comme je l'aimais !

Comme nous l'aimions tous !

Elle pivota sur elle-même dans un grand envol de lingerie et se planta face au canapé.

— Mais qu'est-ce qui pourrait ne pas tourner rond, mes chéris ? C'est une maison superbe. Je ne l'ai quittée que lorsque j'ai dû aller au pensionnat. Elle est immense et mes parents ne cessaient de l'agrandir encore. Dieu sait combien elle doit avoir de pièces, à présent ! (Elle souriait mais son sourire avait quelque chose de forcé.) Mais je dois encore vous dire quelque chose avant que vous fassiez la connaissance de mon père… de votre grand-père. (Elle hésita.) À dix-huit ans, j'ai fait une chose qu'il n'a pas approuvée. Votre grand-mère non plus mais comme elle ne doit rien me laisser, c'est sans importance. Toujours est-il que mon père m'a déshéritée. Parce que je m'étais disgraciée, disait-il galamment.

Disgraciée ? Que voulait-elle dire ? Je ne pouvais imaginer qu'elle puisse faire quelque chose de si mal que son propre père se retourne contre elle et lui reprenne ce qui était son dû.

— Oui, je comprends parfaitement, fit Christopher. Tu as fait un truc qui ne lui a pas plu et tu avais beau être couchée sur son testament, il a demandé à son notaire de te biffer sans même y réfléchir à deux fois et maintenant, quand il partira pour un monde meilleur, tu pourras te brosser.

Il sourit, satisfait d'avoir prouvé qu'il en savait plus

long que moi. Il connaissait toujours les réponses à toutes les questions. Dès qu'il rentrait, il plongeait le nez dans un livre. Un vrai rat de bibliothèque, mon grand frère !

Et il avait raison, bien sûr !

— Oui, Christopher. Quand il mourra, rien de ce qu'il possède ne me reviendra. Ni à moi ni à vous. C'est bien pour cela que j'ai écrit tant de lettres auxquelles ma mère ne répondait pas. (De nouveau elle sourit mais, cette fois, il y avait une ironie amère dans son sourire.) Mais comme je suis maintenant son unique héritière, j'ai bon espoir de le faire changer d'avis. J'avais deux frères aînés mais ils sont morts dans des accidents d'auto de sorte que je demeure seule en lice. (Elle cessa de faire les cent pas.) Je crois qu'il faut que je vous dise encore une chose. En réalité, votre vrai nom n'est pas Dollanganger. Vous vous appelez Foxworth. Et Foxworth est un nom respecté en Virginie.

— Mais tu avais le droit de changer ton nom et d'en faire mettre un faux sur nos certificats de naissance ? m'exclamai-je, scandalisée.

— On peut changer de nom de façon tout à fait légale, répondit-elle avec impatience. D'ailleurs, celui de Dollanganger nous appartient plus ou moins. Votre père l'a emprunté à un de ses lointains ancêtres. Il le trouvait amusant, il avait un côté canular. Et cela nous a rendu bien service.

— Pour quoi faire ? lui demandai-je. Pourquoi papa aurait-il changé un nom aussi facile à épeler que Foxworth contre Dollanganger, qui est tellement long et tellement compliqué ?

— Je suis fatiguée, Cathy. (Elle se laissa tomber dans un fauteuil.) Je t'expliquerai et tu comprendras tout. Je te jure que je serai absolument franche. Mais, pour le moment, laisse-moi souffler un peu, je t'en supplie.

Quelle journée ! D'abord, ces mystérieux « ils » qui devaient tout nous prendre, même notre maison. Et, en plus, voilà que notre nom n'était pas notre vrai nom !

Les jumeaux étaient en train de s'endormir sur nos genoux. N'importe comment, ils étaient trop petits pour comprendre. Même moi, qui avais douze ans et étais déjà presque une femme, je n'arrivais pas à comprendre pourquoi maman n'avait pas l'air d'être vraiment contente de rentrer chez elle alors qu'il y avait quinze ans qu'elle n'avait pas vu ses parents. Des grands-parents clandestins que nous croyions morts avant la disparition de papa. Ce n'était qu'aujourd'hui que j'entendais parler de mes deux oncles qui s'étaient tués en voiture. Brusquement, je pris conscience que nos parents avaient vécu toute une vie avant d'avoir des enfants – que, somme toute, nous n'étions pas si importants que cela.

— D'après ce que tu dis, maman, fit Christopher, ta grande maison en Virginie est sûrement très belle mais nous nous plaisons ici. C'est ici que sont nos amis, tout le monde nous connaît, on nous aime bien et je n'ai pas envie de déménager. Tu ne pourrais pas aller voir l'avocat de papa pour lui demander de nous aider à trouver une solution pour rester en gardant la maison et tout ce qu'il y a dedans ?

— Oh oui, maman, renchéris-je. Arrange-toi pour qu'on puisse rester.

Elle se leva de son fauteuil et se laissa tomber à genoux devant nous, ses yeux à la hauteur des nôtres. Elle prit la main de Christopher et la mienne, et les pressa contre sa poitrine.

— Écoutez-moi. J'ai réfléchi à la question mais il n'y a pas moyen. C'est impossible parce que nous n'avons pas assez d'argent pour régler les factures du mois et que je n'ai pas les compétences qu'il faudrait pour avoir un salaire permettant de nous faire vivre tous les cinq. Regardez-moi. (Elle écarta les bras. Elle était belle, vulnérable, impuissante.) Savez-vous ce que je suis ? Une potiche – une jolie potiche parfaitement inutile qui avait toujours été persuadée qu'elle aurait un mari pour subvenir à ses besoins. Je ne sais rien faire. Pas même taper à la machine. Je n'ai jamais été très forte en calcul. Si, je sais broder à la perfection et faire de très jolies tapisseries, mais ce n'est pas avec cela que je gagnerai de l'argent. Et, sans argent, on ne peut pas vivre. Ce n'est pas l'amour qui fait tourner le monde : c'est l'argent. Et mon père ne sait que faire du sien. Il n'a qu'une seule héritière… moi ! Autrefois, je comptais plus pour lui que ses fils. Aussi, il ne devrait pas être très difficile de reconquérir son affection. Alors, il demandera à son notaire de rédiger un nouveau testament et il fera de moi sa légataire universelle ! Il a soixante-six ans et c'est un grand malade. Il est cardiaque. Il ne va pas tarder à mourir. D'après ce que m'a écrit ma mère, il ne peut pas vivre encore plus de deux ou trois mois au maximum. Cela me laissera largement le temps de rentrer en grâce et, quand il mourra, toute sa fortune me reviendra ! Elle sera à moi ! À nous ! Nous n'aurons plus jamais de soucis d'argent, nous serons libres d'aller où nous voudrons, de faire ce que nous aurons envie de faire, de voyager, d'acheter ce qui nous fera envie ! Et il ne s'agit pas d'un ou deux millions de dollars mais de dizaines, de centaines de millions… peut-être de milliards. Les gens qui sont à la tête d'une fortune pareille ne savent même pas ce qu'elle représente en chiffres parce que tous leurs capitaux, ils les investissent ici et là, ils achètent tout… des banques, des compagnies d'aviation, des hôtels, des grands magasins, des bateaux. Vous ne pouvez pas imaginer l'empire sur lequel votre grand-père règne alors même qu'il est presque sur son lit de mort. C'était un génie. Il avait l'art de faire de l'argent. Tout ce qu'il touchait se transformait en or.

Ses yeux brillaient. Le soleil qui s'engouffrait par les fenêtres faisait naître des diamants dans ses cheveux. Déjà, elle avait l'air riche au-delà de toute expression. Maman, maman… pourquoi cela arrivait-il après la mort de papa ?

— Christopher, Cathy, est-ce que vous m'écoutez ? Faites appel à votre imagination. Vous rendez-vous compte de ce qu'une fortune colossale permet de faire ? Le monde vous appartient. On a le pouvoir, on a l'influence, on vous respecte. Croyez-moi. Bientôt, mon père me rendra son affection. Dès qu'il me verra, il comprendra tout ce que lui ont fait perdre ces quinze ans de séparation. Il est vieux, malade. Il ne quitte pas sa chambre, une petite pièce à côté de la bibliothèque. Il a des infirmières qui prennent soin de lui nuit et jour, des domestiques qui n'attendent que son bon plaisir. Mais la seule chose qui compte, c'est la chair de sa chair, le sang de son sang. Et il ne lui reste que moi. Un beau soir, je le préparerai à faire la connaissance de ses petits-enfants. Alors, je vous ferai descendre, vous entrerez dans sa chambre et il sera sous le charme, il sera ensorcelé. Il est fatal qu'il vous adore tous les quatre. Croyez-moi, tout se passera comme je vous le dis. Je vous promets que je ferai tout ce que mon père exigera de moi. Je vous jure sur ce que j'ai de plus cher et de plus sacré – c'est-à-dire sur les enfants que mon amour pour votre père m'a fait mettre au monde – que je serai avant longtemps l'héritière d'une fortune inimaginable et que tous vos rêves se réaliseront alors.

Je la regardai bouche bée. La véhémence qui l'animait me laissait sans voix. Je jetai un coup d'œil à Christopher. Il la contemplait avec incrédulité. Les jumeaux, eux, étaient à deux doigts de s'endormir. Ils n'avaient rien entendu de tout cela.

Nous allions habiter une maison aussi vaste et aussi splendide qu'un palais.

Et dans ce merveilleux palais où des serviteurs se précipitaient pour satisfaire vos moindres désirs, nous serions présentés au roi Midas qui allait bientôt mourir et, alors, nous aurions toutes ses richesses et le monde serait à nos pieds. Une fortune inimaginable. Qui serait à nous ! Et je vivrais comme une princesse, ni plus ni moins !

Mais pourquoi n'étions-nous pas véritablement heureux ?

Christopher m'adressa un sourire radieux.

— Tu vois, Cathy, tu pourras devenir danseuse. Je ne crois pas que le talent puisse s'acheter et que l'argent suffise pour transformer un play-boy en médecin. Mais en attendant que vienne le moment d'être consciencieux et sérieux, qu'est-ce que ça va être planant !

Il n'était pas question d'emporter la boîte à musique en argent avec la petite ballerine en tutu rose. Elle avait de la valeur et « ils » l'avaient mise sur leur liste. Et comment cacher mes poupées miniatures ? Je ne pouvais pour ainsi dire rien emmener en dehors de la petite bague incrustée d'une pierre semi-précieuse en forme de cœur que papa m'avait donnée.

Mais Christopher avait raison. Quand nous serions riches, la vie serait une fête. Des distractions, des réceptions, une maison grande comme un palais, des domestiques logés au-dessus d'un garage abritant au moins neuf ou dix limousines grand luxe ! Qui aurait pu deviner que ma mère était issue d'une famille de Crésus ? Pourquoi, de son vivant, papa lui reprochait-il si souvent de jeter l'argent par les fenêtres alors qu'elle n'aurait eu qu'à écrire à ses parents pour leur en demander, quitte à se résigner à avaler une petite couleuvre ?

Je regagnai ma chambre à pas lents et je m'abîmai dans la contemplation de la boîte à musique. Dès qu'on soulevait le couvercle, la petite ballerine rose se regardait dans le miroir en faisant des pirouettes. La musique tintait. « Tourne, petite danseuse, tourne… »

Je l'aurais volée si j'avais eu un endroit où la cacher.

Adieu, ma chambre aux murs vert d'eau. Adieu,

mon petit lit blanc surmonté d'un ciel de lit suisse à pois qui avait connu ma rougeole, mes oreillons et ma varicelle.

Et adieu papa, parce que quand je serai partie, je ne pourrai plus te revoir, assis à mon chevet en me tenant la main au sortir de la salle de bains avec un verre d'eau. *Je n'ai pas envie de partir, papa. J'aimerais mieux rester et garder ton souvenir tout proche.*

— Cesse de pleurer comme ça, Cathy. (C'était maman qui m'avait rejointe.) Une chambre n'est qu'une chambre. Tu en connaîtras encore beaucoup d'autres avant de mourir. Alors, dépêche-toi d'emballer tes affaires et celles des jumeaux pendant que je fais mes valises.

« Avant de mourir, tu vivras dans mille chambres et même davantage », me murmurait une petite voix à l'oreille. Et je la croyais.

Les voies de la richesse

Pendant que maman faisait ses paquets, je fourrai avec Christopher nos vêtements, quelques jouets et un seul et unique jeu de société dans deux valises. Un taxi nous conduisit à la gare à l'heure où tombait le crépuscule. Nous nous étions esquivés furtivement sans dire au revoir à aucun de nos voisins et cela nous faisait de la peine. Je ne savais pas pourquoi mais, sur ce point, maman avait été intraitable. Nous avions laissé nos bicyclettes dans le garage avec tous les objets trop encombrants.

Le train se traînait dans la nuit étoilée. Nous traversâmes de nombreuses bourgades endormies. Les fermes isolées n'étaient que des rectangles d'or, seules preuves de leur existence. Mon frère et moi ne voulions surtout pas nous endormir de crainte de rater quelque chose et ce n'étaient pas les sujets de conversation qui nous manquaient ! Nous parlions surtout de cette grande et somptueuse demeure où nous vivrions dans la splendeur, mangerions dans des couverts en vermeil, servis par un maître d'hôtel en livrée. J'aurais sans aucun doute une femme de chambre spécialement attachée à ma personne, qui me sortirait mes robes, ferait couler mon bain, me brosserait les cheveux et m'obéirait au doigt et à l'œil. Mais je ne serais pas dure avec elle. Je serais aimable, compréhensive, je serais la maîtresse dont rêvent tous les serviteurs – sauf quand elle casserait quelque chose à quoi je tiendrais vraiment. Alors là, gare à elle ! Je piquerais une colère terrible et je lui lancerais à la figure des choses auxquelles je ne tiendrais pas.

Quand je pense rétrospectivement à ce voyage, je me rends compte que c'est cette nuit-là que j'ai réellement commencé à grandir et à philosopher. Quand on gagne quelque chose, on perd automatiquement autre chose. Alors, autant se faire une raison et en tirer le meilleur parti.

Tandis que je discutais avec Chritopher de la manière dont nous dépenserions cet argent quand il nous reviendrait, un contrôleur chauve et ventripotent entra dans le compartiment. Après avoir enveloppé notre mère d'un regard admiratif qui l'embrassait de la tête aux pieds, il dit :

— Nous entrerons en gare dans un quart d'heure, madame Patterson.

Pourquoi l'appelait-il « madame Patterson » ? Je lançai un coup d'œil interrogateur à mon frère. Il avait l'air aussi perplexe que moi.

— Je vous remercie. N'ayez pas peur, nous sommes prêts.

Il sortit sa montre de son gousset et reprit, visiblement soucieux :

— Il est 3 heures du matin, m'dame. Y aura-t-il quelqu'un à la gare pour vous attendre ?

— Ne vous inquiétez pas.

— C'est que la nuit est très noire.

— Je pourrais trouver mon chemin les yeux fermés.

Ces assurances ne semblaient pas satisfaire le paternel contrôleur.

— Charlottesville est à une heure de marche. Vous allez vous retrouver en plein désert avec vos enfants. Il n'y a pas une seule maison en vue.

Pour mettre un terme à son insistance, maman prit son ton le plus hautain et laissa tomber :

— Quelqu'un nous attend.

C'était drôle la façon qu'elle avait d'adopter cet air arrogant comme on coiffe un chapeau et de l'abandonner avec autant d'aisance.

Nous arrivâmes à la gare et nous retrouvâmes effectivement en plein désert. Personne ne nous attendait. Nous descendîmes. Il faisait noir comme dans un four et, ainsi que l'employé des chemins de fer nous l'avait laissé entendre, il n'y avait pas la moindre maison en vue. Seuls dans la nuit, à l'écart de tout signe de civilisation, nous répondîmes au salut du contrôleur qui, debout sur la marche du wagon, agitait le bras en se cramponnant au barreau de sa main libre. Son expression indiquait clairement que l'idée de laisser « Mme Patterson » et sa marmaille ensommeillée attendre quelqu'un qui était censé venir les chercher en voiture ne l'emballait pas outre mesure. Je lançai un coup d'œil autour de moi sans voir autre chose qu'un toit de tôle rouillée posé sur quatre poteaux et un mauvais banc peint en vert. C'était la gare. Nous ne nous assîmes pas sur ce banc. Plantés au milieu du quai, nous regardâmes le train disparaître dans l'obscurité.

Un lugubre coup de sifflet nous parvint comme s'il nous souhaitait bonne chance et bonne route.

Nous étions environnés de champs et de prairies. Quelque chose fit un bruit étrange dans les bois épais qui s'étiraient derrière la « gare ». Je sursautai et me retournai pour voir ce que c'était. Christopher éclata de rire.

— C'est un hibou. Qu'est-ce que tu croyais que c'était ? Un fantôme ?

— Cela suffit comme ça, intervint sèchement maman. Et inutile de parler à voix basse. Il n'y a pas une âme. C'est une région d'élevage presque uniquement peuplée de vaches laitières. Regardez. Rien que des champs de blé et d'avoine. Un peu d'orge aussi. Les fermiers du voisinage fournissent en produits frais les riches propriétaires qui vivent dans les collines.

Il y avait en effet des tas de collines, semblables à de gros édredons que des arbres alignés comme à la parade quadrillaient avec rectitude. Maman nous expliqua que ces « sentinelles de la nuit », comme je les appelais, faisaient écran. Ils servaient de brise-vent et retenaient la neige. Exactement les mots qu'il fallait pour que Christopher s'excitât. Il avait la passion des sports d'hiver, de tous les sports d'hiver, et il ne pensait pas qu'il pût y avoir de grosses chutes de neige dans une région aussi méridionale que la Virginie.

— Oh mais si, il y a de la neige, lui assura maman. Et comment ! Nous sommes dans les contreforts des Blue Ridge Mountains et il fait très, très froid, aussi froid que chez nous, à Gladstone. Les journées sont plus chaudes en été mais les nuits sont toujours fraîches et on a besoin d'au moins une couverture. Si le soleil était levé, vous vous régaleriez. Le paysage est superbe, c'est le plus beau du monde. Mais il faut que nous nous dépêchions. Nous avons une longue route à faire pour arriver et nous devons arriver à la maison avant le jour. Avant que les domestiques soient levés.

Bizarre…

— Pourquoi ? voulus-je savoir. Et pourquoi est-ce que te contrôleur t'appelait madame Patterson ?

— Je n'ai pas le temps de te l'expliquer maintenant, Cathy. Nous sommes pressés. En avant.

Elle empoigna les deux valises les plus lourdes et nous ordonna d'un ton ferme de la suivre. Christopher et moi fûmes obligés de porter les jumeaux qui avaient trop sommeil pour mettre un pied devant l'autre ou même pour essayer.

— Maman, criai-je quand nous eûmes fait quelques pas, le contrôleur a oublié de nous donner les deux autres valises – les tiennes.

— Ne t'inquiète pas, répondit-elle d'une voix hachée comme si le poids de celles qu'elle traînait lui coupait le souffle. Je l'ai prié de les déposer à la consigne de Charlottesville. Je passerai les prendre demain matin.

— Mais pourquoi ? s'enquit Christopher.

— Eh bien, d'abord, comment voudrais-tu que je porte quatre valises ? Et, ensuite, je veux pouvoir parler à mon père avant qu'il apprenne que je suis venue avec mes enfants. Et puis, réfléchis : à quoi cela ressemblerait-il d'arriver en pleine nuit après quinze ans d'absence ?

C'était une explication qui tenait debout. Nous

n'aurions rien pu porter de plus avec les jumeaux qui refusaient de marcher.

Nous avancions sur les talons de notre mère, le long de sentiers aléatoires qui serpentaient entre les rochers, les arbres et les broussailles dont les branches griffaient nos vêtements. C'était un terrain accidenté. Vous parlez d'une promenade ! Cela n'en finissait pas. Les jumeaux étaient de plus en plus lourds et nous commencions à en avoir plein les bras, Christopher et moi. La fatigue qui nous gagnait nous rendait irritables. Déjà, l'aventure perdait son sel. Nous ronchonnions, nous nous chamaillions, nous traînions les pieds. Nous aurions voulu nous asseoir pour nous reposer. Nous aurions voulu être à Gladstone dans notre lit dans l'environnement qui nous était familier. C'était beaucoup mieux que cette vieille demeure avec des domestiques et des grands-parents que nous ne connaissions même pas.

— Réveillez les jumeaux, dit maman, que nos jérémiades énervaient, sur un ton tranchant. Posez-les par terre et obligez-les à marcher, que cela leur plaise ou pas. (Elle murmura encore quelque chose d'inaudible qui se perdit dans le col de fourrure de sa veste. Une seule phrase parvint à mes oreilles :) Qu'ils profitent du grand air pendant qu'ils le peuvent encore.

Un frisson d'appréhension me glaça. Je jetai un coup d'œil à Christopher pour savoir s'il avait entendu, lui aussi. Il me sourit. Je lui rendis son sourire.

Demain, quand maman arriverait en taxi à une heure décente, elle se rendrait auprès du grand-père malade, elle lui sourirait, elle lui parlerait et il serait sous le charme, il serait conquis. Comment résister à ce ravissant minois, à cette voix douce et mélodieuse ? Il lui ouvrirait tout grands les bras et oublierait ce qu'elle avait fait pour se « déshonorer ».

D'après ce qu'elle nous avait dit, c'était un vieux bonhomme acariâtre, très vieux – soixante-six ans me faisaient l'effet d'être un âge terriblement avancé. Et un homme qui voit la mort approcher ne saurait garder rancune à la seule enfant qui lui restait, à une fille jadis tant aimée. Il ne pourrait pas faire autrement que de lui pardonner pour pouvoir mourir en paix, heureux, sachant qu'il avait fait ce qu'il fallait faire. Alors, l'ayant à sa main, elle nous ferait entrer dans la chambre de son père. Nous serions tirés à quatre épingles, nous serions adorables de gentillesse et il verrait vite que nous n'étions ni repoussants ni vraiment méchants, et personne avec si peu que ce soit de cœur, absolument personne ne pourrait ne pas fondre devant les jumeaux. Dame ! Quand on faisait les courses, les gens s'arrêtaient pour les caresser et complimenter leur mère d'avoir de si beaux bébés. Et attendez seulement qu'il se rende compte de l'intelligence de Christopher, le grand-père ! Tête de classe, s'il vous plaît ! Et le plus étonnant était qu'il n'avait pas à se mettre martel en tête comme moi pour apprendre. Cela lui venait tout seul. Il lui suffisait de parcourir une page une ou deux fois pour que tout ce qui était imprimé dessus s'inscrive de manière indélébile dans son cerveau. Jamais il ne l'oubliait plus. Oh ! comme je lui enviais ce don !

Mais j'en avais un, moi aussi : ma façon d'aller au-delà de l'apparence brillante des choses pour découvrir ce qui boitait. Nous n'avions glané que bien peu de renseignements sur ce grand-père inconnu mais, en rassemblant toutes ces bribes d'information, je m'étais déjà fait ma petite idée. Je savais que ce n'était pas le genre à pardonner facilement. Quelqu'un qui avait été capable de renier pendant quinze ans sa fille bien-aimée… Mais avait-il le cœur sec au point de pouvoir demeurer de pierre devant le charme de maman qui savait rudement bien s'en servir ? Je l'avais vue et entendue embobiner papa pour des questions d'argent. C'était toujours lui qui cédait, elle en faisait ce qu'elle en voulait. Un baiser, un petit câlinou et hop ! son visage s'éclairait, il était tout sourire, il disait « d'accord » et ils se débrouillaient pour payer ce qu'elle achetait, et c'était cher.

— Ne fais pas cette tête-là, Cathy. (C'était Christopher.) Si Dieu n'avait pas décidé que les gens doivent vieillir, tomber malades et, finalement, mourir, il ne les aurait pas laissés continuer à faire tout le temps des bébés.

Je sentais qu'il me regardait comme s'il lisait dans mes pensées et je rougis. Il riait joyeusement. C'était un perpétuel optimiste. Il n'était jamais sombre, jamais rongé par le doute, cafardeux, contrairement à moi.

Obéissant au conseil de maman, nous réveillâmes les jumeaux, les posant à terre et leur disant que, fatigués ou pas, ils devaient faire l'effort de marcher, et nous les traînâmes tandis qu'ils pleurnichaient et protestaient.

— Je ne veux pas aller où c'est qu'on va, sanglotait Carrie.

Cory se contenta de brailler.

— J'aime pas me promener dans les bois quand il fait noir, reprit-elle en hurlant et en essayant de libérer sa menotte de mon étreinte. Je veux rentrer à la maison ! Lâche-moi, Cathy, lâche-moi !

Cory se mit à brailler encore plus fort.

J'avais bonne envie de reprendre Carrie mais j'avais trop mal aux bras pour m'y résoudre. Brusquement, Christopher, abandonnant Cory, rejoignit maman en courant pour l'aider à trimbaler les lourdes valises, de sorte que je me retrouvai seule avec les deux petits à traîner malgré leur opposition.

Nous arrivâmes enfin en vue d'un groupe de grandes maisons toutes plus jolies les unes que les autres, accrochées à flanc de coteau. Ce fut vers la plus grande et la plus belle de toutes que nous nous dirigeâmes à pas furtifs. Maman nous dit à voix basse que la demeure ancestrale s'appelait Foxworth Hall et qu'elle datait de plus de deux cents ans.

— Y a-t-il dans les environs un lac où on peut se baigner et patiner ? lui demanda Christopher en examinant avec attention le terrain abrupt. Ce n'est pas un endroit qui convient pour le ski. Il y a trop d'arbres et de rochers.

— Oui, répondit maman en tendant le doigt. À quatre cents mètres, par là, il y en a un.

Ce fut presque sur la pointe des pieds que nous fîmes le tour de la vaste maison où une vieille dame nous fit entrer. Elle devait nous guetter et nous avoir vus arriver, car elle avait ouvert la porte de derrière avant même que nous eussions frappé. Nous nous glissâmes silencieusement à l'intérieur comme des voleurs dans la nuit. La vieille dame ne nous souhaita même pas la bienvenue. Était-ce une gouvernante ?

À peine étions-nous entrés qu'elle nous fit grimper un escalier raide et étroit sans nous laisser nous arrêter une seconde pour jeter un coup d'œil sur les immenses pièces que nous ne faisions qu'apercevoir au passage. Elle nous guida à travers d'innombrables galeries, flanquées d'innombrables portes closes, et nous parvînmes enfin à une chambre tout au bout d'un couloir. Elle l'ouvrit et nous fit signe d'entrer. Quel soulagement que ce long voyage nocturne fût enfin terminé ! C'était une chambre à coucher spacieuse, éclairée par une seule lampe. De lourds rideaux de tapisserie dissimulaient les deux hautes fenêtres. La vieille dame de gris vêtue referma la porte et, s'y adossant, nous examina. Quand elle parla, je sursautai.

— Tu avais raison, Corinne. Tes enfants sont beaux.

Ce compliment aurait dû nous faire chaud au cœur – il me glaça. Elle avait parlé d'une voix froide et détachée comme si nous n'avions ni oreilles pour entendre ni intelligence pour discerner le mécontentement derrière la flatteuse appréciation.

— Mais es-tu sûre qu'ils soient intelligents ? enchaîna-t-elle. N'ont-ils pas quelque infirmité qui échappe à l'œil ?

— Absolument pas ! s'exclama notre mère se cabrant sous l'affront – comme moi. Mes enfants sont parfaits, comme tu peux le voir. Physiquement et mentalement !

Elle fusilla du regard la vieille dame en gris avant

de s'accroupir pour déshabiller Carrie dont la tête dodelinait. Imitant son exemple, je m'agenouillai pour déboutonner la petite veste bleue de Cory tandis que Christopher posait une des valises sur le lit et se mettait en devoir de l'ouvrir. Il en sortit deux pyjamas jaunes.

Tout en aidant Cory à se déshabiller et à enfiler son pyjama, j'observai à la dérobée la grande et forte femme que je supposais maintenant être notre grand-mère. En dépit de ses rides et de ses bajoues, elle n'était pas aussi vieille que je me l'étais imaginé. Ses cheveux drus, gris acier, sévèrement tirés en arrière, qui lui étiraient les yeux, leur donnaient quelque chose de félin. Un nez en bec d'aigle, les épaules carrées, une bouche étroite comme une balafre torve. Une broche en diamants éclairait le col austère de sa robe de taffetas gris. Rien en elle n'était doux ou moelleux. Même sa poitrine ressemblait à une paire de collines de béton. Il y avait peu de chances qu'on s'amuse avec elle comme on s'amusait avec papa et maman.

Elle ne me plaisait pas. Je voulais rentrer à la maison. Un tremblement commença à faire frémir mes lèvres. Ah ! si seulement papa était encore en vie ! Comment cette femme-là avait-elle pu mettre au monde un être aussi ravissant et aussi tendre que notre mère ? Un frisson me parcourut et je m'efforçai de retenir les larmes qui me montaient aux yeux. Maman nous avait préparés à affronter un grand-père dépourvu d'affection, indifférent, inflexible. Mais cette grand-mère, qui avait organisé notre venue, était une bien mauvaise surprise. Je battis des paupières pour refouler mes larmes : je ne voulais pas que Christopher les voie et se moque de moi plus tard. Mais il y avait pour me consoler le spectacle de maman qui, un sourire radieux aux lèvres, soulevait Cory enco-conné dans son pyjama pour le coucher dans l'un des deux grands lits. Puis elle coucha Carrie à côté de lui. Comme ils étaient mignons ! On aurait dit de grandes poupées aux joues roses. Penchée sur eux, elle les embrassa, caressa d'un geste tendre les boucles qui retombaient sur leur front et leur remonta la couverture jusqu'au menton en murmurant : « Bonne nuit, mes chéris. »

Mais ils ne l'entendirent pas. Ils étaient déjà profondément endormis.

Solidement plantée sur ses jambes comme un arbre, la grand-mère paraissait visiblement mécontente tandis que son regard se posait tour à tour sur les jumeaux couchés dans le même lit et sur Christopher et moi, serrés l'un contre l'autre pour nous soutenir mutuellement tant que nous étions las. Une lueur d'intense désapprobation passa dans ses yeux durs. Maman eut l'air de comprendre – mais pas moi – son revêche froncement de sourcils et elle devint écarlate quand la grand-mère déclara :

— Les deux grands ne peuvent pas dormir dans le même lit.

— Ce ne sont encore que des enfants, riposta maman avec une véhémence qui ne lui était pas coutumière. Tu n'as pas changé d'un pouce, mère, n'est-ce pas ? Toujours cet esprit méfiant qui voit le mal partout ! Christopher et Cathy sont des enfants purs et innocents !

— Purs et innocents ! C'était exactement ce que ton père et moi disions de toi et de ton demi-oncle !

Je les regardai toutes les deux en écarquillant les yeux, puis je me tournai vers mon frère. On eût dit qu'il était redevenu un petit enfant. Il était aussi vulnérable et désarmé qu'un mioche de six ans. Comme moi, il était complètement dépassé.

Sous l'effet de la colère, maman blêmit soudain.

— Si c'est ce que tu penses, tu n'as qu'à leur donner des chambres et des lits séparés ! Dieu sait que ce n'est pas la place qui manque dans cette maison !

— C'est impossible, répliqua la grand-mère de sa voix où se mêlaient la glace et le feu. C'est la seule chambre ayant une salle de bains attenante où mon époux ne les entendra pas marcher ou tirer la chasse d'eau au-dessus de sa tête. S'ils étaient dispersés sur tout l'étage, ton père ou les domestiques entendraient leurs voix et les bruits qu'ils feront. J'ai mûrement réfléchi, crois-le bien. C'est la seule chambre qui soit sûre.

Sûre ? Alors, nous allions tous dormir dans la même pièce ? Y rester confinés tous les quatre alors qu'il y en avait vingt, trente, quarante dans cette vaste et somptueuse demeure ?

— Les deux garçons dormiront dans le même lit et les deux filles aussi, ordonna la grand-mère.

Maman prit Cory dans ses bras et alla l'installer dans le second lit, le plus proche de la salle de bains. Désormais, nous coucherions, Carrie et moi, dans l'autre, qui était près de la fenêtre : la règle était dorénavant établie.

La vieille dame tourna alors son attention sur Christopher et moi.

— Maintenant, écoutez-moi, commença-t-elle sur le ton d'un adjudant commandant l'exercice. Vous êtes les plus grands et c'est à vous qu'il appartiendra d'empêcher les petits de faire du bruit. S'ils enfreignent les consignes que je vais vous énumérer, c'est vous deux que je tiendrai pour responsables. Mettez-vous bien ceci dans la tête : si jamais votre grand-père apprend prématurément que vous êtes là, il vous jettera tous à la porte sans un sou – après vous avoir sévèrement punis d'exister ! Cette chambre et la salle de bains devront rester aussi irréprochablement nettes que si elles étaient inhabitées. Et vous ne ferez aucun bruit. Vous ne crierez pas, vous ne hurlerez pas, vous ne courrez pas pour ne pas ébranler le plafond du dessous. Quand nous partirons, tout à l'heure, votre mère et moi, je fermerai la porte à clé parce que je ne veux pas que vous rôdiez dans les chambres ni dans le reste de la maison. Tant que votre grand-père ne sera pas mort, vous vivrez ici mais sans exister réellement.

Oh ! mon Dieu ! Je me tournai vivement vers maman. Ce ne pouvait pas être vrai ! Elle mentait, n'est-ce pas ? Elle disait ça uniquement pour nous faire peur. Je me serrai davantage contre Christopher, tremblante et glacée, mais devant le froncement de sourcils de la grand-mère, je m'empressai de m'écarter. Maman nous tournait le dos et elle avait la tête baissée, mais ses épaules voûtées tressautaient comme si elle pleurait.

Je fus prise de panique et je me serais mise à hurler si elle ne s'était pas retournée et, s'asseyant sur un lit, ne nous avait pas tendu les bras à Christopher et à moi..

— Tout ira bien, murmura-t-elle en nous serrant très fort contre elle. Ayez confiance. Ce sera pour une nuit seulement. Mon père vous accueillera et la maison tout entière sera à vous. Vous pourrez aller dans toutes les pièces. Et dans le parc. (Elle leva les yeux vers sa mère, raide et inexorable.) Aie donc un peu de pitié et de compassion pour ces enfants, mère, l'implora-t-elle. Ils sont ta chair et ton sang, ne l'oublie pas. Et ce sont de bons gosses. Mais, aussi, des gosses normaux qui ont besoin d'espace pour jouer, courir et faire du bruit. Comment veux-tu qu'ils ne parlent qu'en chuchotant ? Il est inutile de fermer cette porte à double tour. Tu n'as qu'à boucler celle du hall. Et pourquoi n'auraient-ils pas la libre disposition de l'aile nord ? Je sais que tu ne t'es jamais beaucoup intéressée à cette partie de la maison.

La grand-mère secoua énergiquement la tête :

— C'est moi qui décide, Corinne, pas toi ! Réfléchis un peu. Si je condamnais l'aile nord, crois-tu que les domestiques ne se poseraient pas de questions ? Tout doit demeurer en l'état. Ils savent très bien pourquoi je tiens à ce que cette porte reste fermée. C'est là où débouche l'escalier du grenier et je n'aime pas qu'ils mettent leur nez là où ils n'ont aucune raison d'aller fureter. J'apporterai leur petit déjeuner aux enfants tôt le matin avant que la cuisinière et les femmes de chambre ne prennent leur service. Personne ne met jamais les pieds dans l'aile nord sauf le dernier vendredi du mois pour le grand ménage. Ce jour-là, les enfants se cacheront dans le grenier jusqu'à ce que les bonnes aient fini. Et avant qu'elles entrent, je viendrai m'assurer personnellement qu'il ne traîne rien qui puisse faire penser que cette chambre est occupée.

— C'est impossible ! objecta maman. Ils finiront bien par se trahir, par laisser un indice. Non, mère, il faut condamner la porte du hall.

— Laisse-moi du temps, Corinne. À la longue, j'arriverai bien à trouver un prétexte pour interdire aux domestiques de venir dans cette aile, même pour faire le ménage. Mais il faut y aller prudemment et ne pas éveiller leurs soupçons. Ils ne m'aiment pas. Ils iraient aussitôt raconter des histoires à ton père dans l'espoir d'obtenir une récompense. Ne comprends-tu donc pas qu'il est impératif que la fermeture de l'aile nord ne coïncide pas avec ton retour ?

Notre mère, renonçant à discuter, capitula d'un hochement du menton et la grand-mère et elle continuèrent de comploter. Nous avions de plus en plus envie de dormir, mon frère et moi. La journée avait été interminable. Enfin, maman se rendit compte de notre état de fatigue – je commençais à croire que cela n'arriverait jamais – et nous eûmes la permission d'aller nous dévêtir dans la salle de bains et de nous mettre au lit. Ce n'était pas trop tôt !

Maman s'approcha alors de moi. Elle paraissait lasse, soucieuse et ses yeux étaient cernés. Ses lèvres tièdes se posèrent sur mon front. Je remarquai les larmes qui scintillaient dans ses yeux. Des traînées de mascara lui barbouillaient la figure. Pourquoi pleurait-elle ?

— Dors, m'ordonna-t-elle d'une voix rauque. Ne t'inquiète pas. N'attache pas d'importance à tout cela.

Dès que mon père m'aura pardonné, dès qu'il aura oublié ce que j'ai fait pour lui déplaire, il vous serrera dans ses bras et vous accueillera comme ses petits-enfants.

— Mais pourquoi est-ce que tu pleures comme ça, maman ? m'écriai-je sur un ton angoissé.

Elle s'essuya nerveusement les joues et s'efforça de sourire.

— J'ai bien peur, Cathy, qu'il ne me faille plus d'une journée pour me réconcilier avec mon père et pour qu'il me rende son affection. Cela en demandera peut-être deux. Ou même davantage.

— Davantage ?

— Oui, peut-être une semaine. Mais pas plus. Moins, sans doute. Je ne sais pas au juste... (Elle me caressa doucement les cheveux.) Ma Cathy chérie, ton père t'adorait. Et moi aussi.

Elle se dirigea vers Christopher et l'embrassa. Je n'entendis pas ce qu'elle lui murmurait à l'oreille.

Arrivée à la porte, elle se retourna :

— Passez une bonne nuit. Vous connaissez mes projets. Il faut que je prenne le train pour aller chercher les deux valises qui m'attendent à Charlottesville. Je reviendrai en taxi tôt dans la matinée et, dès que je le pourrai, je m'arrangerai pour venir vous faire une petite visite.

La grand-mère la poussa sans ménagement dehors, mais maman se retourna une dernière fois. Il y avait une muette supplication dans le regard dont elle nous enveloppa.

— Soyez sages, je vous en prie. Conduisez-vous bien. Et ne faites pas de bruit. Obéissez à votre grand-mère, suivez ses recommandations et ne lui donnez jamais l'occasion de vous punir. Et je compte sur vous pour que les jumeaux obéissent aussi. Faites en sorte qu'ils ne pleurent pas et que je ne leur manque pas trop. Expliquez-leur que c'est un jeu, un jeu très amusant. Distrayez-les jusqu'à ce que je vous apporte des jouets. Je serai de retour demain. Chaque seconde que durera mon absence, je penserai à vous, je prierai pour vous et je vous aimerai.

— Bonne nuit, maman, nous écriâmes-nous en chœur, Christopher et moi, tandis qu'elle s'éloignait, chancelante, poussée par l'inexorable grand-mère. Ne t'inquiète pas pour nous. Tout ira bien. Nous saurons occuper les petits et nous occuper nous-mêmes. Nous ne sommes plus des enfants.

C'était à Christopher que revenait la paternité de ce morceau de bravoure.

— Je monterai demain, conclut la grand-mère avant de fermer la porte à double tour.

C'était effrayant d'être enfermés. Et s'il y avait le feu ? Le feu… Je pensais tout le temps au feu… comment faire pour échapper à un incendie. Si nous appelions au secours, personne ne viendrait. Comment quelqu'un pourrait-il entendre nos cris dans cette chambre lointaine et isolée où l'on ne mettait les pieds que le dernier vendredi du mois ?

Heureusement, c'était provisoire. Pour une seule nuit. Demain, maman aurait fait la conquête du grand-père à demi moribond.

Nous étions seuls. Emprisonnés. Toutes les lumières étaient éteintes. Autour de nous, au-dessous de nous, l'énorme maison nous faisait l'effet d'être un monstre qui nous tenait dans sa gueule aux crocs acérés. Pour peu que nous bougions, que nous soupirions, que nous respirions trop fort, elle nous avalerait et nous digérerait.

Pour la première fois de mon existence, je ne sombrai pas dans un sommeil peuplé de rêves à l'instant où je posai ma tête sur l'oreiller. Christopher brisa le silence qui s'étirait interminablement :

— Ce ne sera pas si grave que ça, commença-t-il à voix basse. Grand-mère… il n'est pas possible qu'elle soit aussi vache qu'elle en a l'air.

— Tu ne vas quand même pas me dire que tu ne croyais pas que ce serait une adorable vieille dame ?

Il pouffa.

— Tu parles ! Aussi adorable que… qu'un boa constrictor !

— Ce qu'elle est grande ! Terriblement grande. Combien est-ce qu'elle mesure, à ton avis ?

— Oh là là ! Ce n'est pas facile à dire. Un mètre quatre-vingts, peut-être. Et elle doit peser quatre-vingt-dix kilos.

— Non ! Elle mesure deux mètres dix et elle pèse deux cent vingt-cinq kilos !

— Écoute, Cathy, il faut que tu cesses d'exagérer tout le temps. Que tu arrêtes de donner une importance outrancière aux choses qui n'en ont pas. Regarde lucidement la situation. Ce n'est jamais qu'une chambre dans me grande maison. Il n'y a vraiment pas de quoi être terrorisé. Nous n'avons qu'une nuit à y passer avant le retour de maman.

— Dis, Christopher, tu as entendu ce qu'elle a dit,

la grand-mère, à propos de ce demi-oncle ? Tu as compris ce qu'elle voulait dire ?

— Non, mais je suppose que maman nous expliquera tout. Maintenant, fais ta prière et dors. Je ne vois pas ce qu'il y a à faire d'autre.

Je me levai, me mis à genoux, joignis les mains sous mon menton et, fermant les yeux très fort, je priai, je demandai au bon Dieu d'aider maman à être aussi ensorcelante que possible. « Et faites que le grand-père ne soit pas aussi méchant et haineux que sa femme », dis-je finalement.

Puis, épuisée par la fatigue et par toutes ces émotions, je regrimpai dans le lit et, nichée contre Carrie, je plongeai enfin dans un sommeil plein de rêves.

La maison de la grand-mère

Le petit jour blême filtrait derrière les épais rideaux que nous n'avions pas le droit d'ouvrir. Christopher s'assit sur son lit, bâilla et s'étira en souriant.

— Salut, petite tête de balai-brosse ! me lança-t-il.

Il était pourtant aussi hirsute que moi. Plus, même. Je ne sais vraiment pas pourquoi le bon Dieu leur avait donné toutes ces boucles, à lui et à Cory, alors que Carrie et moi avions les cheveux simplement ondulés. Et, tout garçon qu'il était, il faisait des efforts terribles pour essayer de les aplatir à grand renfort de coups de brosse, tandis que je le regardais faire en souhaitant qu'elles sautent de sa tête sur la mienne.

Je m'assis à mon tour sur mon lit et jetai un coup d'œil à la ronde. La chambre était grande. Elle faisait peut-être cinq mètres de côté. Mais avec les deux lits à deux personnes, la commode massive, la grosse armoire, les deux bergères, la coiffeuse et sa petite chaise coincées entre les fenêtres, plus la table en acajou avec les quatre chaises assorties, elle faisait plutôt étriquée. Encombrée. Une table de nuit surmontée d'une lampe séparait les deux lits. Des lampes, il y en avait quatre en tout. Par terre, un tapis d'Orient d'un rouge pisseux avec des franges dorées. Autrefois, il avait peut-être été luxueux mais, maintenant, atteint par la limite d'âge, il montrait sa corde. Les édredons mordorés étaient faits d'un tissu épais qui ressemblait à du satin. Aux murs étaient accrochées trois gravures. Oh là là ! À vous couper le souffle ! Des démons grotesques poursuivant des gens tout nus dans des cavernes souterraines où le rouge dominait ! Des monstres inquiétants qui dévoraient de pauvres malheureux.

— C'est l'image que certains se font de l'enfer, me dit mon monsieur Je-Sais-Tout de frère. Je te parie tout ce que tu voudras que l'ange que nous avons pour grand-mère a accroché ces reproductions de ses propres mains, rien que pour que nous sachions ce qui nous attend si nous avons l'audace de lui désobéir. Je crois que ce sont des reproductions de Goya.

Oui, il savait tout, mon frère. S'il n'avait pas décidé de faire sa médecine, il aurait pu devenir peintre. Il était exceptionnellement doué pour le dessin, l'aquarelle, la peinture à l'huile et compagnie.

Au moment où je m'apprêtais à me lever pour aller au petit coin, Christopher bondit hors de son lit et me coiffa au poteau. Pourquoi fallait-il donc qu'on soit si loin de la salle d'eau, Carrie et moi ? Tandis que j'attendais mon tour avec impatience, les deux petits se réveillèrent comme un seul homme. Ils s'assirent, bâillèrent, tel un double reflet dans un miroir, se frottèrent les yeux et regardèrent autour d'eux encore ensommeillés.

— J'aime pas, ici, déclara alors Carrie sur un ton catégorique.

Cela n'avait rien d'étonnant. Elle avait toujours eu des idées très arrêtées. Avant même de parler, et elle avait commencer à parler à neuf mois, elle savait déjà ce qu'elle aimait et ce qu'elle n'aimait pas. Elle ne connaissait pas le moyen terme – c'était toujours tout noir ou tout blanc, pas de milieu. Quand elle était contente, elle avait la plus délicieuse des voix, on aurait dit un ravissant petit oiseau pépiant joyeusement au point du jour. L'ennui, c'était qu'elle n'arrêtait pas de pépier du matin au soir, sauf quand elle dormait. Elle tenait des discours à ses poupées, aux tasses à thé, à son nounours, à ses animaux en peluche. Tout ce qui ne bougeait et ne répondait pas méritait qu'elle lui fasse la conversation. À la longue, j'avais fini par ne plus même entendre son babillage incessant. Je débranchais et la laissais jacasser inlassablement.

Rien de tel chez Cory. Il écoutait avec attention le bavardage de sa sœur. Je me rappelle que Mme Simpson disait qu'il était « une eau dormante mais profonde ». Je ne sais pas encore très bien ce qu'elle entendait par là, sauf peut-être qu'il émane des gens taciturnes une sorte d'illusion de mystère qui vous oblige à vous demander ce qu'il y a vraiment sous la surface.

— T'as entendu, Cathy ? reprit ma petite sœur. J'aime pas, ici.

À ces mots, Cory jaillit hors de son lit pour se fourrer dans le nôtre. Alors, serrant très fort sa jumelle dans ses bras, une lueur d'effroi dans ses yeux écarquillés, il demanda sur le ton solennel qui lui était coutumier :

— Comment on est venus là ?

— En chemin de fer, cette nuit. Tu ne te rappelles pas ?

— Non.

— Nous avons marché dans les bois au clair de lune. C'était très joli.

— Où est le soleil ? Il fait encore nuit ?

Le soleil était caché par les rideaux mais si j'avais eu le malheur de le lui dire, Cory aurait voulu à toute force les ouvrir pour regarder dehors. Et il aurait immanquablement exigé de sortir. Je ne savais que lui répondre mais le ferraillement d'une clé dans la serrure me dispensa d'avoir à le faire.

Notre grand-mère entra avec un grand plateau recouvert d'une serviette blanche. Elle commença par nous expliquer de sa façon expéditive qu'il n'était pas question qu'elle coure toute la journée dans les escaliers avec un lourd plateau. Elle ne monterait qu'une fois par jour. Si elle venait trop souvent, les domestiques risqueraient de le remarquer.

— À l'avenir, je prendrai un panier de pique-nique, fit-elle en posant le plateau sur la petite table. (Elle se tourna vers moi comme si j'étais préposée aux repas.) Vous ferez en sorte que vos provisions durent toute la journée. Vous les diviserez en trois parties. Les œufs au bacon, les toasts et les céréales sont pour le petit déjeuner, les sandwiches et le petit thermos qui contient de la soupe chaude pour midi, le poulet, la salade de pommes de terre et les haricots verts pour le dîner. Pour dessert, vous avez des fruits. Si vous avez été sages et n'avez pas fait de bruit pendant la journée, je vous apporterai peut-être une glace avec des biscuits ou un gâteau. Mais jamais de bonbons. Il ne faut surtout pas que vous vous abîmiez les dents. Tant que votre grand-père ne sera pas mort, il est exclu que vous alliez chez le dentiste.

Christopher était sorti de la salle de bains où il s'était habillé et il regardait fixement, lui aussi, la grand-mère qui évoquait de façon si désinvolte la disparition de son mari sans la moindre affliction apparente. C'était comme si elle parlait d'un poisson rouge qui allait bientôt crever dans un aquarium, quelque part en Chine.

— Vous vous laverez les dents après chaque repas, vous vous brosserez bien les cheveux, vous vous laverez le corps et vous éviterez d'être débraillés. J'ai horreur des enfants qui ont la figure et les mains sales et le nez qui coule.

Et Cory avait justement le nez qui coulait ! Mine de rien, je le lui essuyai avec un mouchoir en papier. Pauvre gosse ! Était-ce sa faute s'il souffrait presque tout le temps du rhume des foins ?

— Et de la modestie dans la salle de bains, je vous prie, enchaîna-t-elle en nous lançant un regard particulièrement fulgurant à moi et à Christopher adossé, l'air insolent, à la porte d'icelle. Interdiction aux garçons d'y aller en même temps que les filles et vice versa.

Je me sentis devenir cramoisie. Non mais pour qui nous prenait-elle, à la fin ?

Suivit l'exhortation que nous entendions pour la première fois mais qui allait devenir un refrain lancinant – comme un disque rayé :

— Et n'oubliez pas que Dieu voit tout, mes enfants ! Il verra tout ce que vous ferez de mal dans mon dos. Et il vous punira à ma place. (Elle sortit un papier de sa poche.) J'ai noté sur cette feuille les règles que vous aurez à observer tant que vous serez chez moi.

Elle la posa sur la table, nous enjoignit de lire son règlement et de l'apprendre par cœur, puis elle pivota sur elle-même. Pour ressortir ?... Non, elle se dirigea vers le placard que nous n'avions pas encore exploré.

— Ceci est un cagibi au fond duquel se trouve une petite porte qui donne accès à l'escalier du grenier. Là, vous aurez assez de place pour courir, jouer et faire un peu de bruit... mais raisonnablement. Cela étant dit, je ne veux pas que vous y montiez avant 10 heures. C'est le moment de la journée où les femmes de chambre font le ménage au rez-de-chaussée et elles pourraient vous entendre. Ne l'oubliez jamais. Après 10 heures, elles n'ont pas le droit de venir à cet étage. L'une d'elles est une voleuse. Tant que je ne l'aurai pas prise sur le fait, je serai toujours là quand elles mettront de l'ordre dans les chambres. Dans cette maison, c'est nous qui dictons nos lois et qui prononçons les châtiments qui s'imposent. Comme je vous l'ai déjà dit cette nuit, le dernier vendredi du mois, vous monterez très tôt dans le grenier et vous vous tiendrez tranquilles. Sans parler ni traîner les pieds, vous m'avez bien comprise ?

Elle nous dévisagea les uns après les autres pour bien souligner ses recommandations. Son regard était mauvais. Christopher acquiesça. Moi aussi. Les jumeaux la considéraient avec une sorte de fascination proche de l'effroi. Pour terminer, nous fûmes informés que ces fameux vendredis, elle viendrait inspecter notre chambre et la salle de bains pour s'assurer que nous n'y avions rien oublié de compromettant.

Ayant dit, elle sortit. À nouveau, nous étions sous clé.

Enfin, nous pouvions respirer !

Je décidai avec une froide détermination d'en faire un jeu.

— Christopher Doll, je vous nomme père de famille.

Il s'esclaffa et répliqua sur un ton gouailleur :

— Et puis quoi encore ? En tant qu'homme et chef de famille, j'entends être obéi et servi au doigt et à l'œil. Comme un roi. Femme, étant mon inférieure et mon esclave, je t'ordonne de mettre la table, de disposer les mets et de tout préparer pour le plaisir et la satisfaction de ton seigneur et maître.

— Tu veux répéter, *frère* ?

— À partir de dorénavant je ne suis plus ton frère mais ton seigneur et maître. J'entends que tu fasses ce que je te dirai de faire.

— Et si je ne fais pas ce que tu me diras de faire, mon seigneur et maître ?

— Oh ! Que je n'aime pas ce ton ! Parle respectueusement quand tu t'adresses à moi, je te prie.

— Cause toujours ! Le jour où je te parlerai respectueusement, mon petit Christopher, ce sera que tu auras mérité que je te respecte. Et, ce jour-là, tu mesureras trois mètres cinquante, la lune brillera en plein midi et l'ouragan fera surgir une licorne chevauchée par un preux chevalier revêtu d'une étincelante et blanche armure et brandissant la tête d'un dragon vert à la pointe de sa lance !

Après ces fortes paroles, satisfaite de la consternation qui s'était peinte sur ses traits, je pris Carrie par la main et, très digne, allai m'enfermer avec elle dans la salle de bains où nous pourrions prendre tout le temps qu'il nous faudrait pour nous débarbouiller, nous habiller et nous peigner, sans prêter la moindre attention au pauvre Cory qui avait besoin de s'isoler et ne cessait de supplier :

— S'il te plaît, Cathy, laisse-moi entrer ! Je regarderai pas !

Une salle de bains, tout compte fait, cela finit par lasser. Quand nous en sortîmes, croyez-moi ou ne me croyez pas, Christopher avait habillé Cory ! Et le plus stupéfiant était qu'il n'avait plus besoin de s'isoler, le petit sacripant !

— Comment cela se fait-il ? lui demandai-je. Tu ne vas pas avoir le culot de me dire que tu t'es remis au lit pour faire pipi ?

Il désigna silencieusement du doigt un gros vase à fleurs bleu… veuf de fleurs.

Christopher, le coude posé sur la commode, les bras croisés sur la poitrine, semblait très content de lui.

— Cela t'apprendra à traiter par le mépris les mâles dans le besoin, déclara-t-il. Nous autres, nous n'avons pas à nous accroupir comme vous, les femmes. En cas d'urgence, tout fait ventre.

Je commençai par rincer le vase. Ce ne serait pas une mauvaise idée de le mettre sous le lit du côté de Cory – à toutes fins utiles.

Nous nous installâmes autour de la table de bridge entre les deux fenêtres. Nous avions allumé les quatre lampes mais prendre son petit déjeuner dans cette lumière crépusculaire était démoralisant.

— Arrête de faire cette tête de carême ! me lança mon imprévisible frère. Je plaisantais, c'est tout. Je ne te demande pas d'être mon esclave. C'est que j'aime tellement les perles précieuses qui sortent de ta bouche quand on te provoque que je suis incapable de résister à la tentation de te faire bisquer.

Et pour me prouver qu'il n'était pas une brute tyrannique, il m'aida à verser le lait dans les tasses, ce qui lui permit de constater que pour ne pas en répandre une goutte quand on doit soulever un thermos d'un litre et demi, ce n'était pas un mince exploit.

À peine Carrie eut-elle jeté un coup d'œil sur les œufs au bacon qu'elle se mit à brailler :

— Nous, on aime pas les œufs au bacon ! Ce qu'on aime, nous, c'est les céréales froides ! Cette mangeaille chaude pleine de grumeaux et toute grasse, nous, on aime pas ! DES CÉRÉALES FROIDES, C'EST ÇA QU'ON AIME AVEC DES RAISINS SECS !

— Écoute-moi un peu, veux-tu ? rétorqua leur nouveau père en édition de poche. Tu vas manger ce qu'il y a dans ton assiette sans protester. Sans pleurer et sans pleurnicher. C'est compris ? Et ce n'est pas chaud, c'est froid. Quant au gras, tu n'as qu'à l'enlever. N'importe comment, c'est figé.

En un clin d'œil, Christopher avala son porridge froid et ses toasts non beurrés. Les jumeaux, je ne saurai jamais pourquoi, mangèrent tout ce qu'il y avait dans leur assiette sans récrimination ni murmure. J'avais la désagréable impression que ces bonnes dispositions ne dureraient pas.

Quand nous eûmes terminé, j'empilai bien proprement les assiettes sur le plateau, puis je tendis à Christopher la liste des interdits rédigée en lettres d'imprimerie comme si nous étions trop demeurés pour lire l'écriture courante. Pinçant les lèvres en une excellente imitation de la mine sévère de la grand-mère, il commença d'une voix sèche et monocorde :

— « Un : vous serez toujours habillés et boutonnés.

» Deux : vous n'invoquerez jamais le nom du Seigneur en vain et vous réciterez les grâces avant chaque repas. Et si je ne suis pas dans la pièce pour en avoir l'assurance, vous pouvez avoir la certitude que Dieu vous écoutera et vous surveillera.

» Trois : en aucun cas vous n'ouvrirez les rideaux, même pour jeter un coup d'œil dehors.

» Vous ne m'adresserez jamais la parole sauf si je vous parle la première.

» Cinq : cette chambre sera toujours en ordre et les lits faits.

» Six : vous ne serez jamais oisifs. Vous consacrerez cinq heures à l'étude chaque jour et, le reste du temps, vous occuperez vos loisirs d'une façon intelligente. Si vous avez, par hasard, quelque don ou quelque talent, vous vous emploierez à les développer. Dans le cas contraire, vous lirez la Bible. Ceux qui ne savent pas lire la regarderont en s'efforçant de s'imbiber de la volonté du Seigneur.

» Sept : vous vous laverez les dents après le petit déjeuner et le soir avant de vous coucher.

» Huit : si je surprends les garçons et les filles ensemble dans la salle de bains, je serais impitoyable et, après la correction que vous recevrez, vous ne pourrez plus vous asseoir avant longtemps. »

Mais quelle espèce de grand-mère avions-nous là ?

— « Neuf : vous serez tous quatre toujours modestes et pudiques – dans votre conduite, dans vos paroles et dans vos actes.

» Dix : vous vous abstiendrez de toucher à vos parties intimes et de vous amuser avec elles. Vous ne les regarderez pas dans la glace. Vous ne penserez pas à elles, même quand vous procéderez à vos ablutions.

» Onze : vous ne vous abandonnerez pas à des rêveries coupables, perverses ou lubriques. Vos pensées demeureront propres, pures, éloignées des idées malsaines et dépravées qui vous corrompraient moralement.

» Douze : vous éviterez de regarder les personnes du sexe opposé sauf en cas d'absolue nécessité.

» Treize : ceux d'entre vous qui savent lire, et j'espère qu'il y en a au moins deux, liront chacun à son tour et à haute voix au moins une page de la Bible afin que les plus jeunes profitent des enseignements du Seigneur.

» Quatorze : vous prendrez quotidiennement un bain, nettoierez ensuite la baignoire et laisserez les lieux aussi propres que vous les avez trouvés.

» Quinze : vous apprendrez tous par cœur, y compris les jumeaux, au moins une citation de la Bible chaque jour. Vous me la réciterez quand je vous le demanderai afin que je sache quels passages vous avez appris.

» Seize : vous mangerez tout ce que je vous apporterai sans rien gaspiller, sans rien jeter et sans rien en cacher. Gâcher de la bonne nourriture quand tant de gens ont faim de par le monde est un péché.

» Dix-sept : vous ne vous promènerez pas dans la chambre en vêtements de nuit, même pour aller aux toilettes ou en revenir. Vous porterez toujours une robe de chambre, même par-dessus votre linge de corps quand vous êtes dans la salle de bains. J'exige que tous ceux qui demeurent sous mon toit soient pudiques et modestes en toutes choses et dans tous les domaines.

» Dix-huit : quand j'entrerai dans cette chambre, vous vous tiendrez au garde-à-vous, les bras le long du corps. Vous ne serrerez pas les poings en signe de défi. Vous ne croiserez pas mon regard. Vous n'essaierez en aucun cas de me manifester de signes d'affection. Et n'espérez de moi ni tendresse, ni pitié, ni amour, ni compassion. C'est parfaitement impossible. Ni votre grand-père ni moi ne pouvons nous permettre d'éprouver quelque affection que ce soit à l'endroit de ce qui est impur. »

Oh ! Quel venin dans ces mots ! Christopher dut s'interrompre. Il paraissait atterré. Mais un sourire effaça la consternation qui se lisait sur ses traits quand ses yeux rencontrèrent les miens. Il chatouilla Carrie sous le menton pour la faire rire et pinça le nez de Cory qui se mit, lui aussi, à glousser.

— D'après ce qu'elle a écrit, m'écriai-je avec inquiétude, maman n'a aucune chance de se mettre dans les petits papiers de son père ! Il ne daignera même jamais poser les yeux sur nous ! Pourquoi ? Quel crime avons-nous commis ? Nous n'étions même pas nés quand notre mère a fait je ne sais quoi de si terrible qu'il l'a déshéritée ! Pourquoi nous détestent-ils, nous ?

— Ne t'emballe pas, répondit Christopher. Il ne faut pas prendre tout cela trop au sérieux. C'est une folle. Elle a quelque chose qui ne tourne pas rond. Quelqu'un d'aussi malin que notre grand-père ne peut pas partager des idées aussi stupides. Sinon, comment aurait-il gagné des dollars à la pelle ?

— Peut-être qu'il ne l'a pas gagnée, sa fortune… qu'elle lui est tombée toute rôtie dans le bec !

— C'est vrai, maman a dit qu'il a fait un petit héritage mais comme il l'a multiplié par cent, c'est forcément qu'il n'est pas idiot. Mais c'est la reine des toquées qu'il a prise pour femme !

Christopher sourit et enchaîna sur les commandements de la grand-mère :

— « Dix-neuf : quand je viendrai vous apporter à manger, vous ne me parlerez pas, vous ne me regarderez pas, vous n'aurez de pensées irrespectueuses ni envers moi ni envers votre grand-père car Dieu lit dans les esprits. Mon mari est un homme d'une très grande volonté. Il a une armée de médecins, d'infirmières et de techniciens qui s'occupent de lui, des machines prêtes à remplacer ses organes en cas de défaillance. Aussi, n'allez pas vous imaginer que quelque chose d'aussi peu motivé que son cœur peut trahir cet homme d'acier. »

Bigre ! Un homme d'acier pour faire le pendant à la grand-mère ! Il avait sûrement les yeux gris, lui aussi. Des yeux durs, des yeux de silex. Parce que les semblables s'attirent. Notre mère et notre père l'avaient démontré.

— « Vingt : vous ne sauterez pas, vous ne crierez pas, vous ne parlerez pas trop fort parce que les domestiques pourraient vous entendre. Et vous porterez toujours des chaussons.

» Vingt et un : vous ne gaspillerez ni le papier hygiénique ni le savon. Si vous bouchez les toilettes et qu'elles débordent, vous nettoierez et réparerez les dégâts.

» Vingt-deux : tout le monde – les garçons comme les filles – lavera ses vêtements dans la baignoire. Votre mère s'occupera des draps et des serviettes. La housse du matelas sera changée une fois par semaine. Si jamais l'un de vous la souille, je dirai à votre mère de vous apporter des alaises et de donner une bonne correction à l'enfant malpropre. »

Je poussai un soupir et passai mon bras autour des épaules de Cory qui s'était mis à pleurnicher.

— Chut ! N'aie pas peur. Si cela se produit, elle n'en saura rien. Nous te protégerons. On trouvera un moyen.

— J'en arrive à la conclusion, dit Christopher. Et ce n'est pas « faites ci, ne faites pas ça ». Rien qu'un avertissement. Voilà ce qu'elle a écrit : « Sachez que cette liste n'est pas définitive. Je la compléterai chaque fois que je le jugerai utile car je suis très observatrice et rien ne m'échappe. Sachez aussi que vous ne pourrez ni me berner ni vous moquer de moi, ni me jouer de mauvais tours car, si jamais vous cédiez à cette tentation, il vous en cuirait. Enfin, une dernière recommandation : ne prononcez en aucun cas le nom de votre père, ne faites en aucun cas la moindre allusion à lui en ma présence. Pour ce qui est de moi, je ne regarderai jamais l'enfant qui lui ressemble le plus. »

C'était fini. Je lançai un coup d'œil interrogateur à Christopher. Concluait-il, comme moi, du dernier paragraphe que si maman avait été déshéritée et si, maintenant, ses parents la haïssaient, ç'avait été pour une raison ou une autre à cause de notre père ?

Et déduisait-il aussi de cette prose que nous allions rester enfermés ici longtemps, très longtemps ?

Oh mon Dieu ! Mon Dieu ! Mon Dieu l Je ne tiendrai même pas une semaine !

— Cathy, fit calmement mon frère avec un sourire en coin tandis que les jumeaux nous regardaient alternativement, prêts à imiter notre panique, notre joie ou nos cris, Cathy, sommes-nous tellement laids et tellement dépourvus de charme qu'une vieille femme qui, de toute évidence, déteste notre mère et notre père pour des motifs que j'ignore pourra nous repousser éternellement ? Elle joue la comédie, elle raconte des blagues. Elle ne pense pas un mot de tout ça.

Il agita la liste des commandements, la plia pour en faire une flèche qu'il lança en direction de la commode. Comme avion, ce n'était pas tellement fameux.

— Qui devons-nous croire ? poursuivit Christopher. Cette vieille bonne femme qui est sûrement folle et devrait être enfermée ? Ou celle qui nous aime, celle que nous connaissons et en qui nous avons confiance ? Maman prendra soin de nous. Elle sait ce qu'elle fait, tu peux être tranquille.

Naturellement, il avait raison. C'était maman qu'il fallait croire, pas cette vieille femme raide comme une trique avec ses idées idiotes, ses yeux qui lançaient des éclairs et la balafre tordue qui lui servait de bouche. Le grand-père allait succomber devant la beauté et la grâce de maman en deux temps trois mouvements. Alors, nous descendrions l'escalier avec nos plus beaux atours, tout sourire. Il nous verrait, il verrait que nous ne sommes pas horribles ni stupides mais assez normaux pour qu'on puisse nous apprécier un peu – ou beaucoup. Et peut-être… qui sait ? peut-être qu'un jour il trouverait même au fond de son cœur un petit peu d'amour pour ses petits-enfants.

Le grenier

10 heures avaient sonné.

Nous rangeâmes ce qui restait de nos provisions pour la journée à l'endroit le plus frais que nous pûmes trouver sous la commode. Les domestiques qui faisaient les lits et le ménage des chambres du haut dans les autres ailes étaient sûrement redescendus. Ils ne reviendraient pas ici avant vingt-quatre heures.

Nous en avions déjà jusqu'aux sourcils de cette chambre et nous étions impatients d'explorer les confins du parcimonieux domaine qui nous était concédé. Nous prîmes chacun un des petits par la main, Christopher et moi, et nous nous dirigeâmes en silence vers le cagibi où nous avions entreposé nos deux valises. On les déferait plus tard, rien ne pressait. Quand nous aurions des appartements plus spacieux et plus agréables, les domestiques s'en chargeraient, comme dans les films, et nous pourrions sortir. N'importe comment, nous aurions quitté cette pièce quand les femmes de chambre viendraient la nettoyer le dernier vendredi du mois. À ce moment-là, nous aurions recouvré la liberté.

Christopher ouvrait la marche avec son petit frère

et j'avançai sur ses talons avec Carrie. Le passage obscur menant au raide escalier était si étroit que nos épaules en frôlaient presque les parois. Nous gravîmes les hautes marches.

Et nous arrivâmes enfin au bout de nos peines.

C'était donc ça ?

Nous avions déjà vu des greniers avant – qui n'en a pas vu ? Mais un grenier comme celui-là… jamais !

Pétrifiés sur place, nous regardions tout autour de nous avec incrédulité. Immense, sombre, sale, envahi de poussière, le grenier s'étirait sur des kilomètres ! Les murs opposés étaient si loin qu'on avait l'impression de les voir à travers une brume. Ils semblaient brouillés. L'air était ténébreux, avait une odeur déplaisante de moisi, de pourriture, de cadavres abandonnés.

Quatre mansardes s'ouvraient sur la façade, quatre autres par-derrière. Pour autant qu'on pouvait en juger, les deux autres murs étaient aveugles.

Pas à pas, nous avancions comme un seul homme avec circonspection, tournant le dos à l'escalier. Les larges lames du plancher s'effritaient et les bestioles que nous dérangions s'égaillaient dans toutes les directions. Avec tout le mobilier emmagasiné ici, il y aurait eu de quoi meubler je ne sais combien de maisons. C'étaient des meubles sombres et massifs.

Et il y avait des tas d'autres choses. Des vases de nuit des cuvettes avec leur pot à eau… peut-être vingt ou trente ! Un machin rond, en bois, qui ressemblait à une espèce de baquet cerclé de fer. Imaginez qu'on prenait des bains là-dedans !

Tout ce qui avait une certaine valeur, apparemment, était recouvert de draps que la poussière accumulée avait rendus d'un gris sale. Et ces objets sous housse me faisaient frissonner car j'avais l'impression de voir d'étranges et inquiétants fantômes de meubles qui murmuraient entre eux. Et je ne voulais surtout pas entendre ce qu'ils se racontaient.

Le long d'un mur s'alignaient des douzaines et des douzaines d'antiques malles à courroies, aux grosses serrures et aux coins de cuivre, bardées d'étiquettes. Elles avaient dû faire plusieurs fois le tour du monde. Elles étaient immenses. De vrais cercueils.

De gigantesques armoires se dressaient, silencieuses, tout au fond. Nous allâmes voir ce qu'il y avait dedans. Elles étaient pleines de vieux vêtements. D'uniformes, aussi. Nordistes et sudistes, ce qui nous fit nous perdre en conjectures, Christopher et moi.

— Crois-tu que nos ancêtres étaient tellement indécis qu'ils ne savaient pas quel camp rejoindre pendant la guerre de Sécession, Christopher ?

— La guerre entre les États, rectifia-t-il. Ça sonne mieux.

— C'étaient des espions, tu crois ?

— Que veux-tu que j'en sache ?

Des secrets, des secrets... partout. Le frère contre le frère, je voyais ça d'ici. Oh ! ce que ce serait amusant de savoir ! Si seulement nous pouvions trouver des journaux intimes !

— Eh ! Regarde ! s'exclama mon frère en sortant d'une armoire une redingote crème aux revers de velours marron relevés d'un coquet passepoil de satin plus foncé.

Quand il l'agita, d'affreuses petites bestioles s'envolèrent. Et pourtant, cela sentait la naphtaline !

Je poussai un hurlement. Carrie aussi.

— Ne faites pas les bébés, nous morigéna Christopher, imperturbable. Ce ne sont que des mites. Des mites inoffensives. Il n'y a que leurs larves qui font des trous.

Cela m'était bien égal ! Nourrisson ou adulte, un insecte, c'est un insecte ! Et puis, je ne comprenais vraiment pas pourquoi ce fichu costume l'intéressait à ce point. Qu'est-ce qui lui prenait d'examiner la braguette du pantalon pour savoir si, dans le temps, les hommes avaient des boutons ou des fermetures à glissière ?

— Eh bien, mince ! laissa-t-il tomber d'un air troublé. Quelle corvée de défaire chaque fois tous ces boutons !

C'était son opinion.

Moi, j'en avais une autre – à savoir que les gens d'autrefois savaient réellement s'habiller ! Comme j'aurais aimé pirouetter revêtue d'un corsage à ruché et d'un pantalon plissé avec des douzaines de jupons à fanfreluches et des crinolines chamarrées, plissées, brodées, pleines de dentelles, avec des choux de velours partout ! J'aurais des souliers de satin, une ombrelle pour protéger du vent et du soleil mes anglaises aux reflets d'or et mon teint de rose, je jouerais gracieusement de l'éventail pour me rafraîchir et mes battements de cils seraient ensorcelants. Oh ! quelle beauté je serais !

Le criaillement de Carrie me ramena brutalement au présent :

— Il fait chaud, Cathy.

— Oui, il fait chaud.

— J'aime pas ici, Cathy.

Carrie arborait une expression de stupéfaction et d'effroi. Je pris les deux petits par la main et, me détournant de ces fascinantes vieilles toilettes, nous nous mîmes à explorer les richesses que recelait le grenier. Et Dieu sait s'il y en avait ! Des milliers de livres et de registres empilés, des bureaux, deux pianos droits, des postes de radio, des phonographes, des cartons où s'entassaient les oripeaux de générations disparues, des mannequins de toutes les tailles et de toutes les formes, des volières, des râteaux, des pelles, des photographies encadrées représentant des gens au teint blême et maladif que je soupçonnais être des parents décédés. Les uns étaient blonds, d'autres étaient bruns ; ils avaient des yeux au regard aigu, des yeux cruels, des yeux durs, des yeux remplis d'amertume, des yeux tristes, des yeux désenchantés, des yeux mélancoliques, des yeux désespérés, des yeux vides mais en aucun cas, je le jure, des yeux heureux. Quelques-uns souriaient, mais ceux-là étaient très minoritaires. Je fus particulièrement attirée par le portrait d'une jeune fille d'environ dix-huit ans. Avec son vague et énigmatique sourire, elle me rappelait Mona Lisa, sauf qu'elle était plus belle. Sa poitrine gonflait de manière impressionnante son corsage plissé et Christopher, désignant l'un des mannequins du doigt, s'écria avec emphase :

— C'est le sien ! Voilà ce qu'on appelle une silhouette sablier, poursuivit-il, le regard admiratif. Regarde cette taille de guêpe, ces hanches évasées, ce buste généreux ! Si tu avais hérité d'une académie pareille, Cathy, ta fortune serait assurée.

— Tu n'y connais vraiment pas grand-chose, répliquai-je avec mépris. Ce n'est pas le galbe naturel d'une femme. Elle était sanglée dans un corset. C'est la raison pour laquelle les femmes d'autrefois s'évanouissaient si souvent et demandaient des sels.

— Comment peut-on demander des sels quand on est évanoui ? railla-t-il. (Il considéra à nouveau le portrait de la jeune femme si bien tournée.) Tu ne trouves pas qu'elle ressemble à maman ? Si elle était coiffée autrement et portait des vêtements modernes, ce serait exactement elle.

Ha ha ! Notre mère avait bien trop de bon sens pour étouffer dans un corset semblable à une cuirasse !

— Mais cette fille est seulement jolie alors que maman, elle, est belle, conclut mon frère.

Le silence qui remplissait l'immense grenier était si intense que l'on entendait battre son cœur. Pourtant, comme il aurait été amusant de fouiller dans toutes ces malles, d'examiner le contenu de toutes ces caisses, l'essayer toutes ces toilettes et ces colifichets qui sentaient le moisi et de faire semblant, de faire semblant ! Mais il faisait tellement chaud ! C'en était oppressant. Déjà, j'avais l'impression que la poussière m'obstruait les poumons. Des toiles d'araignées traçaient leurs lacis dans les coins et pendaient aux solives, et il y avait des bêtes qui rampaient, qui couraient par terre et sur les murs. Sans compter les rats et les souris, bien que je n'en eusse pas encore vu. Je me rappelai soudain un film qui était passé à la télé – l'histoire d'un homme qui était devenu fou et s'était pendu dans un vieux grenier. Et un autre – un homme qui avait fourré sa femme dans une vieille malle aux serrures et aux ferrures de cuivre tout à fait comme celles qui étaient là. Il avait refermé le couvercle et l'avait laissée mourir. Je jetai un nouveau coup d'œil aux malles. Quels secrets ignorés des domestiques abritaient-elles ?

Mon frère avait une façon déconcertante de m'observer et d'étudier mes réactions. Je me détournai pour ne pas trahir les sentiments qui m'agitaient – mais il ne fut pas dupe. Il fit un pas vers moi, me prit la main et me dit d'une voix qui ressemblait étonnamment à celle de papa :

— Tout va s'arranger, Cathy. Il y a sûrement une explication simple à ce qui nous paraît terriblement mystérieux.

Lentement, je pivotai sur moi-même pour lui faire face, étonnée qu'il cherche à me réconforter au lieu de m'asticoter.

— Pourquoi, à ton avis, la grand-mère nous déteste-t-elle aussi ? Pourquoi le grand-père nous détesterait-il ? Qu'avons-nous fait, nous ?

Il haussa les épaules, aussi désorienté que moi.

Les petits s'étaient mis à tousser et à éternuer. Ils nous regardaient avec rancune, nous reprochant en silence de les obliger à rester dans cet endroit qui ne leur plaisait pas du tout.

— Écoutez, leur dit Christopher lorsqu'ils commencèrent à protester vraiment, on va entrouvrir les fenêtres, juste un tout petit peu pour avoir de l'air frais. Personne ne le remarquera d'en bas.

Il lâcha ma main qu'il serrait toujours et s'élança

ventre à terre en bondissant par-dessus les caisses, les malles et les meubles. Tout un cinéma !

Il était hors de vue quand, soudain, sa voix s'éleva :

— Venez ! nous lança-t-il sur un ton excité. Venez voir ce que j'ai découvert !

Nous nous précipitâmes, avides de voir ce qu'il avait trouvé de passionnant, de merveilleux, d'amusant – et tout ce qu'il avait à nous montrer était une pièce dont les murs de plâtre n'avaient jamais reçu le moindre coup de peinture. Mais le plafond était un vrai plafond – pas seulement des solives et des poutres. Cela ressemblait à une salle de classe ; cinq pupitres faisaient face à un grand bureau. Sur trois murs s'alignaient des tableaux noirs surmontés de casiers bourrés de vieux volumes jaunis et poussiéreux dont ce perpétuel assoiffé de science qu'était Christopher ne pouvait s'empêcher de lire les titres. Savoir qu'il avait un moyen de s'évader vers d'autres mondes grâce à ces livres suffisait pour le mettre sur orbite.

Des noms et des dates étaient gravés sur les pupitres. Jonathan, 11 ans, 1864 ! Adélaïde, 9 ans, 1879 ! Oh ! comme elle était vieille, cette maison ! Jonathan et Adélaïde n'étaient plus que poussière mais ils avaient laissé leurs noms pour que nous sachions qu'on les avait, eux aussi, expédiés au grenier. Mais pourquoi des parents auraient-ils fait d'un grenier une salle d'étude ? Jonathan et Adélaïde avaient sûrement été des enfants désirés, eux. Pas comme nous qui étions rejetés par nos grands-parents. Et eux, ils avaient des serviteurs pour monter le charbon ou le bois qui alimentaient les deux poêles installés dans les coins.

La vue d'un vieux cheval à bascule borgne affecté d'une queue jaunâtre et emmêlée qui faisait peine à voir suffit à faire pousser un cri de ravissement à Cory qui, toutes affaires cessantes, se jucha sur la selle rouge et pelée en claironnant :

— Hue dada ! Hue dada !

Et le poney noir et blanc qui n'avait pas été monté depuis une éternité de galoper en grinçant et en protestant de toutes ses jointures rouillées.

— Moi aussi, j'veux faire du dada ! brama Carrie. Où qu'il est mon dada à moi ?

Je la soulevai et l'installai en croupe. Cramponnée à son frère et riant aux éclats, elle se mit à houspiller à coups de talon le destrier calamiteux pour le faire caracoler plus vite, toujours plus vite. Je ne comprenais pas que leur malheureuse monture ne parte pas en morceaux.

Maintenant, je pouvais jeter un coup d'œil aux vieux bouquins qui fascinaient tellement Christopher. Bien imprudemment, j'en pris un au hasard sans même regarder le titre et commençai à le feuilleter – et, du même coup, semai la panique chez une légion de bestioles aux pattes sans nombre qui se débandèrent dans toutes les directions. Je lâchai le livre dont les pages s'éparpillèrent. J'avais une sainte horreur des bêtes. Surtout des araignées. Les vers arrivaient en seconde position dans mon aversion. Et celles que j'avais mises en déroute semblaient être une combinaison des deux.

Cette réaction de petite fille déclencha instantanément l'hilarité de Christopher. Quand il se fut calmé, il déclara doctement que ma répulsion était injustifiée. Les jumeaux sur leur pur-sang qui se cabrait me contemplaient d'un air effaré. Il me fallait recouvrer vivement mon sang-froid. Et faire comme si les mères elles-mêmes ne poussaient pas des glapissements d'effroi devant quelques bestioles.

— Cathy, enchaîna Christopher, tu as douze ans. Il est temps que tu sois une grande fille. Quelques malheureux vers de papier, il n'y avait pas de quoi en faire un drame. C'est nous, les humains, qui sommes les maîtres suprêmes et notre empire s'étend sur toutes choses. Cette pièce n'est vraiment pas si mal que cela. Il y a de l'espace, de grandes fenêtres, des quantités de livres et même des jouets pour les petits.

Ouais ! Il y avait en effet une vieille charrette rouge toute rouillée dont une roue manquait à l'appel et une patinette verte déglinguée. Sensationnel, non ? Et mon Christopher qui buvait du petit-lait tant il était enchanté d'avoir découvert une pièce où les gens cachaient leurs enfants pour ne pas les voir ni les entendre, peut-être même pour ne pas penser à eux... et il trouvait qu'il était possible d'en tirer quelque chose !

Évidemment, on pouvait passer un coup de balai dans les obscures encoignures grouillantes de monstres horribles, on pouvait tout asperger d'insecticide afin qu'il ne reste plus un seul être immonde assez petit pour qu'on l'écrase sous le pied. Mais comment écrabouiller la grand-mère et le grand-père ? Comment transformer ce coin de grenier en un paradis fleuri qui ne soit pas une autre prison comme la chambre d'en bas ?

Je me précipitai vers l'une des hautes fenêtres

mansardées et montai sur une caisse pour en atteindre le rebord. Je voulais à toute force voir le sol, savoir à quelle hauteur nous étions et combien d'os nous nous casserions si nous sautions. Je voulais désespérément voir les arbres, la pelouse, et les fleurs, et le soleil, et la vraie vie. Mais un toit d'ardoises noires faisait écran. Au-delà de ce toit, j'apercevais la cime des arbres et, plus loin, des montagnes au-dessus desquelles flottaient des nappes de brume bleutée.

Christopher me rejoignit sur mon perchoir. Son épaule frôlait la mienne et sa voix tremblait un peu quand il murmura :

— On voit quand même le ciel, le soleil et, la nuit, on verra la lune et les étoiles. On verra passer les oiseaux et les avions. Tiens, je parie que si on laissait une fenêtre ouverte, il y aurait peut-être un hibou qui entrerait. J'ai toujours rêvé d'avoir un hibou apprivoisé.

— Moi, je veux un petit chat, déclara Carrie en tendant les bras pour que nous la soulevions. (Elle aussi, elle voulait voir.)

— Et moi un petit chien, renchérit Cory. (Mais oubliant aussitôt ses rêves de ménagerie, il se mit à chantonner sur l'air des lampions :) Dehors, dehors, Cory veut aller dehors. Cory veut jouer dans le jardin. Cory veut faire de la balançoire.

Carrie s'empressa d'accompagner son frère dans ses exercices vocaux. Elle aussi, elle voulait aller dehors, jouer dans le jardin et faire de la balançoire. Ils commençaient à nous rendre fous, Christopher et moi.

— Pourquoi qu'on peut pas aller dehors ? lança Carrie de sa voix perçante en me bourrant la poitrine de coups de poing. On n'aime pas ici ! Où est maman ? Où est le soleil ? Où qu'elles sont parties, les fleurs ? Pourquoi est-ce qu'il fait si chaud ?

— Écoute-moi, intervint Christopher en lui emprisonnant les poignets, ce qui m'épargna quelques bleus. Imagine qu'ici, c'est dehors. Il n'y a pas de raison que tu ne puisses pas faire de la balançoire comme dans un jardin. Je vais essayer de trouver une corde avec Cathy.

Nous nous mîmes à fouiller et, effectivement, nous dénichâmes une corde au fond d'une malle pleine de vieux rossignols. Apparemment, les Foxworth ne jetaient jamais rien – ils entassaient tous leurs rebuts dans le grenier. Peut-être avaient-ils peur de tomber un jour dans la misère et d'avoir subitement besoin de ce qu'ils thésaurisaient comme des pingres.

Christopher se mit avec zèle en devoir de confectionner deux balançoires – car, avec des jumeaux, tout doit toujours être en double exemplaire. En guise de sièges, il utilisa des planches arrachées au couvercle d'une malle. Il trouva même du papier de verre pour les poncer afin d'éliminer les échardes. Pendant ce temps, je farfouillai dans le grenier et mis la main sur une vieille échelle. Plusieurs barreaux manquaient mais cela n'empêcha nullement mon frère de grimper tout en haut des combles et de faire de la reptation sur une grosse poutre… au péril de sa vie ! Il se mit debout sur un chevron, histoire de faire une démonstration d'adresse. Brusquement, il faillit perdre l'équilibre et se rattrapa de justesse en faisant des moulinets avec les bras mais mon sang se glaça. J'étais terrifiée de lui voir prendre de tels risques rien que pour faire le fanfaron. Et il n'y avait pas de grande personne pour lui dire de descendre. Si je le lui ordonnais, il ne ferait qu'en rire et cela l'inciterait à se livrer à des acrobaties encore plus dangereuses. Alors, fermant la bouche et les yeux, je m'efforçai de chasser de mon esprit les visions qui l'assaillaient – je le voyais s'écraser au sol, se briser bras et jambes ou, pis encore, le cou ou les reins. La corde était maintenant solidement assurée. Qu'attendait-il donc pour descendre et permettre à mon cœur de battre à nouveau normalement ?

Enfin, il en eut terminé et les jumeaux purent commencer à se balancer. Mais leur satisfaction ne dura guère plus de trois minutes.

Ce fut Carrie qui donna le branle :

— Allons-nous-en ! J'aime pas ces balançoires ! J'aime pas ici !

Dès qu'elle eut cessé de criailler, Cory prit le relais :

— On veut sortir ! On veut aller dehors ! Emmenez-nous dehors !

Christopher fit alors la grosse voix :

— Allez-vous arrêter ce chahut, oui ou non ? On est en train de jouer à un nouveau jeu et tous les jeux ont leurs règles. Pour ce jeu-là, la plus importante, c'est de rester à l'intérieur et de faire le moins de bruit possible. Il est interdit de hurler. (Son ton se radoucit.) On va faire semblant d'être dans le jardin. Le ciel est bleu, il y a des arbres pleins de feuilles et le soleil brille. Et quand on redescendra, la chambre sera notre maison, une maison avec des tas de pièces. Et lorsque nous serons aussi riches que la famille Rockefeller, conclut-il avec un sourire désarmant, nous ne remettrons plus jamais les pieds ni dans le grenier ni dans la chambre du bas. Nous vivrons comme des princes et des princesses.

— Tu crois que les Foxworth ont autant d'argent que les Rockefeller ? lui demandai-je dubitativement.

Ouille ouille ouille ! On pourrait avoir tout ce qui nous plairait ! Et pourtant… pourtant, j'étais terriblement troublée. La grand-mère, son attitude, sa façon de nous traiter comme si nous n'avions pas le droit d'être vivants… ces paroles épouvantables qu'elle avait prononcées : « Vous êtes ici mais vous n'existez pas vraiment… »

Nous rôdâmes dans le grenier avec un enthousiasme mitigé jusqu'au moment où un sonore gargouillement d'estomac retentit. Je jetai un coup d'œil à ma montre. 2 heures. Ce devait être un des deux petits. Ils n'avaient pas gros appétit mais cela n'empêchait pas leur estomac d'être réglé comme une pendule : 7 heures, petit déjeuner ; midi, déjeuner ; 5 heures, dîner ; et 7 heures du soir, dodo. Après un petit en-cas.

— À table ! m'écriai-je sur un ton allègre.

Nous redescendîmes l'escalier à la queue leu leu et réintégrâmes la sinistre chambre obscure. Si seulement on pouvait ouvrir les rideaux pour y faire entrer un peu de lumière et de joie ! Si seulement…

Comme on nous avait habitués dès notre plus tendre enfance à ne passer à table que si nous étions d'une propreté immaculée et puisque l'œil attentif de Dieu était rivé sur nous, nous nous plierions à toutes les règles pour Le satisfaire. Mais si nous baignions Cory et Carrie dans la même baignoire, cela n'offenserait pas vraiment Son regard puisqu'ils étaient sortis du même ventre, n'est-ce pas ? Christopher se chargea de Cory tandis que je faisais un shampooing à Carrie, la lavais, brossais ses cheveux d'or jusqu'à ce qu'ils brillent et lui faisais ses boucles avant de lui mettre un ruban de satin vert.

Et personne ne serait vraiment offusqué si je faisais la causette avec Christopher en prenant à mon tour mon bain. Nous n'étions pas des adultes – pas encore. Maman et papa n'avaient jamais rien vu de mal à ce qu'on se promène tout nu. Mais, soudain, je revis en un éclair l'expression sévère et inflexible de la grand-mère. Elle y verrait du mal, elle !

— Il ne faudra plus recommencer, dis-je à mon frère. Si la grand-mère nous prenait sur le fait, elle trouverait que c'est un péché.

Il hocha distraitement la tête comme si cela n'avait pas vraiment d'importance mais il dut sûrement déceler une ombre sur mon visage, quelque chose qui le fit s'approcher de la baignoire et me prendre par le cou. Comment savait-il que j'avais besoin de pleurer sur une épaule ? Parce que ce fut précisément ce que je fis.

— Cathy, me dit-il en me caressant la tête tandis que je sanglotais, serrée contre lui, pense à l'avenir, pense à tout ce que nous ferons quand nous serons riches. J'ai toujours rêvé de rouler sur l'or pour pouvoir jouer un peu les play-boys. Juste un petit bout de temps parce que, comme nous le disait papa, tout le monde doit faire quelque chose d'utile pour ses semblables. Je suis d'accord mais tant que je ne serai pas à la fac de médecine, je pourrai faire un peu la fête avant de me mettre sérieusement au travail.

— Oui, tu voudrais faire tout ce qu'on ne peut pas se permettre de faire quand on est pauvre, c'est cela ? Eh bien, dans ce cas, vas-y, ne te gêne pas. Moi, ce que je veux, c'est un cheval. Toute ma vie, j'ai désiré avoir un poney mais jamais nous n'avons habité dans un endroit où il y avait assez de place. Et maintenant, je suis trop grande pour avoir un poney. Alors, ce sera un cheval ! Et, bien entendu, je n'arrêterai pas d'avancer sur la route de la gloire et de la fortune quand je serai la plus grande danseuse étoile du monde. Et tu sais que les danseurs doivent manger énormément pour ne pas être maigres comme un cent de clous. Alors, je mangerai trois litres de glace par jour et, de temps en temps, rien que du fromage. Toutes les espèces de fromages qui existent. Sur des tartines. Et puis, j'aurai des tonnes de vêtements. Je ne m'habillerai jamais deux fois pareil. Quand j'aurai porté une toilette une fois, je la donnerai, et puis je mangerai des tartines de fromage avec de la glace par-dessus. Et je danserai pour ne pas grossir.

Je levai la tête pour voir son profil. Il avait l'air rêveur.

— Tu sais, Cathy, ce ne sera pas tellement terrible. Nous n'allons pas rester longtemps enfermés. Nous n'aurons pas le temps d'avoir le cafard parce qu'on sera trop occupés à réfléchir au moyen de dépenser tout notre argent. On demandera à maman de nous apporter un jeu d'échecs. J'ai toujours eu envie d'apprendre à y jouer. Et nous avons de la lecture. Tu verras, la semaine passera à la vitesse de l'éclair. (Il m'adressa un large sourire.) Et, s'il te plaît, cesse de m'appeler Christopher. Il ne peut plus y avoir de confusion avec papa, maintenant. Alors, à partir de désormais, mon nom est Chris. D'accord ?

— D'accord, Chris. Mais la grand-mère… qu'est-ce que tu crois qu'elle nous ferait si elle nous surprenait ensemble dans la salle de bains ?

— Ce ne serait pas la joie !

Pourtant, quand je sortis de la baignoire pour m'essuyer, je lui dis de ne pas regarder. D'ailleurs, il ne regardait pas. Nous connaissions nos corps par cœur depuis le temps que nous nous voyions nus. Et, à mon avis, le mien était mieux que le sien. Plus élégant.

Nous nous installâmes, tout propres et sentant bon, pour attaquer nos sandwiches au jambon et la soupe de légumes maintenue au chaud dans le petit thermos. Comme boisson, il y avait encore du lait.

Chris n'arrêtait pas de jeter des coups d'œil furtifs à sa montre. Il s'écoulerait peut-être un bon moment avant que maman vienne. Quand nous eûmes fini, les jumeaux commencèrent à tourner en rond. Ils étaient maussades et manifestaient leur mauvaise humeur en flanquant des coups de pied à tout ce qu'ils rencontraient sur leur passage. Quand les hasards de leurs déambulations les faisaient s'approcher de Chris et de moi, ils nous lançaient un regard noir. Lorsque mon frère se leva et se dirigea vers le cagibi – vers le grenier, la salle d'étude et les livres –, je me préparai à le suivre mais Carrie protesta avec véhémence :

— *Non !* Va pas dans le grenier ! J'aime pas en haut ! J'aime pas en bas ! J'aime rien ! Je veux pas que tu sois ma maman, Cathy. Où elle est, ma vraie maman ? Où elle est allée ? Dis-lui de revenir et de nous laisser jouer au sable !

Elle se précipita vers la porte du couloir et exhala une plainte de bête aux abois en s'apercevant qu'elle ne s'ouvrait pas. Je la pris dans mes bras mais elle se débattait comme un beau diable sans cesser de hurler. Un vrai chat sauvage ! Chris empoigna à bras-le-corps Cory qui fonçait dans l'intention de porter assistance à sa petite sœur. Il n'y avait pas d'autre solution que de les coucher sur l'un des deux lits, d'aller chercher leurs livres d'images et de leur suggérer de faire une petite sieste. La figure barbouillée de larmes et la moue vengeresse, ils nous adressèrent un regard furieux.

— C'est déjà la nuit ? larmoya Carrie qui avait tant crié en vain qu'elle en était enrouée. Oh ! Je veux maman ! Pourquoi qu'elle vient pas ?

— Écoutez-moi, les petits. Chris va aller chercher un livre dans le grenier. Pendant ce temps, je vais vous lire *Peter le Lapin*. On va voir s'il va se glisser dans le jardin du fermier la nuit pour se goberger avec des choux et des carottes. Et si vous vous endormez, l'histoire continuera dans vos rêves.

Cinq minutes plus tard, ils dormaient. Cory serrait le livre d'images sur sa poitrine pour faciliter l'entrée de *Peter le Lapin* dans ses rêves. J'éprouvai soudain un grand élan de tendresse et mon cœur se serra. Ils avaient besoin d'une vraie maman, pas d'une maman de douze ans. Je ne me sentais guère différente de la Cathy que j'étais quand j'en avais dix. J'avais conscience de mon manque de maturité et de mon incompétence. Heureusement que nous n'allions pas rester bouclés trop longtemps car que ferais-je s'ils étaient malades ? Que se passerait-il s'il y avait un accident, s'ils tombaient et se cassaient quelque chose ? Si je tambourinais de toutes mes forces sur la porte close, cela ferait-il venir l'affreuse grand-mère ? Il n'y avait pas de téléphone. Si j'appelais au secours, qui m'entendrait dans cette aile lointaine et interdite ?

Pendant que je me rongeais et me torturais ainsi, Chris rassemblait dans la salle d'étude un assortiment de livres pleins de poussière et d'insectes pour les déménager dans la chambre afin que nous ayons de quoi lire. Nous avions emporté un jeu de dames. C'était ça que je voulais, faire une partie de dames, pas plonger le nez dans un vieux bouquin.

— Tiens, me dit-il en me fourrant un volume vétuste entre les mains. Je l'ai secoué, il n'y a plus de petites bêtes, sois tranquille. On jouera aux dames plus tard, quand les jumeaux seront réveillés. Tu es si mauvaise perdante…

Il s'installa confortablement dans un fauteuil, les jambes sur l'accoudoir, et ouvrit *Tom Sawyer*. Moi, je m'allongeai sur le lit inoccupé et me plongeai dans les aventures du roi Artus et des chevaliers de la Table ronde. Et, croyez-moi ou ne me croyez pas, ce jour-là s'ouvrit pour moi un univers dont j'ignorais jusqu'ici l'existence – un monde féerique de chevalerie, d'amours romanesques, de dames d'une beauté sublime que l'on hissait sur un piédestal et que l'on adorait de loin. D'un seul coup, je tombai amoureuse du Moyen Âge et je devais toujours le rester. D'ailleurs, les ballets ne sont-ils pas presque tous inspirés de contes de fées ? Et les contes de fées ne sont-ils pas inspirés des temps médiévaux ?

J'étais de ces enfants qui passaient leur temps à

tenter de surprendre les rondes des fées. Je voulais croire aux sorcières, aux magiciens, aux ogres, aux géants, aux enchantements. Je ne savais pas encore, à ce moment, que je vivais désormais dans un ténébreux château fort dont les maîtres étaient une sorcière et un ogre. Je ne pressentais pas que les magiciens d'aujourd'hui pouvaient jeter des sorts rien qu'en agitant des billets de banque…

Le jour sombrait derrière les lourds rideaux. Nous nous assîmes autour de la petite table pour dîner. Au menu, poulet rôti (froid), salades de pommes de terre (chaudes), haricots verts (froids et graillonneux). Les jumeaux chipotaient leur assiette. Ils ne cessaient de ronchonner – ce n'était pas bon. Je suis sûre que si Carrie avait protesté un peu moins, Cory aurait mangé davantage.

Chris me passa une orange pour que je la pèle.

— Les oranges, c'est du soleil liquide.

C'était le mot qu'il fallait dire. Parfaitement en situation. Maintenant, les petits avaient quelque chose qu'ils pouvaient manger avec plaisir : du soleil liquide !

La nuit était tombée. Cela ne faisait pas une grande différence. Nous allumâmes toutes les lampes, plus la minuscule veilleuse rose que notre mère avait emportée pour les petits qui avaient peur du noir.

Ils jouaient au puzzle. C'étaient de vieux puzzles et ils savaient parfaitement comment s'ajustaient les pièces. Cela ne leur posait pas de problème, c'était plutôt une course de vitesse : lequel des deux les placerait plus vite que l'autre ? Mais ils en eurent bientôt assez et nous sortîmes les petites voitures et les petits camions des valises pour qu'ils puissent voyager de New York à San Francisco en rampant entre les lits et les pieds de la table au grand dam de leurs vêtements tout propres. Là encore, ils ne tardèrent pas à se lasser et Chris me proposa une partie de dames pendant qu'ils iraient transporter les camions de pelures d'oranges dans une décharge de Californie – en l'occurrence, la corbeille qui se trouvait dans un coin.

— Je te laisse les blancs, me dit-il sur un ton supérieur. Contrairement à toi, je ne crois pas que le noir soit une couleur de mauvais augure.

Je fis la grimace. J'avais l'impression qu'une éternité s'était écoulée entre l'aube et le crépuscule, et que j'avais tellement changé que je ne serais plus jamais la même.

— Je n'ai pas envie, grommelai-je d'une voix boudeuse.

Je me laissai tomber sur un lit et m'efforçai d'interdire à mes pensées de parcourir d'interminables ruelles hantées de sombres pressentiments et de doutes obsédants, de me demander si maman nous avait dit toute la vérité. Pendant que nous l'attendions ainsi avec une impatience grandissante, il n'y eut pas une seule catastrophe qui ne vînt me hanter. Le feu, surtout. Le grenier était peuplé de revenants, de monstres et autres spectres mais, dans cette chambre verrouillée, le danger suprême était l'incendie.

Comme le temps était long ! Chris, bien que plongé dans son livre, n'arrêtait pas de jeter des coups d'œil furtifs à sa montre. Les jumeaux gagnaient la Floride à plat ventre et, une fois qu'ils eurent vidé leurs peaux d'orange, ils ne surent plus où aller. Comment franchir l'océan sans embarcation ? Pourquoi n'avions-nous pas pensé à prendre un bateau ?

Je jetai des regards en coulisse aux gravures représentant l'enfer et ses tourments qui ornaient les murs, stupéfaite par la perspicacité et la cruauté de la grand-mère. Elle avait donc tout prévu ? Le bon Dieu n'avait pas le droit de surveiller sans trêve quatre enfants alors que, dans le reste du monde, il y en avait tant qui se conduisaient beaucoup plus mal que nous. À sa place, à lui qui voyait tout, je n'aurais pas perdu mon temps à épier quatre gosses sans père enfermés à double tour dans une chambre. Je me serais intéressée à des spectacles plus divertissants.

Sans prêter attention à ma maussaderie et à mes réticences, Chris, abandonnant son livre, alla chercher la boîte de jeu.

— Qu'est-ce qui te prend ? me demanda-t-il en commençant à disposer les pions sur le damier. Pourquoi es-tu si silencieuse ? Qu'est-ce qui te fait si peur ? Que je te batte encore un coup ?

Comme si c'était les dames que j'avais en tête ! Je lui fis part de ma terreur du feu et lui expliquai mon idée : on ferait une échelle de corde avec des draps noués pour s'échapper comme dans les vieux films. Comme ça, si jamais un incendie éclatait cette nuit, on n'aurait qu'à casser une vitre et à descendre, chacun portant un des petits accroché à son dos.

Une lueur d'admiration que je ne lui avais encore jamais vue scintilla alors dans ses yeux.

— Mais c'est une idée fantastique, Cathy ! Géniale ! Voilà exactement ce qu'il faudra faire s'il y a le feu – ce qui n'arrivera d'ailleurs pas. Eh bien, je suis un peu content que, finalement, tu ne sois pas un bébé qui se contente de pousser des jérémiades ! Tu essaies de prévoir l'imprévisible et de t'y préparer. Cela prouve que tu as mûri. Et ça me plaît ! Je t'aime mieux comme cela.

Eh bien ! Il m'avait fallu douze années de durs efforts pour gagner, enfin, son estime – un but que j'avais cru impossible à atteindre. C'était bon de savoir que nous serions complices, tous les deux, dans notre prison. Le sourire que nous échangeâmes était la promesse que nous réussirions, ensemble, à survivre jusqu'à la fin de la semaine. Cette connivence était un petit bonheur, un semblant de sécurité à quoi se cramponner. Comme deux mains qui se serrent.

Et puis, d'un seul coup, tout s'écroula. Maman entra. Elle marchait drôlement et elle avait une expression vraiment bizarre. Il y avait si longtemps qu'on l'attendait que, curieusement, son retard ne nous apporta pas la joie que nous escomptions. Peut-être était-ce parce que la grand-mère était sur ses talons avec son regard à l'éclat de silex qui doucha aussitôt notre enthousiasme.

Je me mordis le poing. Il était arrivé quelque chose d'épouvantable. Je le savais. J'en étais sûre !

Nous étions assis sur un lit en train de jouer aux dames, Chris et moi. De temps en temps, nous échangions un regard. Et la courtepointe était toute chiffonnée.

Une règle enfreinte… non, deux. Lever les yeux était prohibé au même titre que froisser le dessus-de-lit.

Et les jumeaux avaient laissé des pièces de puzzle

traîner un peu partout, les petites voitures aussi, de sorte qu'il y avait du désordre dans la pièce.

Trois règles enfreintes.

Et les garçons et les filles avaient occupé la salle de bains en même temps.

Peut-être même que nous avions violé un commandement de plus puisque nous devions toujours savoir que, quoi que nous fissions, Dieu et la grand-mère étaient reliés par une ligne directe.

La colère de Dieu

Maman marchait avec raideur comme si elle était ankylosée et que chaque mouvement la faisait souffrir. Son joli visage était pâle et bouffi, ses yeux gonflés étaient rougis. Quelqu'un l'avait à tel point humiliée, à trente-trois ans, qu'elle ne pouvait se résoudre à affronter nos regards. Abattue et mortifiée, elle se tenait debout, image de la désolation, au milieu de la chambre et l'on aurait dit un enfant qui a reçu une sévère correction. Les jumeaux coururent se jeter dans ses bras avec de grands rires et des cris de joie, des : « Maman ! maman ! Où est-ce que tu étais ? »

Nous nous avançâmes à notre tour, Chris et moi, pour l'embrasser. On aurait pu croire que son absence avait duré un mois et non pas une journée. C'était qu'elle représentait notre espoir, notre réalité, qu'elle était notre seul trait d'union avec l'extérieur.

L'avions-nous embrassée trop fort ? Étaient-ce nos étreintes avides et enthousiastes qui la faisaient ainsi tressaillir de douleur… ou d'autre chose ? À la vue des grosses larmes qui roulaient lentement sur ses joues blêmes, je crus que c'était simplement la pitié qu'elle éprouvait pour nous qui les lui arrachait. Nous nous assîmes sur l'un des grands lits. Nous voulions tous être le plus près d'elle possible et elle prit les petits sur ses genoux pour que nous puissions, nous, les aînés, nous blottir contre elle. Elle nous félicita d'être aussi soignés et sourit en remarquant le ruban vert que j'avais noué dans les cheveux de Carrie et qui était assorti aux rayures de sa robe. Quand elle parla, ce fut d'une voix enrouée comme si elle était enrhumée ou avait un chat dans la gorge :

— Maintenant, dites-moi franchement comment s'est passée cette journée ?

La moue boudeuse de Cory était suffisamment éloquente dans son silence : elle disait sans fard qu'elle ne s'était pas du tout bien passée. Et Carrie s'empressa de mettre les points sur les i :

— Cathy et Chris sont méchants ! se mit-elle à piailler et cela n'avait rien d'un aimable gazouillement d'oiseau. Ils nous ont forcés à rester enfermés tout le jour ! On aime pas être enfermés ! On aime pas la grande salle toute sale qu'ils nous disaient qu'elle était jolie ! Non, elle est pas jolie, maman !

L'air gêné et affligé, maman essaya de la consoler et de lui expliquer ainsi qu'à son frère que la situation avait changé, qu'ils devaient maintenant faire ce que leur grande sœur et leur grand frère leur diraient de faire, qu'il fallait leur obéir comme s'ils étaient leurs parents.

— Non ! s'écria Carrie, rouge de colère. Non ! On déteste cet endroit ! On veut aller dans le jardin. Ici, il fait noir ! C'est pas Chris et Cathy qu'on veut, maman, c'est toi ! Toi ! Ramène-nous à la maison ! Emmène-nous loin d'ici !

Et Carrie se mit à taper sur elle, à taper sur Chris et sur moi en hurlant qu'elle voulait tellement, tellement rentrer à la maison ! Maman ne se protégeait même pas. Elle semblait ne pas entendre, ne pas savoir comment imposer raison à cette gamine de cinq ans, et plus son silence se prolongeait, plus Carrie s'égosillait. Je me bouchai les oreilles.

La grand-mère intervint alors :

— Corinne, fais taire cette enfant sur-le-champ !

Il suffisait de voir son expression dure et froide pour deviner qu'elle saurait, elle, la faire taire – et sur-le-champ ! Mais, juché sur l'autre genou de maman, il y avait un petit garçon qui, la tête levée, contemplait la statuesque grand-mère en écarquillant les yeux. Quelqu'un qui osait menacer sa jumelle… D'un seul bond, Cory sauta à terre et alla se planter devant la grand-mère, sur quoi Carrie rejeta la tête en arrière, ouvrit toute grande sa bouche en forme de cerise et fit donner les grandes orgues, comme une prima donna qui s'est réservée pour le grand air du finale. À côté de ces beuglements, les braillements de tout à l'heure n'étaient que des miaulements de chaton chétif. Maintenant, elle était une tigresse – une tigresse enragée !

Mon Dieu ! Qu'allait-il se passer ? J'étais terrifiée, horrifiée d'avance.

Quand la grand-mère empoigna Carrie par les cheveux et la souleva, Cory se rua sur elle et, vif comme l'éclair, il lui mordit la jambe. Je courbai les épaules. Il allait se passer quelque chose de terrible.

La vieille dame abaissa son regard sur lui et lança une ruade comme pour se débarrasser d'un petit chien importun mais, sous l'effet de la morsure, elle lâcha Carrie qui tomba à la renverse, se releva prestement et lui expédia un coup de pied dans le tibia, la manquant de justesse.

Mais Cory n'entendait pas que sa petite sœur lui fasse la pige. Il plia le genou, visa avec soin et, y mettant toutes ses forces, assena à son tour un coup de pied sur la jambe grand-maternelle. Entre-temps, Carrie s'était réfugiée dans un coin et poussait des cris de putois.

C'était une scène mémorable.

Jusque-là, Cory, le taciturne et opiniâtre Cory, n'avait pas dit un mot, pas proféré un son. Mais personne ne ferait du mal à sa sœur, personne ne la menacerait, même pas quelqu'un qui frôlait un mètre quatre-vingts et ne pesait pas loin de quatre-vingt-dix kilos ! Même s'il était, lui Cory, très petit pour son âge.

La grand-mère toisa avec indignation le visage furibond du bambin tendu vers le sien. Elle s'attendait qu'il se mette à trembler, qu'il baisse ses yeux bleus mais non, Cory ne reculait pas d'un pouce. Toujours planté avec détermination devant elle, il la défiait et ses lèvres livides n'étaient plus qu'un fil.

Quand elle leva la main, un énorme et lourd battoir brasillant de bagues en diamant, il ne broncha pas. Sa seule réaction devant la menace fut de serrer ses deux petits poings et de prendre l'attitude du boxeur tandis que son expression se faisait encore plus farouche.

Dieu du ciel ! Qu'est-ce qu'il se figurait ? Qu'il pourrait se battre avec elle – et gagner ?

J'entendis maman l'appeler d'une voix si étranglée que c'était à peine un soupir.

La grand-mère avait arrêté sa décision. La gifle qui s'écrasa sur la figure ronde, la figure de bébé de Cory fut si brutale qu'il fut projeté en arrière. Il tomba mais se releva aussitôt et pivota sur lui-même, se demandant s'il allait donner l'assaut à cette montagne de chair détestée. Son indécision faisait peine à voir. Il hésita, réfléchit encore et, finalement, le bon sens l'emportant sur la rage, il se précipita vers Carrie, l'entoura de ses bras et les deux jumeaux à genoux, enlacés, joue contre joue, se mirent à crier en chœur. Chris murmura quelque chose qui ressemblait à une prière.

— Corinne, ce sont tes enfants. Fais-les taire ! Immédiatement !

Mais maintenant que les blondinets étaient sur leur lancée, il était pratiquement impossible de les calmer. Aucune exhortation ne parvenait à leurs oreilles. Ils n'entendaient que leur effroi et, tels des jouets mécaniques, ils étaient obligés de continuer jusqu'au moment où ils s'arrêteraient, vaincus par la fatigue. Ils hurlaient. De rose, leur teint vira au rouge brique, puis au violet. Leurs yeux étaient vitreux, leur regard vide.

Jusque-là, grand-mère avait paru hypnotisée par leur prestation mais, soudain, le charme qui la laissait pétrifiée se rompit. Émergeant de sa transe, elle se dirigea sans hâte vers le coin où les jumeaux étaient tapis, les saisit par la peau du cou et, sans se soucier de leurs ruades et de leurs vaines gesticulations, les traîna jusqu'à notre mère aux pieds de laquelle elle les laissa choir comme une marchande de rebut.

— Si vous ne cessez pas immédiatement de hurler, je vous fouette jusqu'au sang, dit-elle d'une voix sèche qui domina leurs cris.

La cruauté et la force glacée que recelait l'effroyable menace les convainquirent, comme elles me convainquirent moi-même, que ce n'étaient pas des paroles en l'air. Médusés, atterrés, ils levèrent les yeux vers elle et, sans refermer la bouche, ils se turent. Ils savaient ce qu'était le sang. Et la souffrance. Quelle horreur de la voir les traiter avec une telle brutalité comme s'il lui était indifférent de briser leurs os fragiles ou de meurtrir leur tendre chair ! Elle nous dominait de toute sa taille, tous les cinq. Enfin, elle se tourna vers notre mère :

— Corinne, je ne tolérerai pas qu'une scène aussi scandaleuse se renouvelle. Il saute aux yeux que ces enfants ont été trop gâtés et élevés avec une indulgence coupable. Ils ont un urgent besoin d'apprendre ce que sont la discipline et l'obéissance. Dans cette maison, jamais un enfant ne désobéira, ne criera et ne me narguera. Tu m'entends ? Ils n'ouvriront la bouche que lorsqu'on leur adressera la parole. Ils m'obéiront au doigt et à l'œil. Maintenant, ma fille, enlève ton chemisier et montre-leur quel châtiment est réservé dans cette maison à ceux qui désobéissent.

Notre mère, qui s'était levée pendant cette péroraison, parut se recroqueviller sur elle-même. En même temps, elle devint d'une pâleur de cire.

— Non ! fit-elle d'une voix sourde. Ce n'est pas nécessaire, maintenant. Vous voyez… les jumeaux ne crient plus. Ils seront obéissants.

L'expression de la vieille se fit sinistre.

— Corinne, aurais-tu l'audace de résister à mes ordres ? Quand je te dis de faire quelque chose, j'entends que tu le fasses sans discuter ! Et instantanément ! Il est joli, le résultat de tes méthodes d'éducation ! Des enfants qui sont des chiffes, des enfants pourris qui n'en font qu'à leur tête. Tous autant qu'ils sont ! Ils s'imaginent qu'il leur suffit de crier pour qu'on fasse leurs quatre volontés. Eh bien ici, ils en seront pour leurs frais. Autant qu'ils apprennent que je suis sans pitié envers ceux qui désobéissent et en prennent à leur aise avec les règles que je fixe. Tu devrais le savoir, Corinne. T'ai-je jamais fait grâce ? Même avant que tu nous aies trahis, tes mines sucrées et tes cajoleries enjôleuses t'ont-elles jamais évité mes taloches ? Oh ! Je me rappelle quand ton père t'aimait encore tendrement et qu'il prenait ta défense contre moi. Mais c'est fini, cela. Tu lui as apporté la preuve que tu étais bien ce que j'ai toujours dit que tu étais : une traînée, une fourbe et une menteuse ! (Ses yeux à l'éclat de silex se braquèrent sur Chris et moi.) Oui, ton demi-oncle et toi, vous avez fait des enfants remarquablement beaux, je le reconnais, encore qu'ils n'auraient jamais dû voir le jour. Mais ce sont, eux aussi, des êtres invertébrés, des inutiles.

Son regard acrimonieux et méprisant enveloppa notre mère, à croire que c'était d'elle que nous tenions ces tares dégradantes.

Mais elle n'en avait pas fini :

— Tes enfants ont le plus grand besoin d'une petite leçon de choses, Corinne. Quand ils auront vu de leurs yeux ce qui est arrivé à leur mère, ils sauront ce qui risque de leur arriver à eux.

Maman se raidit et bomba la poitrine, affrontant vaillamment l'espèce de colosse qui la dépassait de dix bons centimètres et pesait je ne sais combien de kilos de plus qu'elle.

— Si vous faites du mal à mes enfants, commença-t-elle d'une voix vacillante, ils quitteront cette maison dès ce soir et vous ne nous reverrez plus jamais, ni eux ni moi.

À ce défi répondit un vague sourire froid et pincé. Non, pas un sourire : un ricanement dédaigneux.

— Emmène-les tout de suite. Disparaissez tous les cinq. Si je ne vous revois plus, si je n'entends plus parler de vous, crois-tu que je pleurerais ?

Les yeux de porcelaine de maman étaient soudés aux yeux minéraux de la grand-mère. Je bouillonnais intérieurement de joie. Elle allait nous emmener. Nous allions quitter cette maison ! *Adieu, chambre ! Adieu, grenier ! Adieu, tous ces millions dont je n'avais rien à faire !*

Mais au lieu d'aller chercher nos valises dans le réduit comme je l'espérais, maman, vaincue, détourna son regard et inclina lentement la tête pour que l'on ne vît pas son expression. Le rictus de la vieille se mua en un vrai sourire, un sourire cruel, un sourire de triomphe.

Je me mis à trembler comme une feuille. Maman ! Maman ! Maman ! Ne cède pas !

— Allez, Corinne, enlève ce corsage !

Pâle comme une morte, maman se retourna, contrainte et forcée. Elle leva les bras avec difficulté, défit péniblement les boutons de son corsage et l'ôta, découvrant son dos.

Elle ne portait rien en dessous, ni combinaison ni soutien-gorge. Et on comprenait tout de suite pourquoi. Chris poussa un hoquet étranglé. Carrie et Cory devaient avoir vu, eux aussi, car j'entendis le gémissement qui leur échappa. La raison pour laquelle maman, habituellement si gracieuse et pleine d'aisance, avait cette allure raide et empruntée, ces yeux rouges d'avoir pleuré, était maintenant parfaitement claire.

Des épaules jusqu'à la ceinture de sa jupe bleue, son dos était zébré de longues griffures violacées Les plus profondes étaient recouvertes d'une croûte de sang séché. Il n'y avait pas un centimètre de peau intacte entre ces hideuses balafres.

— Regardez bien, enfants, dit la grand-mère, indifférente à ce que nous ressentions. Sachez que ces marques lui descendent jusqu'aux pieds. Trente-trois coups de fouet, un par année d'âge. Et quinze de plus pour chaque année où elle a vécu dans le péché avec votre père. Votre grand-père a ordonné la punition mais c'est moi qui ai appliqué le fouet. Votre mère a bravé Dieu et les principes moraux sur lesquels repose la société. Son mariage était une profanation, un sacrilège, une abomination aux yeux du Seigneur ! Et comme si ce n'était pas encore assez, il a fallu qu'ils aient des enfants... Quatre ! La progéniture du diable ! Maudits dès leur conception !

Devant les plaies atroces qui labouraient cette chair blanche que notre père caressait avec tant d'amour et de délicatesse, les yeux me sortaient de la tête. J'étais emportée par un torrent d'incertitude, je souffrais de l'intérieur, je ne savais plus ni qui j'étais ni ce que j'étais, si j'avais le droit de vivre sur cette terre que le Seigneur réservait à ceux qui étaient nés avec sa bénédiction et sa permission. Nous avions perdu notre père, notre foyer, nos amis et tout ce que nous possédions. Ce soir-là, je cessai de croire que Dieu était le juge parfait. En un sens, j'avais aussi perdu Dieu.

J'aurais voulu avoir un fouet pour en frapper à son tour cette vieille qui nous avait dépouillés de tant de choses. Jamais je n'avais brûlé d'une telle haine et d'une pareille fureur. Je la haïssais non seulement à cause de ce qu'elle avait fait à notre mère mais aussi pour les paroles abjectes qu'avait crachées sa bouche immonde.

Ce fut alors qu'elle me dévisagea, la détestable vieille, comme si elle devinait les sentiments qui m'agitaient. Et je la dévisageai à mon tour avec défi, dans l'espoir qu'elle comprendrait que, dorénavant, je récusais tout lien de sang non seulement avec elle mais également avec le vieil homme d'en bas. Jamais plus je n'aurais pitié d'eux.

Peut-être mes yeux étaient-ils deux fenêtres derrière lesquelles elle voyait tournoyer les engrenages de la vengeance que je me jurais de mettre en œuvre un jour. Peut-être car bien qu'elle employât le mot « enfants », ce fut à moi seule qu'elle s'adressait quand elle reprit la parole :

— Comme vous pouvez le voir, enfants, nous savons, dans cette maison, être sévères et inexorables avec ceux qui désobéissent et enfreignent les règles établies. Vous aurez le vivre et le couvert mais ne comptez jamais sur la bonté, la sympathie ou l'amour. Il est impossible de ressentir autre chose que de la répulsion devant l'impur. Si vous respectez les règles que j'ai édictées, le fouet vous sera épargné et vous ne serez pas privés du nécessaire. Mais si vous désobéissez, vous saurez très vite et à vos dépens ce que je suis capable de faire.

Et elle nous regarda fixement chacun les uns après les autres.

Oui, elle voulait nous détruire, nous qui étions encore jeunes, innocents et confiants, nous qui n'avions jamais connu que les aspects souriants de l'existence. Elle voulait nous racornir l'âme, nous dessécher au point de tuer définitivement toute fierté en nous, peut-être.

Mais elle nous connaissait mal.

Jamais personne ne me ferait haïr ni mon père ni ma mère ! Jamais personne n'aurait droit de vie et de mort sur moi – pas tant que je serais vivante et capable de me battre !

Je jetai un bref coup d'œil à Chris. Il la regardait fixement, lui aussi. Il la jaugeait de la tête aux pieds en se demandant quels dommages il pourrait lui infliger s'il l'attaquait. Mais il n'avait que quatorze ans. Il faudrait qu'il attende d'être un homme pour venir à bout d'elle et de ses pareils. Pourtant, ses poings, qu'il luttait pour maintenir collés contre ses flancs, étaient noués. L'effort qu'il faisait pour se contenir était si violent que ses lèvres étaient aussi minces et rigides que celles de la grand-mère. Ses yeux étaient durs et froids comme des glaçons bleus.

De nous tous, c'était lui qui aimait le plus notre mère. Elle représentait pour lui la perfection même, il l'avait hissée sur un piédestal. Elle était la plus aimée, la plus tendre, la plus compréhensive de toutes les femmes. Il m'avait dit une fois que, quand il serait grand, il épouserait quelqu'un qui lui ressemblerait. Mais il ne pouvait qu'arborer un masque farouche et féroce. Il était trop jeune pour faire quoi que ce soit d'autre.

La grand-mère nous décocha un dernier et long regard chargé de mépris, glissa la clé de la chambre dans la .main de maman et sortit.

Il y avait une question qui éclipsait toutes les autres.

Pourquoi ?

Pourquoi nous avait-on amenés dans cette maison ?

Ce n'était pas un asile, ce n'était pas un refuge, ce n'était pas un sanctuaire. Maman avait certainement dû savoir ce qui se passerait et pourtant elle nous y avait conduits au cœur de la nuit.

L'histoire de maman

La grand-mère partie, nous ne savions que dire ni que faire, ni même que penser sauf que nous nous sentions affreusement malheureux. Mon cœur battait follement dans ma poitrine tandis que maman remettait son corsage, le boutonnait et le glissait dans sa jupe. Puis elle nous fit face et nous regarda avec un sourire tremblant qui se voulait réconfortant. Chris contemplait fixement le bout de ses chaussures.

— Bah ! fit-elle avec une gaieté forcée. Elle s'est seulement servi d'une badine et cela ne m'a pas fait si mal que ça. Mon orgueil a plus souffert que ma chair. C'est humiliant d'être fouettée comme une esclave ou un animal – et par ses propres parents, qui plus est. Mais n'ayez crainte, cela ne se produira plus. Plus jamais. C'est la seule fois. Et j'accepterais cent autres séances pareilles pour revivre les quinze années de bonheur que j'ai connues avec votre père et vous. Bien que cela me glace l'âme qu'elle m'ait obligée à vous montrer ce qu'ils m'ont fait…

Elle s'assit sur un des lits pour que nous puissions nous serrer contre elle. Elle prit les jumeaux sur ses genoux et commença à parler. Ce qu'elle avait à dire avait visiblement du mal à passer et il nous était tout aussi difficile de l'entendre.

— Je voudrais que vous m'écoutiez attentivement et que vous vous rappeliez toute votre vie chacune de mes paroles.

Elle s'interrompit, marqua une hésitation, et son regard balaya la chambre. Il se posa sur les murs qu'elle contempla comme s'ils étaient transparents, comme si elle voyait à travers eux toutes les pièces de la gigantesque demeure.

— C'est une étrange maison, reprit-elle, et ses habitants sont encore plus étranges – je ne parle pas des domestiques mais de mes parents. J'aurais dû vous avertir que vos grands-parents sont des dévots d'une piété fanatique. Il est bon de croire en Dieu, c'est ce qu'il faut. Mais quand, pour consolider sa foi, on interprète la Bible de la façon qui vous convient, c'est de l'hypocrisie. Voilà ce que sont mes parents : des hypocrites.

» Mon père est à l'article de la mort, c'est vrai, mais, tous les dimanches, il se fait conduire à l'église. Dans son fauteuil roulant quand il en a la force, sur une civière quand il se sent trop faible. Et il verse son obole : le dixième de son revenu annuel, ce qui représente une somme considérable. Aussi, naturellement, il fait la pluie et le beau temps. Il a financé la construction de l'église, il a offert les vitraux et le pasteur est à ses ordres, il lui dicte ses sermons. Il pave d'or la route du ciel et si saint Pierre pouvait se laisser soudoyer, il serait sûr d'y avoir sa place réservée. La paroisse le traite comme s'il était lui-même un dieu ou un saint. Et quand il rentre chez lui, il se sent pleinement justifié de faire ce qui lui chante. Il a fait son devoir, il a payé son passage et il est sûr de ne pas aller en enfer.

» Quand nous étions jeunes, mes deux frères aînés et moi, nous étions forcés d'aller à l'église, et je pèse mes mots. Même si nous étions malades au point de devoir garder la chambre, il fallait y aller. On nous enfonçait la religion dans la gorge. Soyez vertueux, soyez vertueux, soyez vertueux. On n'arrêtait pas de nous seriner ce refrain. Les plaisirs anodins et normaux dont personne ne songe à s'offusquer étaient, pour nous, des péchés. Nous n'avions pas le droit de nous baigner parce qu'il faut mettre un maillot et, par conséquent, découvrir la majeure partie de son corps. Les cartes et tous les jeux de hasard étaient prohibés. Il nous était interdit de danser parce que danser, cela veut dire être physiquement en contact avec quelqu'un de l'autre sexe. Nous devions contrôler nos pensées, les empêcher de divaguer et de s'attacher à des sujets sensuels ou scabreux parce que, nous disait-on, la pensée est aussi pernicieuse que l'acte. Oh ! Je pourrais continuer longtemps à vous énumérer tous les tabous qui nous étaient imposés. Tout ce qui était amusant et divertissant était péché à leurs yeux. Et, quand on est jeune, il y a quelque chose en soi qui se révolte lorsqu'on vous fait mener une vie trop austère, on a alors envie de faire précisément ce qui est défendu. En voulant faire de leurs trois enfants des anges ou des saints, ils ont seulement réussi à nous rendre pires que ce que nous aurions été autrement.

J'ouvris tout grands les yeux. Nous étions comme fascinés, même les jumeaux.

— Et un beau jour, enchaîna maman, un beau

jeune homme est entré dans notre existence. Son père était mon grand-père et quand il mourut, le jeune homme en question avait trois ans. Sa mère se nommait Alicia. Elle n'avait que seize ans lorsqu'elle avait épousé mon aïeul qui en avait cinquante. Malheureusement, Alicia mourut très jeune. Mon grand-père s'appelait Garland Christopher Foxworth. À son décès, la moitié de ses biens aurait dû revenir à son dernier-né mais Malcolm, mon père, qui s'était fait désigner comme administrateur de la succession – un enfant de trois ans n'a évidemment pas voix au chapitre et on n'avait pas demandé l'avis d'Alicia –, a mis la main sur la totalité de l'héritage. Quand il en a eu le contrôle, il a chassé Alicia et son fils. Elle est retournée chez ses parents à Richmond où elle a vécu jusqu'à son remariage. Elle connut quelques années de bonheur avec un garçon qu'elle aimait depuis qu'elle était enfant. Mais il mourut, lui aussi. Deux fois mariée, deux fois veuve, elle demeura seule à élever son petit garçon parce que ses parents étaient décédés à ce moment-là. Un jour, elle remarqua qu'elle avait une grosseur au sein. Quelques années plus tard, elle mourait du cancer. C'est alors que son fils, Garland Christopher Foxworth IV, est venu habiter ici. (Elle hésita et nous prit par le cou, Chris et moi.) Savez-vous de qui je parle ? Avez-vous deviné qui était ce jeune homme ?

Je frissonnai. Le mystérieux demi-oncle…

— Papa…, balbutiai-je. C'est de papa qu'il s'agit ?

— Exactement.

Elle poussa un profond soupir.

Je me penchai en avant pour jeter un coup d'œil à

Chris. Il était parfaitement immobile et son expression était très bizarre. Ses yeux étaient fixes.

— Votre père était mon demi-oncle mais il n'avait que trois ans de plus que moi, poursuivit maman. Je me rappelle la première fois que je l'ai vu. Je savais qu'il devait arriver, ce jeune demi-oncle inconnu dont on ne parlait guère et, comme je voulais lui faire bonne impression, j'avais passé toute la journée à me préparer, à me friser, à me pomponner et j'avais revêtu mes plus beaux atours. J'avais quatorze ans – l'âge où les filles commencent tout juste à prendre conscience de leur pouvoir sur les hommes. Et je savais que je correspondais aux canons de la beauté telle que l'apprécient la plupart des hommes et des garçons. En un sens, j'étais sans doute mûre pour tomber amoureuse.

» Votre père avait alors dix-sept ans. Nous étions à la fin du printemps. Je le revois au milieu du vestibule, deux valises à ses pieds. Ses souliers étaient un peu éculés, son costume élimé était trop juste… il avait grandi. Mes parents étaient à ses côtés mais il regardait tout autour de lui ; ébloui par le luxe qui l'entourait. Pour ma part, je n'avais jamais fait particulièrement attention au cadre dans lequel je vivais. Il était là, je l'acceptais comme une part de mon héritage et jusqu'au moment où, mariée, je commençai à connaître une existence matérielle étriquée, je ne me rendais pour ainsi dire pas compte que j'avais été élevée dans une maison… exceptionnelle.

» Mon père, voyez-vous, est un « collectionneur ». Tout ce qui est réputé être une œuvre d'art unique en son genre, il l'achète. Par parce qu'il apprécie l'art mais parce qu'il aime posséder les choses. Si c'était possible, il posséderait tout, spécialement lorsque c'est beau. J'avais fini par considérer que je faisais partie de ses collections. Et il entendait que je demeure son bien. Pas par délectation mais pour que personne d'autre ne profite de quelque chose qui lui appartenait.

Maman avait le teint fiévreux et elle regardait dans le vide, les yeux fixes, transportée dans le passé, revivant ce jour lointain où un jeune demi-oncle avait surgi et bouleversé sa vie.

— Votre père était l'innocence même. Confiant et vulnérable. Jusque-là, il n'avait connu qu'affection sincère, amour et pauvreté. Ayant toujours vécu dans un petit appartement, il se retrouvait soudain dans une immense et luxueuse demeure – et il était convaincu d'avoir trouvé le paradis sur terre. Il débordait de gratitude. De gratitude ! Quelle dérision ! Car la moitié de tout ce qu'il buvait des yeux avec émerveillement aurait normalement dû lui revenir. Et mes parents faisaient tout ce qu'ils pouvaient pour qu'il se sente le parent pauvre.

» Je fis un léger bruit et il tourna la tête. Ses yeux s'éclairèrent – oh ! je me rappelle à quel point ils s'éclairèrent ! – mais quand nous eûmes été présentés, cette lueur s'éteignit. J'étais sa demi-nièce, un territoire interdit, et il était désappointé – autant que je l'étais moi-même. Car, ce jour-là, moi dans l'escalier et lui dans le vestibule, quelque chose était né, une petite étincelle qui allait grandir, grandir jusqu'à ce qu'il ne nous soit plus possible de la nier.

» Je ne veux pas vous embarrasser en vous racontant

notre idylle, poursuivit-elle avec gêne tandis que je m'agitais nerveusement et que Chris détournait le regard. Je vous dirai seulement que nous nous sommes aimés dès l'instant où nous nous sommes trouvés en présence. Ce sont des choses qui arrivent parfois. Peut-être était-il, lui aussi, prêt à tomber amoureux. Peut-être était-ce simplement que nous avions tous les deux besoin de quelqu'un qui nous apporterait affection et tendresse. Mes frères s'étaient tués tous les deux accidentellement et j'avais peu d'amis car personne n'était « digne » de la fille de Malcolm Foxworth. J'étais son trophée, la joie de ses yeux. Pour qu'un homme m'arrache à lui, il lui faudrait payer cher. Très cher. Aussi, votre père et moi nous nous rencontrions furtivement dans le parc. Nous passions des heures à parler. Parfois, nous faisions de la balançoire. Il me racontait tous ses secrets et je lui racontais tous les miens. Et, bientôt... le moyen de faire autrement !... il nous fallut nous avouer que nous étions follement amoureux l'un de l'autre et, raisonnable ou pas, que nous devions nous marier. Et nous enfuir de cette maison, échapper à la tyrannie de mes parents avant qu'ils aient le temps de nous modeler à leur image. Parce que c'était leur objectif, mes enfants : prendre votre père et le transformer, lui faire payer la faute dont sa mère s'était rendue coupable en épousant un homme tellement plus vieux qu'elle. Ils étaient très généreux avec lui, je le reconnais. Ils le traitaient comme leur propre fils car il remplaçait les fils qu'ils avaient perdus. Ils lui ont fait faire ses études à Yale. C'était un étudiant brillant. Il a décroché son diplôme en trois ans. Mais il n'a jamais pu l'utiliser parce qu'il était à son nom et que nous étions forcés de dissimuler notre identité. Cela n'a pas été facile pendant les premières années de notre mariage. Il ne fallait pas que l'on sache qu'il avait fait des études supérieures.

Elle s'interrompit et nous regarda d'un air songeur, Chris et moi. Son front se plissa.

— Les jumeaux sont trop petits mais toi, Cathy, et toi, Christopher, vous pouvez comprendre ce que cela a été pour nous, n'est-ce pas ?

Oui, oui ! Nous secouions énergiquement la tête.

Elle parlait mon langage, le langage de la musique et de la danse, de la romance et de l'amour. Les contes de fées peuvent devenir vrais !

L'amour dès le premier regard. Ce serait ce qui m'arriverait, je le savais d'avance, et l'élu de mon cœur serait aussi beau, aussi merveilleusement beau que papa ! Si l'on n'aime pas, on se dessèche, c'est la mort.

— Maintenant, écoutez-moi attentivement, enchaîna-t-elle en baissant le ton pour donner plus de poids à ses paroles. Si je suis venue ici, c'est pour faire en sorte que mon père me rende son affection et me pardonne d'avoir épousé son demi-frère. Parce que, le jour de mes dix-huit ans, nous nous sommes enfuis. Deux semaines plus tard, nous sommes revenus et nous avons avoué la vérité à mes parents. Mon père a failli avoir une attaque. Il est entré dans une rage folle, il a tempêté et nous a enjoint de ne plus jamais remettre les pieds chez lui. Et c'est alors qu'il m'a déshéritée.

» Pour parvenir à mon but, je vais être obligée de jouer le rôle de la fille empressée, soumise et repentante. Et quand on commence à jouer un rôle, il peut arriver que l'on s'identifie au personnage que l'on incarne. Aussi, je veux vous dire dès à présent tout ce que j'ai à vous dire pendant que je suis encore moi-même. Il y a en bas dans une petite chambre attenante à une immense bibliothèque un homme comme vous n'en avez jamais rencontré. Vous connaissez ma mère et vous vous êtes fait une petite idée du genre de femme qu'elle est. Mais vous n'avez pas vu mon père. Et je ne veux pas que vous le rencontriez avant qu'il m'ait pardonné et ait accepté le fait que j'ai quatre enfants qui sont les fils de son jeune demi-frère. C'est une couleuvre qu'il aura du mal à avaler. Mais je ne pense pas qu'il rechignera trop à m'accorder son pardon puisque votre père est mort – et il n'est pas facile d'en vouloir longtemps aux morts.

Je ne sais pas pourquoi j'éprouvais un tel effroi...

— Pour que mon père me couche à nouveau sur son testament, je vais être obligée de faire tout ce qu'il exigera.

— Que peut-il exiger sinon que tu fasses preuve d'obéissance et que tu lui montres du respect ? répliqua Chris de sa voix d'adulte la plus ténébreuse comme s'il comprenait toute la complexité de la situation.

Maman l'enveloppa d'un long regard où se lisaient la tendresse et la compassion en caressant sa joue à la courbe encore enfantine. Il était le portrait en plus jeune de ce mari qu'elle avait enterré il y avait si peu de temps. Il était bien naturel que les larmes lui viennent aux yeux.

— J'ignore ce qu'il exigera de moi, mon chéri, mais, quoi qu'il veuille, je me plierai à ses volontés.

Parce qu'il faut que je sois son héritière. Mais oublions tout cela pour l'instant. Il ne faut pas vous laisser impressionner par ce que vous a dit ma mère. J'ai vu votre expression quand elle vous a sorti son couplet. Ce que nous avons fait, votre père et moi, n'avait absolument rien d'immoral. Nous nous sommes mariés à l'église comme n'importe quel couple d'amoureux. Non, il n'y avait là rien d'impie. Et vous n'êtes pas « la progéniture du diable ». Si ma mère veut vous faire croire que vous êtes les enfants du péché, c'est, pour elle, une façon de vous punir. Et de me punir, moi. Ce sont les hommes qui fabriquent les règles auxquelles obéit la société, pas Dieu. Il existe des pays où de proches parents se marient, ont des enfants, et c'est considéré comme une chose tout à fait normale. Mais je ne chercherai pas à justifier notre conduite parce qu'il faut se soumettre aux lois que nous impose la société qui est la nôtre. Et la société estime qu'un homme et une femme étroitement apparentés ne doivent pas se marier car ils risquent alors de donner le jour à des enfants mentalement ou physiquement imparfaits. Mais qui est parfait ?

Elle éclata soudain d'un rire proche des larmes et nous serra très fort contre elle.

— Votre grand-père avait prédit que vous naîtriez avec des cornes, une bosse sur le dos, une queue fourchue et des sabots de bouc à la place des pieds. On aurait dit un fou. Il essayait de nous lancer une malédiction pour que nous ayons des enfants difformes. Mais ses prophéties se sont-elles réalisées ? (Elle aussi, elle avait presque l'air d'une démente.) Non ! Nous nous sommes fait du souci quand je suis tombée enceinte pour la première fois. Lorsque j'ai accouché, votre père a passé la nuit à tourner comme un ours dans les couloirs de l'hôpital. L'aube se levait presque quand une infirmière est venue lui annoncer qu'il avait un fils parfaitement constitué. Mais il a fallu qu'il se précipite dans la nursery pour vérifier de ses yeux. Si vous aviez vu comme il rayonnait de joie lorsqu'il est entré dans ma chambre avec une gerbe de roses rouges ! Il avait les larmes aux yeux en m'embrassant. Il était tellement fier de toi, Christopher… tellement fier !

» Et puis, tu es venue à ton tour, ma Cathy chérie, et tu étais aussi mignonne, aussi parfaite que ton frère. Huit ans après, les jumeaux sont venus. Nous avions dès lors deux garçons et deux filles, nous avions tenté quatre fois le sort – et nous avions gagné à tous les coups ! Nous avions quatre enfants parfaits. Si Dieu avait voulu nous punir, il aurait eu à quatre reprises l'occasion de nous infliger des enfants handicapés ou arriérés. Or, il nous a donné des enfants merveilleux. Aussi, quoi que puisse dire votre grand-mère ou n'importe qui d'autre, ne vous laissez pas influencer. N'allez jamais croire que vous avez des tares et que vous êtes répugnants aux yeux de Dieu. Si quelqu'un a péché, ce sont vos parents, pas vous. Croirez-vous votre grand-mère quand elle vous répétera que vous êtes la progéniture du démon ?

Non ! Jamais. *Jamais !*

Et pourtant… pourtant, plus tard, les propos tenus par les deux femmes seraient, pour moi, ample matière à réflexion. Je voulais croire que nous étions agréables à Dieu. Il le fallait, j'avais besoin de le croire.

Hoche la tête, m'exhortai-je. Dis oui… comme Chris. Ne sois pas comme les jumeaux qui ne font que regarder maman sans rien comprendre. Ne sois pas aussi méfiante…

— Oui, maman, s'exclama Chris avec une ardente conviction. Je te crois, parce que si Dieu avait désapprouvé votre mariage, il vous aurait punis, papa et toi, à travers vos enfants. Dieu n'est pas un fanatique borné comme nos grands-parents. Comment cette vieille bonne femme peut-elle dire des choses aussi affreuses alors qu'elle a des yeux pour voir et qu'elle se rend sûrement compte que nous ne sommes ni laids ni difformes, et certainement pas arriérés ?

Telle une rivière libérée quand s'ouvrent les écluses, le soulagement fit jaillir des yeux de maman des larmes qui ruisselèrent sur son beau visage. Elle étreignit Chris et l'embrassa sur les cheveux.

— Merci, mon fils, dit-elle d'une voix étranglée. Merci de m'avoir comprise. Merci de ne pas condamner tes parents.

— Je t'aime, maman. Quoi que tu aies fait, quoi que tu fasses, je comprendrai toujours.

— Oui, je sais. (Elle m'adressa un regard gêné. J'étais en dehors du coup, j'observais, pesant le pour et le contre.) L'amour ne vient pas forcément quand on le désire. Parfois, il surgit sans qu'on le veuille. (Baissant la tête, elle prit les mains de mon frère dans les siennes.) Quand j'étais jeune, mon père m'adorait. Il voulait me garder toujours auprès de lui. Il ne voulait pas que je me marie. Quand j'avais douze ans, je me rappelle qu'il m'a dit qu'il me laisserait l'entière propriété du domaine, si je demeurais auprès de lui jusqu'à sa mort.

Elle releva subitement la tête, me regarda. Avait-elle deviné les doutes qui m'agitaient ? Pressenti les questions que je me posais ? Ses yeux s'assombrirent. Elle redressa les épaules et lâcha l'une des mains de Chris.

— Joignez les mains, nous ordonna-t-elle. Vous allez répéter après moi : nous sommes des enfants parfaits. Mentalement, nous sommes sains et notre vue réjouit les yeux de Dieu. Nous avons autant le droit de vivre, d'aimer et de jouir des plaisirs de l'existence que n'importe quel autre enfant sur cette terre.

Elle me sourit, s'empara également de ma main et dit à Carrie et à Cory de se joindre à la chaîne.

— Dans cette chambre, vous aurez besoin de quelques rites pour tenir au fil des jours. Je vais vous dire ce qu'il faudra faire quand je ne serai pas là. Lorsque je te regarde, Cathy, il me semble me revoir telle que j'étais à ton âge. Aime-moi, Cathy, aie confiance en moi, je t'en prie.

Nous fîmes ce qu'elle nous demandait et répétâmes d'une voix hésitante la litanie qu'il nous faudrait réciter quand nous serions la proie du doute. Et lorsque ce fut fini, elle nous enveloppa d'un regard d'approbation.

— Bien ! fit-elle sur un ton plus léger. Mais n'allez pas vous figurer que j'ai constamment pensé à vous quatre tout au long de la journée. J'ai aussi réfléchi, j'ai songé à l'avenir et je suis parvenue à une conclusion : nous ne pouvons pas continuer de vivre ici, soumis à la tyrannie de mes parents. Ma mère est une femme cruelle et insensible dont le hasard a voulu qu'elle me mette au monde mais qui ne m'a jamais prodigué la moindre parcelle d'amour. Son amour, elle le réservait exclusivement à ses fils. Quand j'ai reçu sa lettre, j'ai été assez bête pour m'imaginer qu'elle vous traiterait différemment. Je pensais qu'elle s'était humanisée en vieillissant, que lorsqu'elle vous verrait, lorsqu'elle vous connaîtrait, elle vous ouvrirait les bras comme une bonne mère-grand, qu'elle serait ravie d'avoir à nouveau des enfants à aimer. J'espérais... (Elle fut obligée de s'interrompre, les larmes aux yeux, comme si une personne douée de bon sens ne pouvait pas faire autrement que de tomber amoureuse de ses enfants.) Je comprendrais encore qu'elle déteste Christopher (elle le serra dans ses bras et l'embrassa sur la joue) puisqu'il ressemble tellement à son père. Et quand elle te regarde, Cathy, je sais que c'est moi qu'elle revoit – et elle ne m'a jamais aimée. Je ne sais d'ailleurs pas pourquoi. Peut-être parce que mon père, lui, avait trop de tendresse pour moi et qu'elle était jalouse. Mais je n'avais jamais songé qu'elle pourrait être cruelle envers aucun de vous deux ni envers les petits. Je m'efforçais de croire que les gens changent en prenant de l'âge, qu'ils finissent par se rendre compte des erreurs qu'ils ont commises. Maintenant, je sais que je me trompais.

» Alors, demain matin à la première heure, je partirai pour la ville et je m'inscrirai dans une école de secrétariat. J'apprendrai la dactylographie, la sténo, la comptabilité, le classement... bref, tout ce que doit savoir une bonne secrétaire. Ensuite, je pourrai trouver un emploi, une place bien payée et j'aurai assez d'argent pour vous faire quitter cette chambre. Nous louerons un appartement pas trop loin pour que je puisse rendre visite à mon père. Oui, bientôt nous habiterons tous ensemble, nous serons à nouveau une vraie famille.

— Oh ! maman ! s'exclama joyeusement Chris. J'étais sûr que tu trouverais une solution ! Je savais que tu t'arrangerais pour qu'on ne reste pas bouclés ici !

Il se pencha pour m'adresser un clin d'œil suffisant comme s'il avait su dès le début que sa mère bien-aimée résoudrait tous les problèmes, si compliqués fussent-ils.

— Ayez confiance en moi, dit-elle avec un sourire plein d'assurance.

Et, de nouveau, elle couvrit Chris de baisers.

J'aurais, en un sens, voulu être comme lui et accepter tout ce que disait maman comme parole d'Évangile mais je ne pus m'empêcher de formuler à haute voix la question qui me tourmentait.

— Combien de temps faut-il pour devenir une bonne secrétaire ?

Elle répondit vivement – un peu trop vivement, me sembla-t-il :

— Ce sera vite fait. Un mois, peut-être. Mais si cela demande un peu plus longtemps, il faudra vous armer de patience. Vous devez vous rendre compte que, dans ce domaine, je ne suis pas très forte. Ce n'est pas vraiment ma faute, se hâta-t-elle d'ajouter comme si elle devinait que je lui reprochais son incompétence. Les jeunes filles de bonne famille font leurs études dans des institutions exclusivement fréquentées par des élèves issues de milieux extrêmement riches et influents. Ensuite, elles vont dans un établissement spécialisé qui leur donne un vernis final. Là, on leur inculque les règles de la civilité, les bonnes manières et quelques rudiments académiques mais, surtout, on les prépare à la vie mondaine, aux bals des débutantes et on leur enseigne à être de parfaites maîtresses de maison. Je n'ai rien appris de pratique. Je ne pensais même pas que j'aurais un jour besoin d'avoir des connaissances commerciales. J'étais persuadée que j'aurais toujours un mari pour s'occuper de moi. Et, à défaut de mari, il y aurait eu mon père.

Ce qu'elle disait ne tombait pas dans l'oreille d'une sourde. Je me jurai de ne jamais être dépendante d'un homme au point d'être incapable de me débrouiller dans la vie, même si la vie se montrait cruelle ! Mais, surtout, je me sentais mesquine, j'avais honte de moi. Je m'en voulais de la rendre responsable de tout ce qui nous arrivait. Comment aurait-elle pu prévoir la tournure que prendraient les choses ?

— Maintenant, il faut que je me sauve, dit-elle en faisant mine de se lever.

Aussitôt, les jumeaux éclatèrent en sanglots.

— Non, maman, ne t'en va pas ! Ne nous laisse pas !

Ils s'agrippaient à ses jambes de toute la force de leurs petits bras.

— Je passerai vous voir demain avant d'aller m'inscrire à cette école de secrétariat. (Elle planta son regard dans le mien.) C'est vrai, Cathy, je ferai de mon mieux, c'est promis. J'ai aussi hâte que vous de vous voir quitter cette chambre.

Juste avant de sortir, elle ajouta que c'était finalement

une bonne chose qu'elle ait dû nous montrer son dos : nous savions maintenant à quel point sa mère était sans pitié.

— Pour l'amour de Dieu, respectez ses directives. Ayez un comportement pudique et réservé dans la salle de bains. Mettez-vous bien dans la tête qu'elle est capable d'être inhumaine non seulement avec moi mais avec ceux qui me sont chers. (Elle ouvrit tout grands les bras et nous nous jetâmes sur elle sans plus penser à son dos meurtri.) Je vous aime tant ! sanglota-t-elle. Accrochez-vous à cette idée. Je m'appliquerai comme jamais je ne me suis appliquée, je vous le jure. Je me sens aussi prisonnière que vous l'êtes. Nous sommes, en un sens, tombés dans le même piège. Ce soir, quand vous vous coucherez, que ce soit avec des idées souriantes. Dites-vous bien que, malgré tout, les choses sont rarement aussi terribles qu'elles le paraissent. Je suis loin d'être laide, vous le savez, et, dans le temps, mon père m'aimait énormément. Alors, ne croyez-vous pas qu'il me sera d'autant plus facile de reconquérir son amour ?

C'était évident. Quand on a passionnément aimé quelqu'un autrefois, on est vulnérable à un retour de flammes. Je savais : j'avais déjà été amoureuse six fois de suite.

— Et quand vous serez au lit, quand il fera noir, rappelez-vous que demain, lorsque je me serai inscrite, je vous achèterai des jouets et des jeux pour vous occuper et vous distraire.

— Tu as assez d'argent ? lui demandai-je.

— Mais oui, bien sûr, répondit-elle précipitamment. D'ailleurs, mes parents ont leur amour-propre.

Il n'est pas question que leurs amis et les voisins me voient négligée ou mal fagotée. Ils me donneront tout ce dont j'ai besoin – et à vous aussi, par la même occasion. Et chaque minute, chaque dollar que je pourrai économiser, je le mettrai de côté et je ferai des plans pour le jour où nous pourrons vivre librement ensemble, chez nous, comme avant, et être de nouveau une famille.

Elle nous envoya un baiser du bout des doigts avant de sortir et de refermer la porte à double tour.

Et commença notre deuxième nuit de captivité.

Maintenant, nous en savions beaucoup plus long. Trop long, peut-être.

Après le départ de maman, nous nous mîmes au lit. Chris me sourit en s'emboîtant à Cory qui dormait déjà.

— Bonne nuit, Cathy. Tâche de ne pas te faire dévorer par les punaises.

Comme lui, je me collai contre le petit corps tout chaud de Carrie – la technique des cuillers –, la figure enfouie dans ses cheveux soyeux. J'étais nerveuse et ne tardai pas à me mettre sur le dos, les yeux fixés au plafond. Le silence était total. Des pensées indésirables m'assaillaient – nous étions rejetés, nous étions la progéniture du diable – qui m'emplissaient de détresse. Il fallait que je trouve le moyen de les chasser. Maman... elle nous aimait, elle voulait que nous soyons avec elle, elle ne ménagerait pas ses efforts pour devenir une bonne secrétaire. Oui, j'en étais sûre. Les grands-parents chercheraient à la détourner de nous mais elle résisterait. Je le savais d'avance.

Mon Dieu, faites que maman apprenne vite !

Il faisait terriblement chaud et étouffant dans cette pièce. Dehors, le vent agitait les feuilles mais les fenêtres closes ne laissaient pas entrer le moindre souffle. Maman ne nous avait-elle pas dit que, même l'été, les nuits étaient fraîches dans cette région montagneuse ?

— Cathy, murmura Chris, à quoi penses-tu ?

— Au vent. On dirait un loup qui hurle.

— J'étais certain que tu pensais à quelque chose d'aussi joyeux ! Je te jure que, pour remonter le moral des gens, tu es de première force !

— Attends, j'ai encore mieux que cela à te proposer. Le vent gémit comme si des âmes en peine essayaient de nous prévenir de quelque chose.

— Écoutez-moi, Catherine Doll (c'était mon futur nom de scène). Je vous ordonne de cesser de vous délecter d'idées macabres. Nous prendrons les heures à mesure qu'elles viendront sans nous demander ce que la suivante tient en réserve. De cette façon ce sera beaucoup plus facile que de compter en jours ou en semaines. Pense à la musique, à la danse, au chant. Je crois me rappeler que tu disais que tu n'étais jamais triste quand tu avais de la musique qui folâtrait dans ta tête.

— Et quoi, à quoi penseras-tu ?

— Si je n'avais pas aussi sommeil, je pourrais écrire dix volumes rien qu'avec mes pensées mais, les choses étant ce qu'elles sont, je suis trop fatigué pour te répondre. D'ailleurs, tu sais quel est mon but. Pour le moment, je pense seulement à toutes les parties que nous aurons le temps de disputer. (Il bâilla et s'étira.) Qu'est-ce que tu as pensé de ces histoires de demi-oncles qui se marient avec leurs demi-nièces et engendrent des enfants avec des pieds fourchus, des cornes et des queues pointues ?

— Toi qui es un puits de science et un futur docteur, est-ce que tu crois que c'est médicalement et scientifiquement possible ?

— Non, répondit-il sur un ton catégorique, comme si c'était là une question qu'il connaissait sur le bout des doigts. Sinon, le monde serait plein de monstres ressemblant à des diables. Et, si tu veux que je te dise la vérité, j'aimerais bien voir un diable, ne serait-ce qu'une fois.

— Moi, j'en vois tout le temps. Dans mes rêves.

— Ha ha ! ricana-t-il. Toi et tes rêves délirants ! Dis donc, tu ne trouves pas qu'ils ont été formidables, les jumeaux ? J'ai vraiment été fier d'eux en les voyant tenir tête comme ça à la grand-mère, cette espèce de hussard. Qu'est-ce qu'ils ont pris ! Mais j'avais peur qu'elle fasse quelque chose de vraiment terrible.

— Parce que tu estimes que ce qu'elle leur a fait ne l'était pas ? Quand elle a empoigné Carrie par les cheveux, cela a dû lui faire mal, à la pauvre gosse. Et cela a dû aussi lui faire mal, à Cory, quand elle l'a giflé et l'a envoyé à terre. Qu'est-ce tu aurais voulu de plus ?

— Ça aurait pu être encore pire.

— Je crois qu'elle est folle.

— Tu as peut-être raison, approuva-t-il d'une voix ensommeillée.

— Les jumeaux ne sont que des bébés. Cory a seulement voulu protéger sa sœur… Tu sais comme ils se tiennent, tous les deux. (J'hésitai avant de poursuivre :) Chris, est-ce que papa et maman ont eu raison de tomber amoureux l'un de l'autre ? Est-ce qu'ils n'auraient pas pu faire quelque chose pour que ça n'arrive pas ?

— Je n'en sais rien. Mais je ne veux pas parler de cela. Ça me met mal à l'aise.

— Moi aussi. Mais je suppose que cela explique pourquoi nous avons tous les yeux bleus et les cheveux blonds.

Il bâilla encore.

— Oui. Les poupées de Dresde, c'est nous.

— Tu as raison. Tu sais, j'ai toujours voulu passer des journées entières à jouer à des jeux. Tu te rends compte ? Quand maman nous apportera le nouveau super-Monopoly, on aura enfin le temps de terminer une partie.

Cela ne nous était, en effet, jamais arrivé.

— C'est vrai. Et on apprendra aux petits à tenir la banque et à compter les sous.

— Ce ne sera pas difficile : pour ce qui est de l'argent, les Foxworth sont des surdoués.

— Nous ne sommes pas des Foxworth !

— Alors, qu'est-ce que nous sommes ?

— Des Dollanganger !

— D'accord, comme tu voudras.

Il me dit à nouveau bonsoir.

Je me mis à genoux au pied du lit, les mains jointes sous le menton, et commençai à dire une prière silencieuse. *Avant de m'abandonner au sommeil, je remets mon âme au Seigneur…* Je demandai à Dieu de bénir maman, Chris et les jumeaux. Je priai aussi pour papa qui était au ciel.

Je me remis au lit. Et pensai aux gâteaux et à la

glace que la grand-mère avait plus ou moins promis de nous apporter si nous étions sages.

Et nous l'avions été.

Au moins jusqu'au moment où Carrie avait levé la main sur la grand-mère – qui nous avait privés de dessert. Comment avait-elle pu deviner que nous ne l'avions pas mérité ?

— Et maintenant, à quoi penses-tu ? s'enquit Chris sur un ton endormi.

— À pas grand-chose. Juste à la glace et aux gâteaux que la grand-mère avait dit qu'elle nous monterait si on était sages.

— Demain sera un autre jour. Alors, ne renonce pas à tout espoir de festin. Et peut-être que, demain, les jumeaux ne penseront plus à sortir dans le jardin. Ils ont la mémoire courte.

Oui, ils avaient la mémoire courte. Ils avaient déjà oublié papa, et l'accident où il avait trouvé la mort ne datait que du mois d'avril. Avec quelle rapidité avaient-ils oublié ce père qui les aimait tant ! Moi, je ne pouvais pas l'oublier. Non, jamais son souvenir ne me quitterait. Même si, désormais, je ne le voyais plus très distinctement, je le sentais.

Des minutes semblables à des heures

Les jours s'écoulaient languissamment. Monotones. Que faire de son temps quand on en a en surabondance ? Où poser les yeux quand on a déjà tout vu ? Dans quelle direction orienter ses pensées quand le rêve éveillé peut vous faire tant de mal ? Je pouvais m'imaginer ce que ce serait que de courir de toutes mes forces, libre, et de sentir les feuilles mortes craquer sous mes pas. Je pouvais me voir nager dans le lac tout proche ou patauger dans l'eau fraîche d'un torrent de montagne. Mais ces rêvasseries avaient la fragilité des toiles d'araignées qu'un rien suffit à désagréger et je me hâtais de revenir à la réalité. Où était le bonheur ? Dans les jours passés ? Dans les jours à venir ? Non ! Dans l'heure, la minute, la seconde présentes. Nous n'avions qu'une seule et unique chose pour allumer en nous une étincelle de joie : l'espoir.

Il était criminel de gaspiller notre temps, disait Chris. Le temps était une denrée précieuse. Personne n'en avait en suffisance, personne ne vivait assez longtemps pour apprendre tout ce qu'il y avait à apprendre. Autour de nous, le monde se ruait vers l'embrasement en criant : « Vite ! Vite ! Vite ! » Mais nous, nous avions du temps à thésauriser, des heures à remplir, un million de livres à lire. Nous avions le temps de laisser notre imagination s'envoler à tire-d'aile. Le génie créateur commence avec l'oisiveté, qui permet de rêver l'impossible pour le rendre réel plus tard.

Fidèle à sa promesse, maman nous avait apporté des jeux de société et des jouets pour nous occuper. Chris et moi adorions jouer au Monopoly, au Scrabble, aux échecs, aux échecs chinois et quand elle nous fit cadeau de jeux de cartes et d'un manuel d'initiation, c'est bien simple, nous devînmes les rois de la flambe !

C'était plus compliqué pour les jumeaux qui étaient encore trop petits pour jouer à des jeux exigeant que l'on respecte des règles. Rien ne retenait très longtemps leur attention, ni la multitude de petites autos et de petits camions que ramenait maman, ni le train électrique, dont les rails – c'était Chris qui avait monté la voie – couraient sous les lits, sous la table de toilette, escaladaient la commode, se faufilaient sous l'armoire. Quoi qu'on fit, on trébuchait toujours sur quelque chose. Une chose, en tout cas, était sûre : les jumeaux détestaient le grenier. Tout ce qu'il y avait dedans semblait les terroriser.

Nous nous levions tôt. Nous n'avions pas de réveil, rien que nos montres-bracelets, mais une sorte d'horloge intérieure m'interdisait de me réveiller tard, même si j'avais envie de faire la grasse matinée.

Dès que nous étions levés, nous faisions notre toilette – un jour, c'étaient les garçons qui commençaient et c'étaient les filles le jour suivant – et il fallait être habillés de la tête aux pieds avant l'arrivée de la grand-mère. Parce que sinon…

Quand elle entrait de son pas majestueux dans la chambre lugubre et sombre, nous attendions, figés au garde-à-vous, qu'elle pose le panier pique-nique et reparte. Elle nous adressait rarement la parole et, quand elle s'y résolvait, c'était uniquement pour nous demander si nous avions dit nos grâces avant chaque repas, récité nos prières avant de nous coucher et lu notre page de la Bible quotidienne.

— Non, lui répondit Chris un matin, nous ne lisons pas une page mais des chapitres entiers. Si vous considérez que la lecture de la Bible est une sorte de punition, eh bien, retirez-vous cette idée de la tête. Nous trouvons que c'est passionnant. Plus sanglant et plus libidineux que tous les films que nous avons jamais vus et aucun livre que nous avons lu ne parle d'autant de péchés.

— Silence, garçon ! gronda la grand-mère. C'était à ta sœur que je parlais, *pas à toi* !

Elle voulait que je lui cite un extrait que j'avais appris par cœur, exigence qui nous permettait souvent de nous payer sa tête parce que si l'on cherche avec assez de zèle et sans ménager sa peine, on est sûr de trouver dans la Bible des maximes qui conviennent à toutes les situations. Et, ce matin-là, je lui débitai : « Pourquoi avez-vous rendu le mal pour le bien ? Genèse, 44,4. »

Elle me lança un regard mauvais, tourna les talons et s'en fut.

Quelques jours plus tard, ce fut à Chris qu'elle s'en

prit. Le dos tourné, sans même le regarder, elle lui ordonna sèchement de lui réciter un passage du livre de Job.

— Et n'essaie pas de me faire croire que tu as lu la Bible quand ce n'est pas vrai.

Chris s'était préparé et ce fut avec assurance qu'il débita d'un seul souffle :

— Job, 28,12 : Mais où la sagesse se trouve-t-elle ? Où est la demeure de l'intelligence ? Job, 28,28 : Voici, la crainte du Seigneur, c'est la sagesse ; s'éloigner du mal, c'est l'intelligence. Job, 31,35 : Que le Tout-Puissant me réponde ! Qui me donnera la plainte écrite par mon adversaire ? Job, 32,9 : Ce n'est pas l'âge qui procure la sagesse.

Il aurait pu continuer interminablement comme cela mais la grand-mère était rouge de fureur. Elle ne lui demanda jamais plus de lui citer la Bible et, finalement, elle me laissa moi aussi tranquille parce que j'arrivais toujours à lui sortir également des petites phrases qui faisaient mouche.

Maman faisait tous les soirs une apparition vers 6 heures, hors d'haleine et chargée de cadeaux, mais elle s'éclipsait presque tout de suite pour prendre un bain et s'habiller en prévision de quelque grand dîner d'apparat servi par un maître d'hôtel et une femme de chambre. Apparemment, on recevait beaucoup à Foxworth Hall et, d'après ce qu'elle disait, les affaires se traitaient souvent à table. Les grands jours, elle nous apportait de savoureux petits-fours et autres amuse-gueule mais jamais de sucreries pour ne pas nous abîmer les dents.

Ce n'était que le samedi et le dimanche qu'elle

pouvait passer plus de quelques instants avec nous. Nous déjeunions alors ensemble. Un jour, elle se tapota le ventre.

— Regardez comme j'ai grossi ! Je déjeune avec mon père et puis je prétends que j'ai envie de faire la sieste pour pouvoir monter et déjeuner une seconde fois avec mes enfants.

C'était merveilleux de manger avec elle parce que cela me rappelait l'époque où nous vivions avec papa.

Un dimanche, maman, qui sentait bon l'odeur du dehors, arriva avec de la glace à la vanille et un gâteau au chocolat qu'elle avait achetés chez le pâtissier. La glace était presque entièrement fondue mais on lui fit quand même un sort. Nous suppliâmes notre mère de passer la nuit avec nous, elle n'aurait qu'à se coucher entre Carrie et moi. Mais elle balaya longuement du regard la pièce encombrée et secoua la tête.

— Je regrette mais ce n'est vraiment pas possible. Les bonnes se demanderaient pourquoi mon lit n'a pas été défait. Et à trois dans le même lit… ce serait un peu surpeuplé, vous ne croyez pas ?

— Combien de temps cela va-t-il encore durer, maman ? demandai-je avec un soupir. Il y a déjà deux semaines qu'on est ici – et j'ai l'impression que cela fait deux ans. Grand-père ne t'a pas encore pardonné de t'être mariée avec papa ? Est-ce que tu lui as enfin parlé de nous ?

— Il m'a prêté une de ses voitures. (Je trouvai sa réponse évasive.) Et je crois qu'il va me pardonner. Autrement, il ne me laisserait ni m'en servir, ni dormir sous son toit, ni manger son pain. Mais je n'ai pas encore eu le courage de lui dire que j'ai quatre enfants que je lui ai cachés. Je dois calculer très soigneusement le moment de le lui avouer. Il faut que vous soyez patients.

— Que ferait-il s'il était au courant de notre existence ?

— Dieu seul le sait, murmura-t-elle dans un soupir craintif. C'est un homme cruel, un homme sans cœur et il est terriblement puissant. Laissez-moi le temps. Je lui parlerai quand je serai certaine qu'il sera prêt à m'écouter.

Elle partit sur le coup de 7 heures et nous ne tardâmes pas à nous mettre au lit. Nous nous couchions tôt parce que nous devions nous lever de bonne heure et plus on dormait longtemps, plus les journées étaient courtes. À 10 heures du matin, nous faisions monter les petits dans le grenier. L'explorer était l'une des meilleures façons de passer le temps. Il y avait deux pianos droits. Un matin, Cory se jucha sur un tabouret rond qui montait et descendait, puis il se mit à taper sur les touches jaunies et, penchant la tête, écouta avec attention. Le son était si discordant que cela faisait mal aux oreilles.

— C'est pas joli, protesta-t-il. Pourquoi c'est pas joli ?

— C'est que le piano est désaccordé, lui expliqua Chris qui essaya sans succès de le réaccorder.

Plus question de faire de la musique avec les vieux pianos mais il y avait cinq phonographes. Malheureusement, un seul était en état de marche. Nous remontâmes la manivelle, et plaçâmes un antique disque voilé sur le plateau. Jamais nous n'avions entendu musique aussi bizarre !

Il y avait des quantités de disques d'Enrico Caruso mais, hélas, ils étaient entassés par terre à la diable. On ne les avait même pas mis dans des cartons pour les protéger. Nous savions, Christopher et moi, que Caruso était le plus grand des chanteurs mais sa voix était si haut perchée qu'on avait l'impression qu'il chantait faux et nous nous demandions pourquoi on s'extasiait tellement sur lui. Mais, Dieu sait pourquoi, Cory était emballé.

Le ressort se débandait lentement, la voix devenait une sorte de gémissement ; alors l'un d'entre nous se précipitait comme un fou pour remonter la mécanique si fort que Caruso chantait à toute vitesse. On aurait dit les jacassements de Donald Duck, et les jumeaux éclataient de rire. Naturellement. C'était leur langage à eux, leur langage secret.

Cory aurait passé ses journées dans le grenier à écouter les disques mais Carrie ne tenait pas en place. Rien ne la satisfaisait, il lui fallait tout le temps quelque chose d'autre qui l'amuserait davantage.

— J'aime pas cette grande salle laide ! bramait-elle sans se lasser. Fais-moi sortir de là ! Tout de suite ! Fais-moi sortir ou je vais casser les murs !

Elle les martelait à coups de pied et à coups de poing et elle n'y renonça que lorsqu'elle se fut sérieusement meurtrie.

J'avais de la peine pour elle et pour Cory. Nous aurions tous voulu démolir les murs et nous échapper mais, avec la voix aux sonorités de trompette de Carrie, les murs auraient eu plus de chances de s'écrouler tout seuls comme les murailles de Jéricho.

Ce fut un soulagement quand, bravant les périls

du grenier, elle découvrit l'escalier et regagna toute seule la chambre où elle pouvait jouer avec ses poupées, sa dînette et son petit fer à repasser qui ne chauffait pas.

Pour la première fois, les jumeaux étaient capables d'être séparés pendant quelques heures. C'était une bonne chose, disait Chris.

Prendre des bains à répétition était encore un moyen de tuer le temps et quand on se lavait les cheveux, cela durait encore plus longtemps. Jamais il n'y avait eu d'enfants plus propres que nous. Après le déjeuner, nous faisions une sieste que nous nous efforcions de prolonger au maximum. Je faisais avec Chris des concours de pelage de pommes, c'était à qui détacherait la peau la plus longue et la plus mince. On décortiquait les oranges et on arrachait jusqu'au dernier des petits filaments dont les jumeaux avaient horreur.

Mais le jeu le plus dangereux et le plus amusant était de singer la grand-mère – et nous mourions de peur qu'elle surgisse et nous surprenne enveloppés dans un des draps poussiéreux du grenier représentant les sempiternelles robes de taffetas gris qui constituaient son uniforme. Chris et moi étions les plus forts car les jumeaux étaient tellement terrorisés qu'ils n'osaient même pas lever les yeux sur elle quand elle était là.

Chris debout devant la porte, un panier de pique-nique imaginaire à la main :

— Enfants ! Avez-vous été décents, modestes, sages et comme il faut ? Cette chambre est dans un affreux désordre ! Ma fille – toi, là-bas –, retape cet oreiller froissé avant que je ne te foudroie d'un seul regard !

— Pitié, grand-mère ! (Je me laissai tomber à genoux et m'approchai en rampant, les mains jointes sous le menton.) J'étais morte de fatigue à force d'avoir récuré les murs du grenier. Il a fallu que je me repose.

— Te reposer ? glapit la grand-mère, dont la robe faillit dégringoler. Il n'y a pas de repos pour les méchants, les dépravés et les impies, rien que le travail. Ils doivent travailler jusqu'à ce que mort s'ensuive avant de rôtir éternellement dans les flammes de l'enfer !

Sous le drap, elle leva les deux bras dans un geste horrible qui fit hurler d'effroi les jumeaux et, telle une sorcière, elle disparut – il n'y avait plus que Chris qui nous regardait en souriant.

Les premières semaines, les secondes étaient semblables à des heures malgré tout ce que nous inventions pour nous distraire, et nous réussissions à inventer beaucoup de choses. C'étaient nos doutes, nos craintes et nos espoirs qui nous tenaient en haleine. Nous attendions, nous attendions mais le moment où nous serions autorisés à sortir de cette chambre, où on nous ferait descendre était toujours aussi lointain.

Voilà maintenant que les jumeaux se jettent sur moi, pleins d'égratignures et de bleus, sans compter les échardes, souvenir des boiseries pourries du grenier. Je les leur enlève minutieusement et Chris leur applique de l'antiseptique et leur met du sparadrap, ils adorent ça. Un petit doigt un peu abîmé, cela donne droit à un gros câlinou, je leur chante une berceuse quand je les couche, je les embrasse et je les chatouille jusqu'à ce qu'ils rient aux éclats. Ils s'accrochent de toutes leurs forces à mon cou. Ils m'aiment, ils m'aiment énormément... et ils ont besoin de moi.

Ils ressemblaient plus à des bébés de trois ans qu'à des enfants de cinq ans. Pas dans leur façon de s'exprimer mais à cause de leur manière de se frotter les yeux avec leurs petits poings, de faire la moue quand on refuse de se plier à leurs moindres caprices, de retenir leur respiration au point de devenir écarlates pour vous forcer à en passer par leurs quatre volontés – c'était un spectacle insoutenable.

Carrie adorait faire des mines en soulevant sa jupette pour montrer sa culotte festonnée. (Elle ne voulait porter que des culottes avec de la dentelle et elles avaient, en plus, des petits nœuds roses ou de la broderie. Elle vous les faisait voir vingt fois par jour et, vingt fois par jour, il fallait tomber en extase devant son élégance.)

Naturellement, Cory portait un caleçon comme Chris et il n'en était pas peu fier. Quelque part au fond de sa mémoire était embusqué le souvenir des couches qu'on lui mettait encore il n'y avait pas si longtemps. Il souffrait d'incontinence urinaire. Quant à Carrie, elle avait de la diarrhée si, par malheur, elle mangeait la plus infime parcelle d'un fruit autre qu'un citron. Quand on nous apportait des pêches ou du raisin, c'était un cauchemar parce qu'elle affectionnait les raisins verts sans pépins, les pêches et les pommes qui avaient le même effet sur elle, Ces jours-là, je verdissais, sachant à qui reviendrait le soin de laver la petite culotte festonnée si je n'arrivais pas à coiffer

Carrie au poteau avant qu'elle n'atteigne le panier la première. Et quand je me faisais battre avant la ligne d'arrivée, Chris éclatait d'un rire homérique. Le vase à fleurs bleu était toujours à portée de la main pour le cas où Cory aurait une urgence parce que, dans ces moments-là, il n'y avait pas une seconde à perdre et si jamais une fille occupait les toilettes, c'était la catastrophe. Il pissait dans sa culotte plus souvent qu'à son tour. Alors, tout honteux, il se cachait la figure sur mes genoux. (Carrie, elle, n'avait jamais honte. C'était ma faute : je n'avais qu'à être plus rapide.)

— Quand est-ce qu'on pourra sortir, Cathy ? me demanda-t-il un jour à voix basse après un de ces accidents.

— Quand maman nous le dira.

— Pourquoi qu'elle ne nous le dit pas ?

— Il y a, en bas, un vieux monsieur qui ne sait pas qu'on est là. Et il faut attendre qu'il recommence à aimer assez maman pour nous accepter.

— Qui c'est, le vieux monsieur ?

— Notre grand-père.

— Il est comme la grand-mère ?

— J'ai bien peur que oui.

— Pourquoi il nous aime pas ?

— Parce que… eh bien, parce qu'il est bête. Je crois qu'il n'y a pas que son cœur de malade. Sa tête l'est aussi.

— Et maman ? Est-ce qu'elle nous aime encore ?

Cette question m'empêcha de dormir, cette nuit-là.

Un dimanche – il y avait trois semaines que nous étions enfermés –, nous ne vîmes pas notre mère de la journée. Ce ne fut qu'à la tombée du soir qu'elle surgit enfin. Elle portait des tennis, un short blanc et un chemisier avec un col marin frappé d'une ancre. Elle était toute bronzée et elle débordait de santé, elle paraissait incroyablement joyeuse alors que nous dépérissions et nous étiolions dans cette chambre étouffante.

Je la connaissais, cette tenue. Du bateau – voilà ce qu'elle avait fait. Je lui lançai un regard noir. Comme j'aurais voulu avoir le même hâle qu'elle. Ses cheveux ébouriffés par le vent l'avantageaient. Elle était dix fois plus belle, plus saine et plus ravissante. Pourtant, elle était presque vieille… elle avait près de quarante ans !

Visiblement, elle n'avait jamais été aussi heureuse depuis la mort de notre père. Il n'était pas loin de 5 heures et comme, en bas, le dîner était servi à 7 heures, elle n'aurait que très peu de temps à nous consacrer avant d'être obligée de descendre prendre son bain et se changer.

Je posais le livre que j'étais en train de lire à plat ventre et m'assis. J'étais ulcérée et je voulais qu'elle ait mal, elle aussi.

— Où as-tu été ? lui demandai-je sur un ton rogue.

De quel droit s'amusait-elle alors que nous étions enfermés et que les distractions de notre âge nous étaient refusées ?

Je lui avais posé la question d'une voix si hargneuse que l'éclat radieux qui émanait d'elle parut s'estomper. Elle pâlit et ses lèvres se mirent à trembler. Peut-être regrettait-elle soudain de nous avoir apporté le grand calendrier mural grâce auquel nous savions quand nous étions samedi ou dimanche. Il était maintenant rempli de gros X rouges qui marquaient les jours de notre enfermement.

Elle s'assit dans un fauteuil, croisa ses jambes exquises et se mit à s'éventer avec un magazine.

— Je suis navrée de vous avoir fait attendre, commença-t-elle en me faisant un adorable sourire. J'avais l'intention de monter dans la matinée mais il a fallu que je m'occupe de mon père et j'avais des projets pour cet après-midi. Mais je me suis débrouillée pour rentrer un peu plus tôt afin de pouvoir passer un petit moment avec vous avant le dîner. (Bien qu'elle n'eût pas l'air de transpirer, elle leva le bras pour s'éventer l'aisselle comme si l'atmosphère qui régnait dans la pièce était plus qu'elle n'en pouvait supporter.) J'ai fait du bateau, Cathy. Mes frères m'ont appris à naviguer quand j'avais neuf ans et quand votre père est venu habiter ici, je lui ai appris à mon tour. Nous passions beaucoup de temps sur le lac. Faire de la voile, c'est presque comme si on volait. C'est merveilleux.

— Tu as fait de la voile ! (J'avais presque crié.) Pourquoi n'as-tu pas plutôt parlé de nous au grand-père ? Combien de temps comptes-tu nous garder prisonniers ? Toute la vie ?

Son regard balaya nerveusement la pièce. Elle semblait sur le point de se lever de son fauteuil – nous nous en servions rarement car nous le lui réservions : c'était son trône et elle serait peut-être tout simplement partie si, au même moment, Chris n'était arrivé du grenier, les bras chargés d'encyclopédies si anciennes qu'elles ne parlaient ni de télévision ni d'avions à réaction.

— Arrête de ronchonner comme ça après maman, me gourmanda-t-il. Bonjour, m'man ! Dis donc, ce que tu es en beauté ! J'aime beaucoup ta tenue de plaisancière.

Il posa sa brassée de volumes sur la coiffeuse qu'il avait convertie en bureau à son usage personnel et alla se jeter à son cou. Je me sentais trahie. Pas seulement par maman mais aussi par mon frère. L'été tirait à sa fin et nous n'en avions pas profité. Pas de pique-niques, pas de baignades, pas de promenades dans les bois. Nous n'avions pas vu un bateau, ni même mis un maillot pour patauger dans une mare.

Je bondis sur mes pieds, résolue à me battre pour notre liberté.

— Maman, je crois qu'il est grand temps que tu parles de nous à ton père ! J'en ai plus qu'assez de me morfondre dans une pièce et de jouer dans le grenier ! Je veux que les jumeaux gambadent au grand air et au soleil. Et moi aussi, je veux sortir ! Je veux faire du bateau ! Si le grand-père ne te tient plus rigueur d'avoir épousé papa, pourquoi ne nous accepterait-il pas ? Est-ce que nous sommes tellement laids, tellement méchants, tellement stupides qu'il aurait honte que nous soyons ses petits-enfants ?

Elle repoussa Chris, ses épaules s'affaissèrent et elle cacha sa figure entre ses mains. Je pressentis alors intuitivement qu'elle allait nous révéler quelque chose que, jusqu'à présent, elle avait gardé pour elle.

— Cathy, Christopher, commença-t-elle sans lever la tête, les doigts agités de tressaillements, je n'ai pas été entièrement franche avec vous.

Comme si je ne l'avais pas déjà deviné !

— Tu restes dîner avec nous ? fis-je.

Je ne sais pas pour quelle raison, je désirais retarder la minute de vérité.

— Merci de me l'avoir demandé. J'aimerais bien mais je ne suis pas libre ce soir.

Pourtant, c'était dimanche, le jour où nous l'avions à nous jusqu'à ce qu'il fasse nuit. Et, la veille, elle ne nous avait accordé qu'une demi-heure.

— La lettre, poursuivit-elle d'une voix mourante (elle releva la tête. L'ombre qui ternissait son regard faisait virer ses yeux bleus au vert), la lettre que j'ai reçue de ma mère à Gladstone… celle où elle nous invitait à vivre ici. Je ne vous ai pas dit que mon père y avait ajouté un post-scriptum. (Elle hésita, ferma les yeux une ou deux secondes, puis les rouvrit.) Pour me dire qu'il était content que votre père soit mort. Que les méchants et les corrompus reçoivent toujours le châtiment qu'ils méritent. Et que le seul bon côté de notre mariage était qu'il n'avait pas engendré de progéniture du diable.

J'étais assise sur le lit, entourant de mes bras les épaules des jumeaux. Je regardai Chris. Papa devait avoir été comme lui à son âge et, le temps d'un éclair, je le revis en tenue de tennis, grand, fier, les cheveux couleur d'or, le teint bronzé. Le mal, c'est noir, c'est torve, c'est recroquevillé, c'est petit. Il ne se tient pas droit, il ne vous sourit pas en vous regardant avec des yeux aussi bleus et clairs que le ciel, des yeux qui n'ont jamais menti.

— Sur une autre page que mon père n'avait pas lue, ma mère m'exposait son plan pour vous cacher, conclut-elle faiblement, les joues toutes rouges.

— Est-ce que c'est seulement parce que papa s'est marié avec toi, sa demi-nièce, que ton père le traitait de méchant et de corrompu ? fit Chris sur le même ton posé qu'avait employé maman. Est-ce le seul péché qu'il a commis ?

— Oui ! s'exclama-t-elle, heureuse que son fils bien-aimé eût compris. Dans toute son existence, ton père n'a commis qu'un seul péché mais impardonnable : il est tombé amoureux de moi. La loi interdit à l'oncle d'épouser la nièce, même si c'est sa nièce par alliance. Mais ne nous condamnez pas, mes enfants. Je vous ai expliqué ce qu'il y avait entre votre père et moi. De nous tous, il était le plus…

Sa voix se cassa. Ses yeux embués de larmes nous imploraient et je savais ce qui allait suivre, je le savais !

— C'est dans les yeux de l'autre que sont le mal et la corruption, enchaîna-t-elle précipitamment, avide de nous faire comprendre son point de vue. Votre grand-père trouverait des souillures chez un ange. Il entend que tout le monde soit parfait dans la famille, alors qu'il est loin de l'être. Mais si l'on essaie de le lui faire toucher du doigt, gare à la calotte ! (Elle avala nerveusement sa salive. Ce qui lui restait à dire la rendait malade d'avance.) J'avais cru que, une fois que nous serions chez lui, je pourrais lui parler de toi, Christopher, lui dire que tu étais l'élève le plus brillant de ta classe, toujours en tête. Et que quand il te verrait, Cathy, qu'il constaterait ton grand talent de danseuse… Oui, j'ai vraiment cru que cela suffirait pour le ramener à de meilleurs sentiments sans même qu'il ait besoin de voir les jumeaux, de constater comme ils sont beaux et gentils, sans compter les dons qu'ils possèdent peut-être en germe. J'ai cru, j'espérais stupidement qu'il me serait facile de le convaincre, qu'il reconnaîtrait s'être trompé en condamnant sans appel notre mariage.

— Maman ! fis-je faiblement, presque en larmes moi aussi. À t'entendre, on dirait que tu ne lui parleras jamais de nous. Jamais il ne nous aimera, même si les jumeaux sont beaux, même si Chris est intelligent, même si je danse bien. Cela lui sera égal. Il nous détestera toujours, il verra toujours la descendance de Satan, n'est-ce pas ?

Elle se leva et, tombant à genoux devant nous, nous enlaça dans la même étreinte.

— Je vous ai déjà dit qu'il ne lui reste plus longtemps à vivre. Chaque fois qu'il fait le plus léger effort, il est pris de suffocations. Et s'il ne meurt pas à bref délai, je trouverai un moyen de le mettre au courant de votre existence, je vous le jure. Il faut seulement que vous soyez patients, que vous compreniez. Toutes les joies dont vous êtes privés maintenant, je vous les restituerai plus tard. Au centuple ! (Ses yeux que les larmes faisaient briller étaient suppliants.) Je vous en prie ! Pour moi, parce que vous m'aimez et que je vous aime, soyez patients. Cela ne durera plus bien longtemps, ce n'est pas possible, et je ferai tout ce qui sera en mon pouvoir pour vous faciliter l'existence. Et pensez comme nous allons être riches. Ça ne tardera pas.

— C'est d'accord, dit Chris en la serrant dans ses bras comme l'avait fait papa. Au fond, ce n'est pas trop demander alors que nous avons tant à gagner.

— Bien sûr ! Encore un petit sacrifice, encore un peu de patience et vous mènerez bientôt une vie de coqs en pâte. Que me restait-il à ajouter ? Comment aurais-je pu protester ? Nous avions déjà sacrifié trois semaines. Alors, quelques jours ou quelques semaines, voire un mois de plus, est-ce que cela comptait ?

Au bout de l'arc-en-ciel, il y avait le proverbial pot rempli d'or. Mais les arcs-en-ciel sont faits d'une substance arachnéenne et fragile – et l'or pesait une tonne. Et, depuis que le monde est monde, l'or est une raison suffisante pour que l'on accepte à peu près n'importe quoi.

Et le jardin fut

Maintenant, nous connaissions la vérité. Pleine et entière.

Nous resterions cloîtrés dans cette chambre jusqu'au jour où le grand-père passerait l'arme à gauche. Cette nuit, mon moral dégringola en chute libre et un soupçon se fit jour dans mon esprit : peut-être maman savait-elle dès le début qu'il n'était pas homme à pardonner ?

— Mais il peut casser sa pipe d'un moment à l'autre, répliqua mon optimiste de frère. C'est comme ça, avec les cardiaques. Il suffit qu'un caillot lui arrive au cœur ou au poumon et pffuit ! Il s'éteindra comme une chandelle.

Nous échangions des propos cyniques et insolents mais nous en souffrions au fond de nous-mêmes parce que nous savions que c'était mal.

— Écoute, Cathy, reprit Chris. Puisque cette situation va se prolonger quelque temps, il faudrait résolument chercher à avoir des activités plus amusantes pour nous aider à passer le temps, les jumeaux et nous. Et si nous nous y mettons vraiment, on imaginera des trucs sensationnels, tu verras. Fantastiques !

Quand on a à sa disposition un grenier rempli de vieilleries, d'immenses armoires bourrées de nippes moisies et puantes mais qui sont néanmoins de merveilleux déguisements, cela vous donne naturellement envie de monter des pièces. Et comme je serais un jour une reine de la scène, c'était tout vu, il me revenait d'être tout à la fois la productrice, le metteur en scène, la chorégraphe et la vedette féminine du spectacle. Comme de juste, tous les grands rôles masculins seraient tenus par Chris et les petits feraient de la figuration.

Seulement, ils ne voulaient pas participer ! Ils voulaient être le public, regarder et applaudir. Ce n'était d'ailleurs pas une mauvaise idée car jouer sans public, à quoi cela rime-t-il ? Dommage qu'ils n'aient pas d'argent pour acheter les billets !

— On dira que c'est la répétition générale et comme tu feras tout et que le théâtre n'a pas de secret pour toi, Cathy, tu vas écrire le scénario.

Ha ha ! Comme si j'avais besoin d'en écrire un ! C'était l'occasion ou jamais d'incarner Scarlett O'Hara. Nous avions tout ce qui nous fallait : des vertugadins pour soutenir les jupes à crinoline, des corsets qui vous faisaient des tailles de guêpe, des costumes pour Chris et d'élégantes ombrelles qui avaient à peine quelques trous. Je me fis des anglaises qui m'encadraient le visage et me coiffai d'une antique capeline en paille d'Italie avachie, ornée de fleurs en soie délavée et ceinte d'un ruban de satin vert dont les bords étaient devenus marron. Quant à ma robe à volants, elle avait peut-être été rose à l'origine mais sa couleur était à présent indéfinissable.

Rhett Butler arborait, quant à lui, un pantalon beurre-frais, une redingote de satin rouille aux boutons de perle et un gilet brodé de roses pisseuses.

— Venez. Scarlett, me lança-t-il. Il nous faut gagner Atlanta avant que le général Sherman n'arrive et ne mette la ville à feu et à sang.

Chris avait tendu des cordes sur lesquelles on avait suspendu des couvertures en guise de rideau de scène et le public réduit à deux spectateurs trépignait d'impatience tant il avait hâte de voir brûler Atlanta. Je suivis Rhett sur la « scène », prête à l'accabler de mes sarcasmes, à l'embobiner, à flirter, à l'ensorceler, bref à l'enflammer, *lui*, avant de rejoindre un Ashley Wilkes aux cheveux pâles, quand un de mes volants se prit dans l'une de mes bizarres vieilles bottines – trop grandes – et je m'étalai sans dignité aucune, montrant à tous les yeux un pantalon bouffant d'une propreté douteuse garni de dentelles effilochées. Le public, debout, me fit une ovation, persuadé que c'était prévu au programme.

— Rideau ! C'est fini ! m'écriai-je en commençant à m'extirper de mes oripeaux nauséabonds.

— C'est l'heure de manger, renchérit Carrie qui aurait dit n'importe quoi pour nous entraîner hors de ce grenier qu'elle avait en horreur.

Cory jeta un coup d'œil à la ronde et, faisant la moue, soupira sur un ton si triste que j'en eus le cœur serré :

— J'aimerais qu'on ait encore notre jardin. C'est pas drôle de faire de la balançoire quand il y a pas de fleurs qui se balancent aussi au vent.

Cette réflexion eut le don de déclencher un déclic

chez Chris car il pivota lentement sur lui-même comme pour examiner attentivement l'immensité du grenier.

— Il faut reconnaître que ce grenier est sinistre, fit-il rêveusement. Mais ne pourrions-nous pas, histoire d'utiliser de façon constructive nos talents créateurs, métamorphoser cette horrible chenille en un flamboyant papillon ?

Le sourire qu'il nous adressa à tous les trois était si charmeur et si convaincant que je fus instantanément conquise par cette idée. Oui, ce serait amusant de faire de ce lugubre grenier un espace de joie, de le transformer en un pseudo-jardin multicolore où les jumeaux feraient de la balançoire dans un riant paysage. Evidemment, nous n'arriverions jamais à le décorer entièrement, il était beaucoup trop vaste. D'ailleurs, le grand-père pouvait mourir d'un jour à l'autre et, quand il serait mort, nous partirions et nous n'y remettrions plus jamais les pieds.

Nous ne nous tenions pas d'impatience en attendant maman et quand elle arriva enfin, nous lui fîmes part avec enthousiasme, de notre projet. Une lueur fugitive, qui s'éteignit aussitôt, brilla dans ses prunelles.

— C'est très bien, répondit-elle joyeusement, mais il faut commencer par nettoyer. Et je ferai tout ce que je pourrai pour vous aider.

Elle ramena subrepticement des seaux, des balais, des brosses en chiendent et quantité de boîtes de savon. Elle n'hésitait pas à gratter avec nous dans les coins et sous les meubles. J'étais stupéfaite qu'elle sût faire ça. À Gladstone, une femme de ménage venait deux fois par semaine faire les gros travaux pour que maman ne s'abîme pas les mains et les ongles. Et maintenant, elle se mettait à quatre pattes, vêtue d'un jean délavé et d'une vieille chemise, les cheveux relevés en chignon. Je l'admirais vraiment. Il faisait chaud, c'était une tâche ardue et éprouvante – et pourtant, elle ne se plaignait pas, elle ne faisait que rire et bavarder comme si elle s'amusait follement.

Au bout d'une semaine de labeur intensif, le grenier était à peu près récuré. Il ne restait plus qu'à le passer à l'insecticide pour débusquer les bestioles qui s'étaient cachées pendant les grandes manœuvres de nettoyage, opération qui se solda par de pleins seaux de cadavres d'araignées et autres arthropodes.

Maintenant que nous avions fait place nette, maman nous apporta des plantes vertes ainsi qu'une amaryllis qui, paraît-il, fleurirait à la Noël. Je haussai les sourcils quand elle nous précisa ce détail – parce que, à la Noël, nous ne serions plus là. Elle me caressa la joue :

— On l'emmènera avec nous. On emportera toutes les plantes en partant. Alors, ne fais pas cette tête-là. Nous ne laisserons quand même pas des choses vivantes qui aiment le soleil dans ce grenier !

Nous les installâmes dans la salle d'étude dont les fenêtres étaient orientées à l'est, et nous dévalâmes l'étroit escalier, le cœur chantant d'allégresse. Après nous avoir lavés dans la salle de bains, maman, exténuée, se laissa choir dans son fauteuil personnel et les jumeaux grimpèrent sur ses genoux tandis que je mettais le couvert du déjeuner. C'était un bon jour : elle resta avec nous jusqu'à l'heure du dîner. Enfin, elle nous déclara avec un soupir que, maintenant, elle devait nous quitter. Son père la harcelait pour savoir où elle disparaissait tous les samedis et pourquoi elle s'absentait aussi longtemps.

— Tu ne pourras pas faire un saut avant qu'on se couche ? lui demanda Chris.

— Ce soir, je vais au cinéma, répondit-elle d'une voix égale, mais je vous promets de passer avant de partir. J'ai acheté des raisins secs pour que vous les grignotiez entre les repas et j'ai oublié de vous les monter.

J'étais contente pour les petits : ils avaient une passion pour les raisins secs.

— Tu y vas toute seule, au cinéma ?

— Non. Il y avait une petite fille avec qui j'ai grandi – c'était ma meilleure amie, à l'époque. Elle est mariée, maintenant. Nous y allons ensemble. Élena a deux frères qui, eux, ne sont pas mariés ; un qui fait ses études de droit à Harvard, l'autre qui est un joueur de tennis professionnel.

— Maman ! m'écriai-je. Tu dragues les frères de ta copine ?

Elle se mit à rire.

— Non, Cathy, je ne drague personne. Si tu veux savoir la vérité, je préférerais de beaucoup aller au lit, je suis épuisée. En plus, je n'ai pas de goût pour les comédies musicales. J'aimerais mieux rester avec vous, mes enfants, mais Élena veut à toute force me faire sortir et quand je refuse, elle me demande pourquoi. Or, je ne veux pas que les gens s'étonnent que je reste à la maison tous les week-ends. C'est pourquoi il faut que, de temps en temps, je fasse du bateau ou que j'aille au cinéma.

Améliorer encore le grenier semblait être un objectif quasiment irréalisable mais mon animal de frère était persuadé qu'il pourrait le transformer en jardin d'agrément en deux temps trois mouvements ! Il fit le siège de ma mère qui accepta de nous ramener tous les jours en revenant de son école de secrétariat des albums à colorier avec des fleurs toutes dessinées qu'il n'y avait plus qu'à découper. Elle nous apporta aussi des boîtes d'aquarelle, des tas de pinceaux et de crayons, des monceaux de papier kraft de toutes les couleurs, de la colle blanche et quatre paires de ciseaux ronds.

— Apprenez aux jumeaux à colorier et à découper des fleurs pour les faire participer au travail. Je vous nomme jardiniers d'enfants.

La ville était à une heure de train. Maman en revenait rayonnante de santé, toute fraîche et toute rose, vivifiée par l'air du dehors, et ses toilettes étaient si belles qu'elles me coupaient le souffle. Elle avait des souliers de toutes les couleurs et, petit à petit, elle accumulait toujours de nouveaux bijoux. Elle disait que c'était du toc mais ce strass brillait autant que des diamants. Elle se laissait choir dans « son » fauteuil, harassée mais heureuse et elle nous racontait sa journée.

— Oh ! Comme je voudrais que les lettres soient marquées sur les touches de ces machines ! Je n'arrive à me rappeler qu'une seule rangée. Il faut tout le temps que je regarde sur le modèle et cela me ralentit. Et même la rangée du bas laisse à désirer. Mais je sais maintenant où sont toutes les voyelles parce qu'on les utilise plus que les autres touches. J'en suis pour le moment à vingt mots par minute, ce qui n'est pas formidable. D'autant que, dans ces vingt mots, je fais quatre fautes par frappe. Et puis il y a aussi la sténo avec tous ces tortillons... (Elle soupira comme si la sténo la dépassait également.) Enfin ! Je pense que je finirai par apprendre. Après tout, d'autres filles y arrivent. Alors, je ne vois pas pourquoi je ne pourrais pas.

— Et tes profs, maman, tu les aimes bien ? lui demanda Chris.

Elle pouffa comme une petite fille avant de répondre :

— Attendez, il faut d'abord que je vous parle du professeur de dactylographie. Elle s'appelle Mme Helena Brady. C'est une femme bâtie comme un grenadier. Elle ressemble beaucoup à votre grand-mère sous ce rapport, sauf qu'elle a une poitrine beaucoup plus grosse. Vraiment, je n'en avais encore jamais vu une pareille ! L'épaulette de son soutien-gorge n'arrête pas de glisser. Et si ce n'est pas celle du soutien-gorge, c'est celle de sa combinaison. Elle passe son temps à plonger dans son corsage pour les remettre en place, ce qui fait rire tous les garçons.

Je n'en revenais pas :

— Il y a aussi des hommes qui apprennent à taper à la machine ?

— Oui, il y a quelques jeunes gens dans ma classe. Des journalistes, des écrivains ou des gens qui ont besoin de savoir taper. Et Mme Brady, qui est divorcée, fait les yeux doux à l'un d'eux. Elle flirte avec lui mais il fait mine de ne pas comprendre. Elle a au moins dix ans de plus que lui et c'est moi qui l'intéresse. Il ne cesse de me regarder. Mais ne te fais pas d'idées fausses, Cathy. Je le trouve beaucoup trop petit. Jamais je n'épouserai quelqu'un qui ne pourrait pas me prendre dans ses bras pour me faire franchir le seuil. C'est moi qui le porterais : il ne mesure qu'un mètre cinquante-cinq.

Nous partîmes d'un grand rire parce que papa faisait trente bons centimètres de plus que maman et, pour lui, la soulever n'était qu'un jeu. Combien de fois ne l'avions-nous pas vu faire, en particulier le vendredi quand il rentrait à la maison et qu'ils se regardaient de cette drôle de façon tous les deux.

— Maman, tu ne songes pas à te remarier, n'est-ce pas ? demanda Chris d'une voix rauque.

— Mais non, mon chéri, se hâta-t-elle de répondre en le prenant par les épaules. Bien sûr que non ! J'aimais tendrement votre père. Il faudrait quelqu'un qui sorte vraiment de l'ordinaire pour chausser ses bottes et, jusqu'à présent, je n'ai rencontré personne qui soit même capable de mettre ses vieilles chaussettes devenues trop petites !

C'était très amusant d'être jardiniers d'enfants – enfin, cela aurait pu l'être si nos élèves avaient fait preuve d'un minimum de bonne volonté. Mais quand après le petit déjeuner, la vaisselle et le rangement faits, nous nous éclipsions à l'heure fatidique du ménage pour regagner la salle d'étude, il fallait houspiller les jumeaux qui braillaient comme des ânes. On les installait chacun devant un pupitre et ils tailladaient le papier de couleur pour fabriquer des fleurs qu'ils zébraient de grands coups de crayon ou parsemaient de points. C'étaient Chris et moi qui faisions les plus belles. Celles de Cory et de Carrie ressemblaient plutôt à des taches bariolées. C'était de l'art moderne, disait mon frère.

Et nous collions nos fleurs géantes sur les tristes murs gris du grenier. Chris grimpait sur la vieille échelle à laquelle manquaient plusieurs barreaux pour tendre entre les poutres des ficelles où nous accrochions ces floraisons multicolores qui oscillaient sans trêve au gré des courants d'air.

Un soir, maman arriva avec un gros carton plein de boules de verre colorées et de paillettes pour que notre jardin soit encore plus joli. Nous nous échinions comme des esclaves à les fabriquer, ces fleurs, car quoi que nous fissions, nous y mettions tout notre zèle et toute notre ardeur. Notre enthousiasme finit par déteindre sur les jumeaux qui cessèrent de pousser des glapissements, et de se débattre comme de beaux diables, ongles à l'appui, chaque fois que nous prononcions le mot « grenier ». C'est que, après tout, lentement mais sûrement, le grenier se transformait en un riant jardin.

Naturellement, tous les jours il fallait que maman vienne se rendre compte des progrès accomplis.

— M'man, gazouilla Carrie, on fait des fleurs toute la journée et y a des fois que Cathy, elle veut même pas qu'on descende pour le déjeuner.

— Cathy, c'est très bien de décorer le grenier mais il ne faut quand même pas oublier les repas.

— Mais c'est pour eux qu'on fait ça, maman. Pour qu'ils n'aient plus peur du grenier.

Elle éclata de rire et me serra dans ses bras.

— Toi et ton frère, vous êtes des entêtés. Vous devez tenir ça de votre père, sûrement pas de moi. Je n'ai aucune persévérance.

J'éprouvai une soudaine inquiétude :

— Maman, tu vas toujours à ton école ? Tu fais des progrès à la machine à écrire, hein ?

— Mais oui, bien sûr.

Souriante, elle se carra dans son fauteuil et souleva son poignet comme pour admirer son bracelet. Je m'apprêtai à lui demander pourquoi elle avait besoin de mettre tant de bijoux pour apprendre à taper à la machine mais elle ne me laissa pas le temps d'ouvrir la bouche :

— Vous savez ce qui manque, mes enfants ? Des animaux pour mettre dans votre jardin.

— Mais, maman, déjà qu'on ne peut faire que des marguerites parce que les roses sont trop compliquées, comment veux-tu qu'on *dessine* des animaux ?

— Ah ! Cathy ! Tu n'as pas la foi. Tu devrais savoir maintenant que l'on peut faire n'importe quoi si on le veut assez fort. Et je vais te confier un secret. Dans ce monde où tout est tellement compliqué, il existe des livres qui vous apprennent comment les choses peuvent être simples.

Et elle nous apporta des manuels de dessin à la douzaine. Le premier expliquait comment réduire les modèles complexes à leurs éléments de base : la sphère, le cylindre, le cône, le rectangle et le cube. Une chaise n'était rien d'autre qu'un cube – ce que je ne savais pas –, un arbre de Noël un cornet de glace à l'envers – ça, aussi, je l'ignorais. Les gens étaient des combinaisons de ces formes élémentaires : une sphère pour la tête, des cubes ou des cylindres pour les bras, le cou, les jambes, le torse et des triangles pour les pieds. Eh bien, croyez-moi si vous voulez, nous ne tardâmes pas à être à la tête de toute une ménagerie de lapins, d'écureuils, d'oiseaux et autres charmantes petites bêtes sorties de nos propres mains. C'est vrai, ils avaient un drôle d'air mais leur étrangeté même les rendait encore plus adorables.

Un après-midi – il pleuvait, ce jour-là –, Cory se précipita sur moi avec un escargot orange sur lequel il s'escrimait depuis le matin. C'était à peine s'il avait touché à son déjeuner – et pourtant, il y avait ce qu'il préférait au menu : des sandwiches beurre de cacahuète et gelée de groseille – tant il était impatient de se remettre au « travail ».

Il se tenait fièrement devant moi, jambes écartées, en scrutant mon visage, attentif à mes changements d'expression. Son œuvre ressemblait ni plus ni moins à un ballon de plage de guingois surmonté d'une paire d'antennes qui faisaient des zigzags.

— C'est un bel escargot, tu trouves ? me demanda-t-il en plissant le front, visiblement alarmé que je reste sans voix.

— Oh oui, m'empressai-je de répondre. Il est splendide.

— Tu crois pas qu'on dirait que c'est une orange ?

— Mais pas du tout, voyons ! Les oranges n'ont pas de spirales comme ça. Ni des antennes crochues.

Chris s'approcha pour examiner le pitoyable gastéropode que j'avais en main.

— Ce ne sont pas des antennes, rectifia-t-il. L'escargot appartient à la famille des mollusques qui sont des animaux mous, sans squelette. Et ces machins, ce sont des cornes. Elles sont reliées au cerveau. L'escargot possède un intestin tubulaire qui aboutit à la bouche et il se déplace en rampant sur son pied.

— Mon cher Christopher, répliquai-je sèchement, quand Cory et moi désirerons avoir davantage de lumières sur les intestins des escargots, nous t'enverrons un télégramme. En attendant, fiche-nous la paix.

— Tu as donc envie de rester ignorante toute ta vie ?

— Oui ! Quand il s'agit des escargots, je préfère ne rien savoir.

Cory sur mes talons, j'allai voir ce que Carrie fabriquait. Elle était en train de suer sang et eau sur des morceaux de papier violet qu'elle collait à la queue leu leu. S'armant de ses ciseaux, elle perfora inexorablement le… la chose violette en question, apposa un petit bout de papier rouge derrière le trou et baptisa le… résultat « ver de terre ». C'était une sorte de boa constrictor géant et ondulatoire muni d'un unique et maléfique œil rougeoyant, agrémenté de cils noirs et filiformes évoquant des pattes d'araignée.

— Il s'appelle Charlie, m'annonça Carrie en tendant son « ver » d'un mètre vingt. (Quand quelque chose n'avait pas de nom, nous lui en donnions un commençant par un C pour qu'il soit de la famille.)

Nous collâmes l'escargot épileptique à côté du menaçant et féroce lombric sur les murs du grenier. Vraiment, les deux faisaient la paire et Chris entreprit de calligraphier une pancarte : AVIS À TOUS LES ANIMAUX : ATTENTION AU VER DE TERRE ! ! ! Pour ne pas être en reste, j'en confectionnai une autre à l'intention du petit escargot (que Cory avait appelé Cendrillon), devinant que c'était lui qui risquait le plus : Y A-T-IL UN DOCTEUR DANS LA MAISON ?

Quand maman monta examiner le travail de la journée, elle rit aux éclats, tout heureuse que nous nous soyons bien amusés.

— Mais bien sûr qu'il y a un docteur, fit-elle en déposant un baiser sur la joue de Chris. Mon petit garçon à moi a toujours su soigner les animaux malades. Et j'adore ton escargot, Cory. Il a l'air tellement… tellement sensible…

— Et mon Charlie, tu l'aimes aussi ? s'enquit Carrie avec inquiétude.

— C'est un très beau ver de terre. Absolument ravissant. (Elle prit les petits sur ses genoux pour les cajoler, ce qu'elle oubliait parfois de faire.) J'aime particulièrement ces cils noirs que tu as dessinés autour de son œil rouge. L'effet est saisissant.

C'était une attendrissante scène d'intimité familiale : maman et les deux petits dans le fauteuil, Chris perché sur un accoudoir. Mais selon ma déplorable habitude, il me fallut tout gâcher.

— L'autre jour, tu disais que tu tapais vingt mots à la minute. Tu en es à combien, maintenant ?

— J'ai fait des progrès.

— Et en sténo ? Tu commences à prendre plus vite ?

— J'essaie. Je fais de mon mieux. Mais cela demande de la patience. On n'apprend rien du jour au lendemain.

De la patience. Une chose grise comme un obscur nuage au-dessus de nos têtes. Jaune était l'espoir. Jaune comme le soleil que nous pouvions apercevoir brièvement au matin quand il était encore très bas dans le ciel.

Quand on est une grande personne et qu'on a mille choses d'adultes à faire, on ne se rappelle plus à quel point une journée peut paraître longue à un enfant. Il y avait sept semaines que nous étions là et j'avais l'impression que cela faisait quatre ans. Et ce fut à nouveau un de ces vendredis exécrés. Il nous fallut nous lever aux aurores et nous hâter comme des fous pour faire disparaître jusqu'à la moindre trace de notre existence. Je défis les draps, les roulai avec les taies d'oreillers et les couvertures, après quoi, je posai les dessus-de-lit directement sur les matelas – ainsi que l'avait ordonné la grand-mère. La veille, Chris avait démonté les rails du petit train. Quand elle nous monta le panier à pique-nique, la chambre et la salle de bains étaient d'une impeccable netteté. Pas l'ombre d'une tache. Elle nous donna le panier et nous dit de grimper dans le grenier. C'était là que nous prendrions notre petit déjeuner.

À 7 heures, nous étions dans la salle d'étude en train de manger notre porridge froid accompagné de lait et de raisins secs. On entendait vaguement les bonnes aller et venir dans la chambre. Nous nous approchâmes de l'escalier sur la pointe des pieds pour écouter, mourant de peur à l'idée qu'on allait nous découvrir.

Et entendre les bonnes faire le ménage, rire et jacasser sous la férule de la grand-mère qui leur donnait ses ordres – astiquer les glaces, passer la cire, aérer les matelas –, cela me faisait vraiment un curieux effet. Comment se faisait-il qu'elles ne remarquaient pas qu'il y avait quelque chose d'inhabituel ? Nous ne laissions donc aucune odeur, même pas celle du pipi au lit de Cory ? C'était comme si nous n'existions pas.

Les bonnes n'entraient pas dans le cagibi. Elles n'ouvraient pas la haute porte étroite. Elles ne nous voyaient pas, elles ne nous entendaient pas, elles ne paraissaient pas trouver bizarre que la grand-mère ne les lâche pas d'une semelle tandis qu'elles récuraient la baignoire, nettoyaient les toilettes, frottaient le carrelage.

Ce vendredi-là eut sur nous une influence étrange. Je crois que l'image que nous avions de nous-mêmes se rapetissa, en quelque sorte, car, après, nous ne trouvâmes rien à nous dire. Nos jeux ne nous amusaient plus, nos livres ne nous intéressaient plus. Nous nous mîmes à découper en silence nos tulipes et nos pâquerettes en attendant la venue de maman qui nous rendrait l'espoir.

Naguère, je déambulais dans de vrais jardins, dans de vraies forêts – et j'étais toujours sensible à leur aura mystique. C'était comme si quelque chose de surnaturel et de merveilleux m'attendait au prochain tournant.

Pour faire aussi de notre jardin un lieu enchanté, Chris et moi dessinâmes à la craie un cercle de marguerites par terre. À l'intérieur de ce cercle magique de fleurs blanches, tout mal était banni. Nous nous y accroupissions et, à la lueur d'une bougie, nous racontions aux petits des histoires de bonnes fées qui prennent soin des petits enfants et de méchantes sorcières qui mouraient toujours à la fin.

Un jour, Cory intervint. Comme d'habitude, c'était lui qui posait les questions les plus embarrassantes :

— Où c'est qu'elle est partie, l'herbe ?

Carrie m'épargna la peine d'inventer une réponse :

— Le bon Dieu l'a emportée au ciel.

— Pour quoi faire ?

— Pour papa. Il aime tondre la pelouse.

Le regard de Chris croisa le mien. Et nous qui nous figurions qu'ils avaient oublié papa !

Cory fronça ses sourcils blond pâle, les yeux vrillés sur les petits sapins de Noël en carton qu'avait fabriqués notre aîné.

— Où qu'ils sont, tous les grands arbres ?

— Pareil, laissa tomber Carrie. Papa aime les grands arbres.

Comme j'avais horreur de leur mentir ! De leur dire qu'il s'agissait seulement d'un jeu, d'un jeu interminable qu'ils semblaient supporter avec plus de patience que Chris ou que moi. Et jamais ils ne demandaient pourquoi il fallait jouer à ce jeu-là.

La grand-mère ne mettait en aucun cas les pieds dans le grenier pour savoir ce que nous fabriquions. Là, nous étions libres de faire tout ce qui nous plaisait sans crainte de représailles à moins que Dieu ne jouât, lui aussi, du martinet. La vieille dame ne quittait jamais notre chambre sans nous rappeler qu'il était là-haut et qu'il voyait tout, même si, elle, elle ne voyait pas. J'étais intriguée qu'elle s'abstienne systématiquement d'entrer dans le réduit pour ouvrir la porte donnant sur l'escalier en colimaçon et dès que maman arriva, un soir, je lui posai d'emblée la question qui me trottait dans la cervelle :

— Pourquoi la grand-mère ne vient-elle jamais dans le grenier pour savoir ce qu'on fait ? Pourquoi se contente-t-elle de nous le demander comme si elle tenait pour acquis que nous lui disons la vérité ?

Maman s'écroula dans son fauteuil. Elle avait l'air fatigué et abattu. Elle portait un tailleur de lainage vert qui avait dû coûter très cher, elle était allée chez le coiffeur et ses cheveux étaient coupés autrement. Elle me répondit distraitement comme si elle pensait à autre chose de plus intéressant :

— Oh ! Je ne vous l'ai pas dit ? Elle souffre de claustrophobie. C'est une maladie psychosomatique. Elle étouffe dans les espaces confinés, les lieux clos. Cela vient de ce que, quand elle était petite, ses parents l'enfermaient dans le cabinet noir pour la punir quand elle n'avait pas été sage.

Ça alors ! J'avais du mal à m'imaginer que cette vieille femme taillée en colosse avait jadis été jeune et assez petite pour qu'on la punisse. J'éprouvais presque de la pitié pour l'enfant qu'elle avait été mais je savais une chose : elle était contente de nous voir enfermés ! Cela se lisait dans ses yeux chaque fois qu'elle nous regardait. Nous avoir si proprement pris au piège… quelle satisfaction ! Elle en était toute fière.

N'empêche que c'était une ironie du destin qu'elle eût cette phobie et il y avait de quoi embrasser avec gratitude les murs de l'étroit passage menant à l'escalier du grenier.

Chaque jour, quand elle entrait, la grand-mère nous fusillait du regard, le rictus mauvais et, chaque jour, c'était la même antienne :

— Qu'est-ce que vous mijotez encore ? Que faites-vous quand vous êtes dans le grenier ? Avez-vous dit vos grâces avant les repas ? Hier au soir, avez-vous prié à genoux le bon Dieu de pardonner leur péché à vos parents ? Apprenez-vous aux deux plus petits les paroles du Seigneur ? Utilisez-vous la salle de bains ensemble, garçons et filles mélangés ? (Quel vitriol il y avait dans ses yeux quand elle en arrivait à cette question !) Êtes-vous toujours modestes ? Dissimulez-vous vos parties intimes aux regards des autres ? Touchez-vous votre corps lorsque les soins de la propreté ne l'exigent pas ?

Mon Dieu ! À l'entendre, on aurait dit que la peau était quelque chose de sale !

Lorsqu'elle eut tourné les talons, Chris éclata d'un rire goguenard.

— Je suis sûr que ses vêtements de dessous, elle se les colle sur la peau.

— Non, renchéris-je. Elle les cloue.

— Tu as remarqué comme elle aime le gris ?

Comment ne l'aurait-on pas remarqué ? Elle était toujours en gris. Du gris avec, quelquefois, de fines piqûres rouges ou bleues, un imperceptible motif en damier ou des chevrons mais c'était invariablement un corsage en taffetas éclairé par la broche de diamants fixée au col austère dont un liséré blanc au crochet atténuait tout juste la sévérité. Maman nous avait dit que c'était une veuve du village voisin qui lui confectionnait ces uniformes semblables à des armures. « C'est une de ses amies. Et si elle s'habille en gris, c'est parce qu'il est plus économique d'acheter l'étoffe par coupons qu'au mètre. Et dire que votre grand-père possède quelque part en Georgie une filature où l'on fabrique des tissus fins ! »

Même les riches étaient près de leurs sous !

Un jour, en septembre, prise d'un besoin naturel urgent, je descendis quatre à quatre l'escalier du grenier – et entrai en collision avec la grand-mère ! Elle m'empoigna par les épaules et me dévisagea d'un air furieux.

— Où vas-tu comme ça, ma fille ? Pourquoi es-tu si pressée ?

Ses doigts étaient des étaux qui s'enfonçaient dans ma chair. Comme c'était elle qui avait parlé la première, je pouvais lui répondre.

— Chris est en train de peindre un paysage sublime, lui expliquai-je d'une voix haletante. Il faut que je lui apporte de l'eau avant que ses fonds au lavis soient secs.

— Pourquoi ne va-t-il pas la chercher lui-même, son eau ?

— Il est occupé avec sa peinture et il m'a demandé de lui rendre ce service. Je n'ai rien à faire qu'à regarder et les jumeaux éclabousseraient partout.

— Petite idiote ! Il ne faut jamais se plier aux désirs des hommes. Ils n'ont qu'à se débrouiller eux-mêmes. Maintenant, tu vas me dire la vérité. Qu'est-ce que vous faites réellement là-haut ?

— Mais je vous dis la vérité. C'est vrai. Nous avons travaillé dur à embellir le grenier pour que les jumeaux n'en aient plus peur et Chris est un grand artiste.

Elle émit un grognement de mépris.

— Qu'est-ce que tu en sais, toi ?

— Il est doué, grand-mère. Tous ses professeurs le disaient.

— Est-ce qu'il t'a demandé de poser pour lui... sans vêtements ?

La question me scandalisa.

— Bien sûr que non !

— Alors, pourquoi trembles-tu comme ça ?

— Je... c'est que vous... vous me faites peur, balbutiai-je. Tous les jours, vous nous demandez ce que nous faisons de mal et d'impie. Je ne sais vraiment pas ce que vous imaginez. Si vous ne nous dites pas à quoi vous pensez exactement, comment pouvons-nous éviter de faire quelque chose de mal alors que nous ne savons pas que c'est mal ?

Elle me toisa de la tête aux pieds (ils étaient nus) et me décocha un sourire sarcastique.

— Demande à ton frère. Il le saura très bien, lui. Le mâle de l'espèce connaît tous les péchés dès sa naissance.

Elle revint un peu plus tard avec un pot de chrysanthèmes qu'elle me fourra d'autorité dans les bras.

— Tiens ! Voilà de vraies fleurs pour votre faux jardin, me dit-elle sur un ton dépourvu de chaleur.

Ce geste était si peu en rapport avec son comportement habituel de vieille sorcière que j'en demeurai interloquée. Allait-elle changer ? Allait-elle nous voir d'un autre œil ? Pourrait-elle apprendre à nous aimer ? Je la remerciai avec effusion, avec trop d'effusion, peut-être, car elle tourna les talons et sortit d'un pas raide comme quelqu'un d'embarrassé.

Carrie se précipita et plongea la figure dans la masse de pétales jaunes.

— Elles sont jolies. Je peux les avoir, Cathy ?

Quelle question ! Nous plaçâmes révérencieusement le pot de fleurs sur le rebord de la fenêtre du grenier orientée à l'est pour qu'elles reçoivent la lumière du soleil levant. On ne voyait que les collines, les montagnes lointaines, les arbres entre les deux et la brume bleutée qui flottait au-dessus. Les vraies fleurs passèrent désormais la nuit avec nous. Comme cela, quand les jumeaux se réveillaient, ils avaient quelque chose de beau et de vivant où poser leurs yeux.

Quand je songe à ma jeunesse, je revois ces montagnes et ces collines qu'estompait une brume bleutée, ces arbres raides alignés comme à la parade qui montaient à l'assaut des pentes. Et j'ai encore dans les narines cet air sec à l'odeur de poussière que nous respirions quotidiennement. Je revois les ombres du grenier qui se fondaient si bien aux ombres de mon esprit, j'entends encore ces questions informulées et qui restaient sans réponse : pourquoi ? quand ? combien de temps ?

L'amour… j'y croyais tellement.

La vérité… je persistais à croire qu'elle tombe toujours de la bouche de ceux que l'on aime le plus et en qui l'on a une totale confiance.

La foi… elle est inséparable de l'amour et de la confiance. Où l'un finit commence l'autre.

Plus de deux mois avaient passé et le grand-père était toujours vivant.

Nous nous levions, nous asseyions, nous nous juchions sur la large banquette sous les fenêtres mansardées du grenier. Nous contemplions mélancoliquement la cime vert sombre des arbres de l'été se parer des rouges, des ors, des oranges et des bistres de l'automne. Cela m'émouvait. Cela nous émouvait tous, je pense, même les jumeaux, de voir l'été s'évanouir et l'automne le remplacer. Et nous ne pouvions que regarder sans participer.

Mes pensées prenaient frénétiquement leur essor pour fuir cette prison, en quête des vents qui ébourifferaient mes cheveux et fouetteraient ma peau, qui me donneraient à nouveau le sentiment de vivre. J'enviais les enfants qui couraient librement dans les prairies jaunissantes, qui piétinaient les feuilles sèches craquant sous leurs pieds. Ce que nous faisions nous aussi, avant.

— Tu as l'air triste, me dit Chris.

Nous étions assis l'un contre l'autre, chacun flanqué d'un jumeau, Cory de son côté, Carrie du mien. Maintenant, ma petite sœur me suivait comme mon ombre, m'imitant dans tout ce que je faisais et même dans ce qu'elle supposait que je pensais. Et Cory était pareillement la copie conforme de Chris. Si jamais il y avait eu quatre frères et sœurs plus proches que nous l'étions, ce ne pouvait être que des quadruplés siamois !

— Alors, tu me réponds ? Pourquoi es-tu triste ? Les arbres sont superbes, non ? En été, c'est l'été que je préfère. Mais quand l'automne arrive, je préfère l'automne. Après l'hiver devient ma saison favorite… jusqu'au printemps.

C'était bien là mon Christopher Doll, qui tirait le maximum de l'instant présent dans toutes les circonstances.

— J'étais en train de penser à Mme Bertram quand elle nous racontait l'incident de la Boston Tea Party[1]. Ce qu'elle pouvait être assommante ! Elle avait l'art de rendre l'histoire barbante et les gens parfaitement irréels. Eh bien, j'aimerais me barber encore comme ça.

— Oui, je comprends. Moi aussi, la classe me barbait et l'histoire m'embêtait – sauf quand il était question des Indiens et de la conquête de l'Ouest. Mais, au moins, quand on était à l'école, on faisait ce que font les enfants de notre âge. À présent, on perd son temps à ne rien faire. Eh bien, non Cathy. Il ne faut pas gaspiller une seule minute ! Il faut nous préparer pour le jour où nous sortirons d'ici. Si l'on ne se fixe pas un but et si l'on ne s'efforce pas constamment de l'atteindre, on est battu d'avance. Je me convaincrai que si je ne peux pas être médecin, je ne voudrais être rien d'autre, que je ne voudrai rien de ce que l'argent peut acheter.

Il s'était exprimé sur un ton farouche. Moi, je voulais être danseuse étoile mais j'aurais été disposée à

1. Coup de main des colons qui, en 1773, jetèrent à la mer la cargaison de thé des vaisseaux britanniques en rade de Boston en guise de protestation contre les impôts sur les denrées alimentaires importées. (N.d.T.)

changer mon fusil d'épaule. Comme s'il avait lu dans mes pensées, Chris me décocha un regard venimeux. Parce que j'avais totalement cessé de faire mes exercices.

— Cathy, demain, j'installerai une barre dans la partie du grenier que nous n'avons pas encore décorée et tu me feras le plaisir de t'entraîner cinq ou six heures par jour comme quand tu suivais tes cours de danse.

— Non ! Personne ne me dira ce qu'il faut que je fasse ou pas ! D'ailleurs, on ne peut pas faire de figures, quand on n'est pas habillé pour.

— Tu dis des stupidités.

— Parce que je suis stupide ! Tout le monde sait bien que le cerveau, c'est toi, Christopher !

Sur ce, je m'enfuis du grenier en larmes, dévalai l'escalier, me jetai sur mon lit et me mis à sangloter dans mon oreiller. Il n'y avait rien. Rien que des rêves et des espoirs, rien de réel. Je vieillirai ici, je deviendrai laide, je ne verrai plus jamais personne. Le vieux bonhomme, en bas, était capable de vivre jusqu'à cent dix ans ! Ses docteurs le maintiendraient indéfiniment en vie. Et j'allais rater la fête traditionnelle de la Toussaint. Pas de bal costumé, pas de goûter, pas de bonbons. J'étais affreusement malheureuse et je jurai que quelqu'un me paierait ça. Oui, quelqu'un me le paierait !

Mes deux frères et ma petite sœur vinrent me rejoindre pour essayer de me consoler en me faisant cadeau de leurs trésors les plus précieux : Carrie me donna ses crayons rouge et violet, Cory son album favori, *Peter le Lapin*. Chris, lui, se contenta de me regarder. Jamais je ne m'étais sentie aussi petite.

Un jour, très tard à la fin de la journée, maman arriva avec un grand carton pour moi. Je l'ouvris. Il contenait des tutus enveloppés dans du papier de soie – un rose vif et un bleu ciel avec des maillots et chaussons assortis. Il y avait une enveloppe avec une carte : « De la part de Christopher ». Et des disques de musique de ballet. Je me jetais au cou de ma mère et de mon frère en pleurant mais, cette fois, ce n'étaient pas des larmes de frustration ou de désespoir que je versais. J'avais maintenant un but à atteindre.

— Je voulais surtout t'acheter un tutu blanc, me dit maman sans cesser de me serrer contre elle. Ils en avaient un magnifique avec une petite calotte de plumes blanches assortie, parfaite pour danser *Le Lac des cygnes*, mais il était trop grand d'une taille. J'en ai commandé un, Cathy. Trois tenues, cela devrait suffire pour te donner de l'inspiration, tu ne crois pas ?

Oh ! que oui ! Quand Chris eut installé ma barre dans le grenier, je passais des heures à faire des exercices. Il me manquait évidemment le grand miroir du cours de danse mais j'en avais un dans la tête et je m'y voyais : j'étais la Pavlova qui dansait devant dix mille personnes transportées, c'étaient des rappels sans fin et je saluais pour remercier les gens qui m'envoyaient des bouquets – rien que des roses rouges. Plus tard, maman m'apporta l'enregistrement d'un ballet de Tchaïkovski pour jouer sur l'électrophone nanti d'une douzaine de prolongateurs qui couraient dans l'escalier jusqu'à la prise de la chambre.

Danser au son d'une belle musique me plongeait dans un état second et j'oubliais provisoirement que la vie nous passait sous le nez. À ce moment-là, rien n'avait plus d'importance. Mieux valait faire des glissés et imaginer que j'avais un partenaire pour me soutenir dans les pas les plus difficiles. Je tombais, me relevais et continuais de danser jusqu'à ce que je sois hors d'haleine, que tous mes muscles me fassent mal, que mon maillot soit trempé de sueur et mes cheveux moites. Alors, je m'allongeai par terre pour me reposer, haletante, avant de me remettre à la barre. Parfois, j'étais la princesse Aurore de *La Belle au bois dormant* et parfois je dansais le rôle du prince charmant.

Un jour, à la fin de la mort du cygne, je levai les yeux sur Chris. Debout dans l'ombre, il suivait mes derniers soubresauts d'agonie, une curieuse expression peinte sur ses traits. Cela allait bientôt être son quinzième anniversaire. Comment se fait-il qu'il eût déjà l'air d'être un homme et non plus un petit garçon ? Était-ce ce regard vague qui annonçait qu'il était en train de dépouiller rapidement son enfance ?

Je glissai à petits pas vers lui sur les pointes et ouvris tout grands les bras.

— Viens danser avec moi, Chris. Je vais t'apprendre.

Il sourit comme s'il avait la tête ailleurs mais fit un geste de dénégation et me répondit qu'il n'en était pas question.

— La chorégraphie, ce n'est pas mon rayon. Mais j'aimerais bien apprendre à valser – à condition que ce soit sur une musique de Strauss.

J'éclatai de rire. Les seules valses que nous avions étaient celles de Strauss. Je me ruai sur l'électrophone et remplaçai *Le Lac des cygnes* par *Le Beau Danube bleu.*

Chris était maladroit. Il me tenait gauchement comme s'il se sentait gêné. Il marcha sur le bout de mon chausson rose. Mais je trouvais touchants les efforts obstinés qu'il faisait pour essayer d'apprendre quelques pas simples. Je ne pouvais quand même pas lui dire que tous ses talents devaient certainement se cantonner dans sa tête et ses mains d'artiste mais qu'aucun n'avait élu domicile dans ses jambes ni dans ses pieds.

Quand, enfin, maman fit son entrée avec l'éblouissant costume du *Lac des cygnes* – un resplendissant haut de corps emplumé, un bonnet ajusté, des chaussons et un collant blanc si diaphane que l'on voyait le rose de ma peau à travers –, j'en eus le souffle coupé.

C'était vraiment comme si l'amour, l'espoir et le bonheur entraient dans le grenier, enclos dans un grand carton tendu de satin blanc et ceinturé d'un ruban violet, offert par quelqu'un qui voulait réellement faire plaisir à quelqu'un qui avait réellement besoin qu'on lui fasse plaisir.

Chris finit par apprendre la valse et le fox-trot mais quand je lui proposai de l'initier au charleston, il ne voulut rien savoir :

— Je n'ai pas besoin d'apprendre toutes les danses comme toi. Je n'ai pas à m'exhiber sur une scène. Tout ce que je veux, c'est ne pas avoir l'air trop empoté quand je serai au bal avec une fille dans mes bras.

— Écoute, Chris, je vais te dire une bonne chose. Tu ne peux pas passer ta vie à danser la valse ou le fox-trot. Tous les ans, il y a quelque chose de nouveau, c'est comme la mode. Et il faut vivre avec son temps, il faut s'adapter. Viens, on va mettre un peu de jazz, histoire de dérouiller tes articulations qui sont sûrement toutes raides à force de passer ton temps plongé dans tes livres.

Abandonnant notre valse, j'allai vivement mettre un autre disque et, levant les bras, commençai à me déhancher.

— Maintenant, il faut que tu apprennes le rock. Écoute ce rythme. Viens. Tu remues les hanches comme Elvis. Amène-toi. Tu fermes à moitié les yeux, tu prends un air alangui, sexy et tu fais la moue parce que, autrement, jamais une fille ne tombera amoureuse de toi.

— Eh bien tant pis.

Il avait dit cela sur un ton catégorique et tout ce qu'il y avait de sérieux. Jamais Chris ne permettrait que quelqu'un le force à faire une chose qui ne correspondait pas à son image et, en un sens, j'étais contente qu'il soit ce qu'il était – fort, résolu, déterminé à être lui et personne d'autre, même si son image était depuis longtemps démodée. Sir Christopher, mon preux chevalier !

Comme Dieu, nous étions maîtres des saisons dans le grenier. Nous arrachâmes les fleurs pour les remplacer par des feuilles aux teintes d'automne (brunes, rousses, rouges et or). Si nous étions encore là quand tomberaient les neiges de l'hiver, eh bien, nous leur substituerions des dentelles de papier blanc que nous découpions déjà pour ne pas être pris au dépourvu. Avec du papier épais, blanc, gris et noir, nous confectionnâmes des canards et des oies sauvages et disposâmes nos mobiles aériens en formation en V, la pointe dirigée vers le sud. C'était facile à faire, les oiseaux : de simples ovales allongés avec un rond pour la tête et, en guise d'ailes, des sortes de larmes.

Quand Chris n'était pas fourré dans ses bouquins, il peignait des paysages hivernaux, des collines enneigées, des lacs de montagne gelés sur lesquels évoluaient les patineurs. Sur l'une de ses aquarelles, il ajouta de petites maisons jaunes et rouges enfouies sous la neige avec des panaches de fumée qui sortaient des cheminées. Au loin, perdu dans la brume pointait le clocher d'une église. Quand elle fut terminée, il la cerna d'un encadrement de fenêtre tout noir et, lorsque son œuvre fut accrochée au mur, la chambre bénéficia désormais d'une vue imprenable. !

Avant, Chris passait son temps à m'empoisonner, quoi que je fisse, il fallait toujours qu'il y trouve à redire. Le frère aîné, quoi... Mais nous changions, lui et moi à l'instar du grenier que nous métamorphosions. Couchés côte à côte sur un vieux matelas taché et nauséabond, nous parlions, nous parlions pendant des heures, imaginant la vie que nous mènerions quand nous aurions recouvré la liberté et serions riches comme Crésus. Nous ferions le tour du monde. Il rencontrerait – et il en tomberait amoureux – la plus belle et la plus séduisante des femmes : brillante, compréhensive, pleine de charme et d'esprit et l'on se divertirait follement en sa compagnie. Ce serait la maîtresse de maison idéale, la plus fidèle et la plus dévouée des épouses, la plus aimante des mères. Jamais elle ne hausserait le ton, jamais elle ne grognerait, jamais elle ne mettrait le jugement de Chris en doute, elle ne serait ni déçue ni abattue si, à la suite de quelque bévue stupide, il perdait toute leur fortune à la Bourse. Elle comprendrait qu'il avait pensé faire pour le mieux et, d'ailleurs il ne tarderait pas, grâce à son astuce et à son esprit avisé, à refaire fortune.

Oh là là ! Je me sentais complètement démoralisée. Comment diable pourrais-je donner satisfaction à un homme comme Chris ? C'est que je pressentais qu'il définissait en quelque sorte les critères en fonction desquels je jugerais plus tard mes futurs soupirants.

— Mais, Chris, cette femme intelligente, charmante, spirituelle et merveilleuse, est-ce qu'elle ne pourrait pas avoir ne serait-ce qu'un petit défaut ?

— Pourquoi en aurait-elle ?

— Prends maman, par exemple. Tu crois qu'elle est tout cela ? Sauf brillante, peut-être.

— Maman n'est pas une idiote, répliqua-t-il avec fougue. Le milieu où elle a été élevée laissait à désirer, c'est tout. On la traitait en enfant et on lui inculquait l'idée qu'elle était inférieure sous prétexte que c'était une fille.

Moi, quand le moment sera venu de me marier et de m'établir après avoir été danseuse étoile pendant un certain nombre d'années, je ne savais pas quel homme je choisirais, s'il n'était pas l'égal de Chris ou de mon père. Il serait beau, cela, j'en étais sûre, parce que je voulais que mes enfants soient beaux. Et intelligent, faute de quoi je risquerais de ne pas le respecter. Avant d'accepter la bague de fiançailles, je l'obligerais à jouer à des jeux de société et si je gagnais tout le temps, je secouerais la tête en souriant et lui dirais d'aller rendre sa bague au bijoutier.

Tandis que nous faisions ainsi des projets d'avenir, nos philodendrons baissaient la tête et nos feuilles de lierre jaunissaient. Nous nous appliquions à soigner nos plantes avec amour, nous leur parlions, nous les suppliions de cesser d'avoir cet air maladif, de reprendre du poil de la bête et de redresser le front. Après tout, elles bénéficiaient du plus salubre de tous les soleils – le soleil levant.

Au bout de quelques semaines, les jumeaux cessèrent de supplier qu'on leur permette de sortir. Carrie ne martelait plus la porte de chêne de ses petits poings et Cory avait renoncé à flanquer de vains coups de pied au battant – ce qui lui faisait mal car ses baskets n'étaient pas une protection très efficace. Ils acceptaient docilement ce contre quoi ils se révoltaient auparavant : le « jardin » du grenier était le seul « au-dehors » qui leur fût accessible. C'était d'une tristesse rare mais, finalement, ils oublièrent qu'il existait un monde autre que celui qui était notre prison.

Avec Chris, nous avions empilé plusieurs vieux matelas devant les mansardes orientées à l'est de façon à pouvoir ouvrir les fenêtres toutes grandes et profiter du peu de soleil que les carreaux incrustés de crasse laissaient filtrer. Les enfants ont besoin de soleil pour pousser. Alors, on se déshabillait sans complexe et essayait de bronzer pendant les quelques minutes où il effleurait nos fenêtres. Ce qui nous différenciait physiquement les uns des autres ne nous obsédait aucunement et quand nous mîmes franchement maman au courant de ce que nous faisions pour ne pas périr faute de soleil, elle se contenta de nous regarder tour à tour, Chris et moi, de murmurer avec un sourire évanescent :

— C'est très bien mais arrangez-vous pour que votre grand-mère n'en sache rien. Elle ne serait pas d'accord, vous vous en doutez.

Je sais maintenant que, si elle nous avait regardés de cette façon, c'était pour déceler les signes de notre innocence ou de l'éveil de notre sexualité. Et ce qu'elle avait vu l'avait vraisemblablement rassurée sur ce point : nous étions toujours des enfants, mon frère et moi. Elle aurait dû être mieux avisée.

Les petits adoraient être tout nus et faire les bébés. Ils gloussaient de joie quand nous utilisions des mots comme le « zizi » ou le « zaza » et la différence entre le « zizi » de l'un et le « zaza » de l'autre les plongeait dans des abîmes de perplexité.

— Pourquoi c'est comme ça ? demanda un jour Carrie en désignant les attributs que possédaient Chris et Cory, et qui nous faisaient défaut à elle et à moi.

Je continuai à lire *Les Hauts de Hurlevent* en faisant la sourde oreille à cette question idiote, mais Chris s'efforça de lui apporter une réponse exacte et véridique :

— Toutes les créatures mâles ont des organes sexuels extérieurs alors que ceux des femelles sont enfermés à l'intérieur. Sauf chez les animaux. Ceux du mâle sont également à l'intérieur.

J'étais intriguée.

— Comment le sais-tu ?

— Je le sais, c'est tout.

— Tu as lu ça dans un livre ?

— Dame ! Tu ne crois quand même pas que j'ai attrapé un oiseau pour l'examiner ?

— Cela ne m'étonnerait pas de ta part.

— Moi, au moins, quand je lis un bouquin, c'est pour me meubler l'esprit, pas seulement pour me distraire.

— Fais attention, Chris : si tu continues, tu vas devenir super-barbant quand tu seras grand. Mais je ne comprends pas pourquoi ce n'est pas pareil chez les oiseaux.

— Parce qu'il faut qu'ils soient profilés pour voler.

Je savais qu'il avait réponse à tout. Son cerveau était le roi des cerveaux.

— Je veux bien, mais explique-moi pourquoi les oiseaux mâles ont leurs organes sexuels à l'intérieur. Et ne me parle pas d'aérodynamisme, ce n'est pas une réponse.

Du coup, il se mit à cafouiller. Il devint tout rouge et s'efforça de trouver une manière délicate de répondre :

— Quand ils sont excités, ce qu'ils ont à l'intérieur ressort.

— Comment faut-il faire pour les exciter ?

— Tais-toi et occupe-toi de ton livre. Et laisse-moi lire le mien.

Il y avait des jours où il faisait trop froid pour prendre des bains de soleil. On avait beau s'habiller avec ce qu'on avait de plus chaud, on grelottait si on ne courait pas. À notre consternation, le soleil levant désertait trop tôt les fenêtres donnant à l'est. Ah ! si seulement il y en avait eu orientées au sud ! Mais celles-là étaient munies de volets et verrouillées.

Quand novembre arriva, il commença à faire un froid polaire dans le grenier. Nous claquions des dents, nos nez coulaient et nous dîmes à maman que nous avions besoin d'un poêle puisque les deux de la salle d'étude n'avaient pas de tuyaux. Elle parla vaguement de faire l'acquisition d'un radiateur électrique ou à gaz mais elle craignait qu'un appareil électrique ne mette le feu si l'on utilisait trop de prolongateurs. Et, pour un radiateur à gaz, il aurait aussi fallu une cheminée.

Elle nous apporta des sous-vêtements douillets, d'épais anoraks et des pantalons de ski doublés. Ainsi équipés, nous nous réfugiions tous les jours dans le grenier où nous pouvions nous ébattre librement en échappant à la sourcilleuse vigilance de la grand-mère.

Notre passion, c'était de jouer à cache-cache dans ce grenier arctique. Un jour, c'était Cory qui s'y était collé et nous le cherchions. En général, on le trouvait sans difficulté : il jetait systématiquement son dévolu sur la dernière cachette de Chris. Aussi étions-nous persuadés qu'il suffirait d'ouvrir la troisième armoire et qu'il serait là, le sourire aux lèvres, dissimulé sous des frusques sans âge. Nous trichâmes un peu pour lui faire plaisir en évitant d'ouvrir trop tôt l'armoire en question mais quand nous décidâmes que le moment de le« trouver » était venu, elle était vide.

— Ça alors ! s'exclama Chris. Il fait enfin preuve d'esprit d'invention et s'est déniché une cachette insoupçonnée !

Ce que c'était que de dévorer des livres à la chaîne ! Automatiquement, Chris vous sortait des mots longs comme ça ! J'essuyai mon nez qui faisait eau et me mis au travail. Si Cory avait vraiment fait montre d'originalité, il y avait mille et un endroits où se cacher dans ce grenier labyrinthique. Il nous faudrait des heures pour lui mettre la main dessus. Et j'avais froid, j'étais fatiguée, j'étais de mauvaise humeur, j'en avais plus qu'assez de ce petit jeu auquel Chris tenait à ce qu'on joue tous les jours, histoire de faire de l'exercice.

— Cory ! criai-je. Sors de là, maintenant ! C'est l'heure du déjeuner.

Cette exhortation aurait dû suffire. Les repas étaient un moment privilégié. Ils coupaient la journée. Mais Cory ne répondit pas.

Brusquement, la peur s'empara de moi. Je n'arrivais pas à croire qu'il avait surmonté l'effroi que lui inspirait cet immense grenier mangé d'ombres et s'était finalement pris au jeu. Mais en admettant que l'idée lui soit venue de faire comme moi ou d'imiter Chris ? Oh ! mon Dieu !

— Chris ! Il faut le retrouver… vite !

Ma panique était contagieuse. Il se précipita, ordonnant sur un ton comminatoire à Cory de sortir de sa cachette. C'était fini de jouer. Je fis chorus avec lui.

Mais nos appels demeurèrent vains. Malgré mes vêtements fourrés, j'étais gelée et mes mains étaient toutes bleues.

Chris, soudain, se pétrifia.

— Dis donc, s'il a eu l'idée de se cacher dans une

malle et si la serrure s'est bloquée quand il a refermé le couvercle ?

Dans ce cas, Cory mourrait asphyxié !

Fébrilement, nous nous mîmes en devoir d'ouvrir toutes ces vieilles malles les unes après les autres. Sous le coup de la terreur qui nous avait envahis, nous jetions à la volée pantalons bouffants, chemises de nuit, jupons, corsets, camisoles, cache-corsets et je priais, je priais Dieu de ne pas laisser Cory mourir d'étouffement.

— Cathy ! Je l'ai trouvé !

À ce cri, je fis volte-face. Chris tenait dans ses bras le corps inerte de Cory qui, effectivement, s'était caché au fond d'une malle et s'était trouvé pris au piège. Les jambes molles d'émotion, je m'approchai et embrassai son petit visage livide. Son regard était vitreux. Il était au bord de l'évanouissement.

— Maman, balbutia-t-il dans un soupir, je veux ma maman.

Mais maman était loin, à des kilomètres de nous, en train d'apprendre à taper à la machine. Il n'y avait personne d'autre à proximité qu'une grand-mère sans entrailles que nous ne pouvions même pas prévenir en cas d'urgence.

— Descends vite faire couler un bain, m'ordonna Chris. Mais pas trop brûlant quand même. Je n'ai pas envie de l'ébouillanter.

Il se rua dans l'escalier en colimaçon, tenant toujours le petit dans ses bras.

J'arrivai la première dans la chambre et m'engouffrai dans la salle de bains. Quand je me retournai, je vis Chris déposer Cory sur son lit et se pencher sur lui jusqu'à ce que sa bouche touche les lèvres violacées, grandes ouvertes de son petit frère. J'eus l'impression que mon cœur s'arrêtait de battre. Cory était-il mort ? Avait-il cessé de respirer ?

Carrie se mit à hurler devant ce spectacle.

J'ouvris les deux robinets à fond. Cory allait mourir ! Je faisais sans cesse des rêves hantés de morts et de mourants – et, la plupart du temps, ils se réalisaient. Et comme chaque fois, au moment où je me disais que Dieu s'était détourné de nous, qu'il se désintéressait totalement de notre sort, je me raccrochai à ma foi et l'implorai de ne pas laisser mourir Cory... *Je vous en supplie, mon Dieu, je vous en supplie, mon Dieu, je vous en supplie, je vous en supplie, je vous en supplie...*

Mes prières désespérées furent peut-être aussi efficaces que le bouche-à-bouche grâce auquel Chris s'efforçait de le rappeler à la vie.

— Il respire de nouveau. (Pâle et tremblant, il le porta jusqu'à la baignoire.) Maintenant, il ne reste plus qu'à le réchauffer.

En deux temps trois mouvements, nous eûmes déshabillé Cory et nous le plongeâmes dans l'eau chaude.

— Maman, répéta-t-il dans un souffle quand il revint à lui. Je veux ma maman. Je veux ma maman...

C'était comme une litanie. J'aurais démoli les murs à coups de poing tellement c'était injuste ! Il lui aurait fallu sa vraie mère, pas une pseudo-mère qui ne savait à quel saint se vouer. Mais ce fut d'un air si calme que Chris leva la tête et m'adressa un sourire que je lui répondis :

— Eh bien, tu n'as qu'à faire semblant que je suis

ta maman. Je te ferai tout ce qu'elle te ferait. Je te prendrai sur mes genoux et je te chanterai une berceuse jusqu'à ce que tu t'endormes, quand tu auras mangé un petit quelque chose et bu un peu de lait.

Nous étions à genoux, Chris et moi. Mon frère lui massait les pieds tandis que, de mon côté, je massais ses menottes glacées. Quand Cory eut retrouvé ses couleurs, nous le séchâmes, nous lui mîmes son pyjama le plus chaud et, lorsque nous l'eûmes enveloppé dans une couverture, je m'installai dans le vieux fauteuil à bascule que Chris était allé chercher au grenier, je le pris sur mes genoux et lui murmurai plein de mots tendres à l'oreille tout en l'embrassant. Il en gloussait de plaisir.

S'il pouvait rire, il devait aussi pouvoir manger. Je lui fis avaler un sandwich à petites bouchées, un peu de potage tiédasse et du lait en veux-tu en voilà.

Et, ce faisant, je me sentais vieillir. En dix minutes, j'avais pris dix ans. Je jetai un coup d'œil à Chris quand il se mit à table. Il avait changé, lui aussi. Nous savions maintenant qu'il y avait vraiment du danger dans le grenier. Quelque chose de pire que de dépérir faute de soleil et d'air pur, une menace plus grave que les souris et les araignées qui s'obstinaient à survivre malgré nos efforts pour les tuer toutes jusqu'aux dernières.

Chris, les dents serrées, remonta l'escalier en colimaçon. Je continuai à me balancer dans le fauteuil en faisant câlin aux jumeaux et en leur chantant une berceuse.

Tout à coup, un vacarme infernal retentit dans le grenier – de quoi ameuter, les domestiques.

— Cathy, fit soudain Cory d'une toute petite voix tandis que sa sœur, à demi assoupie, dodelinait du menton, Cathy, j'aime pas que j'ai plus de maman.

— Mais si, tu as une maman. Tu m'as, moi.

— Et tu es aussi bien qu'une vraie maman ?

— Je crois. Je t'aime beaucoup, Cory, et c'est ça qui fait une véritable mère.

Il leva vers moi ses grands yeux bleus pour savoir si j'étais sincère ou si je ne faisais que me moquer de lui. Puis il me prit par le cou et nicha sa tête contre mon épaule.

— J'ai très sommeil, maman, mais continue de chanter.

J'étais toujours dans la même position lorsque Chris revint, l'expression satisfaite.

— Jamais plus il n'y aura un couvercle de malle qui se refermera accidentellement. J'ai écrabouillé toutes les serrures. Et celles des armoires par la même occasion.

J'approuvai de la tête. Il s'assit sur le lit le plus proche, suivant des yeux les lentes oscillations du fauteuil et écoutant la berceuse que je fredonnais. Et je vis ses joues s'empourprer lentement comme s'il se sentait embarrassé.

— J'ai l'impression de ne pas être dans le coup, Cathy. Tu veux bien que je prenne ta place et que vous vous mettiez tous les trois sur mes genoux ?

C'était ce qu'on faisait du temps de papa. Tout le monde s'entassait sur ses genoux, même maman. Il avait les bras assez longs et assez forts pour nous serrer tous les cinq et cette étreinte nous donnait un merveilleux sentiment de sécurité.

— Il est dit dans la Bible qu'il y a un temps pour tout, dit Chris à voix basse pour ne pas réveiller les jumeaux quand nous nous fûmes empilés sur ses genoux. Un temps pour naître, un temps pour semer, un temps pour moissonner, un temps pour mourir, etc. Pour nous, c'est maintenant le temps du sacrifice. Plus tard viendra le temps de vivre, le temps du bonheur.

Je posai ma tête sur sa jeune épaule. Je lui étais reconnaissante d'être toujours aussi plein d'optimisme et de gaieté. C'était bon, ses bras robustes qui m'enlaçaient. Ils étaient presque aussi solides et protecteurs que ceux de papa.

Et il avait raison. Le temps du bonheur commencerait le jour où nous quitterions cette chambre et descendrions pour aller à un enterrement.

Jours de fête

Un bourgeon apparut sur la haute tige de l'amaryllis, calendrier vivant qui nous rappelait que le Thanksgiving Day et Noël approchaient. C'était la seule plante à avoir résisté, toutes les autres étaient mortes, et elle était le plus précieux de nos biens. Nous la descendions tous les soirs dans la chambre pour qu'elle passe la nuit au chaud. Le matin, la première chose que Cory faisait en se réveillant était de se précipiter pour s'assurer que le bourgeon se portait bien et Carrie ne tardait pas à le rejoindre, éperdue d'admiration devant le vaillant et triomphal végétal. Ils vérifiaient le calendrier mural. Quand un jour était encadré de vert, il fallait l'arroser. Ce calendrier sur lequel chaque soir nous biffions un jour d'un gros X rouge… Maintenant, nous en avions rayé cent.

Arrivèrent les pluies froides. Il soufflait des vents féroces. Parfois, un brouillard épais nous dérobait notre fugace soleil du matin. La nuit, le grincement des branches sèches qui giflaient les murs de la maison me réveillait en sursaut et, retenant mon souffle, j'attendais, j'attendais qu'un horrible monstre surgisse pour me dévorer.

Un jour pluvieux – une pluie qui menaçait de se transformer en neige –, maman arriva hors d'haleine avec une boîte remplie de tous les ornements nécessaires pour décorer la table et lui donner un air de fête. Il y avait même une jolie nappe d'un jaune lumineux et des serviettes orange à franges.

— Il y a du monde à déjeuner demain, nous annonça-t-elle. Deux dindes sont en train de cuire, une pour nous, l'autre pour le personnel. Mais elles ne seront pas encore prêtes lorsque votre grand-mère vous préparera votre panier. Ne vous inquiétez pas. Il ferait beau voir que je laisse mes enfants passer le Thanksgiving sans marquer le coup ! Je m'arrangerai pour vous apporter quelque chose de chaud, je grappillerai un petit peu de tout ce que nous mangerons. Je dirai que je veux absolument servir mon père moi-même et, en lui préparant son plateau, j'en remplirai un autre pour vous. Je vous l'apporterai à 1 heure.

Et elle sortit en trombe, comme le vent, nous laissant nous pourlécher d'avance en songeant au festin du lendemain.

Pendant que Chris, les jumeaux sur les genoux, leur racontait le premier Thanksgiving des Pères fondateurs, je m'activais comme une vraie maîtresse de maison, tout heureuse de préparer une table de fête. Les cartons servant à marquer les places étaient de petites dindes dont la queue jaune et orange s'épanouissait en un éventail tout plissé. Je calligraphiai soigneusement le nom de chacun de nous sur leur plumage avant de le déployer et posai les quatre dindinettes en face de nos assiettes.

Je mis ensuite le couvert selon les règles, la fourchette à gauche, le couteau à droite, côté lame à l'intérieur. Les assiettes, cernées d'un filet bleu, étaient en porcelaine de Lenox incrustée à l'or fin – c'était écrit derrière. Maman m'avait dit que c'était un vieux service dont les domestiques ne remarqueraient pas l'absence. Et, aujourd'hui, nous avions des verres à pied en cristal. J'étais émerveillée de l'art avec lequel j'avais dressé la table. Il ne manquait que des fleurs. Notre mère aurait dû penser aussi à nous en apporter.

À présent, il était 1 heure passée.

— Cathy, quand c'est qu'on mange ? pleurnicha Carrie.

Mes tâches ménagères accomplies, je me roulai voluptueusement en boule sur le lit pour lire quelques pages de *Lorna Doone.*

— Un peu de patience. Maman va nous apporter des tas de bonnes choses, de la dinde et tout ce qui va avec. Et ce sera chaud.

Puis, ce fut au tour de Cory de m'arracher au XVIIe siècle :

— Mon ventre, il a pas de patience.

Chris était plongé dans une aventure de Sherlock Holmes. Quel dommage que les jumeaux ne puissent pas, comme nous, tromper leur faim avec un livre !

— Tu n'as qu'à grignoter quelques raisins secs.

— Y en a plus.

— Mange une cacahuète.

— Y en a plus non plus.

— Alors, mange un biscuit salé, soupirai-je.

— Carrie a mangé le dernier.

— Carrie, pourquoi ne les as-tu pas partagés avec ton frère ?

— Ben, à ce moment, il en voulait pas.

2 heures. Maintenant, on mourait de faim tous les quatre. Notre estomac était réglé comme une pendule sur midi sonnant. Qu'est-ce qui retenait maman ? Allait-elle manger d'abord et nous apporter notre repas ensuite ? Ce n'était pourtant pas cela qu'elle avait dit.

Elle arriva un peu après 3 heures avec un gigantesque plateau en argent sur lequel étaient disposés des plats que dissimulaient des couvercles. Elle portait une robe de jersey pervenche. Ses cheveux tirés en arrière étaient retenus derrière la nuque par une barrette en argent. Qu'elle était belle !

Elle commença par s'excuser :

— Je sais que vous tombez d'inanition mais votre grand-père a changé d'avis. À la dernière minute, il a décidé de venir dans son fauteuil roulant déjeuner avec tout le monde. (Le sourire qu'elle nous adressa était tendu.) Quelle jolie table, Cathy ! Je te félicite pour ton sens de la décoration. Je suis désolée d'avoir oublié les fleurs, c'est impardonnable. Nos invités étaient neuf et ils n'arrêtaient pas de s'adresser à moi et de me poser mille questions… où étais-je passée pendant tout ce temps ? Vous ne pouvez pas savoir le mal que j'ai eu pour me glisser dans l'office à l'insu de John, le maître d'hôtel. Il a des yeux derrière la tête, cet homme ! Je ne cessais pas de me lever et de disparaître. Les invités ont dû penser que j'étais très mal élevée – ou complètement folle. Mais j'ai réussi à remplir vos plats et à les cacher. J'aurais bien voulu vous apporter de la tarte à la citrouille mais John l'avait déjà découpée et avait mis les parts dans les assiettes à dessert. S'il en avait manqué quatre, il s'en serait aperçu.

Elle nous envoya un baiser du bout des doigts accompagné d'un sourire éblouissant mais pressé et ressortit précipitamment. La malheureuse ! Comme on lui compliquait la vie !

Nous nous ruâmes sur la table. Inclinant la tête, Chris prononça une prière hâtive qui n'a certainement pas dû faire très grosse impression sur le bon Dieu qui, un jour pareil, entendait sans aucun doute des bénédicités autrement éloquents. « Merci, Seigneur, pour ce repas tardif de Thanksgiving. Amen », se borna-t-il à dire.

Je souris intérieurement. C'était bien de lui d'aller droit au fait – en l'occurrence de jouer les maîtres de maison. Nous lui tendîmes tour à tour nos assiettes. Il déposa dans celles des jumeaux un peu de blanc de dinde, une minuscule cuillerée de légumes et une feuille de salade. Les portions moyennes m'échurent, naturellement : et il se servit le dernier – copieusement parce qu'il fallait qu'il nourrisse ce qui avait le plus besoin de l'être : sa cervelle.

Il avait visiblement une faim de loup à en juger par sa façon d'enfourner d'énormes bouchées de purée de pommes de terre presque froide. D'ailleurs, tout était à peu près froid.

— C'est pas bon ce manger, c'est tout froid ! glapit Carrie en contemplant sa belle assiette dont le contenu formait un cercle parfait.

Il fallait laisser cela à Chris : il aimait la précision.

À en juger par la grimace de Carrie, on aurait dit que c'étaient des asticots qu'elle avait sous les yeux et la même expression de dégoût était peinte sur les traits de son alter ego.

Franchement, j'étais navrée pour maman qui s'était donné tant de mal pour que nous ayons un bon repas chaud, qui avait gâché le sien, en se ridiculisant aux yeux des invités, en plus, et tout ça pour quel résultat ? Ces sales gosses qui s'étaient plaints pendant trois heures d'horloge d'avoir la faim au ventre refusaient maintenant de manger !

La tête d'œuf que j'avais en face de moi fermait les yeux pour mieux savourer le plaisir de se mettre quelque chose d'aussi exceptionnel sous la dent – des mets qui étaient un régal sans rien de comparable avec le contenu du panier pique-nique quotidien rempli à la sauvette. Mais il faut quand même être honnête : jamais la grand-mère ne nous oubliait. Pour nous le monter avant 6 heures, elle était obligée de se lever alors qu'il faisait encore noir, pour aller à la cuisine avant l'arrivée des domestiques.

Je fus brusquement scandalisée par l'attitude de Chris quand il planta sa fourchette dans un gigantesque morceau de blanc de dinde qu'il fourra tout entier dans sa bouche. En voilà des manières à table !

— Mange proprement ! Tu donnes le mauvais exemple à tu sais qui.

— Ils ne regardent pas et je crève de faim, répondit-il la bouche pleine. Je n'ai jamais eu aussi faim de ma vie… et c'est tellement bon !

Je coupai délicatement ma dinde en petits morceaux pour montrer à ce rustre comment on s'y prend quand on a de l'éducation et ce ne fut qu'une fois la première bouchée avalée que je repris la parole :

— Je plains ta future femme. Je ne lui donne pas un an pour demander le divorce.

Mais il continua de s'empiffrer, indifférent à tout ce qui n'était pas la joie de ses papilles.

— Ma femme me vouera un tel amour qu'elle sera ravie de laver mes chaussettes sales. Dites donc, les petits ! Vous aimez le porridge froid avec des raisins secs, hein ? Alors, mangez !

— On n'aime pas la dinde froide… et le machin marron sur la purée, ça a un drôle d'air.

— Ce machin marron, c'est de la sauce et elle est délicieuse. Et puis, les Esquimaux adorent manger froid.

— C'est vrai, ça, Cathy ?

— Je ne sais pas, ma chérie. Je suppose qu'ils sont bien forcés pour ne pas mourir de faim. (Je ne voyais vraiment pas le rapport entre les Esquimaux et le Thanksgiving.) Pourquoi amènes-tu les Esquimaux sur le tapis, Chris ?

— Les Esquimaux sont des Indiens et les Indiens font partie de la tradition du Thanksgiving.

— Ah ?

— Tu sais sûrement que l'Amérique du Nord était autrefois reliée à l'Asie, m'expliqua-t-il entre deux bouchées. C'est d'Asie que les Indiens sont venus et certains d'entre eux ont tellement apprécié la neige et la glace qu'ils sont restés tandis que les autres, qui avaient davantage de bon sens, sont descendus vers le sud.

— Dis, Cathy, c'est quoi cette espèce de gelée qui a des grumeaux et des petites boules dedans ?

— Les grumeaux, ce sont des airelles, les boules,

des noix de pacane et ce qui est blanc, c'est de la crème aigre.

— Les grumeaux et les petites boules, on n'aime pas.

— Carrie, dit Chris, j'en ai assez de tes « on aime », « on n'aime pas ». Mange !

— Ton frère a raison, Carrie. C'est délicieux, les airelles, et les noix aussi. Les oiseaux raffolent des baies et vous aimez bien les oiseaux, n'est-ce pas ?

— Ils mangent pas des baies. Ils mangent des araignées mortes et des insectes. On les a vus. Même qu'ils les mâchent pas ! Nous, on peut pas manger ce qu'ils mangent, les oiseaux.

— Tais-toi et mange, laissa tomber Chris.

Ce n'était pas possible ! Nous n'avions jamais rien goûté d'aussi succulent depuis que nous étions enfermés dans cette horrible maison, même si c'était à peu près froid, et tout ce que les jumeaux trouvaient à faire, c'était de prendre des mines écœurées. Ils n'avaient pas encore avalé la moindre bouchée.

Chris s'en donnait à cœur joie, lui. Le vrai cochon gras primé à la foire ! Finalement, à force de pinocher dans leurs assiettes, Carrie et Cory réussirent à absorber quelques grammes de nourriture.

Le repas terminé, alors que je commençais à débarrasser la table, un miracle se produisit : Chris vint m'aider ! Je n'en croyais pas mes yeux. J'eus droit à un sourire désarmant et il m'embrassa même sur les deux joues. Eh bien, si la gastronomie était capable de vous transformer ainsi un homme, j'étais prête à devenir un cordon-bleu ! Et si je vous disais qu'il alla ramasser ses chaussettes sales avant de me donner un coup de main pour la vaisselle ?

Dix minutes plus tard, les petits y allèrent de leur numéro :

— On a faim ! braillèrent-ils d'une même voix. On a des crampes d'estomac !

Sans faire de commentaires, je leur donnai à chacun un des sandwiches au beurre de cacahuète du panier pique-nique et les observai avec une certaine stupéfaction. Pourquoi aimaient-ils tant cet étouffe-chrétien ? Décidément, le rôle de parents n'était pas aussi simple que je me l'étais imaginé. Ni aussi gratifiant.

Le lendemain, Cory se réveilla avec un rhume carabiné. Son visage congestionné était brûlant et il se plaignait d'avoir mal partout. « Cathy, où est ma maman ? Ma vraie maman ? » Oh ! Comme il avait besoin d'elle.

Quand, enfin, elle arriva, elle parut affolée de le voir dans cet état et elle redescendit précipitamment chercher un thermomètre. Lorsqu'elle remonta, la grand-mère exécrée était sur ses talons.

Le thermomètre dans la bouche, Cory contemplait sa maman comme si c'était une apparition céleste. Moi, la maman de remplacement, je n'existais plus.

Elle s'assit dans le fauteuil à bascule pour lui faire un câlin.

— Je suis là, mon tout petit, lui disait-elle en lui embrassant le front. Je suis là et je t'aime. Je vais te soigner et je la chasserai, cette vilaine maladie. Il faut seulement que tu manges et que tu boives ton jus d'orange comme un gentil petit garçon et tu seras bientôt guéri.

Elle le recoucha et lui fit prendre une aspirine avec un peu d'eau. Des larmes brouillaient ses yeux bleus et ses mains fines et blanches s'agitaient nerveusement. Je vis ses paupières se baisser et ses lèvres remuer comme pour une prière silencieuse.

Deux jours plus tard, c'était Carrie qui était à son tour sur le flanc. Elle n'arrêtait pas de renifler et de tousser et sa température grimpait à une vitesse vertigineuse. J'étais en pleine panique. Chris semblait anxieux, lui aussi.

Maman n'alla pas à son école de secrétariat pendant huit jours pour pouvoir être le plus souvent possible au chevet des jumeaux, mais chaque fois qu'elle montait, hélas, la grand-mère jugeait bon de l'accompagner. Il fallait qu'elle mette toujours son nez là où cela ne la regardait pas et qu'elle donne son avis quand personne ne le lui demandait. Pourquoi venait-elle ? Pour nous démoraliser un peu plus et nous priver du réconfort d'avoir notre mère pour nous tout seuls ? Le bruissement menaçant de sa robe de taffetas gris, le son de sa voix, son pas pesant, ses énormes mains blêmes et tavelées où les diamants scintillaient de tous leurs feux... Oh oui ! il suffisait de la voir pour la détester.

Un matin, maman arriva avec un gros thermos de jus d'orange.

— C'est meilleur que les jus de fruits en conserve, nous expliqua-t-elle. Les oranges fraîches sont pleines de vitamines C et de vitamines A qui sont excellentes contre le rhume.

Nous rangeâmes le thermos sur une marche de

l'escalier du grenier : en hiver, cela valait tous les réfrigérateurs.

Maman fut dans tous ses états quand elle retira le thermomètre de la bouche de Carrie.

— Mon Dieu ! s'écria-t-elle avec effroi. Elle a 39,7. Il faut amener ces enfants chez le médecin… les conduire à l'hôpital !

Mais la grand-mère ne tolérait pas que l'on perde son sang-froid :

— Ne sois pas ridicule, Corinne. Tous les enfants font une forte fièvre quand ils sont malades. Cela ne veut rien dire, tu devrais le savoir. Un rhume n'est jamais qu'un rhume.

Chris leva les yeux du livre qu'il était en train de lire. Selon lui, les petits avaient la grippe. Il ne savait d'ailleurs pas comment ils avaient pu attraper le virus.

— Comme si les médecins savaient guérir les rhumes ! enchaîna la grand-mère. Le remède est bien simple : garder le lit, boire beaucoup et prendre de l'aspirine… voilà tout. Ma mère avait un dicton : un rhume met trois jours à se déclarer, il dure trois jours et il lui faut trois jours pour s'en aller.

— Et si c'est la grippe ? fit Chris.

Elle lui tourna le dos comme si elle n'avait pas entendu. Elle ne supportait pas la vue de mon frère. Il ressemblait trop à notre père.

— Je n'aime pas que des blancs-becs discutent quand les grandes personnes qui ont de l'expérience et savent de quoi elles parlent disent quelque chose. Il faut neuf jours. C'est comme ça. Ils guériront.

Comme elle l'avait prédit, les jumeaux guérirent, en effet. Mais pas en neuf jours : il leur en fallut dix-neuf.

Pendant la journée, on les couchait dans le même lit. La nuit, Chris dormait avec Cory et moi avec Carrie. Je me demande comment nous avons fait pour ne pas attraper leur mal.

Finalement, leurs quintes de toux s'espacèrent et, peu à peu, ils commencèrent lentement à récupérer. Mais ils n'avaient plus la même vigueur et le même dynamisme qu'avant. Cory, qui n'avait jamais été très bavard, était encore plus taciturne. Et Carrie ne poursuivait plus ses incessants monologues où il était question de tout et du reste – ses poupées, les petites autos, les trains, les oreillers, les plantes, les souliers, les robes, les pantalons, les jeux de patience, les jouets… et j'en passe. Elle avait la langue toute blanche. Pourquoi avais-je tellement désiré qu'ils grandissent et se comportent comme des enfants de leur âge ? Cette longue maladie les avait marqués. Ils avaient les yeux creux et leurs bonnes joues rouges n'étaient plus qu'un souvenir. La fièvre, la toux leur avaient laissé un air blasé, l'air des vieux, usés et prostrés à qui il est égal que le soleil se lève ou se couche. Ils me faisaient peur. Leur visage hanté me poursuivait dans mon sommeil et j'avais des rêves de mort.

Et ce vent qui ne cessait de hurler !

Quand ils purent se lever, ils se traînèrent lamentablement. Leurs mollets, naguère potelés et bien roses, n'étaient pas plus gros que des manches à balai. Et nous ne pouvions rien, Chris et moi, malgré notre bonne volonté pour leur faire recouvrer une santé florissante.

— Des vitamines ! s'exclama maman quand nous nous décidâmes à lui dire le fond de notre pensée. Voilà ce qu'il leur faut ! Des vitamines. Et à vous deux aussi. À partir de maintenant, chacun de vous prendra un comprimé de vitamines par jour.

Tout en parlant, elle faisait bouffer d'un geste plein de grâce et d'élégance sa chevelure lumineuse admirablement soignée.

Assise sur le lit, je lançai un regard torve à cette mère qui refusait de voir la réalité en face.

— Est-ce que le grand air et le soleil existent aussi en comprimés ?

— Cathy, pourquoi t'obstines-tu à me rendre l'existence encore plus pénible ? Je fais tout ce que je peux, crois-moi. Et si tu veux savoir, les vitamines ont exactement le même effet sur la santé que le grand air. C'est bien la raison pour laquelle on les fabrique.

J'avais le cœur gros et cette indifférence ne fit que le rendre encore plus gros. Je regardai Chris. La tête penchée, il écoutait mais ne réagissait pas.

— Combien de temps est-ce qu'on va encore rester en prison, maman ?

— Plus très longtemps.

— Un mois ?

— Peut-être.

— Tu ne pourrais pas te débrouiller pour emmener les jumeaux faire une promenade dans ta voiture en t'arrangeant pour que les domestiques ne s'en aperçoivent pas ? Je crois que cela leur ferait un bien fou. Pour Chris et moi, ce n'est pas la peine.

Elle se tourna vivement vers mon frère aîné pour voir s'il s'agissait d'un complot où il était partie prenante mais les traits de Chris ne reflétaient qu'une intense surprise.

— Il n'en est absolument pas question ! Je ne

peux pas prendre un risque pareil. Il y a huit domestiques dans cette maison et, bien que les bâtiments où ils logent soient situés très à l'écart, il y a toujours quelqu'un derrière une fenêtre et ils entendraient la voiture démarrer. Comme ils sont curieux, ils regarderaient pour savoir quelle direction je prendrais.

— Dans ce cas, répliquai-je avec froideur, tâche de ramener des fruits frais. Des bananes, surtout. Tu sais combien les jumeaux les aiment et ils n'en ont pas vu une depuis que nous sommes là.

— Je vous en apporterai demain. Votre grand-père n'aime pas les bananes.

— Et alors ? Qu'est-ce qu'il vient faire là-dedans ?

— C'est la raison pour laquelle on n'en commande pas.

— Tu vas tous les jours à ton cours. Tu n'auras qu'à t'arrêter à une fruiterie. Achète aussi des cacahuètes et des raisins secs. Et est-ce que Cory et Carrie ne pourraient pas avoir un peu de popcorn de temps en temps ? Ce n'est sûrement pas cela qui leur abîmera les dents !

— Et toi, qu'est-ce que tu voudrais ?

— La liberté ! Le droit de sortir. J'en ai assez d'être enfermée entre quatre murs. Je voudrais que les petits sortent. Je voudrais que Chris sorte. Que tu loues, que tu achètes ou que tu voles une maison... n'importe quoi mais qu'on soit ailleurs !

— Cathy, je te répète que je fais tout ce qu'il m'est possible de faire. Est-ce que je n'ai pas toujours des cadeaux pour vous quand je franchis cette porte ? De quoi avez-vous besoin en dehors de bananes ? Tu n'as qu'à le dire.

— Tu nous avais promis que nous ne resterions que peu de temps bouclés dans cette chambre. Et cela dure maintenant depuis des mois.

Elle leva les bras au ciel dans un geste de supplication.

— Que veux-tu que je fasse ? Que je tue mon père ?

— Mais est-ce que tu vas laisser maman tranquille, à la fin ? explosa Chris lorsque la porte se fut refermée derrière son idole. Elle fait l'impossible. Alors, cesse de la provoquer. C'est déjà un miracle qu'elle puisse venir nous voir et toi, tu passes ton temps à la harceler comme si tu n'avais pas confiance en elle. Tu ne te rends donc pas compte de ce qu'elle endure ? Crois-tu que ça lui fasse plaisir que ses enfants soient enfermés à double tour dans une chambre avec juste un grenier pour jouer ?

Il n'était pas facile de savoir ce que notre mère pensait ni quels étaient ses sentiments. Elle était invariablement calme et sereine même si, parfois, elle avait l'air fatigué. Elle avait toujours des vêtements neufs et coûteux (il était rare qu'elle mît deux fois la même toilette), mais elle nous en apportait aussi, et très souvent. Neufs et coûteux. Ce qui, d'ailleurs, n'avait pas beaucoup d'importance. Il n'y avait que la grand-mère qui nous voyait et nous aurions pu tout aussi bien porter des haillons. Ce qui aurait sans doute fait naître un sourire de satisfaction sur ses lèvres.

Lorsqu'il pleuvait ou qu'il neigeait, nous ne montions pas dans le grenier. Même quand le ciel était clair, il y avait toujours ce vent impétueux qui soufflait, qui grondait et gémissait et s'engouffrait à travers toutes les lézardes de la vieille bâtisse.

Le jour des quinze ans de Chris, il y eut au menu un gâteau et de la glace pour fêter l'événement. Les cadeaux, c'est vrai, il en recevait presque tous les jours. Il avait maintenant un polaroïd et une nouvelle montre, très belle.

C'était merveilleux. Sensationnel. Il lui fallait vraiment bien peu de chose pour qu'il soit content.

Ne voyait-il donc pas que notre mère n'était plus la même ? Ne remarquait-il pas qu'elle ne venait plus nous voir tous les jours ? Était-il naïf au point de gober tout ce qu'elle nous racontait, de croire à toutes les excuses qu'elle nous donnait ?

Noël arriva. Cela faisait cinq mois que nous étions à Foxworth Hall. Jamais nous n'avions mis les pieds dans les autres pièces de l'immense maison. Nous observions les règles : nous récitions les grâces avant les repas, nous faisions notre prière à genoux avant de nous coucher, nous étions modestes et réservés dans la salle de bains, nos pensées étaient pures, limpides et innocentes… et pourtant, j'avais l'impression que, jour après jour, la qualité de notre alimentation se dégradait.

J'avais réussi à me convaincre qu'il n'était pas dramatique que la joie de faire les achats de Noël nous fût refusée. Il y aurait d'autres Noëls quand nous serions riches à gogo. Alors, nous entrerions dans n'importe quel magasin pour acheter tout ce qui nous ferait plaisir.

Bien sûr, Chris et moi savions que le Père Noël n'existait pas mais nous tenions absolument à ce que les jumeaux y croient, que le rêve magique du bonhomme rubicond à la barbe fleurie qui fait le tour du monde pour veiller à ce que les petits enfants reçoivent exactement ce dont ils ont envie – même s'ils ne savent pas de quoi ils ont envie avant de l'avoir reçu – ne leur soit pas dénié. Une enfance sans Père Noël, c'est trop triste. Ce n'était pas une telle enfance que je voulais pour les petits.

Même pour des séquestrés que le désespoir, le doute et la défiance commençaient à ronger, Noël ne fut pas une petite affaire. Chris et moi avions préparé en secret des cadeaux pour maman (qui n'avait pourtant besoin de rien) et pour les jumeaux – des animaux en peluche laborieusement cousus et bourrés de coton. C'était moi qui avais brodé les têtes avant de les remplir. Je m'enfermais dans les toilettes pour tricoter à l'intention de mon frère aîné un bonnet de laine rouge qui prenait des proportions démesurées. Je crois bien que maman avait oublié de m'expliquer comment il fallait s'y prendre pour que ce soit la bonne taille.

Chris, un beau jour, eut une idée parfaitement idiote et horrifiante :

— Et si on offrait aussi quelque chose à la grand-mère ? me suggéra-t-il. Ce serait moche de ne pas marquer le coup. Elle nous monte à manger et qui sait si cette gentillesse ne sera pas juste le geste qu'il faut pour la toucher ? Notre existence serait beaucoup plus agréable si elle nous tolérait, tu ne crois pas ?

Je fus assez gourde pour penser que cela pourrait marcher et c'est ainsi que nous nous échinâmes des heures durant pour offrir un présent à cette vieille sorcière qui nous détestait. Depuis notre arrivée, elle ne nous avait pas une seule fois appelés par nos noms.

Nous tendîmes une toile sur un châssis servant de cadre, nous y collâmes des pierres de toutes les couleurs, puis y disposâmes des fils dorés et marron avec un soin attentif. Si nous nous trompions, nous recommencions malgré la peine que cela nous donnait. Elle aurait certainement remarqué le plus petit défaut : ce devait être un travail parfait. Pas question de ménager nos efforts. Il ne fallait pas que notre cadeau laissât si peu que ce fût à désirer.

Chris revint sur ce chapitre

— Vois-tu, je suis convaincu que nous avons une chance de l'amadouer. Après tout, c'est notre grand-mère. Et puis, les êtres changent. Personne n'est statique. Pendant que maman s'efforce de se concilier son père, nous allons nous efforcer de nous concilier sa mère. Et même si elle s'entête à ne pas vouloir poser les yeux sur moi, toi, elle te regarde.

Non, elle ne me regardait pas. Enfin, pas vraiment. Elle ne voyait que mes cheveux. J'ignore pourquoi mais ils la fascinaient.

— Rappelle-toi, Cathy. Elle nous a donné le chrysanthème.

Il avait raison. Rien que cela, c'était quelque chose de solide à quoi nous pouvions nous accrocher.

Ce jour-là, presque à la tombée de la nuit, quand maman monta, elle nous apporta un sapin dans une petite caisse de bois. Rien n'aurait pu avoir autant un parfum de Noël. La robe de lainage d'un rouge éclatant qui la moulait mettait en valeur des rondeurs dont j'espérais pouvoir m'enorgueillir un jour, moi aussi. Son rire et sa gaieté nous étaient une bouffée de bonheur. Elle resta pour nous aider à décorer l'arbre avec les boules et les guirlandes miniatures qu'elle avait également apportées. Avant de s'en aller, elle nous remit quatre chaussettes à accrocher au pied de nos lits pour que le Père Noël les remplisse.

— L'année prochaine à cette date, nous serons chez nous, nous dit-elle sur un ton enjoué – et je la crus. Oui, dans un an, la vie sera merveilleuse, vous verrez. Nous aurons de l'argent à la pelle. De quoi acheter une maison superbe et tout ce qui vous fera envie sera à vous. En un rien de temps, vous aurez oublié cette chambre et le grenier. (Son sourire nous faisait déborder d'allégresse.) Vous ne penserez plus aux épreuves que vous avez endurées si courageusement. Ce sera comme si rien ne s'était passé.

Elle nous embrassa et nous répéta une fois de plus qu'elle nous aimait. Après son départ, nous nous sentîmes moins abandonnés qu'avant. Elle cristallisait tous nos espoirs, tous nos rêves.

Elle revint pendant que nous dormions et, le matin, quand je me réveillai, les chaussettes étaient pleines à ras bord. Des paquets s'empilaient sous la petite table où trônait l'arbre de Noël et les jouets destinés aux jumeaux, qui n'avaient pas pu être emballés parce qu'ils étaient trop encombrants, foisonnaient dans tous les coins.

Mon regard croisa celui de Chris qui me lança un clin d'œil accompagné d'un sourire. Il sauta du lit, empoigna les rênes de plastique rouge garnies de grelots argentés du cheval à bascule et les secoua énergiquement en s'écriant à pleins poumons :

— Joyeux Noël ! Debout là-dedans ! Cory ! Carrie !

Ouvrez les yeux, levez-vous et regardez, bande de flemmards ! Regardez ce que le Père Noël a apporté !

Ils émergèrent lentement de leurs rêves et, se frottant les yeux, contemplèrent d'un air incrédule tous ces joujoux, les paquets admirablement faits dont chacun avait une étiquette portant un nom, les chaussettes à rayures remplies de biscuits, de noisettes, de bonbons, de fruits, de chewing-gum, de pastilles de menthe, de Pères Noël en chocolat.

De vrais bonbons… enfin ! Bien durs, tout bariolés. Exactement ce qu'il fallait pour faire de jolis trous dans les dents. Mais sans lesquels Noël n'aurait pas été Noël, n'aurait pas eu le goût de Noël.

Cory, assis sur son lit, la mine ahurie, se frotta à nouveau les yeux de ses petits poings, trop abasourdi pour dire quoi que ce soit. Mais sa sœur, elle, n'avait jamais sa langue dans la poche :

— Comment qu'il a fait pour nous trouver, le Père Noël ?

— Oh, il a des yeux magiques, répondit Chris.

Il la souleva, la jucha sur son épaule et fit de même avec Cory. Exactement ce que papa aurait fait. Je sentis mes yeux se mouiller.

— Le Père Noël n'oublie jamais volontairement des enfants, continua-t-il. D'ailleurs, il savait où vous étiez. J'avais pris mes précautions. Je lui avais écrit une très longue lettre en lui donnant notre adresse. La liste de tout ce que nous voulions recevoir faisait près d'un mètre de long.

Pourtant, me dis-je dans mon for intérieur, ce que nous voulions tous autant que nous étions tenait en un seul mot : la liberté.

Je jetai un coup d'œil autour de moi, la gorge nouée. Maman s'était donné une peine folle. Ça, on pouvait le dire ! Elle nous aimait, elle pensait à nous. Acheter tant de choses avait dû demander des mois. J'avais honte de moi et j'étais bourrelée de remords en songeant à toutes les idées méchantes qui m'étaient passées par la tête. Parce que je voulais tout, tout de suite, que je n'avais ni patience ni foi.

Chris se tourna vers moi :

— Alors, tu te lèves, oui ou non ? Tu comptes passer toute la journée au lit ? Les cadeaux, ça ne t'intéresse plus ? (Il vint vers moi tandis que les petits s'affairaient à déchirer les emballages et me tendit la main.) Viens, Cathy. Profite du seul Noël que tu connaîtras dans ta douzième année. Il faut en faire un Noël unique, différent de tous ceux que nous vivrons dans l'avenir.

Il y avait une supplication dans ses yeux bleus.

Je glissai ma main dans sa main chaude et éclatai de rire. Noël est toujours Noël. Où que l'on soit et quelles que soient les circonstances, c'est toujours un jour merveilleux. Nous défîmes tous les paquets et essayâmes nos vêtements neufs en nous bourrant de confiseries avant même de prendre le petit déjeuner. Le Père Noël nous avait laissé un mot nous disant de cacher les bonbons pour que « vous savez qui » ne les voie pas. Après tout, les bonbons provoquent des caries. Même le jour de Noël. Quand la serrure de la porte grinça, nous nous dépêchâmes de les fourrer sous le lit le plus proche.

C'était la grand-mère. Elle posa le panier sur la table. Sans nous souhaiter un « joyeux Noël », sans nous dire bonjour, sans même sourire ni indiquer d'une manière ou d'une autre que c'était un jour spécial. Et nous n'avions pas le droit de lui parler si elle ne nous adressait pas la parole la première.

Ce fut en me fouettant, avec appréhension mais, aussi, avec un immense espoir, que je pris le paquet oblong enveloppé de papier rouge – le papier d'un des cadeaux de maman qui dissimulait notre œuvre collective : le collage représentant un jardin de rêve. Nous avions trouvé dans les vieilles malles du grenier toute sorte d'étoffes délicates, de la soie, par exemple, pour faire les papillons pastel qui voletaient au-dessus de fleurs éclatantes en fils de coton. Pour les arbres, nous avions employé des brins de ficelle marron incrustés de minuscules cailloux imitant l'écorce. Et pour les oiseaux de toutes les couleurs posés sur les branches ou volant parmi les feuilles, nous avions utilisé le duvet de vieux coussins et la boîte d'aquarelle de Chris. Ce collage était incontestablement le plus pur chef-d'œuvre qui était jamais sorti de nos mains.

Tremblante d'effroi, je calculai le bon moment. Il fallait attendre que la grand-mère ait les mains libres. Comme elle ne posait jamais les yeux sur Chris et qu'elle terrorisait à ce point les jumeaux qu'ils se recroquevillaient en sa présence, c'était à moi de lui présenter le cadeau… et j'étais paralysée, incapable de mettre un pied devant l'autre. Chris me lança un coup de coude et me souffla :

— Vas-y ! Elle va repartir.

Clouée au sol, je tenais le paquet à bout de bras comme une offrande propitiatoire. Car ce n'était pas facile de lui donner quelque chose à elle qui ne nous avait jamais rien donné sauf de l'hostilité et qui attendait que s'offre l'occasion de nous donner de la souffrance.

Et ses vœux furent comblés en ce matin de Noël sans qu'il lui fût besoin de se servir du fouet ni même d'ouvrir la bouche.

Je voulais lui faire un compliment dans les règles. Par exemple : « Joyeux Noël, grand-mère. Nous voulons vous offrir un modeste présent. Mais ne nous remerciez pas, ce n'est pas la peine, vraiment. C'est juste un petit souvenir de rien du tout qui vous montrera que nous apprécions la nourriture que vous nous apportez chaque jour et que nous vous sommes reconnaissants de nous fournir un toit. » Non, si je m'y prenais de cette manière, elle y verrait de l'ironie. Mieux valait quelque chose dans ce genre : « Joyeux Noël, grand-mère. Nous espérons que notre cadeau vous plaira. Nous y avons tous travaillé, même Cory et Carrie. Quand nous ne serons plus là, vous saurez ainsi que nous nous sommes donné du mal pour faire plaisir. »

Le seul fait de me voir devant elle avec le paquet la désarçonna.

Levant bravement les yeux pour croiser son regard, je lui tendis notre offrande. Je ne voulais pas l'implorer à la muette. Je voulais qu'elle prenne le paquet, que son cadeau lui plaise et qu'elle dise merci, même si c'était sèchement. Je voulais que, dans son lit, cette nuit, elle pense à nous, qu'elle se dise que, finalement, nous n'étions peut-être pas si mauvais que ça. Qu'elle se rende compte du travail que cela nous avait coûté et qu'elle s'interroge sur sa façon de nous traiter.

Glacial et lourd de mépris, son regard se posa sur la longue boîte enveloppée dans un papier rouge orné d'une branche de houx artificiel et d'un gros nœud d'argent. Sous le ruban était glissé un carton portant ces mots : « À grand-mère, de la part de Chris, Cathy, Cory et Carrie. »

Ses yeux de granite s'attardèrent un instant sur la carte, le temps qu'elle la lise, puis ils se vrillèrent sur mes yeux qui espéraient, qui imploraient qu'elle nous rassure, qu'elle nous confirme que nous n'étions pas les monstres qu'il m'arrivait parfois de croire que nous étions. Une dernière fois, son regard balaya la boîte puis, délibérément, elle nous tourna le dos. Sans un mot, elle ressortit, claqua la porte et donna un tour de clé, tandis que je demeurais plantée au milieu de la chambre avec le fruit de tant d'heures d'efforts dans les mains.

Quels idiots nous avions été ! Quels imbéciles !

Jamais nous ne pourrions l'attendrir. Nous serions toujours à ses yeux la progéniture du diable. Pour elle, nous n'existions pas – absolument pas.

Et ça faisait mal, je vous le jure. Atrocement mal. J'entendais derrière moi le souffle rauque de Chris et les petits qui geignaient doucement.

Il fallait que je me conduise en adulte, que je garde mon empire sur moi-même. Aussi bien que maman et avec autant d'efficacité. J'imitai ses gestes et ses expressions. Je copiai son lent sourire charmeur.

Et que fis-je pour prouver ma maturité ?

Je lançai le paquet au loin ! Je me répandis en injures, en blasphèmes que je n'avais jamais prononcés à haute voix ! Je hurlai ! Prise d'une rage folle, je piétinai le paquet, sautai dessus à pieds joints jusqu'à ce que le superbe vieux cadre que nous avions déniché dans le grenier, recollé et nettoyé au point qu'il était presque comme neuf, se brisât. J'en voulais à Chris d'avoir réussi à me convaincre que nous arriverions à toucher cette femme au cœur de pierre. J'en voulais à maman qui nous avait encouragés dans notre dessein. Elle aurait dû mieux connaître sa mère.

Le cadre éclata en morceaux sous cet assaut frénétique. Réduite à néant, notre œuvre !

— Arrête ! cria Chris. On peut le garder pour nous !

Il se précipitait pour sauver le fruit de nos peines mais il était trop tard. Le fragile collage était en miettes. J'étais en larmes. Secouée de sanglots, je me baissai pour récupérer les papillons de soie que les jumeaux avaient eu tant de mal à colorier. Ces papillons, je les garderai toute ma vie.

Chris me serra très fort dans ses bras et essaya de me consoler comme l'eût fait un père :

— Calme-toi. C'est sans importance. C'est nous qui avons raison et elle qui est dans son tort. Nous avons essayé. Elle, elle n'essaie pas.

Nous nous assîmes par terre au milieu de nos cadeaux. Sans parler. Les jumeaux se taisaient, eux aussi, une interrogation muette dans le regard. Ils avaient envie de jouer avec leurs joujoux mais ils hésitaient parce qu'ils étaient notre reflet, le miroir de nos émotions, quelles qu'elles fussent. Les voir ainsi exacerbait encore ma souffrance. J'avais douze ans. Il faudrait quand même que je finisse par savoir me comporter comme on doit le faire à mon âge, apprendre à être maîtresse de moi et cesser d'être un bâton de dynamite toujours prêt à exploser.

Ce fut une maman au sourire radieux qui fit son apparition pour nous prodiguer ses vœux de bon Noël. Elle apportait encore des cadeaux, entre autres une gigantesque maison de poupée qui lui avait appartenu quand elle était petite… et avait, auparavant, appartenu à l'abominable grand-mère.

— Ça, ce n'est pas le Père Noël, dit-elle en la posant par terre avec précaution. (Cette fois, il n'y avait plus un centimètre de plancher disponible, je le jure.) C'est mon cadeau pour Cory et Carrie.

Elle les embrassa et leur expliqua qu'ils allaient pouvoir maintenant jouer à la maison et au papa et à la maman comme elle quand elle avait cinq ans.

Si elle remarqua qu'aucun d'entre nous n'avait l'air réellement passionné par cette grandiose maison de poupée, elle n'en laissa rien paraître. Joyeuse et rieuse, elle s'assit en tailleur et nous raconta que, dans son enfance, elle adorait jouer avec cette maison.

— En outre, elle a beaucoup de valeur, ajouta-t-elle avec exubérance. Dans le commerce, elle vaudrait des sommes fabuleuses. À elles seules, ces petites figurines de porcelaine représentent des fortunes. Elles sont entièrement décorées à la main et tout est à l'échelle : les personnages, les meubles, les tableaux… absolument tout. C'est l'œuvre d'un artiste qui habitait l'Angleterre. Chaque chaise, chaque table, chaque lit, chaque lampe, chaque lustre est la reproduction fidèle d'une pièce ancienne. Il paraît que cela lui a demandé douze ans de travail. Regardez comme les portes s'ouvrent et se ferment. Elles sont parfaitement montées. On ne peut pas en dire autant de celles de Foxworth Hall. Les tiroirs glissent à merveille. Il y a une petite clé pour le secrétaire. Et regardez les livres de la bibliothèque. Croyez-moi si vous voulez, mais si vous aviez un microscope, vous pourriez lire ce qu'il y a d'écrit sur les pages.

Il fallut, bien entendu, que Chris sorte un des minuscules volumes pour vérifier *de visu*, en se penchant dessus et en clignant des yeux, qu'il y avait effectivement des caractères si petits qu'un microscope était nécessaire pour les déchiffrer. (Il y avait un microscope d'un modèle très particulier qu'il espérait avoir un jour… et j'espérais que ce serait moi qui le lui offrirais.)

C'était plus fort que moi : j'étais en admiration devant l'habileté et la patience qu'il avait fallu pour fabriquer un mobilier de cette taille. Le piano à queue du salon était recouvert d'un châle à franges dorées. Un napperon de soie à décor floral était disposé au milieu de la table de la salle à manger. Sur le dressoir trônait une coupe d'argent pleine de fruits en cire. Deux candélabres de cristal dans les bobèches desquels étaient fixées de vraies bougies pendaient au plafond. Dans la cuisine, les domestiques en tablier préparaient le souper. Un maître d'hôtel en livrée blanche se tenait en faction près de la porte d'entrée pour accueillir les invités tandis qu'au salon des dames aux toilettes somptueuses s'entretenaient, la mine guindée, avec des messieurs à la physionomie impassible.

Dans la nursery, au premier étage, il y avait trois

jeunes enfants et un berceau avec un bébé qui tendait les bras pour qu'on le prenne. Une bâtisse en retrait abritait une calèche… et quelle calèche ! Et il y avait deux chevaux à l'écurie ! Incroyable que l'on puisse fabriquer des objets aussi minuscules ! Je buvais des yeux les voilages blancs et les épais rideaux des fenêtres, les assiettes et les plats qui couvraient la table de la salle à manger, l'argenterie, les marmites et les casseroles pas plus grosses que des petits pois alignées sur des rayons dans la cuisine.

Maman me prit par les épaules.

— Regarde ce tapis, Cathy. C'est un authentique tapis persan en pure soie.

— Comment se fait-il que tout ait l'air si neuf alors que c'est tellement vieux ?

Elle s'assombrit comme si un nuage passait sur son visage.

— Quand ma mère était petite, la maison de poupée était protégée par un énorme globe de verre. Elle avait le droit de la regarder mais pas d'y toucher. Lorsqu'on me l'a donnée, mon père l'a brisé d'un coup de marteau et il m'a permis de jouer avec la maison. À condition que je jure sur la Bible que je ne casserais rien.

— Et tu as cassé quelque chose après avoir juré ? demanda Chris.

— Oui. J'ai juré et j'ai cassé quelque chose. (Elle inclina la tête. Si bas que l'on ne voyait plus ses yeux.) Il y avait une figurine de plus, un très beau jeune homme. Un jour, j'ai voulu lui ôter sa redingote et le bras s'est détaché. J'ai été fouettée. Pas pour avoir cassé la poupée mais pour avoir voulu regarder ce qu'il y avait sous ses vêtements.

Nous restâmes silencieux, Chris et moi, mais Carrie était vivement intéressée par ces drôles de petites poupées aux jolis vêtements multicolores. C'était surtout le bébé dans son berceau qui la fascinait et, voyant sa sœur aussi captivée, Cory la rejoignit pour explorer, lui aussi, les multiples trésors de la maison de poupée.

Ce fut alors que maman tourna son attention vers moi.

— Pourquoi avais-tu un air si grave quand je suis arrivée ? Tes cadeaux ne t'ont pas plu ?

Chris répondit à ma place avant que j'aie eu le temps d'ouvrir la bouche :

— Elle est triste parce que la grand-mère a refusé le cadeau que nous avions fabriqué pour elle. (Maman me tapota l'épaule mais évita mon regard.) On te remercie pour tout, poursuivit mon frère. Tu n'as rien oublié de commander au Père Noël. Et merci surtout pour la maison de poupée. Je suis sûr que c'est ce qui fera le plus plaisir aux jumeaux.

Il y avait deux tricycles avec lesquels ils pédaleraient dans le grenier pour muscler leurs pauvres petites jambes maigrichonnes. Il y avait pour Chris et moi des patins à roulettes dont nous ne nous servirions que dans la salle d'étude qui, avec ses murs de plâtre et son épais plancher, était mieux insonorisée que le reste du grenier.

Maman se releva et, un sourire mystérieux aux lèvres, nous dit de l'attendre : elle allait revenir dans deux secondes. Quand elle réapparut, ce fut pour nous donner un cadeau qui éclipsait tous les autres : une petite télé portative.

C'est mon père qui me l'a offerte pour que je la regarde dans ma chambre. J'ai aussitôt su à qui elle ferait le plus plaisir. Vous allez maintenant avoir une véritable fenêtre ouverte sur le monde.

Il ne m'en fallut pas plus pour qu'une flambée d'espérance s'allumât en moi :

— Maman ! Si ton père t'a fait un cadeau aussi beau, cela veut-il dire que tu es rentrée en grâce auprès de lui ? Qu'il ne t'en veut plus de t'être mariée avec papa ? Est-ce qu'on va enfin pouvoir quitter cette chambre ?

À nouveau, ses yeux se troublèrent et ce fut d'une voix dépourvue d'enthousiasme qu'elle me répondit qu'en effet son père était plus aimable. Il lui avait pardonné d'avoir péché contre Dieu et la société. Mon cœur bondit dans ma poitrine quand elle ajouta :

— La semaine prochaine, il doit voir son notaire pour me coucher sur son testament. Il me léguera tout. Même cette demeure m'appartiendra à la mort de ma mère. Il ne lui laissera rien parce qu'elle a hérité une grosse fortune de ses parents.

L'argent m'était bien égal. Tout ce que je demandais, c'était de sortir d'ici. D'un seul coup, j'étais follement heureuse, si heureuse que je me jetai au cou de maman et l'embrassai en la serrant de toutes mes forces dans mes bras. C'était le plus beau jour que nous vivions depuis que nous étions dans cette maison. Mais je me rappelai brusquement que ma dernière question était restée sans réponse. Néanmoins, une étape venait d'être franchie sur le chemin de la liberté.

Les lèvres de notre mère souriaient mais pas ses yeux. Elle se mit à rire à je ne sais quelle bêtise que nous avions dite, Chris et moi, mais ce rire sec et cassant n'était pas son rire habituel.

— Oui, Cathy, je suis devenue la fille docile et soumise dont mon père a toujours rêvé. Il parle, j'obéis. Il commande, je bondis. Je suis enfin parvenue à lui plaire. Il est même si content de moi que, ce soir, il donne une réception pour que je fasse ma « rentrée » dans la société. Ce sera quelque chose de mirifique parce que, quand ils reçoivent, mes parents ne lésinent pas. Ils ne boivent pas mais ils ne voient pas d'inconvénient à servir de l'alcool à ceux qui n'ont pas peur de l'enfer. Aussi il y aura un monde fou. Et on dansera. Un petit orchestre est prévu.

Une soirée ! Une soirée de Noël ! Avec un orchestre pour danser ! Beaucoup de monde ! Et un nouveau testament en faveur de maman ! Vraiment, c'était un jour miraculeux !

— Est-ce qu'on pourra regarder ? nous écriâmes-nous presque simultanément, Chris et moi.

— On ne fera pas de bruit.

— On se cachera pour que personne ne nous voie.

— Oh, maman, s'il te plaît… cela fait si longtemps qu'on n'a pas vu d'autres gens ! Et nous ne sommes jamais allés à un réveillon.

Nous l'implorâmes avec des accents si éloquents qu'elle finit par céder. Nous entraînant à l'écart pour que les jumeaux ne puissent pas entendre, elle chuchota :

— Il existe une cachette où vous pourrez tout voir sans être vus. Mais vous deux seulement. Les petits, ce serait trop risqué. Ils sont trop jeunes et vous savez qu'ils sont incapables de rester plus de deux secondes sans bouger. Carrie pousserait probablement des hurlements de joie qui alerteraient tout le monde. Alors, vous allez me donner votre parole d'honneur de ne rien leur dire.

Nous promîmes solennellement.

Maman repartie, nous chantâmes des noëls en chœur et le reste de la journée se passa assez agréablement bien que le panier pique-nique ne recelât rien d'extraordinaire : des sandwiches au jambon qui arrachèrent une grimace de dépit aux jumeaux et de la dinde si froide qu'elle devait sortir du réfrigérateur. Les derniers vestiges du Thanksgiving.

Comme la nuit tombait très vite, je passai la plus grande partie de mon temps à regarder la maison de poupée tandis que Carrie et Cory, tout heureux, jouaient avec les minuscules figurines de porcelaine et les précieuses miniatures.

C'est drôle ce que peuvent vous apprendre des objets inanimés qu'une petite fille, autrefois, était autorisée à regarder mais qu'il lui était interdit de toucher. Plus tard, on avait donné la maison de poupée à une autre petite fille et l'on avait brisé le globe de verre protecteur afin qu'elle puisse toucher les petits personnages et être punie si elle cassait quelque chose.

Je me demandai, prise d'un effroi soudain, ce que casseraient Carrie ou Cory, et quel serait leur châtiment.

Le bal de Noël

Fidèle à sa parole, maman se glissa furtivement dans notre chambre peu de temps après que les jumeaux se furent endormis. Elle était si belle que mon cœur se gonfla de fierté et d'admiration, avec, aussi, un peu d'envie, reconnaissons-le. Elle portait une jupe longue verte évasée et un corsage de velours ton sur ton mais d'un vert plus soutenu, si décolleté qu'il révélait plus que la naissance des seins. Elle avait des pendants d'oreilles en brillants et en émeraudes. Son parfum me faisait penser à un jardin d'Orient aux arômes musqués sous la lune. Rien d'étonnant si Chris la contemplait de cet air fasciné. *Oh ! Mon Dieu, faites que je sois un jour pareille à elle*, priai-je dans un désir silencieux. *Faites que j'aie, moi aussi, toutes ces courbes qui exercent tant de séduction sur les hommes.*

Elle nous entraîna le long des vastes et obscurs corridors de l'aile nord vers la fameuse cachette dont elle nous avait parlé.

— C'est là que je me dissimulais quand j'étais petite pour voir les invités à l'insu de mes parents quand ils recevaient, dit-elle à voix basse. À deux, vous serez serrés mais c'est le seul endroit où vous pourrez voir sans être vus. Mais vous allez me promettre à nouveau de ne faire aucun bruit. Si vous avez sommeil, vous rentrerez discrètement dans votre chambre. Vous vous rappellerez le chemin ?

Elle nous recommanda de ne pas rester plus d'une heure car, si les petits se réveillaient et s'apercevaient qu'ils étaient seuls, ils auraient peur et risqueraient de sortir pour se mettre à notre recherche. Et Dieu seul savait alors ce qui pourrait arriver !

Nous nous glissâmes à l'intérieur d'un massif bahut noir muni de portes comme une armoire. C'était inconfortable et l'on manquait d'air mais les fines mailles de l'espèce d'écran qu'il y avait au fond permettaient de voir assez bien.

Maman s'éclipsa silencieusement.

Très loin au-dessous de nous, nous apercevions une pièce immense éclairée par trois gigantesques lustres d'or et de cristal qui pendaient au plafond – un plafond si haut qu'on ne le voyait pas. Chacun de ces lustres possédait cinq rangées de bougies. Je n'en avais jamais vu autant allumées en même temps. Des centaines de personnes en grande toilette se pressaient dans la salle, riant et bavardant. Dans un coin se dressait un colossal arbre de Noël qui dépassait l'imagination. Il avait sûrement plus de six mètres de haut et brillait de tous ses feux. Des milliers de lumières dorées faisaient étinceler ses ornements multicolores et nous aveuglaient.

Une armée de valets de pied en livrée noir et rouge se croisaient, portant des plateaux d'argent chargés de rafraîchissements qu'ils disposaient sur de longues tables. D'une énorme fontaine de cristal s'écoulait un liquide ambré qui ruisselait dans une coupe d'argent et autour de laquelle se pressaient des hommes et des femmes armés d'un verre tulipe. Il y avait aussi deux coupes à punch également en argent où l'on aurait pu baigner un enfant. C'était beau, c'était splendide, c'était passionnant, c'était grisant… et c'était si bon de savoir que la joie continuait d'exister par-delà notre porte verrouillée.

— Cathy, me souffla Chris à l'oreille, je vendrais mon âme au diable rien que pour une seule gorgée de la liqueur qui coule de ce récipient !

Il m'enlevait les mots de la bouche.

Je n'avais jamais eu aussi faim ni aussi soif, je ne m'étais jamais sentie aussi démunie, et pourtant nous étions tous deux captivés, étourdis, éblouis, ensorcelés à la vue des splendeurs que la richesse permet de se procurer et d'étaler.

Nous regardions les couples qui évoluaient sur la piste de danse, pour la plupart jeunes et beaux, nous nous extasions sur les costumes, les coiffures et nous nous interrogions sur les rapports qui existaient entre les danseurs. Mais c'était surtout notre mère que nous buvions des yeux. Elle était au centre de l'attention générale. Le plus souvent, elle avait pour cavalier un homme grand et beau aux cheveux noirs et à l'épaisse moustache. Ce fut lui qui alla lui chercher un verre et des amuse-gueule et ils s'assirent sur un canapé de velours pour les déguster. Un peu trop près l'un de l'autre, à mon avis.

Trois cuisiniers officiaient derrière les tables. Ils étaient en train de confectionner ce qui me parut être des crêpes et de faire cuire des petites saucisses dont il les garniraient ensuite. L'odeur qui montait nous faisait venir l'eau à la bouche.

Nos repas étaient monotones et fastidieux : des sandwichs, de la soupe, le sempiternel poulet rôti et la non moins sempiternelle salade de pommes de terre. Et nous avions sous les yeux des mets à faire rêver. Et c'était chaud ! Nous, ce que nous mangions était rarement tiède. Nous gardions le lait dans l'escalier du grenier pour qu'il ne tourne pas et, parfois, il était recouvert d'une pellicule de glace.

Par moments, maman disparaissait en compagnie de l'homme à la moustache. Où allaient-ils ? Que faisaient-ils ? Est-ce qu'ils s'embrassaient ? Il était visible que maman le fascinait. Il ne pouvait détacher les yeux de son visage ni empêcher ses mains de la frôler. Quand ils dansaient, il collait sa joue contre celle de maman et quand ils cessaient de danser, il la tenait par les épaules ou par la taille. Une fois, même, il eut l'audace de lui toucher la poitrine. Je m'attendais que maman lui expédie une bonne claque. Moi, c'est ce que j'aurais fait à sa place. Mais elle se contenta de se détourner en riant et lui dit quelque chose, sûrement un avertissement, genre « ne faites pas ça en public ». Il sourit alors, et porta la main de maman à ses lèvres. Leurs regards étaient soudés l'un à l'autre.

— Chris, tu as remarqué l'homme qui est avec maman ?

— Bien sûr. Il est aussi grand que papa.

— Tu as vu ce qu'ils viennent de faire ?

— Quoi ? Ils mangent, ils boivent, ils rient, ils parlent, ils dansent comme tout le monde. Tu te rends compte que lorsque maman aura hérité de tout cet argent, on pourra avoir des soirées pareilles à Noël et pour nos anniversaires ! Peut-être même que des gens qui sont ici ce soir y assisteront. On enverra des invitations à nos amis de Gladstone. Tu imagines leur surprise quand ils verront tout ça ?

Au même moment, maman et ce bonhomme se levèrent et s'éloignèrent.

Soudain, la grand-mère fit son entrée sans regarder ni à gauche ni à droite, sans sourire à personne. Elle n'était pas en gris – et cela suffit à nous estomaquer. Elle portait une longue robe de velours rouge ajustée devant et qui bouffait par-derrière ; ses cheveux, ramenés en chignon au sommet de sa tête, étaient savamment bouclés. Sa gorge, ses oreilles, ses poignets, ses doigts étaient un ruissellement de rubis et de diamants. Qui aurait pu penser que cette femme à l'allure majestueuse était la menaçante grand-mère qui nous rendait visite chaque jour ?

Et puis, nous le vîmes. Lui… notre grand-père inconnu.

Je retins mon souffle. Il ressemblait beaucoup à ce qu'aurait été notre père s'il avait vécu assez longtemps pour devenir vieux et débile. Il était dans un fauteuil d'invalide nickelé, vêtu d'un smoking. Un nœud noir barrait la blancheur de son plastron. Ses cheveux qui se dégarnissaient avaient des luisances d'argent aux lumières.

Vue de notre observatoire, sa peau paraissait lisse et sans rides.

Il avait l'air frêle mais était encore étrangement beau pour un vieillard de soixante-sept ans dont la fin était prochaine. Soudain, atterrés, nous le vîmes lever la tête. Son regard se braqua droit sur notre cachette. Ce fut un instant terrifiant. On aurait dit qu'il savait que nous étions là, aux aguets derrière le fin réseau du grillage. Un léger sourire joua sur ses lèvres. Seigneur ! Que signifiait ce sourire ?

Et pourtant, il ne donnait pas l'impression d'être aussi dépourvu d'entrailles que la grand-mère. Se pouvait-il vraiment qu'il fût le tyran cruel que nous supposions ? Les sourires aimables qu'il distribuait à ceux qui venaient lui serrer la main et lui taper sur l'épaule semblaient empreints de bienveillance. Ce n'était qu'un vieil homme infirme – qui, d'ailleurs, ne paraissait pas si mal portant. C'était cependant cet homme qui avait ordonné que notre mère fût fouettée au sang sous ses yeux. Malcolm Neal Foxworth, l'homme qui avait jeté à la rue sa jeune belle-mère et son petit garçon.

Pauvre maman ! Qui pouvait lui reprocher d'être tombée amoureuse de son jeune demi-oncle, si beau, si plein de charme ? Avec des parents comme ceux qu'elle nous avait dépeints, il fallait qu'elle eût quelqu'un à aimer et qui l'aimât.

L'amour, ça ne se commande pas.

On n'est pas maître de son choix si Cupidon vise mal.

Tels étaient les propos que nous échangions à voix basse.

Soudain, nous entendîmes des pas qui se dirigeaient vers notre cachette.

— Corinne n'a absolument pas changé, dit une voix d'homme. Elle est encore plus belle qu'avant. Et encore plus mystérieuse. C'est une femme très énigmatique.

— Ha ! Vous dites cela parce que vous avez toujours eu un faible pour elle, répliqua une voix féminine. Malheureusement, elle n'avait d'yeux que pour Christopher Foxworth. Ah ! Lui, c'était autre chose. Mais je suis stupéfaite que cette paire de bigots fanatiques et bornés aient fini par pardonner à leur fille d'avoir épousé son demi-oncle.

— Bien forcé ! Quand on a perdu deux enfants, on ne peut faire autrement que d'ouvrir les bras au dernier qui reste.

— C'est quand même drôle, la vie, vous ne trouvez pas ? demanda la femme avec des inflexions que l'alcool rendait rauques. Trois enfants et ce sera la fille qu'ils détestaient et qu'ils avaient rejetée qui héritera de tout.

L'homme eut un ricanement aviné.

— Elle n'a pas toujours été détestée. Vous ne vous souvenez pas comme le vieux l'adorait ? Jusqu'au jour où elle s'est enfuie pour filer le parfait amour avec Christopher, elle était incapable, à ses yeux, de faire quoi que ce soit de répréhensible. Mais sa mégère de mère ne pouvait pas la souffrir. La jalousie, peut-être. En tout cas, quelle aubaine pour Bartholomew Winslow que cette caille lui tombe toute rôtie dans le bec ! J'envie sa chance.

— Je m'en doute, fit la femme sur un ton sarcastique en posant sur le bahut au fond duquel nous étions tapis quelque chose qui, d'après le bruit, devait être un verre où tintait un glaçon. Une femme belle, jeune et riche, c'est un présent du ciel. Mais ce n'est pas pour un jobard comme vous, Albert Donne. Jamais Corinne ne poserait les yeux sur vous. Encore moins maintenant que quand vous étiez jeune. D'ailleurs, je suis là.

Le couple s'éloigna en se querellant. Il y avait à présent pas mal d'allées et venues autour de nous. Nous commencions à en avoir assez de jouer les voyeurs et nous avions tous les deux une envie terrible d'aller aux toilettes. Et puis, nous nous faisions du mauvais sang pour les jumeaux, tout seuls dans la chambre. Si jamais un invité s'y aventurait et les découvrait, tout le monde, y compris le grand-père, saurait que notre mère avait quatre enfants.

Maintenant, une petite foule bavarde, rieuse et assoiffée s'était agglutinée autour de notre cachette. Un temps fou s'écoula avant qu'elle ne se disperse et que nous puissions ouvrir la porte du bahut avec le plus grand luxe de précautions. Personne en vue. Ventre à terre, nous nous ruâmes dans le couloir et regagnâmes notre prison, hors d'haleine et la vessie pleine à déborder, sans avoir été ni vus ni entendus.

Les jumeaux n'avaient pas bougé. Ils dormaient profondément, chacun dans son lit.

Restait à savoir qui, de Chris ou de moi, ferait usage de la salle de bains le premier. La question fut promptement réglée : il me poussa sur un lit et s'engouffra à mon grand dépit dans la salle de bains où il s'enferma à clé. Il y resta une éternité. Je râlais ferme.

Quand nous eûmes l'un et l'autre sacrifié à la nature, nous refîmes la paix et nous mîmes à discuter de ce qu'il nous avait été donné de voir et d'entendre.

— Tu crois que maman songe à se marier avec ce

Bartholomew Winslow ? demandai-je à Chris avec mon anxiété habituelle.

— Que veux-tu que j'en sache ? répondit-il avec désinvolture. En tout cas, tout le monde a l'air de le croire et, évidemment, ces gens-là connaissent mieux que nous cette facette de la personnalité de maman.

Qu'est-ce qu'il racontait ? Qui pouvait donc la connaître mieux que ses propres enfants ?

— Que veux-tu dire, Chris ?

— Les êtres ne sont pas tout d'une pièce, Cathy. Pour nous, notre mère est notre mère. Pour d'autres, elle est une jeune et séduisante veuve qui sera vraisemblablement l'héritière d'une immense fortune. Quoi d'étonnant si les papillons se précipitent pour faire la ronde autour de cette femme éclatante ?

Eh bien ça ! Et il affichait une parfaite indifférence, comme s'il s'en moquait éperdument. Mais je savais que ce n'était qu'un masque. Je me flattais de connaître mon frère sur le bout des doigts. Il devait souffrir intérieurement, comme moi, parce qu'il ne voulait pas que notre mère se remarie, c'était certain. Je le scrutai en mobilisant toutes mes ressources d'intuition… Ah ! Il était loin d'être aussi détaché qu'il le paraissait, et j'en étais heureuse.

Je soupirai. J'aurais tant voulu être, moi aussi, une éternelle optimiste. Mais j'étais intimement convaincue que la vie me ferait toujours passer de Charybde en Scylla. Je devrais lutter contre moi-même pour être tout le temps gaie – comme Chris. Il fallait apprendre à cacher mes angoisses. À sourire, à ne jamais être morose et à refouler ma lucidité.

Nous avions déjà parlé entre nous d'un éventuel

remariage de notre mère et nous y étions l'un comme l'autre hostile. À nos yeux, elle appartenait toujours à notre père et nous voulions qu'elle demeurât fidèle à sa mémoire, qu'elle ne reniât pas son premier amour. Et puis, si elle se remariait, que se passerait-il pour nous ? Le beau Winslow avec sa grosse moustache accepterait-il quatre enfants en prime ?

— Cathy, as-tu songé que c'est le moment rêvé pour explorer la maison ? fit Chris d'une voix rêveuse. La porte n'est pas fermée, les grands-parents sont en bas, maman est occupée. C'est l'occasion ou jamais de faire une reconnaissance.

— Non ! protestai-je avec effroi. Imagine que la grand-mère l'apprenne... Elle nous fouetterait tous les quatre à nous arracher la peau.

— Tu n'auras qu'à rester avec les jumeaux, répliqua-t-il avec une singulière fermeté. Si je me fais prendre, mais je ne me ferai pas prendre, ce sera moi et moi seul qui serai fouetté. Dis-toi que nous serons peut-être bien contents, un jour, de savoir comment nous y prendre pour nous évader. D'ailleurs, pour le cas où quelqu'un me verrait, je vais me déguiser, ajouta-t-il avec un sourire d'amusement.

Se déguiser ? Comment ?

J'avais oublié le capharnaüm du grenier. Quand Chris en redescendit quelques minutes plus tard, il était affublé d'un costume démodé dans lequel il ne flottait pas trop. Une perruque noire récupérée au fond d'une malle dissimulait ses cheveux hlonds et il s'était fabriqué une moustache au crayon gras. S'il ne faisait pas trop clair, il pourrait peut-être passer pour un homme de petite taille – et ridiculement fagoté.

Il se mit à parader en bombant le torse. Puis, le corps penché en avant et secouant la cendre d'un cigare imaginaire, il singea la démarche de Groucho. Enfin, il se planta devant moi et s'inclina profondément en soulevant respectueusement d'un geste large un non moins invisible haut-de-forme. Je ne pus m'empêcher de rire et il en fit autant, et pas seulement des yeux, avant de se redresser.

— Maintenant, dis-moi franchement s'il te viendrait à l'idée que ce sinistre et noir nabot appartient au clan Foxworth, célèbre par ses géants ?

En aucun cas ! Qui avait jamais vu un Foxworth de cet acabit ?

— D'accord, Chris, arrête ton numéro. Va et découvre ce que tu pourras découvrir mais ne t'absente pas trop longtemps. Je n'aime pas quand tu n'es pas là.

Il s'approcha de moi et murmura sur un ton caverneux de conspirateur de théâtre :

— Gente demoiselle, je ne tarderai pas à revenir en ramenant les ténébreux et mystérieux secrets que recèle cette immense et antique demeure.

Et, profitant de ma surprise, il me piqua un baiser sur la joue.

Des secrets ? Et il prétendait que c'était moi qui avais tendance à exagérer ! Qu'est-ce qui lui prenait ? Comme s'il ne savait pas que le seul secret qu'il y avait, c'était nous !

J'avais déjà pris mon bain, je m'étais lavé les cheveux et j'avais enfilé ma chemise de nuit. Pas celle que je mettais d'habitude, bien sûr, mais une de celles que « le Père Noël » m'avait apportées. C'était une ravissante chemise de nuit toute blanche avec des manches longues et des poignets plissés, égayée d'un ruban de satin bleu, avec de la dentelle partout, des fronces par-devant et par-derrière et des roses en broderie anglaise. Bref, quelque chose d'exquis. J'avais l'impression d'être jolie comme un cœur.

Chris m'examina de la tête aux pieds et il y avait dans ses yeux quelque chose qu'ils n'avaient jamais dit aussi éloquemment. Il avait l'air impressionné, ébloui. Comme tout à l'heure quand il avait si longuement regardé le corsage de velours vert de maman. Au fond, il n'y avait pas à s'étonner qu'il m'ait embrassée : je ressemblais tellement à une princesse.

Debout devant la porte, il hésita, les yeux toujours fixés sur ma nouvelle chemise de nuit. Je le devinais tout heureux à l'idée de jouer le rôle du preux et vaillant chevalier, défenseur de sa belle, des petits enfants et de quiconque s'en remettait de confiance à sa hardiesse.

— Christopher, chuchotai-je, il ne te manque qu'un blanc palefroi.

— Non, répondit-il sur le même ton, une licorne et la tête glauque d'un dragon fichée à la pointe de ma lance. Je reviendrai dans ma blanche et scintillante armure, chevauchant à travers les tempêtes d'août, le soleil sera à son zénith et quand je descendrai de mon destrier, j'aurai trois mètres cinquante. Aussi, veillez à faire preuve de respect quand vous m'adressez la parole, dame Catherine.

— Oui-da, noble seigneur. Partez donc et terrassez ce dragon mais faites vite car tant de menaces planent sur moi et sur les miens dans ce château aux froides pierres dont tous ponts-levis sont levés et les herses baissées.

— Adieu et soyez sans crainte. Je serai sous peu de retour pour veiller sur vous et sur les vôtres.

Je pouffai en me couchant à côté de Carrie.

Le sommeil, cette nuit, se dérobait. Je songeais à ma mère et à ce Winslow, à Chris, aux garçons, aux hommes – et à l'amour. J'entendais la musique, en bas. Tout en m'abandonnant à ces rêveries, je posai la main sur la petite bague ornée d'un grenat que mon père m'avait glissée au doigt quand j'avais sept ans. Il y avait longtemps qu'elle était devenue trop petite. C'était, maintenant, au bout d'une mince chaînette en or que je portais mon talisman.

Joyeux Noël, papa.

Les explorations de Christopher et leurs répercussions

Je fus réveillée en sursaut par deux mains qui me secouaient brutalement. Ce fut à peine si, dans mon effroi, je reconnus ma mère. Le regard enflammé, elle me demanda avec emportement :

— Où est ton frère ?

Médusée de l'entendre me parler sur ce ton et de la voir ainsi perdre sa maîtrise de soi, je me recroquevillai sur moi-même et tournai la tête vers l'autre lit. Il était vide. Oh ! Chris s'était absenté trop longtemps.

Que faire ? Mentir pour le protéger ? Non. Maman nous aimait. Elle comprendrait.

— Il est allé visiter les chambres de l'étage.

Sincèrement, n'était-ce pas la meilleure réponse ? Nous ne mentions jamais à notre mère, nous ne nous mentions jamais. Ce n'était qu'à la grand-mère qu'on mentait, et seulement lorsque c'était nécessaire.

Empourprée par un regain de fureur qui était, cette fois, dirigée contre moi, elle poussa un juron ordurier.

Il allait de soi que son bien-aimé fils aîné qui bénéficiait d'une faveur toute spéciale ne lui aurait jamais fait défection s'il n'avait pas subi une influence diabolique ! Elle me secoua si violemment que j'avais l'impression d'être une poupée de chiffon.

— Dorénavant, je ne vous autoriserai jamais plus ni l'un ni l'autre, pour quelque raison que ce soit et en aucune circonstance, à sortir de votre chambre. Vous m'aviez donné votre parole et vous ne l'avez pas tenue. Comment pourrai-je avoir confiance en vous, désormais ? Moi qui croyais pouvoir me fier à vous, qui croyais que vous m'aimiez, que vous ne me trahiriez jamais…

J'écarquillai les yeux. Nous ? Nous l'avions trahie ? J'étais sidérée qu'elle puisse se comporter comme elle le faisait. Il me semblait que c'était elle qui nous trahissait.

— Mais, maman, nous n'avons rien fait de mal. Nous n'avons pas fait le moindre bruit dans le bahut. Il y avait des gens qui allaient et venaient mais personne n'a su que nous étions là. Personne ! Et tu ne peux pas nous dire que tu ne nous laisseras plus sortir. Tu ne vas pas nous laisser enfermés ici toute la vie !

Elle me dévisagea d'une drôle de façon sans répondre. Elle avait l'air tourmenté. Je crus qu'elle allait me gifler, et puis non. Elle me lâcha et fit demi-tour, mais au moment où elle allait partir, sans doute dans l'intention de se mettre à la recherche de Chris, la porte s'ouvrit et mon frère entra silencieusement. Il se tourna vers moi, ouvrant déjà la bouche pour dire quelque chose. Au même instant, il vit notre mère et une expression étrange se peignit sur ses traits. Ses yeux ne s'éclairèrent pas comme ils le faisaient d'habitude à la vue de maman.

Elle s'approcha de lui à grands pas et lui assena une claque retentissante. Avant qu'il eût le temps de se remettre de sa surprise, elle le gifla rageusement sur l'autre joue.

— Si jamais tu recommences, Christopher, c'est moi qui te donnerai le fouet. Et pas seulement à toi. À Cathy aussi.

Le peu de couleur qu'avait encore Chris, dont le teint était étrangement pâle, s'envola. Il n'y avait plus que deux grosses marques rouges sur ses joues livides, semblables à la trace laissée par des mains sanglantes.

Je sentis, moi aussi, mon sang refluer. Mes oreilles me picotaient et j'avais l'impression de me liquéfier en regardant cette femme qui me faisait soudain l'effet d'une étrangère, d'une femme que nous ne connaissions pas et que nous n'avions aucune envie de connaître. Était-ce là notre mère qui nous parlait toujours avec tant de tendresse et d'amour ? Qui était si sensible à la détresse que provoquait en nous cette interminable claustration ? Était-ce l'influence de la maison qui pesait déjà sur elle et la rendait différente ? D'un seul coup, ce fut comme une illumination… oui, une foule de petits détails qui, en s'additionnant… Elle était en train de changer ! Elle ne nous rendait plus visite aussi souvent. Pas tous les jours et, en tout cas, plus deux fois par jour comme au début. Et… oh ! j'étais terrifiée comme si tout ce en quoi nous avions confiance, tout ce sur quoi nous nous reposions nous était soudain arraché, comme si le sol se dérobait sous nos pieds, comme si nous étions dépossédés de tout hormis de nos jouets, de nos jeux et de nos cadeaux.

Elle dut lire dans le regard atterré de Chris quelque

chose qui fit fondre sa colère car elle le prit dans ses bras et lui couvrit le visage de baisers pour effacer le mal qu'elle avait fait. Elle l'embrassait, caressait ses cheveux, tapotait ses joues.

— Je suis désolée, mon chéri. (Elle avait les larmes aux yeux et il y en avait dans sa voix.) Pardonne-moi, pardonne-moi, je t'en supplie. N'aie pas peur. Comment peux-tu avoir peur de moi ? Je ne pensais pas vraiment ce que je disais. Je t'aime, tu le sais bien. Jamais je ne t'aurais donné le fouet, pas plus à Cathy qu'à toi. M'est-il arrivé de vous fouetter ? Je ne suis plus moi-même parce tout se ligue contre moi... contre nous et il ne faut surtout pas que vous fassiez quoi que ce soit qui risquerait de tout gâcher. C'est uniquement à cause de cela que je t'ai frappé.

Naturellement, il lui pardonna. Moi aussi. Et, naturellement, nous tenions à savoir quels étaient les obstacles qui se dressaient sur son chemin et sur le nôtre.

— S'il te plaît, maman, explique-nous de quoi il s'agit.

— Une autre fois. (Elle avait terriblement hâte de redescendre avant que l'on s'aperçoive de son absence.) Une autre fois, demain, peut-être, je vous dirai tout.

Elle embrassa tour à tour Carrie et Cory endormis.

— Tu m'as pardonné, Christopher ?

— Oui, maman. Je comprends. Nous n'aurions pas dû quitter notre chambre. Je n'aurais jamais dû partir en exploration.

— Bon Noël, dit-elle en nous souriant. Et à très bientôt.

La porte se referma derrière elle, la clé cliqueta dans la serrure.

Notre premier Noël de captivité avait vécu. La pendule du couloir avait sonné 1 heure. Nous avions plein de cadeaux, une télé, le jeu d'échecs que nous avions réclamé, un tricycle rouge et un tricycle bleu, des vêtements neufs, épais et chauds, plus tout un stock de confiserie et nous avions eu, Chris et moi, une soirée splendide… en un sens. Mais quelque chose avait fait irruption dans notre vie, un aspect de notre mère que nous ignorions auparavant. L'espace de quelques instants, maman nous était apparue exactement semblable à la grand-mère.

Nous étions allongés serrés l'un contre l'autre sur le lit à côté de Carrie. Il faisait noir. Chris enroulait une mèche de mes cheveux sur son doigt. Ma tête était sur sa poitrine et j'entendais son cœur rythmer l'écho lointain de l'orchestre.

— C'est terriblement compliqué de grandir, tu ne trouves pas, Chris ?

— C'est vrai.

— J'avais toujours cru que, quand on est une grande personne, on sait comment mener sa barque. Qu'on sait ce qui est mal et ce qui est bien. Je n'avais jamais pensé que les adultes pouvaient patauger comme nous.

— Si c'est à maman que tu fais allusion, elle ne pensait pas ce qu'elle disait. Je crois, sans en être tout à fait sûr, qu'un adulte qui, pour une raison ou une autre, retourne vivre chez ses parents redevient un enfant dépendant. Ils la tirent d'un côté et nous la tirons de l'autre. Et maintenant, il y a le moustachu. Lui aussi doit la tirer ! dans une troisième direction.

— J'espère bien qu'elle ne se remariera pas. Nous avons plus besoin d'elle que cet homme !

Il garda le silence.

— Et cette télé qu'elle nous a apportée ! Elle a attendu que son père lui en fasse cadeau alors qu'il y a des mois qu'elle aurait pu nous en acheter une au lieu de se payer toutes ses toilettes. Sans compter ses bijoux. Elle a tout le temps de nouvelles bagues, de nouveaux bracelets, de nouvelles boucles d'oreilles et de nouveaux colliers.

Il m'exposa longuement les motifs qui avaient guidé notre mère :

— Réfléchis un peu, Cathy. Si elle nous avait donné une poste de télévision dès le premier jour, nous serions restés cloués devant du matin au soir. Et nous n'aurions pas construit un jardin dans le grenier pour que les jumeaux puissent jouer. On serait restés en permanence à béer devant le petit écran. Pense à tout ce que nous avons appris au long de ces interminables mois ! À faire des fleurs et des animaux, par exemple. J'ai fait des progrès en peinture. Et songe à tous les livres que nous avons lus et qui nous ont meublé l'esprit. D'ailleurs, toi aussi, tu as changé.

— Moi ? J'ai changé ? En quoi ? (Comme il se contentait de hocher la tête d'un air vaguement embarrassé, je n'insistai pas.) Bon, tu n'es pas forcé de me faire des compliments, mais avant que tu te couches, tu vas me raconter tes découvertes. Il faut que tu me dises tout sans rien oublier, même tes pensées. Je veux avoir l'impression que j'étais avec toi, à ton côté, que j'ai vu tout ce que tu voyais, que j'ai éprouvé tout ce que tu éprouvais.

Il tourna la tête vers moi et plongea ses yeux dans les miens. Comme son regard était bizarre !

— Mais tu étais avec moi, Cathy. Je te tenais par la main, tu me parlais à l'oreille et je regardais avec encore plus d'intensité pour que tu puisses voir ce que je voyais.

La monstrueuse maison sur laquelle régnait l'ogre malade de l'étage du dessous l'avait intimidé : il suffisait d'entendre le son de sa voix pour le deviner.

— C'est une maison immense, Cathy. Comme un hôtel. Il y a une multitude de pièces, toutes meublées de façon luxueuse, mais qui, visiblement, ne servent pas. Rien qu'à cet étage, j'en ai compté quatorze et je crois bien que quelques-unes, plus petites, m'ont échappé.

— Ce n'est pas comme ça qu'il faut raconter, Chris ! (J'étais désappointée.) Il faut que je sente… comme si j'avais été avec toi. Recommence en me disant tout ce qui s'est passé depuis la seconde où tu as refermé la porte.

— D'accord, soupira-t-il comme à contrecœur. J'ai suivi le couloir obscur de l'aile et j'ai couru jusqu'à la grande rotonde centrale, où il y a le bahut où nous nous sommes cachés, près du balcon. Je n'ai pas cherché à visiter les pièces de l'aile nord. À partir du moment où je risquais d'être vu, il fallait que je sois prudent. En bas, la fête battait son plein. Il y avait encore plus de tapage et tout le monde avait l'air ivre. Il y avait un homme qui chantait une espèce de chanson inepte à propos de deux dents de devant qui lui manquaient et qu'il regrettait. C'était si incongru que je me suis prudemment approché de la balustrade pour jeter un coup d'œil dans la grande salle. Les gens paraissaient étrangement raccourcis et je me suis dit qu'il fallait que je m'en souvienne pour que, lorsque je dessinerais des personnages en plongée, ils semblent naturels. Dans une peinture, la perspective fait toute la différence.

Pas seulement dans la peinture, si vous voulez mon avis !

— Bien sûr, poursuivit-il après que je l'eus pressé de continuer, c'était maman que je cherchais mais les seules personnes que j'ai reconnues, c'étaient nos grands-parents. Le grand-père commençait visiblement à être fatigué. Une infirmière était venue le chercher. J'ai ainsi pu voir la direction qu'elle prenait pour le reconduire dans sa chambre.

— Elle avait un uniforme blanc ?

— Évidemment. Sans cela, comment aurais-je pu savoir que c'était une infirmière ?

— Continue. Et, surtout n'oublie rien.

— Après le départ du grand-père, la grand-mère s'est retirée à son tour. Et puis j'ai entendu des voix dans l'escalier. Tu n'as jamais vu quelqu'un se mouvoir plus vite que je l'ai fait. Comme je ne pouvais pas me cacher dans le bahut, je me suis tapi derrière une armure dressée sur un socle dans un coin. Et sais-tu qui était en train de monter l'escalier ? Maman. Elle était accompagnée par l'homme à la moustache.

— Qu'est-ce qu'ils ont fait ? Pourquoi étaient-ils montés ?

— Ils ne m'ont pas vu dans mon coin sombre.

Parce qu'ils étaient trop occupés l'un par l'autre, je suppose. L'homme voulait voir le lit de maman.

— Son lit ? Il voulait voir son lit ? Pourquoi ?

— Ce n'est pas un lit comme les autres. Le type disait : « Il est grand temps que vous me montriez ce lit fabuleux dont on m'a tant parlé. » Je crois que maman se tourmentait. Elle se demandait si nous étions toujours dans le bahut. Elle regardait dans cette direction et elle paraissait mal à l'aise. Mais elle a accepté. « C'est entendu, Bart, lui a-t-elle dit. Mais nous ne nous attarderons pas parce que vous savez ce que penseraient les gens si notre absence s'éternisait. » L'homme a alors répliqué sur un ton taquin : « Non, je ne vois pas du tout. Expliquez-moi. Que penseraient-ils ? » C'était comme un défi. Comme s'il voulait dire : qu'ils pensent donc ce qu'ils veulent ! Cela m'a mis en rogne de l'entendre dire ça.

Chris s'interrompit. Sa respiration s'était accélérée et était plus bruyante. Je le connaissais comme un livre que j'aurais relu cent fois.

— Tu ne me dis pas tout, Chris ! Tu la protèges. Tu as vu quelque chose dont tu ne veux pas me parler. C'est déloyal ! Tu sais que le jour même où nous sommes arrivés à Foxworth Hall, nous sommes convenus d'être toujours francs et sincères l'un envers l'autre. Alors, tu vas me dire ce que tu as vu.

— Bah ! répondit-il en se tortillant et en détournant les yeux, quelques baisers, c'est sans grande importance.

Du coup, je sortis de mes gonds :

— Quelques *baisers* ? Il a embrassé maman ? Plusieurs fois ? Et c'étaient des baisers comment ? Sur la main ? Ou des vrais, sur la bouche ?

J'avais toujours la tête appuyée contre lui et je sentis à travers sa veste de pyjama sa poitrine devenir brûlante.

— C'étaient des baisers passionnés, hein ? Il l'a embrassée et elle se laissait faire, peut-être même qu'il lui a touché les seins et tapé sur les fesses comme j'ai vu papa le faire un jour alors qu'il ne savait pas que j'étais là et que je regardais. N'est-ce pas, Christopher ? N'est-ce pas ?

— Qu'est-ce que cela change ? fit-il d'une voix étranglée. Quoi qu'il ait fait, elle n'a pas paru offusquée mais, moi, cela m'a rendu malade.

Moi aussi, ça me rendait malade. Maman était veuve depuis seulement huit mois mais parfois, huit mois, cela peut être aussi long que huit ans. Et puis, qu'importait le passé, après tout, quand le présent était aussi enivrant et exaltant... parce que vous pensez bien que je devinais qu'il s'était passé beaucoup de choses dont Chris ne me parlerait jamais.

— Je ne sais pas ce que tu vas t'imaginer, Cathy, mais maman lui a ordonné d'arrêter, le menaçant de ne pas lui montrer sa chambre.

— Mon Dieu ! Je parie qu'il a fait des choses indécentes !

— Juste des baisers, rétorqua mon frère, les yeux fixés sur le petit arbre de Noël. Des baisers et quelques caresses. Mais cela ne faisait pas briller les yeux de maman. Et puis, il lui a demandé si le lit cygne avait appartenu autrefois à une courtisane française.

— Au nom du ciel, qu'est-ce qu'une courtisane française ?

Christ toussota.

— J'ai cherché le mot dans le dictionnaire. C'est une femme qui réserve ses faveurs aux nobles ou aux rois.

— Ses faveurs ? Quelles faveurs ?

— Celles que les riches achètent. Maman lui a répondu que jamais un lit pareil ne serait entré dans cette maison. Si beau qu'il eût été, un lit de mauvaise réputation aurait été brûlé et l'on aurait dit des prières pour sa rédemption. Ce lit cygne était celui de sa grand-mère. Quand elle était partie, maman brûlait d'envie de s'installer dans sa chambre mais il n'en était pas question parce que ses parents craignaient qu'elle soit contaminée par le fantôme – la grand-mère en question n'était pas précisément une sainte, et pas exactement une courtisane non plus. À ce moment, elle a eu un petit rire sec et amer et a ajouté que ses parents la jugeaient à présent si dépravée que rien de ce qu'elle pourrait faire ne saurait la pervertir davantage. Finalement, elle a dit : « Juste un petit coup d'œil, alors, Bart, et nous redescendons rejoindre les invités. » Sur ce, ils ont disparu dans un couloir aux lumières tamisées. Comme ça, je savais en gros dans quelle direction était la chambre de maman. Après avoir bien regardé dans tous les sens, je suis sorti de derrière l'armure et je me suis rué sur la première porte venue, pensant que comme il y faisait noir, la pièce était vide. J'ai refermé sans bruit et je suis resté parfaitement immobile pour m'imprégner de l'odeur et de l'atmosphère de la pièce comme tu m'as dit que tu le fais. J'avais ma lampe de poche et j'aurais pu l'allumer tout de suite mais je voulais savoir comment fonctionne cette intuition qui te rend si méfiante et si soupçonneuse quand tout me paraît, à moi, parfaitement normal. Eh bien, c'est toi qui as raison ! Si j'avais allumé, je n'aurais peut-être pas remarqué ce que cette odeur avait d'insolite. C'était une odeur pas naturelle qui me mettait mal à l'aise et me faisait presque peur. Et j'ai bien failli tourner de l'œil !

— Qu'est-ce que tu as vu ? Un monstre ?

— Un monstre ? *Des* monstres, tu veux dire ! Des monstres à la douzaine ! En tout cas, leurs têtes accrochées aux murs. Tout autour de moi brillaient des yeux – des yeux d'ambre, des yeux verts, des yeux topaze, des yeux jaunes. C'était terrifiant. La lumière qui filtrait par la fenêtre, bleuâtre à cause de la neige, faisait luire les crocs d'un lion dont la gueule béante poussait un rugissement silencieux. Avec sa crinière fauve, il avait une tête énorme et son expression était celle de la souffrance ou de la fureur. Et, je ne sais pas pourquoi, cette tête empaillée me faisait de la peine. Ce n'était plus qu'une décoration alors que ce lion aurait dû courir librement dans la savane.

Comme je comprenais ce qu'il voulait dire ! Ma souffrance était une montagne de rage !

— C'était une salle de trophées. Cathy. Il y avait un tigre et un éléphant à la trompe dressée. D'un côté, les fauves d'Afrique et d'Asie, en face les fauves américains : un grizzly, un ours noir du Canada, un lion du Pérou, une antilope, etc. J'en avais la chair de poule. Pourtant, je voudrais bien que tu la voies, cette pièce. Oui, il faudrait vraiment que tu la voies.

Mais je me moquais éperdument de sa salle des trophées. Ce qui m'intéressait, c'étaient les gens… leurs secrets.

— Il y avait une cheminée de pierre d'au moins six mètres de long au-dessus de laquelle trônait un portrait grandeur nature d'un jeune homme qui me rappelait tellement notre père que j'eus soudain envie de pleurer. Mais ce n'était pas lui. Je me suis approché. C'était un homme qui lui ressemblait presque trait pour trait – sauf les yeux. Il avait une tenue de chasse, une chemise bleue. Son fusil à la main, il était debout, le pied posé sur un tronc d'arbre. Je connais un peu la peinture, assez pour pouvoir dire que ce tableau est un chef-d'œuvre. Le peintre avait admirablement rendu la vérité de son modèle. Tu n'as jamais vu des yeux aussi durs, aussi glacés, aussi cruels, aussi impitoyables. Cela suffisait pour me faire comprendre que ce chasseur ne pouvait pas être notre père. J'ai regardé la petite plaque de métal fixée en bas du cadre doré. C'était le portrait de Malcolm Neal Foxworth, notre grand-père. D'après la date, papa avait cinq ans quand cette toile a été exécutée. Et tu sais qu'il en avait trois quand il a été mis à la porte de Foxworth Hall avec Alicia, sa mère. À l'époque, il vivait à Richmond.

— Continue.

— J'ai eu beaucoup de chance de ne pas me faire surprendre parce que j'ai visité toutes les pièces de cette aile. Et j'ai fini par découvrir l'appartement de maman. Il y avait une porte à double battant et deux marches à monter. Quand j'ai ouvert, j'ai cru me trouver dans un palais ! D'après les chambres que j'avais déjà vues, je m'attendais à quelque chose de somptueux mais j'en ai eu le souffle coupé. Cela dépassait l'imagination. Et c'était bien la chambre de maman car il y avait la photo de papa sur la table de nuit et je reconnaissais son parfum. Le fabuleux lit cygne occupait le milieu de la pièce. Oh ! Quel lit, mes aïeux ! Tu n'en as jamais vu de pareil. Figure-toi un cygne repliant son col délié pour enfoncer sa tête d'ivoire sous son aile au plumage ébouriffé. Un œil rouge ensommeillé. Ses deux ailes se recourbent doucement pour se rejoindre et envelopper un lit presque ovale. Avec un lit comme ça, il faut que les draps soient faits sur mesure. L'extrémité des ailes du cygne, en forme de doigts, retiennent des draperies translucides roses, violettes et pourpres. C'est vraiment quelque chose ! Elle doit se sentir une princesse là-dedans ! La moquette mauve pâle est si épaisse qu'on y enfonce jusqu'aux chevilles et une grande fourrure blanche sert de descente de lit. Il y a quatre lampadaires en cristal taillé, de plus d'un mètre de haut, filigranés d'or et d'argent. Deux d'entre eux ont des abat-jour noirs. Il y a une méridienne en ivoire, recouverte de velours rose et digne d'une orgie romaine. Mais ce n'est pas tout. Tu ne vas pas me croire… il y avait aussi un bébé cygne ! Tu te rends compte ? Un autre lit cygne placé au pied du premier et perpendiculaire à lui. Je te le dis, Cathy, il faut voir ça pour le croire.

Je savais qu'il avait vu beaucoup d'autres choses dont il ne me parlait pas. Plus que je ne devais moi-même en voir plus tard. Et c'était pour cela qu'il était intarissable sur ce lit pour passer le reste sous silence.

— Est-ce que cette maison est plus jolie que la nôtre, à Gladstone ?

Pour moi, en effet, notre maison style ranch de Gladstone – huit pièces et deux salles de bains et demie – était le nec plus ultra : il ne pouvait rien y avoir de mieux.

Chris hésita. Il lui fallut un moment pour trouver les mots justes car ce n'était pas un garçon qui parlait à la légère. Il les pesa soigneusement, et cela seul était déjà significatif.

— Non, ce n'est pas une jolie maison. Elle est grandiose, elle est immense, elle est somptueuse mais je ne la qualifierais pas de jolie.

Je comprenais ce qu'il voulait dire. Le mot « joli » évoque plus une intimité confortable et douillette que quelque chose de grandiose, de somptueux et d'immense.

Il ne nous restait plus qu'à nous dire « bonne nuit et tâche de ne pas te faire manger par les punaises ». Je l'embrassai sur la joue et le poussai hors de mon lit.

Il se coucha dans le sien, pelotonné contre Cory.

Dans l'obscurité, les minuscules lumières multicolores du petit arbre de Noël scintillaient comme les larmes que je voyais luire dans les yeux de mon frère.

Les longues saisons

Comme maman avait eu raison de dire que nous avions maintenant une fenêtre ouverte sur le monde ! Cet hiver, la télévision fut le pôle de notre existence. Comme tant d'invalides, de malades, de vieillards, nous nous dépêchions de manger, de faire notre toilette et de nous habiller pour pouvoir regarder d'autres gens vivre de fallacieuses existences.

En janvier, en février et pendant presque tout le mois de mars, il faisait beaucoup trop froid dans le grenier pour que nous y mettions les pieds. Une sorte de brume glacée flottait dans l'air qui estompait mystérieusement formes et couleurs. C'était effrayant, croyez-moi. Et déprimant – même Chris était obligé de le reconnaître.

Aussi étions-nous bien contents de nous cantonner dans la chambre où il faisait plus chaud et de regarder inlassablement l'écran, serrés les uns contre les autres. Les jumeaux adoraient la télé et ils ne voulaient jamais qu'on la coupe. Même la nuit, quand ils dormaient, il fallait qu'elle reste allumée pour que le début des émissions les réveille le lendemain. Cory, particulièrement, adorait voir en se réveillant les petits bonshommes assis derrière un bureau qui donnaient les nouvelles et annonçaient le temps qu'il allait faire. Entendre leurs voix était certainement une façon plus gaie d'aborder la journée que de contempler en ouvrant les yeux ces fenêtres perpétuellement obscurcies par les rideaux.

La télé nous façonnait, nous modelait, nous enseignait à épeler et prononcer les mots difficiles. Nous apprenions grâce à elle qu'il était d'une importance capitale d'être propres et hygiéniques, de ne pas sentir mauvais, d'astiquer le sol de la cuisine, de ne jamais laisser le vent vous décoiffer et que Dieu vous pardonne si vous aviez le malheur d'avoir des pellicules ! Le monde entier vous accablait alors de son mépris. J'aurais treize ans en avril – l'âge de l'acné – et je m'examinais quotidiennement dans la crainte de voir surgir à tout moment sur ma peau d'affreux boutons. Nous prenions les exhortations de la publicité à la lettre, persuadés que c'étaient les règles d'or qui nous permettraient d'échapper à toutes les chausse-trapes de la vie.

Chaque jour nous transformait un peu plus, Chris et moi. C'étaient surtout nos corps qui changeaient. Des poils poussaient là où nous n'en avions jamais eu – de drôles de poils crépus et ambrés, plus foncés que nos cheveux. Cela ne me plaisait pas du tout et chaque fois que j'en repérais un, je l'arrachais avec la pince à épiler. Mais c'était comme la mauvaise herbe : plus on en enlevait, plus ils repoussaient. Un jour. Chris me surprit un bras en l'air, fort occupée à traquer un de ces poils qui déshonoraient mon aisselle pour l'extirper sans pitié.

— Qu'est-ce que tu fabriques ?

— Je ne veux pas me raser sous les bras et je ne veux pas non plus utiliser la crème dépilatoire dont se sert maman. Elle sent mauvais.

— Quoi ? Tu veux dire que tu arraches tous les poils à mesure qu'ils poussent sur ton corps ?

— Évidemment. J'aime qu'il soit propre et lisse – contrairement à toi.

Il eut un sourire en coin.

— C'est un combat perdu d'avance, ma petite Cathy. Il est inévitable que les poils poussent là où ils poussent. Alors, fiche-leur la paix et cesse de rêver d'une peau de bébé. Dis-toi plutôt que c'est sexy.

Sexy ? Les gros seins, c'était sexy, oui, mais pas ces poils raides comme du crin. Je gardai cependant cette observation pour moi car ma poitrine commençait à s'agrémenter de deux espèces de petites pommes dures et j'espérais vivement que Chris ne l'avait pas remarqué. J'étais très contente de voir – quand j'étais en tête à tête avec moi-même – que je m'étoffais mais je ne voulais pas que d'autres s'en aperçoivent. Malheureusement, c'était là une vaine espérance à laquelle il me fallut renoncer car mon frère lorgnait très souvent ma poitrine. Or, quelle que fût l'ampleur de mes chandails ou de mes corsages, j'estimais que ces modestes protubérances portaient atteinte à la pudeur.

J'éprouvais des fourmillements, des sensations jusque-là inconnues. De singulières courbatures, des désirs flous. Je me réveillais en pleine nuit, je voulais quelque chose sans savoir quoi, vibrante et fiévreuse… un homme était avec moi, il me faisait quelque chose mais n'allait jamais jusqu'au bout, jamais… Je me réveillais toujours trop tôt avant d'atteindre les cimes où je savais qu'il m'aurait transportée – si seulement je ne m'étais pas réveillée malencontreusement.

Autre chose me faisait aussi me perdre en conjectures. C'était moi qui faisais les lits dès que nous étions habillés avant que la vieille sorcière nous apporte notre panier. Or, il y avait tout le temps des taches sur les draps. Pourtant, elles n'étaient pas assez grandes pour que ce soit un « oubli » de Cory. Et elles étaient du côté de Chris.

— Pour l'amour du ciel, Chris, lui dis-je un jour, j'espère que tu ne te mets pas à rêver à ton tour que tu es aux toilettes !

Je ne crus pas un mot de l'histoire fantastique qu'il me débita à propos de ce qu'il appelait des « pollutions nocturnes ».

— Tu devrais parler de ça à maman pour qu'elle te fasse examiner par un docteur. C'est peut-être une maladie contagieuse que tu risques de passer à Cory. Et il salit déjà assez son lit comme ça sans qu'il soit besoin d'en rajouter.

Il me décrocha un regard supérieur tout en devenant écarlate et dit sur un ton compassé.

— Pas besoin de voir le médecin. J'ai entendu des garçons plus vieux que moi parler de ça à l'école. Il s'agit d'un phénomène parfaitement normal.

— Ce n'est pas possible. C'est beaucoup trop dégoûtant pour être normal.

Une lueur de gaieté s'alluma dans sa prunelle.

— Tu ne vas pas tarder à salir tes draps, toi aussi.

— Qu'est-ce que tu veux dire ?

— Tu n'as qu'à demander à maman. Le moment

est venu qu'elle t'en parle. J'ai remarqué que tu commences à te développer, et c'est un signe qui ne trompe pas.

Il en savait toujours plus que moi sur tous les sujets, c'était exaspérant à la fin !

En dépit de leur amour pour la télévision, les jumeaux continuaient de s'amuser avec leurs jouets, s'interrompant seulement de temps en temps pour regarder les scènes les plus captivantes. Carrie passait son temps à gazouiller en dialoguant avec les figurines de la maison de poupée, ce qui avait le don de me taper sur les nerfs. Pendant ce temps, son petit frère jouait avec ses innombrables boîtes de Meccano. Se refusant obstinément à suivre les conseils que lui donnait Chris, il fabriquait ce qu'il avait envie de fabriquer et c'étaient toujours des choses d'où il pouvait tirer des sons musicaux. Avec la télévision pour faire du bruit et proposer des scènes sans cesse changeantes, la maison de poupée qui ravissait Carrie et le Meccano qui occupait Cory pendant des heures, les petits avaient de quoi se distraire suffisamment pour supporter leur claustration. Les jeunes enfants sont très adaptables : j'ai assez observé les jumeaux pour le savoir. Certes, ils se plaignaient parfois. Surtout de deux choses. Pourquoi maman ne venait-elle plus nous voir aussi souvent ? Cela me faisait mal mais que pouvais-je leur répondre ? Et puis, il y avait la nourriture. Ils n'arrivaient pas à s'y faire. Ils rêvaient des cornets de glace et des hot-dogs dont les gosses passent leur temps à s'empiffrer à la télé.

Pendant qu'ils se traînaient par terre ou que, assis en tailleur, ils s'adonnaient chacun à leur épuisant tapage de prédilection, nous essayions, Chris et moi, de concentrer notre attention sur les situations compliquées qui se développaient à longueur de journée devant nos yeux. Ce n'étaient que maris infidèles qui trompaient des épouses aimantes, épouses tyranniques ou trop accaparées par leurs enfants pour prodiguer aux maris les égards que ceux-ci attendaient. L'inverse était d'ailleurs tout aussi vrai. Les épouses pouvaient également être infidèles à leurs maris, bons ou mauvais. Ainsi apprenions-nous que l'amour était comme une bulle de savon, chatoyante un jour et qui éclate le lendemain. Alors, c'étaient des déluges de larmes, d'inconsolables mines de chien battu, des conversations dans la cuisine avec la meilleure amie, qui avait, elle aussi, ses ennuis, en buvant des tasses de café à la chaîne. Mais à peine un amour était-il arrivé à son terme – fini, liquidé, terminé – qu'un autre s'épanouissait et la miroitante bulle de savon reprenait son essor.

Un après-midi, c'était vers la fin mars, maman entra, un grand carton sous le bras. D'habitude, elle arrivait chargée de tas de paquets. Un seul, c'était bizarre. Et le plus insolite fut qu'elle adressa un signe de tête à Chris qui parut comprendre car il se leva – il était à son « bureau » en train d'étudier –, prit les jumeaux par la main et monta avec eux dans le grenier. J'étais interloquée. Il faisait encore froid, là-haut. S'agissait-il d'un secret ? Maman avait-elle apporté un cadeau uniquement pour moi ?

Nous nous assîmes sur le lit que je partageais avec Carrie et avant que j'aie pu voir ce qu'était ce présent strictement personnel, elle me dit qu'il fallait que nous ayons toutes les deux une conversation « entre femmes ».

Je savais que ce genre de conversation a toujours quelque chose à voir avec les histoires de puberté et de sexe. Aussi je pris un air songeur et m'efforçai de ne plus donner l'impression d'être trop intéressée parce que cela aurait fait mauvais effet – n'empêche que je mourais d'envie de savoir enfin.

Et croyez-vous qu'elle me dit ce que j'attendais depuis je ne sais combien d'années ? Pas du tout ! Au lieu de me révéler ces choses impies et effrayantes que les garçons savaient de naissance à en croire la vieille sorcière, voilà qu'à ma grande stupéfaction elle se mit à m'expliquer que j'allais incessamment commencer à perdre du sang ! Je n'en revenais pas.

Il ne s'agissait ni d'une blessure ni d'une plaie. C'était ainsi que Dieu avait voulu que fonctionne le corps des femmes. Et comme si je n'étais pas suffisamment éberluée, elle ajouta que non seulement j'allais désormais saigner tous les mois jusqu'à ce que je sois une vieille femme de cinquante ans mais que, en plus, cela durerait cinq jours chaque fois.

— Jusqu'à ce que j'aie cinquante ans ? bredouillai-je d'une voix blanche, tellement j'avais peur que ce ne soit pas une plaisanterie.

Elle me sourit tendrement.

— Parfois cela s'arrête avant, parfois cela dure quelques années de plus, il n'y a pas d'âge fixe.

— Est-ce que ça fait mal ?

Pour le moment, c'était la question la plus importante à mes yeux.

— On peut avoir un peu mal, comme si l'on avait

des courbatures, mais ce n'est pas tellement terrible. Et je peux te dire d'après mon expérience personnelle et l'expérience d'un certain nombre de femmes que je connais que plus on a peur, plus c'est douloureux.

Et tout ça pour quoi ? Pour que mon utérus soit prêt à recevoir un « œuf fertilisé » qui deviendrait un bébé ?

Puis elle me donna le carton qui contenait tout ce dont j'aurais besoin pour « cette période du mois ».

Mais j'avais trouvé la parade !

— Tu peux garder tout ça, maman. Tu as oublié que je veux être danseuse et que les danseuses, en principe, n'ont pas d'enfants. Mlle Danielle disait tout le temps qu'il est préférable de ne pas en avoir. Et je n'en veux pas ! Je n'en aurai jamais ! Alors, tu peux rapporter tout ça et demander au marchand de te rembourser. Je n'ai pas besoin d'avoir de règles.

Elle se mit à rire et m'embrassa en me serrant encore plus fort dans ses bras.

— Je crains d'avoir négligé de te dire quelque : il n'existe aucun moyen de les empêcher. Il faut que tu acceptes de bonne grâce que ton corps change comme le veut la nature et que tu passes de l'état de petite fille à celui de femme. Je suppose que tu n'as pas envie de rester une enfant toute ta vie, n'est-il pas vrai ?

Là, j'hésitai car je désirais ardemment devenir une vraie femme qui aurait toutes les rondeurs qu'elle avait, elle.

— Il ne faut pas avoir honte, Cathy. Ni être gênée ni craindre un petit inconfort. C'est merveilleux d'avoir des enfants, tu sais. Un jour, tu aimeras un garçon, vous vous marierez et tu voudras donner des enfants à ton mari… si tu l'aimes vraiment.

— Mais si les filles doivent en passer par là pour devenir les femmes, qu'est-ce que Chris aura à subir, lui, pour devenir un homme ?

Elle pouffa et posa sa joue contre la sienne.

— Les garçons se métamorphosent, eux aussi, mais ils ne saignent pas. Bientôt, Chris devra se raser – et même se raser tous les jours. Et il faudra aussi qu'il apprenne un certain nombre de choses.

— Lesquelles ? (Comme elle ne répondait pas, j'ajoutai :) C'est lui qui t'a conseillé de me raconter tout cela ?

Elle me répondit par l'affirmative. Il y avait longtemps qu'elle avait l'intention de me parler mais elle était tellement bousculée, en bas, qu'elle n'arrivait jamais à faire ce qu'elle avait l'intention de faire.

Malgré cette affreuse boîte pleine de choses dont j'aurais voulu ne pas avoir à me servir – puisqu'il était entendu que je n'aurais pas d'enfants –, cette conversation intime avec maman me faisait chaud au cœur. Cependant, lorsqu'elle appela Chris et les petits, et qu'elle l'embrassa, ébouriffant ses boucles blondes, qu'elle le taquina sans presque s'occuper de Carrie et de Cory, cette complicité qui nous avait rapprochées quelques instants s'évanouit. À présent, les jumeaux ne se sentaient pas à l'aise en présence de maman. Ils se précipitèrent sur moi, grimpèrent sur mes genoux et regardèrent Chris se faire câliner. J'étais très troublée de la voir les traiter de cette façon – comme s'ils lui inspiraient de l'aversion. Chris et moi, nous entrions dans la puberté, nous étions en marche vers l'âge adulte. Les jumeaux, eux, piétinaient, ils stagnaient, ils n'allaient nulle part.

Au long hiver succéda le printemps. Le grenier se réchauffait peu à peu. Nous y montâmes tous les quatre pour arracher les flocons de neige en papier et faire refleurir notre jardin printanier dans tout son éclat.

Le jour de mon anniversaire, au mois d'avril, maman ne manqua pas d'arriver avec des présents, de la glace et un gâteau. Elle passa tout l'après-midi du dimanche avec nous et m'apprit à faire de la couture et de la broderie. Le nécessaire qu'elle m'avait offert était un moyen de plus de remplir mes journées.

Après le mien, ce fut l'anniversaire des jumeaux. Leur sixième. À nouveau, maman apporta le gâteau, la glace et quantité de cadeaux, dont les instruments de musique à la vue desquels les yeux de Cory s'illuminèrent. Il contempla longuement et avec ravissement le petit accordéon, l'actionna une ou deux fois en appuyant sur les touches, la tête penchée, attentif aux sons qu'il en tirait. Et presque en un clin d'œil, il se mit à jouer un air ! Nous n'en croyions pas nos oreilles. Mais nous n'étions pas au bout de nos surprises car il en fit tout autant avec le petit piano que Carrie avait reçu en partage.

— Cet enfant a la musique dans le sang, murmura mélancoliquement maman, en posant enfin les yeux sur son plus jeune fils. Mes deux frères étaient musiciens. L'ennui, c'était que mon père n'aimait ni l'art ni les artistes – pas seulement les musiciens, mais encore les peintres, les poètes et *tutti quanti* à qui il reprochait d'être des gens mous et efféminés. Il obligea Mal – c'était le nom de mon frère aîné – à travailler dans une banque qui lui appartenait. Mal détestait ce travail pour lequel il n'était pas fait. Il était très beau. Le week-end, il sautait sur sa moto et allait se réfugier dans la cabane en rondins qu'il avait construite dans la montagne. Là, il composait. Un jour, il rata un virage et s'écrasa au fond d'un ravin. Il avait vingt-deux ans.

» Mon plus jeune frère s'appelait Joel. Il s'est enfui de la maison le jour de l'enterrement de Mal. Ils étaient très proches l'un de l'autre. Nous n'avons reçu qu'une seule carte de lui. Il était à Paris, nous annonçait-il, et il avait été engagé dans un orchestre qui faisait une tournée en Europe. Environ trois semaines plus tard, nous apprenions qu'il s'était tué en Suisse en faisant du ski. Il avait dix-neuf ans. Il était tombé dans une crevasse. On n'a jamais retrouvé son corps.

Ces confidences m'avaient profondément remuée. J'en étais tout étourdie. Que de tragédies ! Ses deux frères et papa tués dans des accidents ! Mon regard atterré croisa celui de Chris. Il n'avait plus le sourire.

Dès que notre mère fut partie, nous allâmes nous réfugier dans le grenier.

— Tous ces fichus bouquins, on les a lus ! soupira Chris d'un air morne.

Était-ce ma faute s'il ne lui fallait que quelques heures pour dévorer un livre ?

— On pourrait relire Shakespeare, lui suggérai-je.

— Je n'aime pas les pièces de théâtre.

Moi, j'adorais.

— Et si on apprenait à lire et à écrire aux jumeaux ? Et ça empêchera leur cerveau de tourner en eau de boudin à force de regarder cette télé qui leur fait mal aux yeux, en plus.

Nous redescendîmes d'un pas résolu. Comme de juste, Carrie et Cory étaient en transe devant le petit écran. Quand Chris leur fit part de nos intentions, ce fut une tempête de protestations : « Non, on veut pas apprendre à lire ! Non, on veut pas écrire des lettres ! On veut regarder le feuilleton ! »

Chris empoigna Carrie, j'empoignai Cory et nous les traînâmes littéralement jusqu'au grenier. Ils se débattaient comme des anguilles et les hurlements de Carrie faisaient penser à un taureau furieux en pleine charge. Cory, lui, ne disait rien, il ne criait ni ne beuglait, il ne me donnait pas de coups de poing, mais il se cramponnait farouchement à tout ce qui se trouvait à sa portée ou autour de quoi il pouvait nouer ses jambes.

Jamais deux professeurs amateurs n'eurent d'élèves aussi réfractaires. Mais, à force de ruse, de menaces et de contes de fées, nous finîmes par éveiller leur intérêt. Très vite – si vite que c'était peut-être dommage pour Chris et moi –, ils se plongèrent dans les livres, ils apprirent et récitèrent avec application leur alphabet.

Comme nous n'avions pas l'habitude des enfants de cet âge, nous trouvions qu'ils se débrouillaient remarquablement bien. Maman ne nous rendait plus visite, à présent, qu'une ou deux fois par semaine. Comme nous attendions avec impatience qu'elle vienne pour lui montrer le petit mot que les jumeaux avaient calligraphié à son intention en s'assurant jalousement que chacun avait le même nombre de lettres à écrire ! Leurs majuscules d'imprimerie faisaient au moins cinq centimètres de haut et étaient très bancales :

MAMAN CHÉRIE
ON T'AIME
ON AIME AUSSI LES BONBONS
AU REVOIR
CARRIE ET CORY

Avec quel zèle et au prix de quels efforts ils avaient concocté leur message sans faire appel à notre assistance, dans l'espoir que notre mère comprendrait à demi-mot !

Mais elle ne comprit pas.

À cause de la carie dentaire, bien sûr.

Et ce fut l'été. À nouveau, la chaleur était torride, accablante mais, curieusement, c'était moins éprouvant que l'année précédente. D'après Chris, si nous la supportions mieux, c'était parce que notre sang s'était appauvri.

Ce fut un été placé sous le signe de la lecture. Apparemment, maman prenait dans la bibliothèque tous les livres qui lui tombaient sous la main sans se donner la peine de lire les titres, sans se demander s'ils nous intéresseraient ni s'ils convenaient à des esprits jeunes et impressionnables. Mais cela n'avait guère d'importance : Chris et moi lisions tout.

Un de nos livres favoris, cet été-là, était un roman historique qui rendait l'histoire autrement plus attrayante que quand on l'apprenait en classe. Ce fut avec surprise que nous découvrîmes ainsi que, dans le temps, les femmes n'accouchaient pas à la maternité mais chez elles, dans un petit lit étroit qui permettait au docteur d'opérer plus facilement. Parfois, elles étaient assistées seulement d'une « matrone ».

— Un lit cygne bébé pour donner le jour à un bébé, murmura Chris d'une voix songeuse, les yeux perdus dans le vague.

Je me mis sur le dos et lui souris malicieusement. Nous étions dans le grenier, allongés sur le vieux matelas moisi que nous avions tiré jusqu'à la fenêtre par où entrait une brise tiède.

— Et les rois et les reines qui tenaient audience dans leur chambre à coucher et qui avaient l'audace de recevoir les gens tout nus ! Tu crois que tout ce qui est écrit dans les livres est la vérité ?

— Bien sûr que non, mais il y a quand même une bonne part de vrai. Après tout, ils ne mettaient pas de chemises de nuit ni de pyjamas pour dormir. Juste un bonnet de coton pour tenir leur crâne au chaud et au diable le reste !

— Ce n'était pas mal d'être tout nu, au Moyen Âge, n'est-ce pas ?

— Sans doute pas.

— Ce qui est mal, c'est ce qu'on fait quand on est tout nu, hein ?

— Je suppose.

Je subissais pour la deuxième fois l'épreuve que la nature m'imposait pour faire de moi une femme.

— Ce qui m'arrive, tu ne trouves pas que c'est… dégoûtant ? Dis, Chris ?

Il enfouit son visage dans mes cheveux.

— Cathy, je pense que rien de ce qui touche au corps et à ses fonctions n'est dégoûtant ni révoltant. J'imagine que c'est le futur docteur qui est en moi qui me fait penser ça. Tu veux que je te dise ? Si tu dois supporter cela quelques jours tous les mois pour devenir une femme comme maman, eh bien, j'approuve. Si ça te fait mal et si tu n'aimes pas ça, tu n'as qu'à songer à la danse. Cela fait mal aussi de danser, tu me l'as dit. Et pourtant, tu estimes que la récompense mérite le prix que tu paies. (Je le serrai plus fort entre mes bras quand il s'interrompit.) Moi aussi, je paie pour devenir un homme. Toi, tu as maman à qui tu peux parler : moi, je n'ai personne. Je suis seul à me débattre dans une situation ou je m'enlise, pleine de frustrations, et il y a des moments où je ne sais où me tourner, où je ne sais pas comment faire pour résister aux tentations. Et j'ai terriblement peur de ne jamais pouvoir faire mes études de médecine.

— Chris… (J'hésitais, sachant que je m'aventurai dans des sables mouvants…) Tu n'as jamais de doutes sur maman ? (Il fronça les sourcils et je me hâtai de poursuivre sans attendre la réplique cinglante inévitable :) Ne trouves-tu pas… étrange qu'elle nous maintienne enfermés si longtemps ? Elle a plein d'argent, ça crève les yeux. Tous ces bracelets, ces bagues ne sont pas en toc quoi qu'elle en dise, tu peux en être sûr.

Il avait eu un mouvement de recul quand j'avais commencé à aborder ce sujet. Il était en adoration devant sa déesse, incarnation de toutes les perfections féminines, mais il m'étreignit à nouveau, sa joue posée sur ma tête. L'émotion lui nouait la gorge.

— Je ne suis pas l'éternel optimiste impénitent, comme tu dis. Moi aussi, il m'arrive de m'interroger sur son attitude, tout comme toi. Mais je repense à l'époque où nous vivions à Gladstone et je me dis alors que je dois avoir confiance en elle, la croire et être comme papa. Tu te souviens de ce qu'il disait ? « Tout ce qui paraît étrange a sa raison d'être. Et tout finit par s'arranger pour le mieux. » C'est ce dont je me force à me persuader : si elle nous garde ici au lieu de nous mettre dans une pension, c'est pour une raison valable. Elle sait ce qu'elle fait. Et puis, Cathy, je l'aime tant ! Je n'y peux rien. Quoi qu'elle fasse, je sais que je continuerai à l'aimer.

Il l'aime plus qu'il ne m'aime, songeai-je avec amertume.

Maintenant, elle ne venait plus régulièrement. Une fois, nous ne la vîmes pas de toute une semaine. Quand, enfin, elle apparut, ce fut pour nous annoncer que son père était au plus mal. À cette nouvelle, une joie délirante s'empara de moi.

— Ça s'est aggravé ?

J'éprouvai un pincement de remords. On ne doit pas souhaiter la mort des gens, je le savais, mais la sienne était la clé de notre délivrance.

— Oui, répondit-elle solennellement. Son état a fortement empiré. Il peut passer d'un jour à l'autre, Cathy, d'un jour à l'autre. Peut-être même d'une heure à l'autre.

Elle se leva et s'en alla.

Je fredonnai en faisant les lits, ce matin-là.

Quand maman revint, plus tard, elle paraissait ravagée.

— Il n'a pas succombé à la crise... il va s'en tirer cette fois encore.

La porte se referma sur notre solitude et les cendres de nos espoirs.

Le soir, quand les jumeaux furent endormis, nous biffâmes un jour de plus sur le calendrier. C'était le mois d'août. Notre captivité durait depuis une année pleine.

DEUXIÈME PARTIE

Avant que le jour se lève
et que les ombres fuient

Cantiques des cantiques 2, 17

La métamorphose

Une autre année passa, fort peu différente de la première. Les visites de maman étaient de plus en plus espacées mais quand elle venait, c'était toujours pour nous prodiguer des promesses qui entretenaient notre espoir, qui continuaient de nous faire croire que nous n'étions qu'à quelques semaines de la délivrance. La dernière chose que nous faisions chaque soir était de barrer la journée écoulée sur le calendrier.

Maintenant, nous en avions trois marqués de gros X rouges. Le premier n'était qu'à demi rempli, le second l'était entièrement, celui qui était en cours l'était déjà à moitié. Et le grand-père à l'article de la mort, le vieil homme perpétuellement sur le point de pousser le dernier soupir, était toujours vivant. Il avait à présent soixante-huit ans, il semblait bien parti pour franchir le cap des soixante-neuf.

Le jeudi était le jour de congé des domestiques et nous en profitions, Chris et moi, pour grimper sur le toit nous gorger de soleil ou respirer le grand air sous la lune et les étoiles. Il était haut, sa pente était raide et c'était dangereux mais, au moins, nous étions dehors. Installés dans l'angle formé par la jonction des deux ailes du bâtiment, les pieds calés contre une solide cheminée, nous nous sentions tout à fait en sécurité. Personne ne pouvait nous voir d'en bas.

Comme la vindicte de la grand-mère ne s'était encore jamais concrétisée, notre vigilance s'était quelque peu relâchée. Nous n'avions pas toujours le maintien modeste de rigueur dans la salle de bains, nous n'étions pas toujours caparaçonnés de la tête aux pieds. Il était difficile de garder jour après jour nos parties intimes à l'abri des regards du sexe opposé.

Et pour être tout à fait sincère, j'ajouterai qu'aucun de nous ne se souciait beaucoup qu'elles soient ou non exposées.

Nous avions tort.

Nous n'aurions pas dû être aussi insouciants.

L'adolescente que j'étais ne s'était jamais vue intégralement nue car la glace de l'armoire à pharmacie était placée trop haut. Je n'avais jamais vu non plus une femme nue, pas même en photo, et les tableaux et les statues ne montraient pas les détails. Aussi, un jour où les circonstances avaient voulu que j'eusse la disposition de la chambre pour moi toute seule, je me déshabillai devant le miroir de la commode pour admirer mon anatomie. C'était inouï ce que les hormones avaient pu apporter comme transformations ! J'étais indiscutablement plus jolie qu'en arrivant à Foxworth Hall. Tandis que je prenais des attitudes chorégraphiques, les yeux rivés à mon reflet, une sorte de chatouillement dans ma nuque me mit en alerte : quelqu'un, tout près, était en train de me regarder.

Je me retournai vivement : Chris était immobile dans l'ombre du réduit de l'escalier. Je ne l'avais pas entendu descendre du grenier. Depuis combien de temps était-il là ? Avait-il été témoin de mes indécentes simagrées ? Pourvu que non !

Il était comme pétrifié et une lueur singulière brillait dans ses yeux bleus comme s'il ne m'avait jamais vue toute nue – et c'était pourtant loin d'être la première fois.

Son regard quitta mon visage enflammé, se posa sur mes seins et continua de plonger, plus bas, toujours plus bas jusqu'à mes pieds. Puis il remonta lentement.

Le temps semblait s'être figé tandis que, tremblante, j'hésitais devant la commode qui révélait aussi mon dos : je vis en effet les yeux de mon frère se diriger vers l'image que lui renvoyait la glace.

— Va-t'en Chris, s'il te plaît.

Il n'eut pas l'air d'entendre.

Il n'était plus qu'un regard.

J'étais rouge de confusion, mes aisselles étaient moites et je sentais que mon cœur commençait à battre bizarrement. J'étais comme un enfant surpris la main dans la boîte à biscuits, coupable d'un crime dérisoire et qui a follement peur de recevoir une sévère punition pour une peccadille. Pourtant, je n'avais aucune raison d'avoir peur. Ce n'était que Chris.

C'était la première fois que j'étais aussi gênée et que j'avais honte de mes jeunes appas. Je me hâtai de ramasser ma robe pour m'abriter derrière elle.

— Non, dit Chris.

De plus en plus tremblante, je bégayai :

— Tu ne dois pas…

— Je sais que je ne devrais pas mais tu es tellement belle ! C'est comme si je t'avais encore jamais vue. Comment as-tu fait pour devenir si jolie sans que je m'aperçoive de rien ?

Comment répondre à une pareille question autrement que par une muette supplication ?

Ce fut alors qu'une clé tourna dans la serrure. Précipitamment, je m'efforçai d'enfiler ma robe. Mon Dieu ! Je n'arrivais pas à trouver les manches ! Mon corps était entièrement dénudé à l'exception de ma tête et *elle* était là… la grand-mère ! Je ne pouvais pas la voir mais je sentais sa présence.

Je réussis enfin à passer mes bras dans les emmanchures et je rabattis prestement ma robe. Mais elle avait vu ma nudité dans toute sa gloire, le scintillement de ses yeux minéraux en était la preuve manifeste.

— Cette fois, je vous ai pris sur le fait ! grinça-t-elle. Je savais que cela arriverait tôt ou tard.

Elle avait parlé la première. C'était exactement comme dans un de mes cauchemars où je me trouvais nue en face d'elle et de Dieu.

Chris fit un pas en avant et contre-attaqua :

— Vous nous avez pris à faire quoi ? Qu'est-ce que vous avez surpris ? Rien !

Rien…

Rien…

Rien…

Un seul mot dont l'écho s'attardait. Mais pour elle, elle nous avait surpris à faire tout et le reste !

— Pécheurs ! gronda-t-elle en braquant à nouveau sur moi ses yeux cruels, impitoyables. Tu te trouves belle ? Tu crois tes jeunes rondeurs attrayantes ? Tu aimes tes longs cheveux dorés que tu brosses inlassablement ?

Et elle sourit. Je n'avais jamais vu sourire aussi terrifiant.

Mes genoux s'entrechoquaient, mes mains frémissaient nerveusement. Comme je me sentais vulnérable avec ma robe à même la peau, le dos découvert – je n'avais pas eu le temps de remonter la fermeture à glissière. Je lançai un coup d'œil en direction de Chris. Il avançait lentement, cherchant une arme des yeux.

— Combien de fois as-tu laissé ton frère user de ton corps ?

J'étais clouée sur place, incapable de parler, sans comprendre ce qu'elle voulait dire.

Ses yeux qui n'étaient plus que deux fentes étroites se vrillèrent brusquement sur Chris qui était devenu tout rouge. Visiblement, il savait ce qu'elle voulait dire même si, moi, je l'ignorais.

— Nous n'avons rien fait de mal. (Il avait maintenant une voix d'homme, grave et forte.) Allez-y ! Regardez-moi avec vos yeux haineux et soupçonneux. Croyez ce qu'il vous plaît de croire mais Cathy et moi n'avons jamais rien fait de coupable ou d'impie.

— Ta sœur était nue, elle t'a laissé voir son corps. Donc, vous avez péché.

Sur quoi, elle tourna les talons et sortit à grands pas.

Je tremblais comme une feuille.

— Mais qu'est-ce qui t'a pris de te déshabiller dans la chambre, Cathy ? (Chris était furieux contre moi.) Tu sais pourtant bien qu'elle nous espionne dans l'espoir de nous prendre en faute. Elle va nous punir.

Ce n'est pas parce qu'elle est partie sans rien faire qu'elle ne va pas revenir.

Je le savais… je le savais. Elle reviendrait… avec le fouet !

Les jumeaux redescendirent du grenier. Carrie s'installa devant la maison de poupée. Cory s'accroupit en face de la télévision, prit sa guitare – une vraie guitare de professionnel – et commença à pincer les cordes. Chris s'assit sur son lit, guettant la porte. Je pris la tangente, prête, si elle revenait, à me précipiter dans la salle de bains pour m'y enfermer.

La clé cliqueta. Le bouton de la porte tourna.

Je bondis sur mes pieds et Chris en fit autant.

— Va dans la salle de bains, Cathy, et n'en bouge pas.

La grand-mère fit irruption dans la chambre, haute comme un arbre. Ce n'était pas un fouet qu'elle tenait à la main mais une gigantesque paire de ciseaux de tailleur, nickelés, miroitants, très longs et très pointus.

— Assieds-toi, ma fille ! siffla-t-elle. Je vais te couper les cheveux. Peut-être seras-tu moins fière en te regardant dans la glace lorsque tu auras le crâne comme un œuf.

Ma surprise lui fit retrousser les lèvres sur un sourire méprisant et cruel.

La pire de mes terreurs ! J'aurais préféré le fouet ! Mon épiderme se cicatriserait mais combien d'années faudrait-il pour que repousse cette somptueuse chevelure que je chérissais depuis le jour où papa m'avait dit qu'elle était jolie et qu'il aimait que les petites filles aient de longs cheveux ? Mon Dieu ! Comment pouvait-elle savoir que, presque toutes les nuits, je rêvais qu'elle se glissait dans la chambre pendant mon sommeil et me tondait comme un mouton ? Parfois, je ne rêvais pas seulement que je me réveillais chauve et affreuse mais qu'elle me coupait aussi les seins !

Je voulais me précipiter dans la salle de bains mais mes jambes de danseuse, pourtant si bien exercées, refusaient de me porter. J'étais paralysée par la vue de ces longs et menaçants ciseaux, par ce regard métallique luisant de haine et de mépris.

La voix virile de Chris s'éleva :

— Vous ne toucherez pas à un seul cheveu de sa tête, grand-mère. Si vous faites un pas, je vous fracasse le crâne.

Il brandissait une des chaises dont nous nous servions pour les repas, prêt à mettre sa menace à exécution, et ses yeux bleus lançaient des éclairs comme ceux de la grand-mère crachaient la haine.

Elle l'enveloppa d'un regard venimeux. Comme si ce n'étaient que paroles en l'air, comme si les forces chétives ne pouvaient que se briser sur la montagne d'airain qu'elle était.

— Soit ! À ta guise. Je te laisse le choix, ma fille. Ou tu renonces à tes cheveux ou vous serez tous privés de nourriture pendant une semaine.

Je l'implorai :

— Les jumeaux n'ont rien fait de mal. Chris non plus. Il ne savait pas que j'étais déshabillée quand il est redescendu du grenier. Je suis la seule fautive. Je peux jeûner une semaine, je n'en mourrai pas. D'ailleurs, maman vous en empêchera. Elle nous apportera à manger.

Je disais pourtant cela sans beaucoup de conviction. Il y avait tellement longtemps que nous n'avions pas vu maman. Elle venait rarement. Et j'avais un solide appétit.

— Tes cheveux ou une semaine sans manger, se contenta de répéter inexorablement la grand-mère. Et si tu t'enfermes dans la salle de bains ou si tu te caches dans le grenier, ce ne sera pas une semaine mais deux. Vous n'aurez à manger que lorsque tu auras la tête rasée. (Son regard glacé et calculateur se posa longuement sur Chris… interminablement.) Et ce sera toi qui couperas ces longs cheveux dont ta sœur est si fière, laissa-t-elle enfin tomber en souriant. (Elle posa les ciseaux sur la commode.) Quand je reviendrai et que je la verrai tondue, vous mangerez, pas avant.

Sur ces mots, elle sortit et donna un tour de clé.

Nous nous dévisageâmes avec effarement, mon frère et moi.

— Ne t'en fais pas, Cathy, finit par me dire Chris en souriant, tout ça, ce n'est que du bluff. Maman va venir d'un moment à l'autre et on lui racontera, il n'y a pas de problème. Tu penses bien que je ne te les couperai jamais ! (Il s'approcha de moi et m'entoura de ses bras.) On a eu le nez creux de cacher une boîte de biscuits et une livre de cheddar dans le grenier ! Et nous avons encore le panier d'aujourd'hui. La vieille taupe l'a oublié.

En général, nous ne mangions pas énormément mais, ce jour-là, nous nous restreignîmes au cas où maman ne monterait pas. Nous mîmes de côté la moitié de notre ration de lait et les oranges. Maman ne se montra pas. Je passai la nuit à me tourner et à me retourner dans mon lit. Quand je m'endormais, j'avais d'affreux cauchemars.

J'étais dans une sombre forêt avec Chris. Nous courions comme des fous à la recherche de Carrie et de Cory. Nous les appelions avec des cris silencieux comme cela se produit dans les rêves mais ils ne répondaient pas. Ivres de panique, nous nous enfoncions dans les ténèbres. L'obscurité était totale.

Soudain émergea de la nuit une maison en pain d'épice. Elle était également faite de fromage, le toit était en pâte d'amande et le chemin sinueux menant à la porte en chocolat était un sucre d'orge multicolore. J'envoyai par la pensée un message à Chris : Non ! C'est un piège ! N'entrons pas !

Il le faut, me répondit-il de la même manière. Pour sauver les jumeaux.

Nous nous introduisîmes sans bruit dans le salon. Les coussins et le canapé étaient des petits pains au lait tout frais, tartinés de beurre doré.

La sorcière qui était dans la cuisine était la plus horrible de toutes les sorcières : le nez crochu, le menton en galoche, les joues creuses, une bouche édentée, une tignasse grise et ébouriffée.

Elle tenait les jumeaux par les cheveux et s'apprêtait à les mettre dans le four brûlant.

Je hurlai. Hurlai, hurlai, hurlai.

La sorcière se retourna et éclata d'un rire dément tandis que Chris et moi nous recroquevillions sur nous-mêmes. La tête rejetée en arrière, elle ouvrait la bouche toute grande et l'on voyait ses amygdales qui ressemblaient à des crocs. Et la grand-mère commença à se transformer. Pétrifiés d'horreur, nous ne pouvions rien faire d'autre que de regarder… et elle se métamorphosa en notre mère !

Maman ! Ses blonds cheveux étaient d'ondulants rubans de soie qui se jetaient sur nous, tels des serpents. Ils se nouaient à nos jambes, rampaient vers notre gorge pour nous étrangler en silence. Alors, son héritage serait en sécurité !

Je vous aime, je vous aime, je vous aime, chuchotait-elle d'une voix muette.

Je me réveillai. Chris et les jumeaux dormaient paisiblement.

Je luttai farouchement pour fuir le sommeil qui m'aspirait mais je m'enlisais à nouveau dans des cauchemars épouvantables. J'errai à l'aveuglette dans le noir et je tombais dans une mare de sang. Du sang qui était aussi gluant que du goudron, qui avait l'odeur du goudron.

L'aube blême se leva derrière les épais rideaux qui occultaient la clarté lumineuse de l'espérance. Carrie se retourna dans son sommeil et se tortilla pour que je la prenne dans mes bras. Mais je ne pouvais pas remuer. On aurait dit que j'étais droguée. Que m'arrivait-il donc ? Ma tête était lourde comme si elle était pleine de pierres et j'avais l'impression que mon crâne allait éclater. J'avais des fourmis dans les doigts, tout mon corps était en plomb. Les murs avançaient et reculaient, les verticales dansaient la sarabande.

Tous les soirs avant de m'endormir, j'étalais mes cheveux sur l'oreiller et y enfouissais la joue pour que leur soyeuse et odorante douceur me fasse faire d'aimables rêves d'amour. C'était une volupté sensuelle.

Mais, aujourd'hui, il n'y avait rien sur l'oreiller. Où mes cheveux étaient-ils passés ?

Les ciseaux étaient toujours sur la commode, je les distinguais vaguement. Je déglutis à plusieurs reprises avant d'émettre un petit cri de souris. Ce fut Chris que j'appelai, pas maman, en priant Dieu pour qu'il m'entende.

— Chris, réussis-je finalement à dire d'une drôle de voix râpeuse, Chris, il m'est arrivé quelque chose.

J'ignore comment ce fut possible mais mon bredouillement le réveilla. Il se dressa sur son séant et se frotta les yeux.

— Qu'est-ce que tu veux, Cathy ? demanda-t-il sur un ton pâteux.

Je balbutiai quelque chose qui le tira hors du lit. Il s'approcha de moi. Soudain, il s'immobilisa avec un sursaut, le souffle coupé, et exhala une sorte de halètement où l'effroi se mêlait à la stupéfaction.

— Cathy ! Oh ! mon Dieu !

En l'entendant s'exclamer ainsi, un frisson glacé me parcourut l'échine.

Pourquoi écarquillait-il les yeux de la sorte ? Péniblement, je levai mes bras en plomb et quand je posai finalement mes mains sur ma tête, je retrouvai ma voix. Je hurlai. Hurlai sans pouvoir m'arrêter, hurlai comme une folle jusqu'au moment où Chris se précipita et me prit dans ses bras en sanglotant.

— Tais-toi, je t'en supplie, tais-toi ! Pense aux jumeaux... Il ne faut pas les terroriser davantage... Cesse de crier, Cathy, je t'en prie ! Calme-toi. Sois tranquille, je te débarrasserai de ça, je te jure sur ma vie que j'ôterai ce goudron de tes cheveux aujourd'hui même.

Il repéra sur mon bras la trace qu'avait laissée l'aiguille dont la grand-mère s'était servie pour m'administrer un soporifique avant de verser le goudron chaud sur mes cheveux.

Malgré les efforts de mon frère pour m'en empêcher, je m'approchai du miroir et vis, horrifiée, l'ignoble masse noirâtre qu'était devenue ma tête. Jamais on ne pourrait enlever ce goudron, ce n'était pas possible !

Cory se réveilla le premier. Il bondit hors du lit et il allait se précipiter sur les rideaux qui masquaient la fenêtre afin de les entrebâiller pour voir le soleil interdit quand il m'aperçut.

Il ouvrit la bouche toute grande, se frotta les yeux de ses petits poings et me regarda de nouveau avec incrédulité.

— C'est toi, Cathy ? parvint-il enfin à demander.

— Bien sûr.

— Pourquoi que tes cheveux, ils sont tout noirs ?

Avant que j'aie eu le temps de répondre, Carrie se réveilla à son tour.

— *Ooooh !* se mit-elle à beugler. Cathy, elle est drôle, ta tête ! (De grosses larmes perlèrent à ses yeux et lui coulèrent sur les joues.) J'aime pas ta nouvelle tête ! gémit-elle plaintivement comme si c'étaient ses cheveux à elle qui étaient enduits de goudron.

— Du calme, Carrie, lui dit Chris de sa voix la plus naturelle. C'est seulement du goudron. Quand Cathy aura pris un bain et se sera lavé les cheveux, elle sera comme elle était hier. Pendant ce temps, vous allez tous les deux manger les oranges et, ensuite, vous regarderez la télé. On fera un vrai petit déjeuner plus tard quand Cathy aura les cheveux propres.

Il ne parla pas de la grand-mère pour ne pas les effrayer davantage et, assis par terre, appuyés l'un contre l'autre comme des serre-livres, ils commencèrent à peler les oranges et à les manger quartier par quartier tout en regardant un dessin animé.

Chris remplit la baignoire. L'eau était si brûlante que, la tête penchée au-dessus du rebord, je m'ébouillantais presque tandis qu'il me savonnait la tête avec ardeur pour dissoudre le goudron. Effectivement, il se ramollit mais n'en continuait pas moins d'adhérer à mes cheveux, et c'était un magma détrempé et gluant que pétrissait mon frère tandis que j'exhalais des sanglots plaintifs. Il ne ménageait pas ses efforts mais je n'avais qu'une seule idée en tête : les ciseaux étincelants que la grand-mère avait posés sur la coiffeuse.

Quand Chris, à genoux devant la baignoire, sortit les mains de cette bouillie, il avait des touffes de cheveux noirs au bout des doigts.

— Il va falloir que tu les coupes ! criai-je au bout de deux heures.

Non. Les ciseaux étaient le dernier recours, la solution de désespoir. Il devait sûrement y avoir un produit chimique qui dissoudrait cette purée en laissant mes cheveux intacts, m'expliqua Chris. Il avait une boîte de chimie que maman lui avait offerte, quelque chose de très sérieux. « Ce n'est pas un jouet, lisait-on sur le couvercle. Cette boîte contient des produits dangereux et est réservée à des usages professionnels. »

— Je vais aller dans le grenier et étudier un mélange efficace, me dit-il en s'accroupissant.

Puis il m'adressa un sourire embarrassé. La lumière du plafonnier mettait en évidence le fin duvet qui ornait sa lèvre et je savais qu'il avait tout comme moi des poils plus foncés et plus épais sur certaines parties du corps.

— Je vais être obligé de me servir du pot de chambre, Cathy. Je ne l'ai jamais fait devant toi et ça me gêne un peu. Tu n'auras qu'à te retourner et te boucher les oreilles. Je te demanderai d'en faire autant dans l'eau. Peut-être que l'ammoniaque décollera tes cheveux.

J'étais incapable de faire autre chose que de le regarder avec ahurissement. Cela prenait des allures de cauchemar. Faire pipi dans l'eau brûlante et me laver la tête avec ce liquide pendant que Chris urinait derrière moi ! Non, ce n'était pas vrai, c'était un mauvais rêve.

C'était vrai. Carrie et Cory entrèrent en se tenant par la main tandis que j'avais la tête plongée dans cette eau souillée, curieux de savoir pourquoi je tardais tant.

— Qu'est-ce que c'est que tu as plein la tête, Cathy ?

— Du goudron.

— Pourquoi que tu t'es mis du goudron sur la tête ?

— Ça m'est arrivé en dormant.

— Où tu l'as trouvé, le goudron ?

— Dans le grenier.

— Et pourquoi que t'as voulu mettre du goudron sur ta tête ?

Je ne voulais pas leur raconter de mensonges, je détestais leur mentir, j'aurais voulu leur dire qui avait fait cela mais je ne pouvais pas. Ils avaient déjà suffisamment peur de la grand-mère.

— Retourne regarder la télé, Carrie, fis-je sèchement, irritée par ce feu roulant de questions.

Ses joues creuses et ses yeux cernés me faisaient mal.

— Tu m'aimes plus, Cathy ?

— Dis, tu m'aimes plus non plus ?

— Mais si, Cory, bien sûr que je t'aime. Je vous aime tous les deux mais je me suis flanqué ce goudron dans les cheveux par maladresse et je suis très en colère contre moi.

Carrie alla se rasseoir à côté de son frère et tous deux se mirent à gazouiller dans cette langue bizarre qu'ils étaient seuls capables de comprendre. Il y avait des moments où je me disais qu'ils en savaient beaucoup plus long que Chris et moi ne le pensions.

Je macérai pendant des heures dans la baignoire tandis que Chris concoctait des dizaines de mélanges différents qu'il testait par petites doses les uns après les autres. Il essayait tout. Il fallait que je change souvent l'eau et qu'elle soit toujours plus chaude. Je me ratatinais comme un pruneau à mesure que le goudron cédait non sans résistance. Finalement, il partit tout à fait mais pas mal de mes cheveux partirent avec lui. Heureusement que j'en avais beaucoup et que je pouvais en perdre pas mal sans que cela se remarque trop. Quand ce fut fini, il faisait noir. Chris et moi n'avions rien mangé de la journée. Mon frère avait donné du fromage et des biscuits aux jumeaux mais il n'avait pas voulu s'interrompre pour manger. Je m'assis sur le lit, enveloppée dans une serviette de bain, tandis qu'il séchait mes cheveux, à présent bien moins abondants. Ceux qui restaient étaient fragiles, cassants, et ils avaient pris une teinte platine.

— Il était inutile de te donner tant de mal, dis-je à Chris qui s'était voracement jeté sur les biscuits et le fromage. Elle ne nous a rien apporté et elle ne nous apportera rien tant que tu ne m'auras pas tondue.

Il me tendit une assiette et un verre d'eau.

— Mange et bois, Cathy. On va la posséder, tu verras. Si, demain, elle ne nous monte pas de ravitaillement ou si maman ne se montre pas, je t'en couperai juste un peu sur le devant. Et tu n'auras qu'à te mettre un foulard sur la tête comme si tu avais honte de montrer un crâne chauve. Et ce que je t'aurai enlevé ne tardera pas à repousser.

Je grignotai les biscuits sans répondre et fis descendre mon unique repas de la journée avec de l'eau du robinet. Ensuite, Chris brossa mes pauvres cheveux décolorés. C'était singulier : ils n'avaient jamais été aussi brillants et aussi soyeux. J'étais heureuse d'en avoir encore.

Je me retournai dans mon lit, m'assoupissant pour me réveiller aussitôt, tant j'étais agitée et énervée. Je souffrais de me sentir impuissante, je frémissais de rage et de frustration.

Soudain, entre deux sommes, j'aperçus Chris.

Il ne s'était pas déshabillé. Il avait poussé le plus

lourd des fauteuils contre la porte et c'était là qu'il dormait, les grands ciseaux pointus à la main, afin que la grand-mère ne puisse pas entrer et s'en servir. Même dans son sommeil, il me protégeait.

Brusquement, il ouvrit les yeux. Il surprit mon regard dans l'ombre et un lent sourire naquit sur ses lèvres.

— Salut !

— Chris, sanglotai-je, va te mettre au lit. Tu ne peux pas lui interdire éternellement l'accès de la chambre.

— Si, pendant que tu dors.

— Alors, il n'y a qu'à monter la garde à tour de rôle.

— Qui est l'homme, toi ou moi ? D'ailleurs, je mange plus que toi.

— Je ne vois pas le rapport.

— Tu es trop maigre et si tu restais éveillée toute la nuit, tu maigrirais encore davantage tandis que moi, je peux me permettre de perdre un peu de poids.

Comme s'il n'avait pas fondu, lui aussi ! Si la grand-mère était vraiment décidée à ouvrir la porte, il était trop léger pour l'en empêcher. Je me levai et vins m'asseoir à côté de lui dans le fauteuil sans tenir compte de ses chevaleresques protestations.

— Chut ! Ensemble, on aura plus de chances de lui barrer le chemin et on pourra dormir tous les deux.

Nous nous endormîmes blottis dans les bras l'un de l'autre.

Et ce fut le matin… sans la grand-mère… sans nourriture.

Les jours s'étiraient, interminables et moroses. Nous avions la faim au ventre. Le fromage et les biscuits secs avaient fait long feu bien que nous nous fussions appliqués à les faire durer le plus longtemps possible. C'est à partir de ce moment que nous avons vraiment commencé à souffrir. Nous ne buvions que de l'eau, gardant le lait pour les petits.

Chris s'approcha de moi, les ciseaux à la main, et, les larmes aux yeux, il coupa ma frange à ras avec répugnance. Quand ce fut fait, m'abstenant de me regarder dans la glace, je dissimulai les longs cheveux épargnés sous un foulard noué en turban.

Amère ironie : la grand-mère ne vint pas vérifier la bonne exécution de ses ordres.

Elle ne nous apporta rien – ni nourriture, ni lait, ni linge propre, ni serviettes, ni le savon et la pâte dentifrice dont nous étions à court. Pas même du papier hygiénique.

Comble de malchance, les toilettes se bouchèrent et débordèrent. Cory se mit à pousser des hurlements en voyant la salle de bains inondée. Nous n'avions pas de ventouse. Pendant que Chris s'efforçait frénétiquement de redresser un porte-manteau métallique pour dégommer le siphon obstrué, je me précipitai dans le grenier et en revint avec une pile de vieilles frusques. Mon frère parvint à réparer les dégâts avec son fil de fer. Alors, sans un mot, il se laissa tomber à genoux à côté de moi et nous épongeâmes à l'aide des hardes que j'étais allée chercher. Quand ce fut fini, nous fourrâmes ce qui n'était plus que des chiffons dégoûtants et malodorants dans une malle. Le grenier avait un secret de plus.

Pour échapper à l'horreur de la situation, nous évitions d'en parler autant que faire se pouvait. Le matin, nous nous passions de l'eau sur la figure, nous buvions un peu au robinet, nous déambulions un moment dans la pièce, puis nous nous allongions pour regarder la télé ou pour lire. Et tant pis si la grand-mère surgissait et voyait le couvre-lit froissé ! Au point où nous en étions, qu'est-ce que cela pouvait bien nous faire, maintenant ?

Entendre les petits réclamer à manger en pleurant me bouleversait et mon âme saignait. C'était une plaie ouverte que je traînerais toute ma vie. Oh ! Comme je la haïssais, la vieille – et maman – qui nous infligeait ce supplice.

À l'heure des repas, nous dormions. Nous dormions, pendant des heures. Quand on dort, on ne souffre pas, on n'a plus faim, on oublie la solitude et son goût de fiel. On baigne dans une fausse euphorie et, lorsque l'on se réveille, on se moque de tout.

Un jour – un de ces jours nébuleux et irréels –, il m'arriva, dans la torpeur et la lassitude où j'étais immergée, de tourner la tête sans raison particulière, juste pour regarder Chris et Cory. Et je vis Chris sortir son canif de sa poche, s'entailler le poignet et, le posant sur la bouche de son petit frère, l'obliger à boire son sang malgré ses protestations. Ce fut ensuite au tour de Carrie.

Je me détournai, malade de voir ce que Chris en était réduit à faire, et je l'admirai d'en être capable. Quand un problème difficile se posait, il arrivait toujours à le résoudre.

Il vint vers moi, s'assit au bord du lit, me dévisagea pendant une éternité, puis son regard s'abaissa sur son poignet où le sang commençait à tarir. Quand il leva son canif pour se faire une seconde entaille afin de m'abreuver moi aussi de son propre sang, je lui arrachai son couteau et le lançai au loin. Il alla le ramasser, passa la lame à l'alcool et, sourd à mes supplications, il me força à boire à cette source de vie.

— Chris, que ferons-nous si elle ne revient plus jamais ? lui demandai-je d'une voix morne. Elle va nous laisser mourir de faim.

C'était évidemment de la grand-mère que je parlais. Il y avait maintenant deux semaines que nous ne l'avions pas revue. Et Chris avait exagéré en prétendant que nous avions une livre de fromage en réserve. Nous nous en servions pour garnir nos souricières et nous nous étions vus contraints de récupérer ces appâts, une fois épuisées nos maigres provisions. Cela faisait maintenant trois jours entiers que nous n'avions rien mangé. Et dix jours qu'il n'y avait plus une goutte de lait pour les jumeaux.

Chris s'allongea près de moi et me serra faiblement dans ses bras.

— Non, elle ne nous laissera pas mourir de faim. Nous serions bien bêtes et pusillanimes si nous lui accordions cette satisfaction. Demain, si elle ne nous a pas monté à manger et si maman n'est pas venue, nous descendrons avec une échelle de corde faite de draps noués.

J'avais la tête contre sa poitrine et j'entendais battre son cœur.

— Comment sais-tu ce qu'elle fera ou pas ? Elle nous hait. Elle veut nous voir morts. Combien de fois ne l'as-tu pas entendue répéter que nous n'aurions jamais dû naître ?

— La vieille carne n'est pas idiote, Cathy. Elle nous apportera à manger bientôt – avant que maman ne soit de retour.

Je me mis à panser son poignet tailladé. C'était deux semaines plus tôt, quand nous étions encore assez vigoureux tous les deux pour effectuer cette périlleuse descente, que nous aurions dû tenter de nous évader. Maintenant, si nous essayions, nous étions sûrs de tomber et de nous rompre le cou, d'autant qu'il faudrait porter les jumeaux, ce qui rendrait cette périlleuse entreprise encore un peu plus ardue.

Mais au matin, comme le ravitaillement manquait toujours, Chris nous fit tous monter dans le grenier. Il y régnait une chaleur torride. Nous déposâmes les jumeaux, inertes et apathiques, dans un coin de la salle d'étude – nous les avions pris dans les bras tant ils étaient faibles – et mon frère commença à fabriquer une sorte de harnais pour les attacher solidement derrière notre dos.

— On va procéder différemment, dit Chris après avoir réfléchi. Je descendrai le premier. Quand je serai arrivé en bas, tu attacheras Cory à un drap et tu le feras glisser jusqu'au sol. Tu agiras de même pour Carrie et tu nous rejoindras. Et, pour l'amour du ciel, donne-toi à fond ! Demande à Dieu d'avoir la force. Et ne sois pas passive. Pense à la vengeance, mets-toi en colère. Il paraît que la colère confère aux gens une puissance surnaturelle dans les situations désespérées.

— Laisse-moi descendre la première, tu es plus vigoureux que moi.

— Non. Je veux être en bas pour pouvoir vous rattraper si l'un de vous descend trop vite et mes bras sont plus costauds que les tiens. J'assurerai la corde à une cheminée pour te soulager un peu.

Ce qu'il voulut que je fasse ensuite me laissa médusée tellement c'était incroyable. C'est avec horreur que je contemplai les quatre souris mortes prises au piège.

— Il faut manger ces souris pour avoir un peu de force, me dit-il sur un ton farouche. Et ce que nous devons faire, eh bien, nous pouvons le faire !

De la chair crue ? Des souris crues ?

— Non, balbutiai-je en regardant avec répulsion les petits cadavres.

Il me houspilla avec rage : il fallait faire l'impossible pour que nous restions vivants, les jumeaux et moi.

— Écoute, Cathy ! Je fonce en bas chercher du sel et du poivre et je mangerai les deux miennes le premier. Ça ne doit pas être si mauvais que ça, bien assaisonné.

Il décapita les souris, les dépouilla et les vida. Si je n'avais pas eu le ventre aussi creux, j'aurais vomi à la vue des longs et fins boyaux, de ces cœurs et autres organes minuscules qu'il arrachait.

Mais il ne dévala pas l'escalier quatre à quatre pour chercher le sel et le poivre ; il y alla d'un pas de sénateur, preuve que ce festin à base de souris crues ne le soulevait pas d'enthousiasme, lui non plus.

Après son départ, je restai en contemplation devant les bestioles écorchées qui allaient constituer notre repas. Fermant les yeux, j'essayai de trouver en moi assez de volonté pour être capable d'ingurgiter la première bouchée. J'avais faim, certes, mais pas encore suffisamment pour que ce soit une perspective réjouissante.

J'entendis Chris qui remontait lentement. Il hésita un instant sur le seuil, un demi-sourire aux lèvres.

Ses yeux bleus croisèrent les miens… ils brillaient. Il tenait à deux mains le panier pique-nique. Si rempli que le couvercle ne fermait pas complètement.

Il en sortit deux thermos, un de bouillon de légumes, l'autre de lait froid. J'étais interloquée, à la fois sidérée et palpitante d'espoir. Était-ce maman qui nous avait monté ces provisions ? Mais pourquoi, alors, ne nous avait-elle pas appelés ? Ou n'était-elle pas venue nous chercher dans le grenier ?

Nous prîmes chacun un des petits sur nos genoux et nous leur donnâmes la becquée. Mille questions fusaient dans mon esprit. Pourquoi aujourd'hui ? Pourquoi pas hier ou avant-hier ? Quelles intentions l'avaient guidée ? Quand j'en eus fini avec Cory et que je pus manger à mon tour, j'étais trop apathique pour me réjouir et trop soupçonneuse pour me sentir soulagée.

Après avoir terminé son bouillon et avalé la moitié d'un sandwich, Chris déplia un paquet enveloppé dans du papier d'alu. Il contenait quatre beignets poudrés de sucre. Pour la première fois, nous, à qui toute douceur était refusée, nous avions droit à un dessert. Était-ce, pour la grand-mère, une manière de nous demander pardon ? Comme nous ne savions pas quels étaient ses motifs, ce fut l'explication que nous adoptâmes.

Pendant cette semaine durant laquelle nous avions failli périr d'inanition, il s'était passé quelque chose entre Chris et moi. Peut-être cela avait-il pris corps le jour où il s'était si vaillamment appliqué à sauver mes cheveux. Jusqu'à ce jour affreux, nous étions seulement un frère et une sœur qui jouaient à faire semblant d'être le père et la mère des jumeaux. Maintenant, nos relations s'étaient transformées. Nous ne faisions plus semblant : nous étions les véritables parents de Carrie et de Cory. Nous nous sentions responsables d'eux, nous avions des devoirs envers eux, nous étions totalement engagés envers eux comme l'un envers l'autre.

Il était désormais évident que notre mère ne se souciait plus de notre sort. Chris n'avait pas besoin d'exprimer à haute voix les sentiments que cette indifférence suscitait en lui. Ses yeux tristes étaient éloquents et plus encore son attitude amorphe. La photo de maman qui trônait à côté de son lit avait disparu. Il avait toujours eu plus confiance que moi en elle et, naturellement, il souffrait davantage. Et s'il souffrait plus que moi, quelle torture ce devait être !

D'un geste tendre il me prit par la main, signe que nous pouvions maintenant regagner la chambre, et quatre fantômes livides à l'allure de somnambules descendirent l'escalier. Nous étions tous en état de choc, nous nous sentions faibles et malades, surtout les petits. Ils ne pesaient sûrement pas plus de treize ou quatorze kilos. Je voyais la mine de Chris et des jumeaux mais je ne voyais pas la mienne. Je me tournai au passage vers le miroir de la commode, m'attendant me trouver face à face avec une sorte de phénomène de foire, les cheveux en brosse par-devant et longs par-derrière.

Il n'y avait pas de miroir !

Je bondis dans la salle de bains : la glace de l'armoire à pharmacie était en miettes. Je revins dans la chambre et soulevai le dessus de la coiffeuse dont Chris se servait souvent comme bureau. Celle-là aussi était fracassée.

Je posai le panier par terre à l'endroit le plus frais et allai m'étendre sur mon lit. Je n'avais nul besoin de me perdre en conjectures sur le bris des deux glaces et la disparition du miroir de la commode : je savais quel motif l'avait guidée. La vanité était un péché. Et, à ses yeux, nous étions, Chris et moi, des pécheurs de la pire espèce. Pour nous punir, il fallait que les jumeaux souffrent, eux aussi. Mais je n'arrivais pas à comprendre pourquoi elle nous avait à nouveau monté à manger.

Les jours suivants, la grand-mère continua de nous apporter notre panier quotidien. Elle s'abstenait de regarder dans notre direction et, détournant la tête, elle se hâtait de repartir. La serviette rose enroulée autour de ma tête à la manière d'un turban laissait exposé le haut de mon front mais elle se gardait de tout commentaire. Nous ne lui demandions ni où était maman ni quand elle reviendrait. Quand le châtiment fond sur vous avec autant de facilité, on comprend vite… n'ouvrez pas la bouche si l'on ne vous adresse pas la parole. Nous nous contentions de faire peser sur elle un regard chargé d'hostilité, de rage et de haine en espérant qu'elle se retournerait et se rendrait compte de nos sentiments mais jamais ses yeux ne croisaient les nôtres. Fallait-il que je pleure, que je lui montre les jumeaux pour qu'elle se rende compte de leur état de maigreur, qu'elle voie comme leur visage était décharné ? Mais elle ne verrait rien.

Allongée sur le lit à côté de Carrie, je faisais un retour sur moi-même. En définitive, je peignais la situation sous des couleurs encore plus sombres que la réalité et cela ne faisait que l'aggraver. Chris avait perdu son bel optimisme d'antan et était en train de se transformer en une lugubre copie de sa sœur cadette. J'aurais tant voulu qu'il redevienne comme avant – rieur et gai, voyant toujours le bon côté des choses.

Il était assis à la coiffeuse, le dos voûté, des livres de médecine ouverts devant lui. Mais il ne lisait pas, il ne prenait pas de notes, rien.

Je me dressais sur mon séant pour me brosser les cheveux.

— À ton avis, Chris, sur toutes les adolescentes du monde, combien y en a-t-il qui se sont un jour couchées avec de beaux cheveux lumineux et se sont réveillées le lendemain avec une tignasse de goudron ?

Il se retourna vivement, surpris que je fasse allusion à ce jour maudit.

— Je ne sais pas, dit-il d'une voix traînante, mais j'ai bien l'impression que tu es un cas unique.

— Tu te rappelles la fois où on asphaltait la rue, à Gladstone ? avec Mary Lou Baker, on avait renversé un énorme seau de bitume et on avait modelé des poupons de goudron, on avait fabriqué des maisons noires et des lits pour mettre dedans. Quand le contremaître est arrivé, il a piqué une de ces colères !

— Oui, je me souviens. Dans quel état tu es rentrée ! Tu mâchonnais un bout de goudron, soi-disant pour rendre les dents plus blanches. Tu as seulement réussi à te faire sauter un plombage.

— Cette captivité a quand même des aspects positifs. On n'a plus à aller deux fois par an chez le dentiste. Et puis on a beaucoup de temps. Dis donc, si on terminait notre tournoi de Monopoly ? Le perdant lavera le linge de tout le monde.

Cela l'arrangerait on ne peut mieux. Il avait horreur de laver son linge et celui de Cory, à genoux au-dessus de la baignoire sur les carreaux qui le meurtrissaient.

Nous sortîmes le jeu et nous nous répartîmes l'argent. Il décocha un regard sévère aux jumeaux qui tenaient traditionnellement la banque :

— Et vous deux, tâchez de ne pas tricher, cette fois ! Si jamais je vous surprends à passer en douce des sous à Cathy en vous figurant que je ne vous vois pas, eh bien… eh bien, je mangerai les quatre beignets à moi tout seul !

Il aurait fallu voir ça ! Ces beignets, c'était le meilleur de nos repas et nous les gardions pour les manger comme dessert au dîner. Je m'assis par terre, croisai les jambes et me creusai les méninges pour m'ingénier à trouver des moyens astucieux d'acheter les propriétés les plus intéressantes la première, et les gares, et les services publics, des maisons, des hôtels. Il allait trouver à qui parler, Chris !

Le tournoi se poursuivit durant des heures. Nous ne nous interrompions que pour aller aux toilettes. Et Chris allait tout le temps en prison, ne passait pas par la case départ et n'empochait pas les deux cents dollars afférents ; il versait de l'argent à la caisse au lieu d'en recevoir, il payait des droits d'héritage… et ce fut quand même lui qui gagna !

Un soir, vers la fin août, Chris s'approcha de moi et me murmura à l'oreille :

— Les jumeaux dorment comme des loirs. Il fait une chaleur intenable ici ! Tu ne crois pas que ce serait formidable si on allait nager ?

— Va-t'en ! Laisse-moi tranquille. Tu sais très bien qu'il n'en est pas question. (Naturellement, je boudais. J'en avais assez de toujours perdre au Monopoly.) Et où veux-tu aller nager, d'abord ? Dans la baignoire ?

— Non. Dans le lac dont maman nous a parlé. Ce n'est pas loin. Et puis, il faut s'entraîner à descendre par la fenêtre avec la corde à nœuds au cas où il y aurait le feu un jour, on ne sait jamais.

— Et si les jumeaux se réveillent et s'aperçoivent de notre disparition ?

— On laissera un mot sur la porte de la salle de bains pour leur dire qu'on est au grenier. N'importe comment, ils ne se réveillent jamais la nuit, même pour aller aux cabinets.

Son plaidoyer finit par me convaincre. Nous montâmes dans le grenier, passâmes sur le toit et attachâmes solidement à une cheminée notre corde à nœuds confectionnée avec des draps. Chris vérifia chaque nœud l'un après l'autre en me donnant ses instructions :

— Garde tes mains juste au-dessous du nœud le plus haut. Descends lentement en tâtant avec le pied pour trouver le suivant et coince la corde entre tes jambes pour ne pas glisser.

Souriant avec assurance, il rampa jusqu'au bord extrême du toit. Pour la première fois depuis deux ans nous allions poser le pied sur la terre ferme.

Un parfum de paradis

Moins de dix minutes plus tard, nous étions dans les jardins derrière la maison. Les pièces étaient obscures mais toutes les fenêtres de l'étage des domestiques au-dessus de l'immense garage étaient éclairées.

— Allons-y, à ta baignade, si tu connais le chemin, dis-je à voix basse.

Bien sûr, il le connaissait. Maman nous avait raconté comment ses frères et elle sortaient en cachette pour se baigner dans le lac avec leurs amis.

Chris me prit par la main et nous nous mîmes en marche sur la pointe des pieds. Quel drôle d'effet cela faisait d'être dehors, en plein air, dans la chaude nuit d'été ! Quand nous eûmes franchi un petit pont de bois et que nous fûmes hors du domaine, nous éprouvâmes un sentiment de félicité. Nous nous sentions presque libres. Il fallait cependant prendre garde à ce que personne ne nous voie. Nous nous élançâmes à toutes jambes.

À 10 heures, nous étions sur le toit – à 10 heures et demie, nous arrivions au petit lac au milieu des bois. Nous appréhendions qu'il y eût quelqu'un qui nous aurait frustrés de notre plaisir mais non, il n'y avait rien ni personne, ni baigneurs, ni bateaux. Même pas un souffle de vent pour rider la surface lisse de l'eau.

À la vue de ce miroir où se reflétaient la lune et les étoiles, j'étais transportée. Je n'avais jamais rien vu d'aussi beau, je n'avais jamais éprouvé pareil ravissement.

— On se baigne nus ? me demanda Chris en me regardant d'un air un peu bizarre.

— Non, on garde nos sous-vêtements.

L'ennui, c'était que je n'avais même pas de soutien-gorge. Mais maintenant que nous étions là, ce ne serait pas une stupide pudibonderie qui allait m'empêcher de profiter de cette eau lumineuse.

— Le dernier arrivé est une grosse pomme ! m'écriai-je en m'élançant en direction du petit ponton de bois.

Mais quand je fus à pied d'œuvre l'idée me vint que l'eau serait peut-être froide et je la tâtai précautionneusement du bout de mes orteils. Je ne m'étais pas trompée : elle était glaciale, en effet. Je me retournai. Chris arrivait en courant. Si vite, l'animal, qu'avant que j'eusse pu rassembler assez de courage pour piquer une tête, il m'avait rejointe. Une poussée et floc ! me voilà à l'eau !

Je remontai à la surface, grelottante, et tournai en rond à la recherche de mon frère que je finis par repérer en train d'escalader des rochers. L'espace d'un instant je distinguai sa silhouette dressée en haut de ce promontoire. Il leva les bras et fit un élégant saut de l'ange. L'angoisse m'étreignit. Et si le lac n'était pas assez profond ? S'il se rompait le cou ou la colonne vertébrale en touchant le fond ?

Il ne remontait pas… il ne remontait pas ! Mon Dieu ! Il était mort… il s'était noyé !

Soudain, je sentis qu'il me tirait par les jambes. Je poussai un cri et bus la tasse. D'un puissant coup de talon, il nous fit remonter. Riant aux éclats, je l'aspergeai pour lui apprendre à me jouer des mauvais tours.

— C'est quand même mieux que d'être bouclé dans cette maudite chambre où on crève de chaud, non ? s'exclama-t-il ?

Il était déchaîné. On eût dit que cette parenthèse de liberté était un vin puissant qui lui montait à la tête. Il était comme ivre. Il nageait en faisant des cercles autour de moi, essayant de recommencer à me faire boire la tasse. Mais, cette fois, je me méfiais. Il me fit une démonstration de toutes les nages : la brasse coulée, la brasse papillon, le crawl, le crawl sur le dos… un vrai festival de natation. Puis il se jeta sur moi et nous fîmes la lutte en nous éclaboussant mutuellement avec des rires et des cris de joie. Nous nous amusions comme des fous, nous étions redevenus des enfants.

Brusquement, une intense fatigue m'envahit, une lassitude si accablante qu'elle me laissait molle comme une chiffe. Chris me prit par la taille et m'aida à regagner la berge. Nous nous allongeâmes dans l'herbe et nous abîmâmes dans la contemplation du ciel fourmillant d'étoiles. Un croissant de lune aux reflets d'or et d'argent jouait à cache-cache avec les nuages.

— Suppose qu'on n'arrive pas à remonter sur le toit, Chris ?

— Il faudra bien qu'on y remonte, pas moyen de faire autrement.

Je retrouvais Christopher Doll, l'éternel optimiste,

c'était mon Christopher Doll de toujours qui était étendu à côté de moi, trempé, les cheveux collés sur le front. Il avait le même nez que papa, les mêmes lèvres pleines si bien dessinées qu'il n'avait pas besoin de faire la moue pour les rendre sensuelles, le même menton carré marqué par une fossette. Ses pectoraux s'étoffaient… et, entre ses cuisses, la protubérance de sa virilité naissante commençait à s'épanouir. Il y avait dans les cuisses vigoureuses et bien galbées d'un homme quelque chose qui m'excitait et je détournai les yeux, incapable que j'étais de repaître mes regards de la beauté de mon frère sans éprouver un sentiment de culpabilité et de honte.

Il y avait des nids dans les branches au-dessus de nous et les gazouillements endormis des oiseaux me firent penser aux jumeaux. Une soudaine tristesse s'abattit sur moi et mes yeux se brouillèrent de larmes.

Des lucioles fusaient de toutes parts, les mâles signalant par leurs clignotements leur présence aux femelles – à moins que ce ne fût le contraire.

— Dis, Chris, c'est le mâle ou la femelle qui est lumineux ?

— Je ne sais pas au juste. Je pense qu'ils brillent tous les deux mais que la femelle reste au sol à émettre des signaux au mâle qui la cherche.

— Comment ? Il y a des choses dont tu n'es pas tout à fait sûr, monsieur Je-Sais-Tout ?

— On ne va pas ergoter, Cathy. Je suis bien loin de tout savoir, crois-moi.

Il tourna la tête vers moi et nos regards se croisèrent. Aucun des deux n'était capable de détacher ses yeux de l'autre.

La brise du sud se leva, qui caressait mes cheveux et séchaient les mèches humides plaquées sur mes joues. C'était comme le chatouillement de baisers légers. À nouveau, j'eus envie de pleurer sans raison, uniquement parce que la nuit était douce et belle et que j'étais à l'âge où l'on a des nostalgies romantiques exacerbées. Et le vent me murmurait des mots tendres à l'oreille... des mots que j'avais peur de ne jamais entendre pour de vrai.

— Chris, tu as bientôt dix-sept ans. L'âge qu'avait papa quand il a connu maman.

— Et toi tu en as quatorze, fit-il d'une voix rauque. L'âge qu'elle avait.

— Est-ce que tu crois au coup de foudre ?

Il hésita. Il fallait toujours qu'il réfléchisse avant de répondre. Pas comme moi !

— Tu sais, je ne suis pas une autorité infaillible en la matière. Quand j'étais à l'école et que je voyais une jolie fille, je tombais amoureux d'elle aussi sec. Et puis, quand on parlait ensemble et que je la trouvais gourde, c'était fini. Mais si elle avait eu d'autres attraits que sa beauté, je crois que j'aurais pu avoir le coup de foudre. Encore que, d'après ce que j'ai pu lire, ce genre d'amour se limite à une attirance physique.

— Tu trouves que je suis gourde ?

Il sourit et me caressa les cheveux.

— Fichtre pas ! Et j'espère que tu ne crois pas que tu l'es parce que tu te tromperais. Le problème avec toi, Cathy, c'est que tu as trop de talents. Tu veux tout faire. Mais ce n'est pas possible.

— Comment sais-tu que je voudrais être aussi cantatrice et comédienne ?

Il se mit à rire.

— Tu passes quatre-vingt-dix pour cent de ton temps à jouer la comédie et à chanter toute seule quand tu es heureuse – ce qui est, hélas, assez rare.

— Et toi, tu es souvent heureux ?

— Non.

Nous nous tûmes. De temps en temps, quelque chose captait notre attention – les lucioles qui s'accouplaient dans l'herbe, le bruissement des feuilles, les nuages à la dérive, le reflet dansant de la dune sur l'eau. C'était une nuit enchantée et je pensais à nouveau à la nature et à ses mécanismes. Pourtant, elle avait beaucoup d'aspects que je ne comprenais pas entièrement : pourquoi je rêvais comme je le faisais, maintenant, pourquoi je me réveillais le matin toute palpitante et languissante, aspirant à je ne sais quel assouvissement que je n'atteignais jamais.

J'étais contente que Chris m'ait obligée à venir ici. C'était prodigieux d'être couchée dans l'herbe, bien au frais et, surtout, de sentir de nouveau la vie vibrer en moi.

— Où crois-tu qu'est maman, Chris ?

J'avais posé la question sur un ton hésitant, craignant de rompre le charme de cette nuit constellée.

— Je n'en ai aucune idée.

Ses yeux demeuraient fixés sur l'étoile Polaire.

— Tu as sûrement dû échafauder des hypothèses.

— Cela va de soi.

— Lesquelles ?

— Il est possible qu'elle soit malade.

— Non. Maman n'est jamais malade.

— Elle est peut-être partie en voyage pour s'occuper des affaires de son père.

— Alors, pourquoi ne nous aurait-elle pas annoncé qu'elle s'absentait et ne nous aurait-elle pas dit quand elle comptait rentrer ?

— Je ne sais pas ! fit-il avec agacement comme si j'étais en train de lui gâcher sa soirée.

Évidemment, il ne pouvait pas plus le savoir que moi.

— Chris, est-ce que tu l'aimes toujours autant ? Est-ce que tu as toujours autant confiance en elle qu'avant ?

— Ne me pose pas des questions comme ça ! C'est ma mère. Elle est tout ce que nous avons et ne compte pas sur moi pour dire du mal d'elle. Où qu'elle soit, elle pense à nous et elle reviendra. Si elle est partie et si elle reste si longtemps absente, c'est qu'elle a d'excellentes raisons pour cela, tu peux être tranquille.

À quoi bon lui dire ce que je pensais au fond de moi ? Qu'elle aurait pu trouver le temps de passer nous voir pour nous mettre au courant de ses projets. Il le savait aussi bien que moi. J'avais remarqué dans le ton qu'il avait employé une raucité qui ne se manifestait que lorsqu'il souffrait d'une douleur autre que physique. Il fallait que j'efface le mal que je lui avais fait avec mes questions.

— À la télé, les filles et les garçons de ton âge commencent à flirter. Tu saurais faire semblant de flirter ?

— Dame ! J'ai assez souvent regardé la télévision.

— Oui, mais regarder et agir, ça fait deux.

— N'empêche que cela te donne une idée générale

de ce qu'il faut faire et de ce qu'il faut dire. D'ailleurs, tu es trop jeune pour flirter avec des types.

— Eh bien, laisse-moi te dire une bonne chose, monsieur Le Gros Cerveau ! Les filles de mon âge ont en réalité un an de plus que les garçons de ton âge, là !

— Tu es tombée sur la tête ?

— Moi ? Je l'ai lu dans un article écrit par un spécialiste, un docteur en psychologie, rétorquai-je, pensant qu'il ne pouvait manquer d'être impressionné. Il disait que les filles se développent émotionnellement beaucoup plus vite que les garçons.

— Eh bien, ton psychologue jugeait l'humanité en fonction de sa propre immaturité, voilà tout.

— Tu crois tout savoir, hein ? Pourtant, personne ne sait tout !

— Tu as raison. Je ne sais que ce que j'ai appris par les livres et ce que je sens en moi me déroute autant qu'un gosse de cours élémentaire. Je suis fou de rage contre maman à cause de ce qu'elle nous a fait, j'éprouve des sentiments très contradictoires et je n'ai pas d'homme à qui je pourrais en parler. (Il se dressa sur son coude pour me dévisager.) Je voudrais que tes cheveux ne mettent pas si longtemps à repousser. Je regrette maintenant de ne pas te les avoir tous coupés… pour le bien que ça a fait !

Je n'aimais pas qu'il me fasse repenser à Foxworth Hall. Je voulais seulement regarder le ciel et sentir l'air frais de la nuit sur ma peau humide.

— Rentrons, Chris.

Il se leva avec réticence et me tendit la main.

— On nage encore un peu ?

— Non. Rentrons.

Nous repartîmes en silence pour retrouver nos responsabilités.

Nous restâmes longtemps, très longtemps, devant la corde à nœuds arrimée à la cheminée. Je ne songeais pas à la façon dont nous allions nous y prendre pour remonter : je me demandais seulement ce que cette brève évasion d'une prison à laquelle nous étions bien forcés de revenir nous avait apporté.

— Est-ce que tu te sens changé, Chris ?

— Oui. Nous n'avons pas fait grand-chose sinon marcher, courir à l'air libre et nager un petit moment. Mais j'ai l'impression d'être revigoré et que l'espoir renaît.

— Nous pourrions nous échapper quand nous le voudrons… cette nuit… sans attendre que maman revienne. On fabriquerait des sortes de hamacs pour porter les jumeaux et on les ferait descendre pendant qu'ils dormiraient. Oui, on pourrait s'enfuir ! On serait libres !

Sans répondre, il commença à grimper. Dès qu'il eut atteint le toit, je suivis son exemple – nous n'avions pas assez confiance en la solidité de notre corde à nœuds improvisée pour faire l'ascension en même temps. Monter était beaucoup plus dur que descendre. Mes jambes étaient nettement plus fortes que mes bras.

À un moment donné, comme je levai le pied droit pour le poser sur le nœud supérieur, le gauche dérapa et je me retrouvai soudain en train de me balancer suspendue seulement par les mains. Je poussai un cri. J'étais à plus de six mètres du sol !

— Tiens bon ! me héla Chris d'en haut. La corde est juste entre tes jambes. Il suffit que tu les serres… vite !

Je ne voyais pas ce que je faisais et je m'en remis aveuglément à ses instructions. Je coinçai la corde entre mes cuisses. Je tremblais des pieds à la tête et la peur me rendait encore plus débile. Je haletai. Et j'éclatai en larmes comme une fillette idiote !

— Tu es presque à portée de ma main, me dit Chris. Encore un petit effort et je te récupère. Pas de panique, Cathy ! Pense aux jumeaux. Tu sais comme ils ont besoin de toi ! Du cran ! Serre les dents !

Je devais lutter contre moi-même pour lâcher une main afin d'attraper le nœud suivant. Je ne cessai de me répéter : tu peux le faire… tu le peux. Les herbes collées à mes pieds les rendaient glissants. Mais cela avait été pareil pour Chris et il y était arrivé. Et s'il avait réussi, je réussirai moi aussi !

Quand, finalement, ses mains musclées se refermèrent sur mes poignets, mon soulagement fut tel que j'en avais des fourmillements jusqu'aux doigts de pieds. Quelques secondes plus tard, nous nous étreignions, moitié pleurant moitié riant. Puis nous escaladâmes la pente abrupte du toit jusqu'à la cheminée en nous cramponnant à la corde. Il ne restait plus qu'à nous laisser tomber dans le grenier.

Dire que nous étions contents d'être rentrés ! C'était un comble !

Chris, couché sur son lit, se tourna vers moi.

— Quand nous étions au bord du lac, ça a été pendant une ou deux secondes comme un parfum de paradis, Cathy. Et puis, quand tu as dévissé en remontant, j'ai pensé que si tu mourais, je mourrais aussi. On ne recommencera plus jamais. Tu n'as pas autant de force que moi dans les bras. Je m'en veux de ne pas y avoir songé.

La veilleuse faisait une tache rose dans le coin. Nos yeux se croisèrent dans la pénombre.

— Je ne regrette pas cette escapade, Chris. Je suis heureuse. C'est la première fois depuis longtemps que j'ai l'impression d'être réelle.

— Ah ! Toi aussi ? C'est comme si nous étions sortis d'un mauvais rêve qui n'en finissait pas.

Je me hasardai à revenir sur la conversation de tout à l'heure :

— Où crois-tu qu'est maman, Chris ? Elle s'éloigne peu à peu de nous. Elle ne regarde pas vraiment les jumeaux… comme s'ils lui faisaient peur. Mais elle n'était encore jamais restée si longtemps sans nous rendre visite. Cela fait plus d'un mois, maintenant.

Il poussa un profond soupir.

— Sincèrement, Cathy, je ne sais pas. Elle ne m'en a pas dit plus qu'à toi. Mais tu peux être sûre qu'elle a une bonne raison.

— Quelle raison a-t-elle pu avoir pour partir sans nous donner d'explication ? C'était pourtant la moindre des choses.

— Que veux-tu que je te dise ?

— Si j'avais des enfants, je ne les abandonnerais jamais comme ça, enfermés dans une chambre, sans plus me soucier d'eux.

— Je croyais que tu ne voulais pas en avoir ?

— Un jour, je danserai dans les bras d'un mari qui

m'aimera et s'il veut un bébé, j'accepterai peut-être d'en avoir un.

— Je vais te faire une confidence : je savais depuis le début que tu changerais d'avis une fois que tu aurais grandi.

— Tu crois vraiment que je suis assez jolie pour être aimée par un homme ?

— Largement plus qu'assez.

Il avait l'air gêné.

— Chris, tu te rappelles ce que maman nous disait ? Que c'était l'argent qui faisait tourner le monde, pas l'amour. Eh bien, je pense qu'elle a tort.

— Tu crois ? Tu devrais réfléchir un peu plus. Pourquoi ce ne serait pas les deux ?

Il pleuvait, ce jour-là

Chris était derrière la fenêtre, tenant à pleines mains les rideaux pour les maintenir écartés. Le ciel était couleur de plomb et il pleuvait à verse. Nous avions allumé toutes les lampes et la télévision marchait comme d'habitude. Mon frère guettait le train qui passait vers 4 heures, si loin qu'il n'était pas plus gros qu'un jouet et on avait à peine le temps de l'apercevoir.

Il était dans son univers – j'étais dans le mien. Assise en tailleur sur le lit que je partageais avec Carrie, je découpais des photos dans des revues de décoration, cadeau que maman m'avait apporté pour me distraire avant de disparaître, pour les coller dans un gros album. Je faisais des plans pour la maison de mes rêves, celle où je vivrais plus tard quand je serais mariée avec un homme grand et brun qui m'aimerait – moi seule et personne d'autre.

Mon existence était organisée d'avance : ma carrière d'abord, et puis un mari et des enfants quand je serais prête à faire mes adieux au public et à donner sa chance à quelqu'un d'autre. Dans la maison de mes rêves, j'aurais une baignoire de verre émeraude surmontée d'un dais où je pourrais prendre des bains parfumés toute la journée si ça me chantait sans que personne vienne tambouriner sur la porte en me disant de me dépêcher ! Et quand je sortirais de ma baignoire émeraude, j'embaumerais comme un bosquet de fleurs, ma peau aurait la douceur du satin et mes pores seraient à jamais débarrassés de cette odeur moisie de vieux bois et de poussière qui infestait le grenier, cette odeur de vieilleries qui nous imprégnait et nous donnait l'impression d'avoir l'âge de cette maison.

— Pourquoi attendre indéfiniment le retour de maman, Chris ? demandai-je à mon frère. Et, même, pourquoi attendre que le grand-père meure ? Maintenant que nous avons repris des forces, nous devrions chercher un moyen de nous évader.

Il ne répondit pas mais je vis ses mains se crisper sur les rideaux.

— Chris…

— Je ne veux pas parler de ça, laissa-t-il tomber avec mauvaise humeur.

— Pourquoi guettes-tu le train si tu ne songes pas à t'enfuir ?

— Je ne guette pas le train. Je regarde dehors, c'est tout !

Il avait le front collé à la vitre.

— Ne reste pas devant cette fenêtre. Quelqu'un pourrait te voir.

— Je m'en contrefous !

Mon premier mouvement fut de me précipiter pour le serrer dans mes bras et couvrir son visage de baisers – des baisers pour remplacer ceux de maman qui lui manquaient tant. Je poserais sa tête sur ma poitrine comme elle le faisait et il redeviendrait le joyeux optimiste d'autrefois qui ne savait pas ce que c'est que d'être morose… pas comme moi ! Mais je savais très bien que ce ne serait pas pareil que maman. C'était d'elle qu'il avait besoin. Tous ses espoirs, ses rêves, sa foi étaient incarnés dans un seul être – maman.

Il y avait plus de deux mois qu'elle était partie. Ne se rendait-elle donc pas compte qu'ici un jour était plus long qu'un mois dans la vie normale ? Ne se souciait-elle pas de nous, ne se préoccupait-elle pas de savoir comment nous allions ? Croyait-elle que Chris serait éternellement son farouche défenseur alors qu'elle nous avait abandonnés à notre sort sans une excuse, sans une raison, sans une explication ?

— Cathy, où irais-tu si tu avais le choix ? me demanda brusquement Chris.

— Dans le Sud. Une plage baignée de soleil, une mer à peine agitée – pas de grosses vagues frangées d'écume qui déferlent sur les brisants. Voilà où j'irais. Là où le vent ne souffle pas, juste une brise légère et tiède qui murmurera dans mes cheveux et me caressera les joues tandis que je me gorgerai de soleil, à faire le lézard sur une grève de sable immaculé.

— Moi, je ne suis pas contre les vagues. J'aimerais faire du surf. Ça doit un peu être comme faire du ski.

Je posai mes revues, mon pot de colle, mes ciseaux et concentrai mon attention sur Chris. Il était privé de tous les sports qu'il aimait. C'était cela qui le rendait triste et qui le vieillissait. Oh ! comme j'aurais voulu le consoler ! Mais comment faire ?

— Ne reste pas devant cette fenêtre, je t'en prie, Chris !

— Fiche-moi la paix ! J'en ai marre d'être ici ! Marre ! Ne faites pas ci, ne faites pas ça ! Ne parlez pas tant qu'on ne vous a pas adressé la parole... Mangez tous les jours cette tambouille jamais assez chaude ni assez assaisonnée... Je crois qu'elle le fait exprès pour que nous n'ayons pas la moindre satisfaction, même celle de la nourriture. Et puis, je pense à tout cet argent dont la moitié devrait être à maman et à nous, et je me dis que, quand même, le jeu en vaut la chandelle. Le vieux finira bien par claquer un jour !

— Tout l'argent de la terre ne vaut pas le temps que nous avons perdu.

Il se retourna, le visage enflammé.

— Cause toujours ! Peut-être que ton don pour la danse te permettra de te tirer d'affaire mais, moi, je dois faire des années et des années d'études ! Si nous nous échappons, je ne deviendrai jamais médecin, tu le sais très bien. Dis-moi un peu ce que je pourrais faire pour gagner notre vie à tous les quatre ? Vas-y... Je t'écoute. Quel métier est-ce que je pourrais exercer en dehors de plongeur de restaurant, ramasseur de fruits ou serveur dans un snack ? Et ce n'est pas avec ces jobs-là que je payerais mes études. Et il faudrait que je vous entretienne, toi et les jumeaux, en plus ! Père de famille à dix-sept ans !

J'étais folle de rage. Et moi alors ? Je n'étais pas capable d'apporter ma contribution, peut-être ? Ce fut avec hargne que je répliquai :

— Moi aussi, je pourrais travailler et à nous deux on s'en sortirait. On trouvera une solution d'une manière ou d'une autre. Je ferai n'importe quoi pour que tu puisses faire graver un jour « docteur » sur tes cartes de visite.

— Qu'est-ce que tu sais faire ? dit-il sur un ton odieusement méprisant.

Mais avant que j'eusse eu le temps de répondre, la porte s'ouvrit et la grand-mère entra. Elle s'immobilisa sur le seuil, les yeux braqués sur Chris qui, au lieu de se montrer docile comme d'habitude, refusa, cette fois, de se laisser intimider. Il ne bougea pas de la fenêtre. Simplement, il se retourna pour regarder la pluie tomber.

— Éloigne-toi immédiatement de cette fenêtre, garçon ! lui ordonna la grand-mère d'une voix cinglante.

— Je ne m'appelle pas « garçon », je m'appelle Christopher. Donnez-moi mon nom si vous me parlez ou ne m'adressez pas la parole, mais ne recommencez jamais à m'appeler « garçon » !

— J'exècre ce nom, cracha-t-elle. C'était celui de ton père. Par pure bonté d'âme, j'ai plaidé sa cause quand sa mère est morte et qu'il était à la rue. Mon mari ne voulait pas qu'il vienne vivre ici, mais j'avais pitié de ce jeune orphelin dépourvu de moyens d'existence. Aussi ai-je harcelé mon époux pour qu'il accepte d'offrir à son demi-frère le gîte et le couvert, et il a cédé. Nous avons été abusés ! Nous avons envoyé votre père dans les meilleures écoles, rien n'était assez beau pour lui et qu'a-t-il fait ? Il nous a volé notre fille, sa demi-nièce ! Le dernier enfant qui nous restait ! Ils se sont enfuis une nuit et, quinze jours plus tard, ils sont revenus la bouche en cœur, nous demander pardon d'être tombés amoureux l'un de l'autre. C'est ce jour-là que mon mari a eu sa première attaque. Votre mère vous a-t-elle dit que c'étaient elle et cet homme qui ont provoqué la maladie de son père ? Il l'a chassée, lui ordonnant de ne plus jamais remettre les pieds dans cette maison – et il est tombé comme une masse.

Elle se tut pour reprendre son souffle. Jamais elle ne nous avait tenu un aussi long discours.

— On ne peut pas nous reprocher ce qu'ont fait nos parents, dit calmement Chris qui s'était retourné.

— On vous reproche ce que vous avez fait.

— Mais qu'avons-nous fait de mal ? Vous figurez-vous que l'on puisse vivre dans la même pièce à longueur d'année sans se voir ? Vous avez contribué à nous mettre dans cette situation. Vous avez condamné cette aile de la maison pour que les domestiques n'y entrent pas. Vous cherchez à nous surprendre, Cathy et moi, à faire quelque chose que vous considérez comme mal. Ce que vous voulez, c'est que nous prouvions que le jugement que vous portez sur le mariage de notre mère est fondé. Mais regardez-vous donc avec votre robe guindée ! Vous vous croyez un modèle de piété et de dévotion – et vous affamez des petits enfants !

— Tais-toi, Chris ! m'écriai-je, terrifiée par l'expression de la grand-mère. N'ajoute pas un mot de plus !

Mais il en avait déjà trop dit. Elle ressortit et la porte claqua derrière elle. J'avais la gorge nouée.

— On va aller au grenier, fit Chris sur un ton égal. Elle est trop lâche pour monter l'escalier. Nous serons à l'abri et si elle nous prive de nourriture, nous sortirons en nous servant de la corde à nœuds.

Mais la porte se rouvrit et la grand-mère réapparut, une baguette de saule vert à la main, menaçante et résolue. Cette badine, elle n'avait pas dû la poser bien loin pour être aussi vite de retour.

— Si vous vous cachez dans le grenier, gronda-t-elle en empoignant Chris par le bras, vous n'aurez rien à manger pendant huit jours. Tous les quatre ! Et ce ne sera pas seulement toi qui recevras une correction si tu me résistes mais aussi ta sœur et les jumeaux.

Nous étions en octobre. Chris aurait dix-sept ans le mois suivant. Mais il n'était encore qu'un petit garçon à côté de cette virago taillée en colosse. Il n'avait pas l'intention de se laisser faire mais il me regarda, regarda les jumeaux qui, blottis l'un contre l'autre, poussaient des gémissements plaintifs – et il laissa la vieille le traîner dans la salle de bains. Elle referma la porte à clé et je l'entendis ordonner à Chris de se mettre torse nu et de se pencher au-dessus de la baignoire.

Les petits se précipitèrent sur moi et enfouirent leur visage contre mes genoux.

— Dis-lui d'arrêter ! m'implora Carrie. La laisse pas battre Chris !

Le sifflement de la badine parvenait à mes oreilles mais il ne proférait pas un son. Et chaque fois qu'elle mordait sa chair, j'avais mal. Depuis un an, c'était comme si nous ne faisions qu'un, lui et moi. Il était l'autre moitié de moi-même, il était ce que j'aurais voulu être : fort, énergique, capable de recevoir le fouet sans pousser un cri. Je la détestais. La haine qui m'étouffait était si intense qu'il fallait que je hurle pour la libérer, il n'y avait pas d'autre moyen. C'était

Chris qui était fouetté et c'était moi qui poussais des cris de douleur à sa place. Je souhaitais que Dieu entende, que les domestiques entendent, que le grand-père moribond entende !

Elle ressortit de la salle de bains avec sa badine, suivie par Chris. Il était pâle comme un mort. J'étais incapable de m'arrêter de hurler.

— Tais-toi ! me lança-t-elle en faisant un moulinet avec la baguette. Tais-toi à l'instant si tu ne veux pas recevoir le même traitement.

Mais je ne pouvais pas cesser de crier et je continuai même quand elle m'obligea à me lever du lit et m'entraîna à mon tour dans la salle de bains en repoussant brutalement les jumeaux qui essayaient de me défendre. Cory lui mordit le mollet. Elle l'expédia au loin, les quatre fers en l'air.

Une fois dans la salle de bains, mes hurlements d'hystérie se calmèrent.

— Ôte tes vêtements ou je te les arrache.

Je commençai à déboutonner lentement mon corsage. Je ne portais pas de soutien-gorge en ce temps-là bien que ce n'eût pas été un luxe. Je la vis poser les yeux sur mes seins et mon ventre plat avant de les détourner comme si leur vue l'offensait.

— Je vous le ferai payer, lui dis-je alors. Un jour, ce sera vous qui serez désarmée et moi qui tiendrai le fouet. Et il y aura dans la cuisine de la nourriture que vous ne mangerez pas parce que, comme vous ne cessez de le répéter, Dieu voit tout et il a sa façon de rendre la justice. Œil pour œil, grand-mère ! C'est la loi de Dieu.

— Je t'interdis de m'adresser la parole !

Elle souriait, convaincue que le jour où j'aurais son sort entre les mains n'arriverait jamais. J'avais agi sottement. Ce n'était vraiment pas le moment, pourtant, d'enfreindre la loi du silence ! Lorsque la badine me laboura la chair, j'entendis les jumeaux crier dans la chambre :

— Dis-lui d'arrêter ! La laisse pas battre Cathy, Chris !

Je me laissai choir à genoux devant la baignoire et me pelotonnai sur moi-même pour protéger ma figure, mes seins, les parties les plus vulnérables de mon corps. Elle tapait, tapait comme une folle à tel point que la badine se cassa. Je crus alors que c'était fini, mais non. Elle s'empara d'une brosse à long manche et continua de cogner. J'essayai d'imiter le silence courageux de Chris sous les coups mais il fallait que ça éclate et je hurlai :

— Vous n'êtes pas une femme ! Vous êtes un monstre inhumain !

Le violent coup de brosse qu'elle m'assena pour la peine sur la tempe me fit perdre connaissance.

Quand je revins à moi, j'étais meurtrie de partout et une douleur lancinante me déchirait le crâne. Dans le grenier, un disque jouait l'*Adagio de la rose* de *La Belle au bois dormant*. Vivrais-je un siècle, jamais je n'oublierai cette musique, jamais je n'oublierai ce que je ressentis en voyant, lorsque mes paupières s'ouvrirent, Chris penché sur moi en train de mettre un produit antiseptique et du sparadrap sur mes plaies. Ses larmes tombaient sur moi. Il avait ordonné aux jumeaux de monter dans le grenier jouer, colorier des images, étudier, faire n'importe quoi pour détourner leur esprit de ce qui se passait dans la chambre. Quand il m'eut soignée de son mieux avec les maigres ressources de l'armoire à pharmacie, je m'occupai à mon tour de son dos ensanglanté. Nous étions nus tous les deux : les vêtements auraient collé à nos plaies suintantes.

Quand j'eus fini de jouer les infirmières, nous roulâmes sur le côté et nous fîmes face, allongés sous le drap. Nos regards se rencontrèrent et se soudèrent. Il me caressa doucement, tendrement la joue.

— C'est ma faute, murmura-t-il d'une voix éteinte. Parce que j'étais derrière la fenêtre. Mais elle n'avait pas de raison pour te battre toi aussi !

— C'est sans importance. Tôt ou tard, elle l'aurait fait. Dès le premier jour, elle a décidé de nous punir sous le prétexte le plus anodin. Je m'étonne seulement qu'elle ait attendu si longtemps.

— Quand elle me fouettait, je t'ai entendue crier. Tu criais à ma place et ce n'était pas ma douleur que je sentais, c'était la tienne.

Nous étions dans les bras l'un de l'autre, nos corps se touchaient, mes seins s'écrasaient sur sa poitrine. Il murmura mon nom et ôta la serviette que je portais en turban pour libérer mes cheveux, puis, prenant ma tête dans ses mains, il approcha doucement mon visage de ses lèvres. J'étais nue dans ses bras et ce baiser était insolite… et déplacé.

— Arrête, chuchotai-je craintivement en sentant sa virilité se durcir. C'est exactement ce qu'elle croit que nous avons fait.

Il eut un rire amer avant de s'écarter en me disant que je ne connaissais rien à rien. Faire l'amour, c'est beaucoup plus que s'embrasser et nous n'avions jamais été plus loin que les baisers.

— Et nous n'irons jamais plus loin.

Mais j'avais dit cela d'une voix faible.

Cette nuit-là, avant de m'endormir, ce ne fut pas aux coups de badine et aux coups de brosse que je pensais mais à ce baiser. Un tourbillon d'émotions roulait en nous. Quelque chose qui dormait au fond de moi s'était réveillé, était venu à la vie. Comme la princesse Aurore qui dormait jusqu'au moment où le prince charmant avait posé sur ses lèvres immobiles un long baiser d'amant.

C'était comme cela dans tous les contes de fées. Ils s'achèvent sur un baiser – « et ils vécurent très heureux ». Il fallait qu'un autre prince vienne pour m'apporter l'heureux dénouement.

Avoir un ami

Je fus réveillée en sursaut par des hurlements venant de l'escalier du grenier et je regardai autour de moi pour voir qui manquait à l'appel. C'était Cory.

Allons bon ! Qu'était-il arrivé ?

Bondissant hors du lit, je me ruai vers le cagibi tandis que, réveillée à son tour, Carrie ajoutait sa partition de braillements à ceux de son frère sans même savoir pourquoi il beuglait ainsi.

— Mais qu'est-ce que c'est que ce raffut ? cria Chris.

Je m'élançai dans l'escalier mais m'arrêtai net à la sixième marche à la vue de Cory qui bramait à s'écorcher les poumons sans aucune raison apparente.

— Fais quelque chose, Cathy ! Fais quelque chose !

Il finit par se décider à désigner du doigt la cause de son tourment.

Sur la marche qu'il me montrait, il y avait la souricière que nous avions placée la veille, comme tous les soirs, appâtée avec un bout de fromage. Mais, cette fois, la souris prise au piège n'était pas morte. Pas folle, elle avait essayé d'attraper le fromage avec la patte et le ressort s'était déclenché. Et sauvagement elle était en train de dévorer sa propre patte pour se libérer, bien qu'elle dût souffrir atrocement.

Cory se jeta dans mes bras.

— Faut que tu fasses quelque chose, Cathy… vite ! La laisse pas se manger son pied. Faut la sauver ! Je veux un ami ! J'ai jamais eu d'animaux et tu sais que j'en ai toujours eu envie. Pourquoi que vous tuez toutes les souris, toi et Chris ?

Carrie surgit derrière moi et se mit à me bourrer le dos de coups de poing en piaillant :

— T'es une méchante, Cathy ! Méchante ! Mauvaise ! Tu veux que Cory, il n'a rien à lui !

Que je sache, il avait tout ce que l'argent peut procurer sauf un animal familier, la liberté et le grand air. Carrie m'aurait massacrée sur place si Chris n'était arrivé à la rescousse et ne l'avait obligée à lâcher ma jambe qu'elle mordait à belles dents. Heureusement que j'avais une chemise de nuit pour me protéger !

— Vous allez cesser ce tapage, maintenant ! dit-il sur un ton ferme avant de se pencher sur la souris avec le chiffon dont il avait eu la précaution de se munir.

— Faut la soigner, Chris, supplia Cory. Je t'en prie, la laisse pas mourir.

— Je vais voir ce que je peux faire mais elle s'est sérieusement amoché la patte.

Quand il eut dégagé la souris qui s'était à demi évanouie – le soulagement, je suppose –, nous la transportâmes en délégation dans la salle de bains, enveloppée dans le chiffon. J'alignai sur une serviette propre tous les médicaments dont nous disposions.

— Elle est morte ! s'écria Carrie en tapant sur Chris. Tu as tué la souris à Cory.

— Non, elle n'est pas morte, répondit calmement mon frère. Que tout le monde se taise et ne bouge plus. Tiens-la bien, Cathy. Je vais tâcher de préparer les dégâts et de lui poser une attelle.

Il commença par nettoyer la plaie à l'aide d'un antiseptique, puis mit en place un morceau de gaze taillé à la mesure, enveloppa la patte de coton, plaça un cure-dent cassé en deux en guise d'éclisse et colla un sparadrap sur le tout.

— Je l'appellerai Mickey, nous annonça Cory, les yeux pétillants de joie.

— C'est peut-être une demoiselle, tu sais.

— Non ! J'veux pas une souris fille… je veux un Mickey Mouse.

— Sois tranquille, c'est un garçon et il vivra pour manger tout notre fromage, le rassura le docteur, très fier de lui après le premier acte chirurgical de sa carrière.

— Laisse-moi tenir Mickey.

— Non, il vaut mieux que Cathy le garde encore un peu dans ses mains. Tu comprends, il est en état de choc et, comme elles sont plus grandes que les tiennes, il sera plus au chaud.

Je m'assis dans le fauteuil à bascule avec la souris. Au même moment, la porte s'ouvrit. C'était la grand-mère.

Nous étions tous en tenue de nuit, sans même un peignoir pour cacher ce qu'il ne fallait pas montrer. Nous étions pieds nus, ni coiffés ni lavés.

Première infraction.

La chambre n'était pas rangée : lits défaits, vêtements en vrac sur les chaises, des chaussettes dans tous les coins.

Deuxième infraction.

Et Chris était dans la salle de bains en train d'aider Carrie à boutonner sa combinaison rose.

Troisième infraction.

Dès qu'elle vit la vieille, ses yeux s'agrandirent d'effroi et elle s'accrocha à Chris pour qu'il la protégeât. Chris la souleva dans ses bras, vint la mettre sur mes genoux, puis entreprit de vider le panier pique-nique comme si de rien n'était. Quand il eut fini, il se dirigea vers l'escalier du grenier en disant à Cory :

— Je vais voir si je trouve une cage là-haut. Pendant ce temps, débarbouille-toi et habille-toi.

La grand-mère demeurait muette. Pourquoi ne nous avait-elle pas réprimandés ? Pourquoi ce mutisme ?

Chris ne tarda pas à redescendre avec une cage à oiseaux et « du treillis métallique pour la renforcer », annonça-t-il.

La grand-mère tourna la tête vers lui, puis ses yeux de granite se posèrent sur le chiffon bleu que je tenais toujours dans mes mains.

— Qu'est-ce qu'il y a là-dedans ? s'enquit-elle d'une voix glaciale.

— Une souris blessée, répondis-je sur un ton aussi cassant.

— Et vous comptez la mettre en cage pour qu'elle vous tienne compagnie ?

— Exactement. (Je la regardai d'un air de défi : et essayez donc de nous empêcher !) Cory n'a jamais eu d'animal familier. Le moment est venu qu'il ait ce plaisir.

— Vous pouvez la garder. Une bête comme ça… Qui se ressemble s'assemble !

La porte se referma.

Apprivoiser Mickey fut un véritable exploit. Au début, il n'avait pas confiance en nous, bien que nous l'eussions délivré du piège. Il ne supportait pas d'être en cage et ne cessait de tourner en rond en boitillant à la recherche d'une issue, dédaignant les bouts de fromage et les miettes de pain que Cory lui glissait entre les barreaux. Mais au bout de quinze jours, sa souris l'adorait et s'approchait de lui dès qu'il sifflait. Il avait toujours des friandises dans les poches de sa chemise – du fromage dans celle de droite, un bout de sandwich au beurre de cacahuète dans celle de gauche. Perché sur ses épaules, Mickey hésitait, museau palpitant et moustaches frémissantes. Il était clair que ce n'était pas un gourmet mais un gros goulu qui aurait voulu manger le contenu des deux poches en même temps.

Sa patte se cicatrisa mais l'animal avait des difficultés à marcher et ne pouvait pas courir très vite. Jamais il n'y avait eu souris dotée d'autant de flair : où que l'on cachât la nourriture, Mickey la trouvait toujours. Il prenait volontiers congé des autres souris ses copines pour retrouver ces humains qui le nourrissaient si copieusement, le caressaient et le berçaient pour qu'il s'endorme.

Heureusement que Cory avait maintenant sa gentille petite souris boiteuse qui se nichait dans ses poches pour grignoter les bonnes choses qui s'y dissimulaient. Elle nous aidait à passer le temps et à occuper notre esprit tandis que nous attendions notre mère qui semblait devoir ne plus jamais revenir.

Le retour de la mère prodigue

Nous ne reparlâmes jamais, Chris et moi, de ce qui s'était passé entre nous dans le lit le jour où la grand-mère nous avait fouettés. Je le surprenais souvent en train de me regarder fixement mais, dès que mes yeux rencontraient les siens, il se détournait. Et c'était moi qui fuyais son regard quand il me surprenait en train de l'observer.

Chaque jour, nous grandissions un peu plus, tous les deux. Mes seins s'épanouissaient, mes hanches s'étoffaient, ma taille s'affinait et, au-dessus de mon front, mes cheveux coupés repoussaient et commençaient à onduler. Quant a Chris, ses épaules devenaient plus carrées, sa poitrine acquérait de l'ampleur et ses bras se musclaient.

Ce jour-là, j'étais en train d'astiquer les pupitres de la salle d'étude quand, brusquement, je me tournai vers les jumeaux. Seigneur ! Comme on est myope quand on vit tout le temps les uns sur les autres ! Il y avait maintenant deux ans et quatre mois que nous étions séquestrés – et ils avaient à peine changé depuis le jour de notre arrivée ! Certes, leur tête était plus grosse, ce qui aurait dû réduire la taille de leurs yeux.

Pourtant, ils étaient extraordinairement grands. Ils étaient assis, apathiques, sur le vieux matelas taché et nauséabond que nous avions tiré jusqu'à la fenêtre. De les voir comme cela, j'avais le cœur serré. On aurait dit des tiges grêles trop faibles pour soutenir la fleur qu'était leur tête.

J'attendis qu'ils se fussent assoupis, baignés par la lueur d'un soleil chétif, pour dire à voix basse à Chris :

— Regarde-les. Ils ne grandissent pas. Il n'y a que leur tête qui se développe.

Il poussa un profond soupir, s'approcha d'eux et se penchant, toucha leur peau translucide.

— Si seulement ils voulaient bien nous accompagner sur le toit pour profiter, eux aussi, du soleil et de l'air ! Eh bien, tant pis s'ils rouspètent ! On va les forcer à sortir un peu.

Nous nous figurions comme des idiots que si nous les portions endormis sur le toit, ils se sentiraient en sécurité lorsqu'ils se réveilleraient, solidement tenus entre nos bras. Chris souleva précautionneusement Cory, tandis que je soulevai le poids plume qu'était Carrie, et nous nous approchâmes à pas de loup d'une fenêtre du grenier. C'était un jeudi, le jour de sortie des domestiques. La partie arrière du toit était à nous. Nous pouvions l'utiliser sans risque.

À peine Chris eut-il enjambé le rebord de la fenêtre que la tiédeur de l'air réveilla brusquement Cory. Il tourna la tête, me vit avec Carrie dans les bras, m'apprêtant à la faire, elle aussi, sortir sur le toit et il poussa un hurlement qui réveilla à son tour sa petite sœur. On dut certainement entendre le beuglement qu'elle exhala à un kilomètre !

— Viens, Cathy ! me lança Chris d'une voix qui dominait ce concert. Il faut le faire, c'est pour leur bien.

Non contents de s'époumoner, les jumeaux nous bombardaient de coups de pied et de coups de poing, et ce fut moi qui poussai un cri quand les dents de Carrie se plantèrent dans mon bras. Si petits qu'ils fussent, la terreur leur donnait une force incroyable. Je fis vivement demi-tour et réintégrai la salle d'étude. Après avoir déposé Carrie devant le bureau du maître, je m'y adossai, tremblante, épuisée, haletante. Chris ne tarda pas à nous rejoindre avec Cory. Il était inutile d'insister. Les obliger à monter sur le toit aboutirait seulement à mettre en péril notre vie à tous les quatre.

À présent, Carrie et Cory étaient furieux et nous eûmes toutes les peines du monde à les tirer, se débattant comme des diables dans un bénitier, jusqu'à l'endroit du mur où nous les avions mesurés le jour où nous étions entrés pour la première fois dans la salle d'étude. Pendant que Chris les maintenait, je me penchai sur les marques.

Je n'en croyais pas mes yeux ! Depuis tout ce temps, ils n'avaient grandi que de cinq centimètres ! Ce n'était pas possible.

Je cachai ma figure derrière mes mains pour qu'ils ne voient pas mon expression horrifiée. Ce n'était pas suffisant : je dus leur tourner le dos en étouffant les sanglots qui me montaient à la gorge.

— Tu peux les laisser, Chris, réussis-je enfin à balbutier.

Je me retournai juste à temps pour les voir filer, semblables à deux petites souris aux cheveux de lin en direction de l'escalier, de leur télévision bien-aimée qui était leur unique moyen d'évasion et de la vraie petite souris qui attendait leur retour et la joie qu'ils apportaient à son existence captive.

— Alors, me demanda Chris, debout derrière moi, de combien ont-ils grandi ?

J'essuyai prestement mes yeux pour qu'il ne voie pas mes larmes quand je lui ferais face et répondit d'une voix dépourvue d'inflexion :

— De cinq centimètres.

Mais il lut la détresse dans mes yeux.

Il fit un pas, m'entoura de ses bras et appuya ma tête contre sa poitrine. Cette fois, j'éclatai en sanglots. J'en voulais à mort à maman ! Je la haïssais vraiment. Elle savait pourtant que les enfants sont comme les plantes – qu'ils ont besoin de soleil pour pousser. Je tremblais dans les bras de mon frère, essayant de me persuader que dès que nous serions à nouveau libres, ils redeviendraient aussi beaux qu'avant. Oui, aussi beaux ! Toutes ces années perdues, ils les rattraperaient. Quand ils reverraient le soleil, ils profiteraient. Comme de la mauvaise herbe. Oui, oui ! C'était seulement à cause de cette interminable claustration s'ils avaient ces joues creuses, ces yeux enfoncés dans les orbites. Et cela s'arrangerait, n'est-ce pas ?

— Alors, murmurai-je d'une voix étranglée et rauque en m'accrochant au seul être qui ne manifestait pas d'indifférence, alors, qu'est-ce qui fait tourner le monde ? L'argent ou l'amour ? Si les petits recevaient suffisamment d'amour, ce n'est pas de cinq centimètres qu'ils auraient grandi mais de quinze ou de dix-huit. Peut-être même de vingt !

Comme d'habitude, avant de nous mettre à table, je dis aux jumeaux d'aller se laver les mains. Leur santé n'était déjà pas tellement florissante et ils n'avaient pas besoin, en plus, de risquer d'être contaminés par les microbes dont la souris était peut-être porteuse.

Comme nous étions tranquillement en train de manger nos sandwiches accompagnés de potage tiède et de lait en regardant les amants de la télé échanger des baisers et faire des projets d'abandon de leurs conjoints respectifs, la porte s'ouvrit. Bien que cela m'ennuyât de rater la suite de l'histoire, je me retournai.

C'était maman, toute rayonnante, vêtue d'un ravissant tailleur dont le col et les poignets de la veste étaient ornés de fourrure.

— Mes chéris ! s'exclama-t-elle d'une voix vibrante. (Comme personne ne se précipitait pour l'accueillir, elle marqua une hésitation.) C'est moi ! J'espère que vous êtes contents ! Vous ne pouvez pas savoir comme je suis heureuse de vous revoir. Vous m'avez énormément manqué. Je n'ai pas cessé de penser à vous, de rêver à vous. Je vous ai apporté des tas de choses que j'ai choisies avec le plus grand soin. Attendez seulement de les voir ! C'est pour me faire pardonner d'être restée si longtemps absente. J'aurais bien voulu vous expliquer la raison de mon départ, croyez-le bien, mais c'était trop compliqué. Et j'ignorais quand je rentrerais au juste. Je savais que je vous manquais, mais on s'est bien occupé de vous, n'est-ce pas ? Vous n'avez pas souffert, j'espère ?

Chris se leva et ce fut lui qui parla le premier.

— Bien sûr que nous sommes contents que tu sois enfin de retour. Et bien sûr que tu nous as manqué. Mais tu n'aurais pas dû partir si longtemps, même si c'était pour des raisons compliquées.

— Christopher ! fit-elle, les yeux agrandis par la surprise. Qu'est-ce qui t'arrive ? Je ne te reconnais plus. (Son regard se posa tour à tour sur moi et sur les jumeaux, et son enjouement disparut.) Y aurait-il eu quelque chose qui serait allé mal ?

— Allé mal ? répéta Chris. Maman, comment veux-tu que ça aille bien quand on est obligé de vivre dans une seule pièce ? Tu dis que tu ne me reconnais plus ? Regarde-moi bien. Est-ce que je suis encore un petit garçon ? Regarde Cathy. Est-elle toujours une gamine ? Et regarde surtout les jumeaux. Regarde-les bien. C'est à peine s'ils ont grandi. Dis-moi si Cathy et moi sommes encore des enfants que l'on traite avec condescendance parce qu'ils sont incapables de comprendre les problèmes des grandes personnes. Nous ne sommes pas restés à nous tourner les pouces pendant que tu prenais du bon temps ailleurs. Nous avons vécu des multitudes d'existences grâce à nos livres… C'était notre façon à nous de vivre par personnages interposés.

Elle voulut l'interrompre mais Chris ne lui laissa pas placer un mot. Il enveloppa les cadeaux qu'elle nous avait apportés d'un regard méprisant.

— Ainsi tu es revenue avec des offrandes de paix comme chaque fois que tu sais que tu es dans ton tort. Tu t'obstines à croire que tes présents ridicules compensent ce que nous avons perdu et ce que nous perdons jour après jour. C'est vrai, autrefois, les jeux de société, les jouets, les vêtements dont tu nous gratifiais dans notre prison nous enchantaient. Mais, maintenant, nous avons grandi et les cadeaux, ça ne suffit plus.

— Christopher, je t'en supplie, ne me parle pas comme si tu ne m'aimais plus. Je ne pourrais pas le supporter.

Elle regarda à nouveau les jumeaux d'un air embarrassé mais détourna promptement les yeux.

— Si, je t'aime. Je me force à continuer de t'aimer malgré ce que tu fais. Je suis obligé de t'aimer. Nous devons tous t'aimer, croire en toi et être persuadés que tu agis pour notre bien. Mais regarde-nous, maman, et vois-nous vraiment comme nous sommes. Cathy pense, et je pense comme elle, que tu fermes les yeux sur ce que tu nous fais. Tu arrives toute souriante et tu agites sous notre nez l'espoir de lendemains enchantés mais ces belles promesses ne se matérialisent jamais. Quand tu nous as parlé pour la première fois de cette maison et de tes parents – cela ne date pas d'hier –, tu nous as dit que nous ne passerions qu'une seule nuit dans cette chambre. Et puis ça a été quelques jours. Et puis quelques semaines. Et puis quelques mois. Il y a maintenant plus de deux ans que nous attendons qu'un vieil homme se décide à mourir. Et il ne mourra peut-être jamais tant les médecins s'acharnent avec un art consommé à l'arracher perpétuellement à la tombe. Tu ne te rends donc pas compte que cette réclusion nous ruine la santé ?

Il avait presque crié et il était écarlate. Cette fois, il en était arrivé au point où son contrôle de soi allait lui échapper. Je n'aurais jamais cru le voir un jour invectiver cette mère si tendrement aimée.

Sa virulence dut l'étonner lui-même, car ce fut d'un ton plus contenu et plus calme qu'il poursuivit, mais les mots qui sortaient de sa bouche sifflaient comme des balles.

— Maman, que tu hérites ou que tu n'hérites pas de l'immense fortune de ton père, nous voulons quitter cette chambre. Pas la semaine prochaine, pas demain : maintenant. À cette minute même. Tu me donnes la clé et nous nous en allons. Tu nous enverras de l'argent si tu veux, tu ne nous en enverras pas si tu ne veux pas, tu n'auras pas à nous revoir si tu préfères et cela réglera tous tes problèmes. Nous serons sortis de ta vie, il sera inutile que ton père sache que nous existons et tout ce qu'il te laissera sera pour toi seule.

Sous l'effet de la stupéfaction, maman avait pâli.

J'avais pitié d'elle et je m'en voulais. Je refermai brutalement la porte en me remémorant les deux semaines où nous avions été privés de manger, les coups de badine, le goudron dans mes cheveux et, surtout, Chris s'entaillant le poignet pour nourrir les jumeaux de son propre sang. Ce qu'il lui sortait et la dureté avec laquelle il s'exprimait, c'était pour la plus grande part mon œuvre.

Je suppose qu'elle le devina car le regard noir qu'elle me décocha était chargé de fiel.

— Pas un mot de plus, Christopher. Il est visible que tu n'es pas dans ton état normal.

Je me levai d'un bond et me plantai devant elle.

— Regarde-nous, maman ! Regarde comme nous avons bonne mine… aussi bonne mine que toi ! Et regarde en particulier les petits. Ont-ils l'air de dépérir ? N'ont-ils pas de bonnes joues rouges pas décharnées pour deux sous ? Leurs cheveux ne sont pas ternes ! Et leurs yeux ! Ils ne sont pas vitreux, ils ne sont pas cernés ! Ils ont grandi, n'est-ce pas ? Comme ils poussent bien, comme ils profitent ! Si tu n'as pas pitié de Christopher et de moi, aie au moins pitié d'eux !

— Tais-toi ! cria-t-elle en se levant du lit sur lequel elle s'était assise pour que nous nous pelotonnions autour d'elle comme avant et pivotant sur elle-même pour ne plus nous voir. Vous n'avez pas le droit de parler sur ce ton à votre mère. (Sa voix était hachée de sanglots.) Sans moi, vous mourriez de faim dans les rues. N'ai-je pas fait de mon mieux ? En quoi ai-je eu tort ? De quoi manquez-vous ? Vous saviez qu'il en irait ainsi jusqu'à la mort de votre grand-père et vous avez été d'accord. J'ai tenu parole. Vous êtes à l'abri dans une pièce chaude. Je vous apporte les plus beaux cadeaux possibles – des livres, des jeux de société, des jouets, des vêtements – sans lésiner sur la dépense. Vous avez une bonne nourriture, vous avez un téléviseur… (Elle nous fit face, les bras levés dans un geste de supplication, son regard implorant fixé sur moi, et l'on aurait dit qu'elle allait tomber à genoux.) Écoutez-moi bien. Votre grand-père est si mal en point qu'il ne quitte plus son lit. Il n'est même pas autorisé à s'asseoir dans son fauteuil roulant. Ses médecins disent qu'il n'en a plus pour longtemps, désormais. C'est une question de quelques jours, de quelques semaines tout au plus. Dès qu'il sera mort, je viendrai vous délivrer. J'aurai assez d'argent pour vous envoyer tous au collège. Chris ira à la faculté de médecine et toi, Cathy, tu reprendras tes cours de danse. Je trouverai les meilleurs professeurs de musique pour Cory et, pour Carrie, je ferai ce qu'elle voudra. Songez à toutes les épreuves que vous avez supportées depuis tout ce temps. Ce n'est pas au moment où le but est en vue qu'il faut y renoncer ! Vous vous rappelez les projets que vous faisiez pour le jour où vous auriez trop d'argent pour savoir comment le dépenser ? Les plans que nous mettions sur pied… une maison à nous où nous vivrions à nouveau réunis. Ne gâchez pas tout par votre impatience alors que nous en sommes au dernier quart d'heure ! Je reconnais que j'ai mené une vie agréable pendant que vous souffriez mais je vous le revaudrai au centuple !

Oh ! J'étais touchée, je l'avoue, je voulais de toutes mes forces refouler mon scepticisme mais je la soupçonnais de mentir. Ne nous avait-elle pas dit dès le début que le grand-père avait le pied dans la tombe ? Et il y avait des années qu'il poussait son dernier soupir. Devais-je lui jeter à la figure : *Non, maman, nous ne te croyons plus* ? J'avais envie de lui faire du mal, de lui faire pleurer des larmes de sang en lui parlant de notre détresse, de notre solitude – sans compter les corrections. Mais le coup d'œil péremptoire de Chris me remplit de remords. Pouvais-je être aussi chevaleresque que lui ? Pouvais-je passer outre à ce regard et dresser la liste des châtiments que la grand-mère nous avait infligés alors que nous n'avions rien fait de mal ?

Curieusement, je me résignai à garder le silence. Peut-être pour empêcher les petits d'en savoir trop long. Peut-être parce que je souhaitais que ce soit Chris qui commence.

Il la contemplait avec tendresse et compassion. Oubliés mes cheveux bitumés, les deux semaines sans nourriture, les souris mortes qui auraient été si savoureuses avec du sel et du poivre et les raclées à coups de baguette !

Les jumeaux se serrèrent contre moi et se cramponnèrent à ma jupe quand maman, se laissant choir sur le lit le plus proche, se mit à pleurer en bourrant l'oreiller de coups de poing comme une enfant.

— Vous êtes des sans-cœur, vous êtes des ingrats ! gémit-elle. Vous conduire de cette manière avec moi, votre mère, la seule personne au monde qui vous aime et qui se soucie de vous ! J'étais venue le cœur gonflé d'allégresse tant j'étais heureuse de vous retrouver et de vous annoncer une bonne nouvelle pour que nous puissions nous réjouir ensemble. Et vous m'accueillez avec une attaque en règle, aussi cruelle qu'injuste ! J'ai agi pour le mieux et vous refusez de le croire !

Instantanément, nous nous sentîmes bourrelés de remords. Chaque mot qu'elle avait prononcé était vrai. Elle était le seul être qui nous aimait, qui se souciait de nous ; en elle résidaient notre salut, notre vie, notre avenir et la réalisation de nos rêves. Nous nous jetâmes dans ses bras en implorant son pardon. Les jumeaux regardaient la scène sans rien dire.

— Ne pleure pas, maman ! Nous ne voulions pas te faire du chagrin. Nous regrettons de t'avoir peinée, nous le regrettons sincèrement. Nous ne partirons pas. Nous avons confiance en toi. Le grand-père est presque mort… Il faudra bien qu'il meure tout à fait, n'est-ce pas ?

Mais, inconsolable, elle continuait de se lamenter.

— Raconte-nous, maman, s'il te plaît ! Dis-nous ce qu'est cette bonne nouvelle. Nous voulons savoir, nous voulons nous réjouir avec toi. Si nous t'avons parlé comme cela, c'était seulement parce que nous t'en voulions de nous avoir abandonnés sans nous dire pourquoi. S'il te plaît, maman… s'il te plaît…

Nos supplications et nos larmes finirent par la toucher. Elle se redressa et se tamponna les yeux avec un fin mouchoir de batiste monogrammé et brodé de dentelle. Puis elle nous repoussa, Chris et moi, comme si notre contact la brûlait et se mit debout.

— Ouvrez ces paquets, dit-elle d'une voix froide qu'étouffaient les sanglots. Regardez les présents que je vous ai apportés et que j'ai choisis avec une si grande tendresse, et dites-moi ensuite si je vous aime ou non. Dites-moi que je ne me préoccupe pas de vos besoins, que je me désintéresse de vous, que je ne me mets pas en quatre pour satisfaire vos moindres caprices. Dites-moi donc que je suis égoïste et indifférente !

Ses joues étaient zébrées de traînées de mascara, son rouge à lèvres coulait. Ses cheveux, d'ordinaire irréprochablement coiffés, étaient en bataille. L'ange de perfection qui était entré tout à l'heure dans la chambre n'était plus qu'un mannequin disloqué.

Mais pourquoi m'évoquait-elle une comédienne qui récite son rôle ?

Elle n'avait d'yeux que pour Chris. Moi, je n'existais pas. Et les jumeaux… Pour ce qu'elle se souciait de leur bien-être et de leur sensibilité, ils auraient aussi bien pu être à Tombouctou !

— J'ai commandé une série d'encyclopédies pour ton prochain anniversaire, Christopher. Celles dont tu as tellement envie depuis toujours. Reliées en cuir rouge et gravées à l'or fin. Elles seront à ton nom. (Elle avala bruyamment sa salive et rangea son mouchoir.) J'ai longuement réfléchi au cadeau qui te ferait le plus plaisir. Et je t'ai toujours offert ce qu'il y avait de mieux pour t'instruire.

Chris avait l'air confondu. Des émotions contradictoires se lisaient sur son visage. Dieu ! Comme il l'aimait, même après tout ce qu'elle avait fait !

Mes émotions à moi étaient sans aucune équivoque : je bouillais de rage. Ces encyclopédies avaient dû coûter des sommes folles… au moins deux ou trois mille dollars. Des volumes reliés en cuir rouge et gravés à l'or fin ! Pourquoi ne pas avoir constitué avec cet argent une espèce de fonds d'évasion ? J'étais sur le point de m'insurger de toute la force de mes poumons, comme Carrie, mais la lueur que je discernai dans les yeux bleus de Chris m'en empêcha et je gardai la bouche close. Il avait toujours rêvé d'avoir une série d'encyclopédies – et elle les lui avait commandées. L'argent ne comptait plus pour elle, maintenant, et peut-être… peut-être que c'était vrai… que le grand-père allait mourir aujourd'hui ou demain. Alors, elle n'aurait pas besoin de louer un appartement ou d'acheter une maison.

Elle devina mon trouble.

Le menton majestueusement relevé, elle marcha vers la porte. Nous n'avions pas déballé les paquets et elle ne restait pas pour voir nos réactions devant ses largesses. Pourquoi pleurais-je intérieurement alors que je la détestais ? Non, à présent, je ne l'aimais plus… j'avais cessé de l'aimer.

Elle ouvrit la porte.

— Méditez sur le chagrin que vous m'avez causé aujourd'hui. Je reviendrai quand vous me traiterez à nouveau avec amour et respect, pas avant.

Elle était venue.

Elle était repartie.

Sans avoir touché Carrie et Cory, sans les avoir embrassés, sans leur avoir parlé. C'était tout juste si elle les avait regardés. Et je savais pourquoi. Elle ne pouvait supporter de voir le prix qu'ils payaient en échange de la fortune qu'elle guignait.

Je m'agenouillai et les couvris de baisers et de caresses pour compenser ceux qu'elle avait oubliés de leur donner – ou qu'elle ne pouvait pas prodiguer à ces petits êtres à qui elle faisait tant de mal.

Avec un sourire forcé, je m'assis par terre à côté d'eux et, tous les quatre, nous commençâmes à ouvrir les paquets comme si c'était Noël.

Ils étaient somptueusement enveloppés dans du papier-cadeau orné de superbes rubans de satin de toutes les couleurs.

Déchirer le papier, arracher les rubans, soulever les couvercles… De jolis vêtements pour tout le monde. De nouveaux livres, hourra ! De nouveaux jouets, de nouveaux jeux, de nouveaux puzzles, hourra ! Mon Dieu, mon Dieu ! L'énorme boîte de bonbons au sucre d'érable qui avaient exactement la forme des feuilles !

La preuve de sa sollicitude s'étalait sous nos yeux.

Elle nous connaissait sur le bout des doigts, il faut l'admettre, elle savait nos goûts, nos violons d'Ingres – tout sauf nos pointures. Ces présents, c'était sa manière de compenser ces interminables mois vides où elle nous laissait aux bons soins d'une vieille sorcière dont le plus cher désir était de nous voir morts et enterrés.

Pourtant, elle savait quel genre de mère elle avait… elle la connaissait !

Ces jeux, ces jouets, ces puzzles, c'était pour nous acheter, pour que nous lui pardonnions de faire quelque chose qui, elle le savait au fond de son cœur, était abominable. Avec ces bonbons au sucre d'érable, elle espérait pallier l'amertume qui nous emplissait la bouche, le cœur et l'âme. Sa pensée était limpide : pour elle, nous n'étions que des enfants – même si Chris devait se raser et si, moi, j'avais besoin de mettre un soutien-gorge. Et elle nous maintiendrait éternellement en cet état d'enfance, comme les livres qu'elle nous avait offerts le démontraient à l'évidence. *Little Men.* Il y avait de longues années que je l'avais lu. Les contes de Grimm et d'Andersen – nous les connaissions par cœur. Et encore *Les Hauts de Hurlevent*, et encore *Jane Eyre* ! Comme si elle ne pouvait pas faire la liste de ce que nous avions déjà lu. De ce que nous possédions.

Je mis en m'efforçant de sourire sa nouvelle robe rouge à Carrie, lui nouai un ruban violet dans les cheveux. Ses couleurs favorites.

— Tu es jolie comme un cœur, Carrie, lui assurai-je.

J'aidai ensuite Cory à enfiler sa petite culotte rouge et une chemise blanche à ses initiales. Ce fut Chris qui lui noua sa cravate comme papa lui avait appris à le faire autrefois.

Cory avait un nouvel instrument de musique : un banjo étincelant. Un banjo ! Il y avait si longtemps qu'il en rêvait ! Elle s'en était souvenue. Les yeux de mon petit frère s'illuminèrent.

Mais à quoi bon de beaux vêtements que personne n'admirerait ! Je ne voulais pas de ces choses que l'on achète dans des magasins de luxe, qu'on enveloppe de papier de soie et qu'on orne de choux de satin. Ce que je désirais, c'était tout ce que l'argent ne procure pas. Avait-elle remarqué que mes cheveux étaient coupés court devant ? Avait-elle vu comme nous étions maigres ? Trouvait-elle qu'avec notre teint pâle nous avions l'air éclatants de santé ?

Telles étaient les sombres pensées qui m'agitaient tandis que je fourrais une feuille d'érable dans la bouche vorace de Carrie, une autre dans celle de Cory, une troisième dans la mienne. Je jetai un regard furieux aux toilettes qui m'étaient destinées. Une robe de velours bleu comme on en porte dans les grandes soirées, une chemise de nuit et un peignoir rose et bleu avec les mules assorties. Le bonbon qui fondait dans ma bouche avait la saveur âcre et métallique de la boule qui m'obstruait la gorge. Des encyclopédies ! Allions-nous rester enfermés ici jusqu'à la fin des temps ?

— Je vous conseille de les faire durer, dis-je avec violence aux jumeaux et à Chris qui s'empiffraient joyeusement de feuilles d'érable en riant comme des fous. C'est peut-être la dernière boîte de bonbons que vous verrez d'ici longtemps.

Chris se tourna vers moi. La joie étincelait dans ses yeux bleus. Il était visible que cette brève visite avait suffi pour lui faire retrouver toute sa confiance et toute sa foi en maman. Comment ne se rendait-il pas compte que ces cadeaux ne servaient qu'à masquer le fait qu'elle se désintéressait de nous ? Comment ne comprenait-il pas comme moi que nous n'étions plus aussi réels à ses yeux qu'autrefois ? Nous n'étions rien de plus qu'un de ces sujets désagréables dont les gens n'aiment pas parler – comme les souris dans un grenier.

— Si tu veux bouder, ne te gêne pas, me répondit-il. Prive-toi de bonbons et regarde-nous leur faire un sort avant que les souris ne viennent les manger à notre place. Cory, Carrie et moi, nous allons nous en fourrer jusque-là pendant que tu joueras les martyrs comme si cela pouvait changer quoi que ce soit. Vas-y ! Pleure ! Souffre ! Tape-toi la tête contre les murs ! Nous, on sera toujours là quand le grand-père cassera sa pipe et tous les bonbons seront partis, partis, partis !

Furieuse de le voir se moquer de moi, je bondis sur mes pieds et me précipitai à l'autre bout de la pièce où, lui tournant le dos, j'entrepris d'essayer ma nouvelle garde-robe. J'enfilai successivement trois robes ravissantes. Mais impossible de faire coulisser les fermetures à glissière.

J'ôtai la dernière et l'examinai à la recherche d'un faux pli qui coincerait le glissoir. Il n'y avait pas de faux plis. C'étaient des robes de petite fille qu'elle m'avait achetées, de ridicules vêtements de fillette qui étaient la preuve par neuf qu'elle ne me voyait pas telle que j'étais réellement ! Je jetai les trois robes par terre et les piétinai.

Et Chris qui riait diaboliquement avec un charme canaille qui m'aurait fait éclater de rire… si je m'étais laissée aller.

— Tu devrais faire une liste, grouilla-t-il. Il serait grand temps que tu commences à porter un soutien-gorge pour empêcher tout ça de ballotter dans tous les sens. Et pendant que tu y es, commande aussi une gaine.

Je l'aurais giflé pour lui faire rentrer son rire dans la gorge ! Mon ventre était plat comme une limande. Et si mes fesses étaient rondes et fermes, c'était à cause de mon entraînement à la barre, la cellulite n'y était pour rien !

— Tais-toi ! Pourquoi rédiger des listes et dire quoi que ce soit à maman ? Si elle faisait vraiment attention à moi, elle saurait ce que j'ai comme vêtements et ce qu'il me faudrait. Et je n'ai pas besoin d'une gaine ! Christopher, me mis-je à crier, incapable de me contrôler, Christopher, il y a des moments où je la hais ! Et des moments où je te hais toi aussi, où je hais tout le monde, à commencer par moi. Des moments où je voudrais être morte parce que je me dis qu'il vaudrait mieux qu'on soit tous morts plutôt que d'être enterrés vivants, d'être des légumes ambulants et parlants en train de pourrir sur pied !

À peine sortis de ma bouche, ces mots qui exprimaient mes pensées secrètes, j'aurais voulu les rattraper. Je fis demi-tour et me ruai dans l'escalier en colimaçon. Quand j'avais mal, et cela arrivait souvent, je me rabattais sur la musique, mes maillots de ballerine, mes chaussons et je chassais ma tristesse à force de jetés battus. Et quelque part dans le pays des rêves où je pirouettais avec rage pour m'épuiser, pour m'engourdir, je voyais la silhouette lointaine et indécise d'un homme en partie caché, derrière de hautes et blanches colonnes qui montaient à l'assaut d'un ciel pourpre. Passionnément, nous dansions un pas de deux, à jamais séparés malgré les vains efforts que je faisais pour le rejoindre, pour qu'il me prenne dans ses bras, me protège et me soutienne car je savais que je trouverais enfin auprès de lui un havre où vivre et aimer.

La musique mourut brutalement et je me retrouvai prosaïquement dans un grenier qui sentait la vieille poussière, par terre, la jambe droite repliée sous moi. J'étais tombée ! Je me relevai à grand-peine. Je ne marchais qu'avec les plus grandes difficultés, et mon genou était si douloureux que des larmes me vinrent aux yeux. Mais ce n'étaient pas seulement des larmes de douleur. Je gagnai la salle d'étude en boitant – et si cela me démolissait le genou pour toujours, tant pis ! –, j'ouvris toute grande une fenêtre et me hissai jusqu'au toit. Tant bien que mal, je négociai sa pente abrupte, ne m'arrêtant qu'une fois arrivée au chéneau obstrué par les feuilles. Le sol était très loin. Les larmes – de douleur et d'apitoiement sur moi-même – me barbouillaient la figure et me brouillaient la vue. Je fermai les yeux et oscillai sur moi-même dans l'intention de perdre l'équilibre. Dans une minute, tout serait fini. Je me serais écrasée au milieu des rosiers.

La grand-mère et maman n'auraient qu'à prétendre

que c'était une simple d'esprit qu'elles ne connaissaient pas qui était montée sur le toit et avait malencontreusement dégringolé. Maman pleurerait quand elle me verrait en maillot bleu et tutu, le corps brisé, dans mon cercueil. Alors, elle se rendrait compte de ce qu'elle avait fait, elle voudrait me rappeler à la vie, elle ouvrirait la porte de la chambre pour délivrer Chris et les jumeaux afin qu'ils vivent à nouveau une existence véritable.

C'était le côté pile de mon suicide.

Mais qu'y avait-il du côté face ? Supposons que les rosiers amortissent ma chute et que je demeure estropiée jusqu'à la fin de mes jours ?

Ou que je meure comme prévu, mais que maman ne pleure pas, n'ait ni chagrin ni regrets, qu'elle soit simplement contente d'être enfin débarrassée de cette empêcheuse de danser en rond que j'étais ? Comment Chris et les jumeaux survivraient-ils sans moi pour m'occuper d'eux ? Qui dorloterait les petits, qui leur prodiguerait les marques de tendresse que Chris avait parfois plus de difficultés que moi à manifester ? Et lui… Peut-être pensait-il qu'il n'avait pas réellement besoin de moi, que ses livres et ses nouvelles encyclopédies reliées en cuir rouge et filigranées à l'or fin suffiraient à me remplacer. Quand il aurait son doctorat, cela remplirait entièrement sa vie. Mais non, je savais que ce ne serait pas assez si je n'étais pas là.

Ce fut ainsi que mon aptitude à peser le pour et le contre me sauva la vie.

Je remontai la pente du toit à quatre pattes. Je me sentais toute bête, puérile, mais cela ne m'empêchait pas de continuer à pleurer. Lorsque j'eus atteint le point de jonction des toitures des deux ailes, je m'allongeai sur le dos, les yeux levés vers le ciel aveugle et indifférent. J'avais le genou en feu.

La nuit tomba et la lune se leva. J'étais toujours allongée sur les ardoises dures et froides avec mon maillot de danseuse et mon ridicule tutu. J'avais la chair de poule et j'ourdissais des projets de vengeance. J'avais la conviction qu'un jour viendrait où la grand-mère et maman seraient à ma merci. Je serais du bon côté du fouet, cette fois, ce serait moi qui verserais du goudron et qui aurais la clé du garde-manger. Que ferais-je exactement ? Quel serait le meilleur châtiment à leur infliger ? Les enfermer toutes les deux à double tour ? Les priver de nourriture comme nous l'avions été ?

Un bruit léger brisa le fil de mes ténébreuses pensées et j'entendis dans l'ombre la voix hésitante de Chris prononcer mon nom. Juste mon nom, rien d'autre. Je ne répondis pas. Je n'avais pas besoin de lui… je n'avais besoin de personne. Il m'avait trahie par son incompréhension et je n'avais pas – je n'avais plus besoin de lui, maintenant.

Il vint s'allonger à côté de moi. Il avait apporté une veste de laine dont il me couvrit sans dire un mot. Comme moi, il contemplait le ciel sinistre et froid. Un silence effrayant se tissait entre nous. Je n'avais pas vraiment de rancune contre Chris et j'aurais voulu le lui dire, le remercier d'avoir pensé à m'apporter ce chaud lainage mais j'étais incapable d'ouvrir la bouche. Je ne pouvais qu'attendre en espérant qu'il comprendrait que j'étais totalement nouée.

Il savait toujours hisser le premier le drapeau blanc

et je lui en suis éternellement reconnaissante. D'une voix rauque et tendue que je ne reconnaissais pas et qui paraissait venir de très loin, il me dit que les jumeaux et lui avaient déjà dîné mais que ma part m'attendait.

— Et quand on disait qu'on mangerait tous les bonbons, c'était seulement pour rire, ajouta-t-il. Il t'en reste plein.

Des bonbons ! Il parlait de bonbons ! Était-il encore dans le monde de l'enfance où les bonbons suffisent à sécher les larmes ? J'avais grandi, moi, et perdu mon enthousiasme pour les délices enfantines. Ce que je voulais, c'était ce que voulaient toutes les jeunes filles : la liberté de devenir une femme, le droit d'être maîtresse de ma propre vie ! C'est ce que j'essayai de lui faire comprendre.

— Cathy… ce que tu viens de dire… ne répète jamais plus des choses aussi horribles et désespérées.

— Pourquoi ? Chacun des mots que je viens de prononcer est vrai. Je n'ai fait que dire tout haut ce que j'éprouve au fond de moi – j'ai exprimé ce que, toi, tu gardes caché. Eh bien, continue et tu verras que ces vérités se transforment en un acide qui te ronge de l'intérieur !

— Je n'ai jamais désiré la mort. Ne répète plus cela, en aucun cas. Ne pense plus jamais à mourir ! C'est vrai, j'ai des doutes et des soupçons que je dissimule, mais je souris, je ris et je fais semblant de croire parce que je veux survivre. Si tu te détruisais de tes propres mains, tu m'entraînerais dans la mort et les jumeaux ne tarderaient pas à nous rejoindre car qui serait alors leur mère ?

J'éclatai d'un rire sec et cassant, le même rire que celui de ma mère quand elle crachait sa bile.

— Tu sembles oublier que nous avons une mère affectueuse et aimante qui pense à nous avant de penser à elle. Ce sera à elle de s'occuper des petits.

Chris m'empoigna par les épaules.

— Je déteste quand tu parles de cette façon... comme elle le fait parfois. Crois-tu que je ne sais pas que tu es plus qu'elle la mère de Cory et de Carrie ? Crois-tu que je n'ai pas remarqué qu'ils la regardaient comme une étrangère ? Je ne suis ni aveugle ni stupide, Cathy. Je sais très bien que maman pense d'abord à elle et à nous ensuite.

La lune faisait miroiter les larmes qui embuaient ses yeux. Il avait parlé sur un ton bas et grave, sans amertume. Juste du regret. La voix dépourvue d'inflexion et d'émotion du médecin annonçant à son patient qu'il est atteint d'un mal incurable.

D'un seul coup, je fus comme submergée par un torrent furieux. J'aimais Chris... et il était mon frère. Il m'apportait la plénitude, il me donnait ce qui me faisait défaut, une stabilité sans laquelle je serais devenue folle. Et quelle merveilleuse façon de rendre la monnaie de leur pièce à maman et aux grands-parents ! Dieu ne verrait rien. Il avait fermé les yeux, il était aveugle à tout depuis le jour où Jésus avait été mis en croix. Mais papa était là-haut et il regardait, lui. J'étais morte de honte.

— Regarde-moi, Cathy. Regarde-moi, je t'en prie.

— Tout ça, je ne le pensais pas, Chris. Pas vraiment. Tu sais comme j'ai un penchant pour le mélodrame. J'ai autant envie de vivre que n'importe qui mais j'ai parfois terriblement peur qu'il ne nous arrive quelque chose d'épouvantable. Alors, je dis des choses odieuses mais c'est seulement pour te secouer, pour t'ouvrir les yeux. Oh ! Chris ! Je voudrais tant être avec des tas de gens, voir de nouveaux visages, d'autres endroits ! Je suis folle d'inquiétude pour les jumeaux. Je voudrais courir les magasins, monter à cheval, faire tout ce que nous ne pouvons pas faire ici !

Instinctivement, nous nous serrâmes l'un contre l'autre dans l'obscurité. Nos cœurs battaient avec violence. Nous ne pleurions pas, nous ne riions pas. N'avions-nous pas déjà versé un océan de larmes ? Cela n'avait servi à rien. N'avions-nous pas déjà récité d'innombrables prières et espéré une délivrance qui ne venait jamais ? Et si les larmes ne servaient à rien, si nul n'entendait les prières, comment atteindre Dieu pour qu'il intervienne ?

— Chris, je te l'ai déjà dit mais je te le répète encore. Nous devons prendre l'initiative. Rappelle-toi ce que disait toujours papa : Dieu n'aide que ceux qui s'aident eux-mêmes.

Il resta longtemps silencieux, sa joue contre la mienne, avant de murmurer :

— Je vais y réfléchir, bien que, comme disait maman, nous puissions devenir riches d'un jour à l'autre.

La surprise que notre mère tenait en réserve

Dix jours s'écoulèrent sans que maman se montrât. Nous nous demandions des heures durant pourquoi elle était restée si longtemps en voyage. Et nous nous interrogions surtout sur la fameuse nouvelle qu'elle devait nous annoncer.

Pour nous, ces dix jours n'étaient qu'une autre forme de châtiment. Oui, une punition. Comme c'était dur de savoir qu'elle était là, dans la maison, et qu'elle ne se souciait pas plus de nous que des souris dans le grenier !

Aussi, quand elle monta nous voir, à la fin des fins, la leçon avait porté. Nous avions terriblement peur qu'elle ne revienne plus jamais si nous avions à nouveau une attitude hostile ou si nous recommencions à réclamer notre mise en liberté. Nous étions domptés, craintifs, résignés à notre destin.

Alors, nous lui sourîmes sans proférer la moindre plainte. Nous ne lui demandâmes pas pourquoi elle nous avait privés de sa présence dix jours durant après être partie pendant des semaines et des semaines.

Nous étions prêts à accepter ce qu'elle était disposée à nous donner. Nous étions devenus ce que son père lui avait appris à être quand elle était petite : des enfants soumis, obéissants et passifs. Et le pire était qu'elle nous aimait ainsi. Nous étions à nouveau ses « gentils chéris », ses « choses » à elle.

Et puisque nous étions des enfants selon son cœur, approbateurs, débordants de respect et apparemment remplis d'une confiance aveugle, elle jugea que le moment de jeter sa bombe était venu :

— Réjouissez-vous pour moi, mes chéris ! Si vous saviez comme je suis heureuse ! Devinez ce qui est arrivé. Allez... cherchez !

J'échangeai un coup d'œil avec Chris.

— Le grand-père est mort ? demanda-t-il avec circonspection.

— Non, répondit-elle sèchement comme si sa joie s'était quelque peu assombrie.

Je me hasardai à formuler mon espoir de rechange :

— On l'a transporté à l'hôpital ?

— Non. Nous nous sommes réconciliés. Aussi, je ne serais pas venue vous dire de vous réjouir de sa mort.

— Dis-la-nous donc, ta bonne nouvelle, fis-je d'une voix morne. On n'arrivera jamais à deviner. Nous connaissons trop mal ta vie, maintenant.

Ignorant tout ce que cela sous-entendait, elle commença sur un ton extatique :

— Si je suis partie si longtemps et si c'était si compliqué de vous expliquer la raison de mon départ... c'est parce que je me suis remariée. J'ai épousé un garçon merveilleux, un avocat du nom de Bart Winslow.

Vous l'aimerez. Et il vous aimera. Il est brun, il est beau, il est grand et athlétique. Il adore le ski – comme toi, Christopher –, il joue au tennis et c'est une brillante intelligence. Il est charmant et tout le monde l'adore, même mon père. Nous sommes allés en Europe pour notre voyage de noces. Les cadeaux que je vous ai apportés viennent tous d'Angleterre, de France, d'Espagne ou d'Italie.

Nous l'écoutions en silence, Chris et moi, chanter les louanges de son nouveau mari.

Depuis la soirée de Noël, nous nous étions souvent fait part de nos soupçons. Nous étions plus jeunes, à l'époque, mais nous avions assez de bon sens pour savoir qu'une femme jeune et belle comme notre mère, qui avait si grand besoin d'un homme dans sa vie, ne resterait sans doute pas veuve très longtemps. Mais comme près de deux années s'étaient écoulées sans qu'il fût question de mariage, nous en étions arrivés à croire que maman n'attachait guère d'importance à ce beau garçon à la grosse moustache. Ce n'était qu'une passade. Un soupirant parmi beaucoup d'autres.

Je fermai les yeux et m'efforçai de rendre mes oreilles sourdes à cette voix détestable qui nous parlait de celui qui avait pris la place de notre père. Elle était maintenant la femme d'un autre, d'un homme totalement différent, qui était entré dans son lit, avec qui elle dormait, et nous la verrions désormais moins souvent encore.

— Je vous en prie, essayez de comprendre et d'être heureux pour moi, implora-t-elle devant la froideur avec laquelle sa nouvelle était accueillie. J'aimais votre père, vous le savez, mais il n'est plus là. Cela fait si longtemps qu'il est parti ! J'avais besoin de quelqu'un qui m'aime et que j'aime.

Je vis Chris ouvrir la bouche pour lui dire qu'il l'aimait, que nous l'aimions tous, mais il la referma, se rendant compte que ce n'était pas d'amour filial qu'elle parlait. Moi, je ne l'aimais plus mais je pouvais sourire et jouer le jeu, dire les mots qu'il fallait dire pour que les jumeaux ne soient pas effrayés par mon expression.

— Je suis contente pour toi, maman. C'est bien que tu aies de nouveau trouvé quelqu'un pour t'aimer.

Encouragée, elle enchaîna en souriant avec confiance :

— Il y avait longtemps qu'il était amoureux de moi, Cathy, bien qu'il fût un célibataire endurci. Il n'a pas été facile de le convaincre qu'il avait besoin d'une femme. Et votre grand-père ne voulait pas que je me remarie, autre façon de me punir d'avoir commis le péché d'épouser votre père. Mais il a un faible pour Bart et je l'ai tant supplié qu'il a fini par se laisser fléchir et par revenir sur sa décision. Il m'a accordé l'autorisation d'épouser Bart en spécifiant que je serais quand même son héritière. (Elle se mordilla la lèvre et déglutit nerveusement.) Naturellement, je n'aime pas Bart autant que j'aimais votre père.

Son ton manquait de conviction. Ses yeux brillants, sa mine radieuse étaient autant d'indices d'un amour dépassant celui qu'elle avait pu connaître auparavant. Pauvre papa ! soupirai-je intérieurement.

— Est-ce que tu as parlé de nous à ton nouveau mari ?

Chris me décocha un coup d'œil furibond. En voilà

une question ! Comme si notre mère avait assez de duplicité pour ne pas avouer à l'homme qu'elle avait épousé qu'elle avait quatre enfants clandestins – en qui d'aucuns voyaient la progéniture du diable !

Une ombre, alors, obscurcit la joie de maman. C'était la question à ne pas poser !

— Non, pas encore, Cathy, mais je lui parlerai de vous quatre dès que mon père sera mort. Je lui expliquerai tout jusqu'aux moindres détails. Il comprendra. C'est un homme de cœur. Vous verrez comme vous allez l'aimer !

Décidément, elle se répétait. Et voilà encore une chose qui allait demeurer en suspens jusqu'au décès du vieil homme !

— Cesse de me regarder comme ça, Cathy ! Je ne pouvais pas le dire à Bart avant notre mariage. Il est l'avocat de votre grand-père. Il n'est pas question qu'il sache que j'ai des enfants tant que le testament n'aura pas été ouvert et que le patrimoine ne sera pas à mon nom.

Je mourais d'envie de répliquer que l'homme qui épouse une mère de quatre enfants devrait être mis au courant. J'avais la réplique sur le bout de la langue. Mais Chris me lança un regard noir. Je ne savais plus si je devais parler ou me taire. Au moins, quand on se tait, on ne se fait pas d'ennemis. Et, au fond, peut-être avait-elle raison. *Faites qu'elle ait raison, mon Dieu. Rendez-moi ma confiance en elle. Faites que je la croie à nouveau. Faites que je croie qu'elle n'est pas seulement belle en façade mais qu'elle l'est aussi intérieurement.*

Mais Dieu ne posa pas une main rassurante sur mon épaule.

L'amour ! Comme ce mot revenait souvent dans les livres ! Ils ne parlaient que de cela. Si vous possédez la richesse, la santé, la beauté, le talent, mais si vous n'avez pas l'amour, vous n'avez rien. L'amour métamorphose le quotidien en quelque chose de vertigineux, de grisant, d'enivrant, d'enchanté.

C'était à cela que je réfléchissais, ce jour-là. Nous étions au début de l'hiver. La pluie tambourinait sur le toit. Les jumeaux regardaient la télé dans la chambre. Chris et moi, allongés l'un à côté de l'autre sur le vieux matelas que nous avions tiré devant une fenêtre de la salle d'étude, lisions à deux l'un des vénérables bouquins que maman avait pris à notre intention dans la bibliothèque de la maison. Il allait bientôt faire une température polaire dans le grenier ; aussi y passions-nous le plus de temps possible tant qu'il était encore habitable.

Le livre dont nous tournions les pages racontait l'histoire compliquée de deux amants, Lily et Raymond, qui devaient surmonter des obstacles monumentaux pour atteindre le pays enchanté où tous les rêves se réalisent. Comme j'aurais voulu trouver ce royaume ! Et puis, tout cela tourna au tragique. Je refermai alors rageusement le vieux bouquin et le lançai contre le mur. Je détestais les histoires qui finissent mal !

— Je n'ai jamais rien lu d'aussi stupide, d'aussi imbécile, d'aussi ridicule ! fulminai-je. Moi, celui que j'aurais aimé, quoi qu'il ait fait, je lui aurais pardonné et j'aurais oublié. Comment deux êtres intelligents peuvent-ils garder la tête dans les nuages sans pressentir que des événements imprévus risquent à tout moment de les plonger dans le malheur ? Moi, je ne ferai jamais comme Lily. Ni comme Raymond. Des idéalistes bien trop bêtes pour regarder de temps en temps ce qui se passe à leurs pieds !

Chris avait l'air de trouver drôle que je prenne une histoire imaginaire aussi au sérieux mais, après réflexion, il répliqua en contemplant pensivement la pluie :

— Peut-être que, justement, les amoureux ne doivent pas regarder ce qui se passe à leurs pieds. Tout cela est symbolique. Ce qu'il y a à leurs pieds, la terre, représente la réalité et, la réalité, qu'est-ce que c'est ? Des frustrations, la malchance, la maladie, la mort, le meurtre et toute sorte de tragédies. Les amoureux sont supposés garder les yeux levés au ciel, où les belles illusions ne peuvent être piétinées.

Je le regardai d'un air boudeur en plissant le front.

— Moi, quand je serai amoureuse, je construirai une montagne qui touchera le ciel. Comme ça, mon amoureux et moi, on aura à la fois la terre solide sous nos pieds et la tête dans les nuages. Et nos illusions resteront intactes. N'empêche que c'était quand même une belle histoire à sa manière. Quel dommage que Lily et Raymond se soient suicidés ! Ça aurait pu se passer différemment. Quand elle lui avoue qu'elle a été pratiquement violée par cet affreux bonhomme, il n'aurait pas dû l'accuser de vouloir le séduire. Séduire un père de huit enfants ! Il faudrait avoir perdu la tête !

— Tu avais raison tout à l'heure, Cathy. C'était une histoire stupide. Ridicule ! Il faut être fou pour mourir par amour. Je te parie tout ce que tu veux que c'est une femme qui a écrit ces niaiseries à la guimauve !

Il n'en fallut pas plus pour que je prenne aussitôt fait et cause pour l'écrivain à qui, quelques instants plus tôt, je reprochais d'avoir imaginé un dénouement aussi lamentable.

— T.M. Ellis, ça peut très bien être un homme. Encore qu'une femme n'aurait sans doute pas eu beaucoup de chances d'être publiée au XIXe siècle à moins de signer de ses initiales ou de prendre un nom d'homme. Explique-moi un peu pourquoi les hommes estiment qu'une femme ne peut rien écrire d'autre que des romans à l'eau de rose ou des fadaises ? Est-ce que les hommes n'ont pas des idées romanesques, eux aussi ? Est-ce qu'ils ne rêvent pas de l'amour parfait ? Et moi, je trouve que Raymond se laisse beaucoup plus aller à la sensiblerie que Lily.

— Ne me demande pas à quoi ressemblent les hommes ! se mit à vociférer Chris avec une aigreur que je ne lui connaissais pas. Avec la vie que nous menons, comment veux-tu que je sache ce que peut éprouver un homme ? Ici, pour les idées romantiques, je peux me brosser ! Ne fais pas ci, ne fais pas ça, tourne la tête pour ne pas voir ce que tu as ostensiblement sous les yeux, fais semblant de ne pas être autre chose qu'un frère qui n'a ni sentiments ni émotions sauf des sentiments et des émotions enfantines. Il faut vraiment que tu sois idiote pour t'imaginer qu'un futur docteur est dépourvu de sexualité.

Je le regardai en ouvrant de grands yeux. Une telle véhémence de la part d'un garçon qui perdait si rarement son sang-froid me laissait muette. Jamais il ne m'avait parlé avec une telle violence, une telle virulence. C'était ma faute. J'étais la pomme pourrie du panier, je l'avais contaminé. Il réagissait tout à fait comme il l'avait fait quand maman était restée si longtemps absente.

Au bord des larmes, je posai la main sur son bras et murmurai :

— Je crois que je sais exactement ce dont tu as besoin pour te sentir un homme.

— Vraiment ? répondit-il sur un ton mordant. Et qu'est-ce que tu peux faire pour moi, veux-tu m'expliquer ?

Il regardait fixement le plafond. J'avais mal de le voir ainsi. Je savais pourquoi il souffrait. Il était en train de renoncer à son rêve pour être pareil à moi qui me moquais de savoir si nous toucherions l'héritage ou pas. Et pour être pareil à moi, il fallait qu'il se fasse dur, amer, qu'il déteste tout le monde et soupçonne tout un chacun de nourrir des motifs cachés.

Je lui caressai timidement les cheveux.

— Qu'on te coupe les cheveux. Voilà ce dont tu as besoin. Ils sont trop longs et trop… jolis. Si tu veux te sentir un homme, il faut que tu les portes plus courts. Regarde… ils sont comme les miens.

— Qui a dit que tes cheveux étaient jolis ? Peut-être qu'ils l'ont été autrefois… avant d'être passés au goudron.

Voyez-vous ça ! Je croyais pourtant me rappeler que son regard m'avait dit, et pas qu'une fois, que mes cheveux étaient plus que jolis. Je me souvenais de la tête qu'il faisait quand il s'était armé des ciseaux pour couper ma frange. Il l'avait fait avec une telle répugnance qu'on aurait cru que c'étaient mes doigts qu'il coupait et non des cheveux insensibles à la douleur. Et, un jour, je l'avais surpris dans le grenier, mes mèches sacrifiées dans la main. Il les humait, il s'était caressé la joue avec puis les avait portées à ses lèvres. Et il les avait cachées au fond d'une boîte qu'il gardait sous son oreiller.

J'eus du mal à me forcer à prendre un ton léger car il ne fallait pas qu'il sache que je l'avais vu.

Oh ! Christopher Doll, vos yeux bleus sont les plus expressifs qui soient au monde ! Je plains les filles qui te tomberont dans les bras quand tu seras à nouveau libre. Et, en particulier, ta femme. Un si charmant mari séduira toutes ses patientes. À sa place, je te tuerais si tu avais la plus petite aventure extraconjugale. Peut-être même que je t'obligerais à abandonner la médecine dès l'âge de trente-cinq ans.

— Je ne t'ai jamais dit, même pas une fois, que tu avais de jolis cheveux, répéta-t-il d'une voix cassante.

C'était comme si j'avais parlé à un mur.

Du bout des doigts je lui frôlai la joue. Elle était un peu râpeuse. Il aurait eu besoin de se raser.

— Ne bouge pas, je vais chercher les ciseaux. Tu sais, il y a longtemps que je ne t'ai pas fait une coupe.

Pourquoi prendre la peine de leur couper les cheveux, à lui et à Cory ? C'était sans importance compte tenu de l'existence que nous menions. Depuis que nous étions à Foxworth Hall, je ne m'étais occupée ni des miens ni de ceux de Carrie. Seule ma frange avait connu les ciseaux en signe de soumission à la volonté d'une vieille mégère au cœur de pierre.

Je dis à Chris de s'asseoir par terre et me mis à

genoux derrière lui. Ses cheveux lui tombaient en dessous des épaules mais il ne voulait cependant pas que je lui en coupe trop.

— Vas-y doucement avec tes ciseaux, me recommanda-t-il avec inquiétude. Il ne faut pas en enlever trop d'un seul coup. Se sentir brusquement devenir un homme dans un grenier un jour de pluie peut être dangereux, ajouta-t-il sur le mode narquois.

Et il éclata d'un rire qui découvrait ses dents blanches. Mon charme avait opéré : il était redevenu lui-même.

Je passai avec précaution ses cheveux dans le peigne pour les rogner comme le font les coiffeurs, ne les écrêtant que de quelques millimètres à la fois. Je savais à qui je voulais qu'il ressemble – un héros pour qui j'avais une vive admiration.

Quand j'eus fini, je lui brossai les épaules et pris du recul pour vérifier le travail. Le résultat n'était pas mal du tout.

— Voilà qui est fait ! m'écriai-je triomphalement, tout heureuse et surprise de ma maîtrise dans un art qui me semblait si délicat. Non seulement tu es très beau mais tu fais aussi très viril comme ça. Cela dit, tu l'as toujours été, bien sûr. L'ennui, c'est que tu n'étais pas au courant.

Je lui fourrai dans la main le petit miroir en argent gravé à mes initiales qui faisait partie du nécessaire que maman m'avait offert pour mon dernier anniversaire. Il y avait un peigne et une brosse assortis. Je les cachais pour que la grand-mère ne sache pas que je possédais ces articles de luxe au service de l'orgueil et de la vanité.

Chris s'examina dans la glace et un étau me broya le cœur. Il avait l'air mécontent, indécis. Et puis un large sourire s'épanouit sur ses traits.

— Mon Dieu, Cathy ! Tu as fait de moi un prince Vaillant qui serait blond ! Sur le moment, ça ne m'a pas tellement plu mais je remarque en y regardant de plus près que tu as légèrement modifié le style du modèle. Ce n'est pas une coiffure au carré. Tu y as mis du bouffant et du dégradé, ce qui donne du relief au visage. Merci, Catherine Doll. J'ignorais que tu avais un tel talent de coiffeuse.

— J'ai beaucoup de talents que tu ne connais pas.

— C'est l'impression que je commence à avoir.

— Et le prince Vaillant a bien de la chance de ressembler à mon si beau, si blond et si viril frère, le taquinai-je, admirant mon chef-d'œuvre. Plus tard, il traînera tous les cœurs après lui !

Il posa le miroir d'un geste négligent et désinvolte et avant que je me sois rendu compte de quoi que ce fût, il bondit comme une panthère, se jeta sur moi, me renversa, s'empara des ciseaux et saisit mes cheveux à pleine poignée.

— Et maintenant, ma jolie, voyons si je peux te rendre le même service !

Je poussai un cri d'effroi, le repoussai et sautai sur mes pieds. Personne ne me couperait les cheveux d'un seul millimètre ! Ils étaient peut-être moins touffus et trop fins, maintenant, ils n'étaient peut-être plus aussi sensationnels qu'avant mais je n'en avais pas de rechange et ils étaient encore plus beaux, même dans cet état, que ceux de la plupart des filles.

Je sortis en trombe de la salle d'étude et me jetai à corps perdu dans le dédale de l'immense grenier, évitant les poteaux de soutènement, contournant les vieilles malles, avalant l'obstacle des petites tables basses, sautant à pieds joints sur les sofas et les fauteuils recouverts de housses. Les fleurs de papier se balançaient furieusement au vent de ma course folle.

Mais j'avais beau courir de toutes mes forces et mettre toute mon astuce à faire des crochets pour décontenancer mon poursuivant, impossible de le distancer ! Je me retournai : il était méconnaissable, ce qui ne fit que m'effrayer encore plus. Il fit un plongeon en avant pour attraper ma chevelure qui volait derrière moi, apparemment décidé à la trancher net.

Me haïssait-il ? Pourquoi avoir passé une journée entière à sauver mes cheveux avec tant de ferveur pour couper cette somptueuse parure rien que pour s'amuser ?

Je décidai de me réfugier à nouveau dans la salle d'étude. Je lui refermerais la porte au nez, je donnerais un tour de clé. Alors, il recouvrerait son bon sens et se rendrait compte de l'absurdité de ce petit jeu.

Peut-être devina-t-il mes intentions. Il sollicita encore davantage ses jambes, plus longues que les miennes, bondit en avant et sa main se referma sur mes boucles. Je trébuchai et tombai en hurlant.

Il tomba à son tour. Sur moi ! Une douleur aiguë me traversa le côté et je criai à nouveau. Pas de terreur, cette fois : de surprise.

À quatre pattes par terre, Chris était penché au-dessus de moi, livide, le visage défait.

— Tu es blessée ? Oh ! mon Dieu, Cathy, ça va ?

Si j'allais bien ? Une tache de sang s'élargissait sur mon chandail. Quand il la vit, une lueur d'affolement s'alluma dans le regard de Chris, soudain hagard. D'une main qui tremblait, il déboutonna mon chandail. Il laissa alors échapper un soupir de soulagement.

— Dieu soit loué ! J'avais tellement peur qu'il y ait une perforation. Cela aurait pu être grave si ç'avait été profond mais tu n'as qu'une estafilade. Méchante. Et tu perds pas mal de sang. Bon… Ne bouge pas un muscle, ne fais pas un mouvement. Reste comme tu es. Je vais chercher ce qu'il faut.

Il déposa un baiser sur ma joue, se releva et se rua dans l'escalier. Si j'étais descendue avec lui, cela aurait gagné du temps. Mais les jumeaux étaient en bas et la vue du sang les aurait affolés.

Quelques minutes plus tard, Chris revint au galop avec la trousse de première urgence. Il se laissa tomber à genoux à côté de moi. Ses mains qu'il s'était lavées en toute hâte étaient encore humides. Il n'avait pas pris le temps de les sécher complètement.

J'étais fascinée par ses gestes. Il savait exactement ce qu'il fallait faire. Il commença par plier en quatre une grosse serviette pour comprimer la plaie. La mine grave, il vérifiait toutes les quelques secondes l'évolution de l'épanchement. Quand celui-ci se fut tari, il passa sur la plaie un produit antiseptique qui me brûla comme du feu. C'était plus douloureux que la blessure elle-même.

— Je sais que ça pique, Cathy, mais il n'y a pas moyen de faire autrement. Il faut éviter l'infection. Dommage que je n'aie pas de quoi faire des sutures mais la cicatrice ne sera sans doute pas longue à disparaître. Dire que c'est moi qui t'ai fait ça ! Si tu étais morte à cause de moi – et cela aurait pu arriver si les ciseaux étaient entrés en faisant un angle différent –, j'aurais voulu mourir aussi.

Lorsqu'il eut terminé sa prestation médicale, il enroula le reste de la gaze, la rangea et referma la trousse.

Quelle souffrance je lisais dans le regard intense qu'il vrillait sur moi ! Nous avions tous les mêmes yeux bleus dans la famille mais, en ce jour de pluie, les siens où se reflétaient les couleurs de nos fleurs en papier étaient deux flaques sombres et limpides, frémissantes d'irisations. Ma gorge se serra. Où était passé le garçon que je connaissais ? Où était mon frère – et qui était ce jeune homme au duvet blond dont le regard soudé à mon regard me transperçait ? Et la peine qui frémissait dans l'arc-en-ciel changeant de ses yeux torturés me déchirait plus que toutes les souffrances que j'avais jamais connues.

— Chris, murmurai-je comme dans un rêve, ne fais pas cette tête-là. Ce n'est pas ta faute (Je pris son visage entre mes mains et le pressai sur ma poitrine, comme maman le faisait autrefois.) Ce n'est qu'une égratignure. Je ne sens rien (ce n'était pas vrai : j'avais affreusement mal) et je sais bien que tu ne l'as pas fait exprès.

— Pourquoi, aussi, t'es-tu mise à courir comme ça ? demanda-t-il d'une voix rauque. Automatiquement, je me suis lancé à ta poursuite. Mais c'était seulement pour rire. Je n'aurais pas arraché un cheveu de ta tête. C'était histoire de faire quelque chose, de s'amuser. Et tu te trompais quand tu disais que tes cheveux étaient jolis. Ils sont plus que jolis. Je crois que tu auras la chevelure la plus radieuse du monde.

J'eus l'impression qu'un couteau me transperçait la poitrine quand il releva un instant la tête, juste le temps de déployer mes cheveux pour couvrir mon sein nu. Il les huma. Nous ne bougions pas, nous ne parlions pas, nous écoutions la pluie d'hiver marteler les ardoises du toit. Nous baignions dans un profond silence. Le silence, toujours. Dans le grenier, la voix de la nature était la seule qui nous parvenait et il est rare que la nature parle sur un ton tendre et amical.

Le crépitement de la pluie s'apaisa. Soudain, un rayon de soleil caressa nos têtes, parant ses cheveux et les miens d'une résille de diamants.

— Regarde, Chris. Une lamelle des volets d'une des fenêtres donnant sur l'ouest est tombée.

— Chic ! fit-il avec contentement d'une voix somnolente. Maintenant, on aura du soleil, ça changera. Tu sais à quoi je pense ? ajouta-t-il dans un soupir. À Raymond et Lily en quête d'un univers où tous leurs rêves se réaliseraient.

— Ah bon ? chuchotai-je sur le même ton. En un sens, je pensais à la même chose, moi aussi.

J'enroulais et déroulais une mèche de ses cheveux autour de mon pouce en faisant mine de ne pas m'apercevoir qu'il caressait presque insensiblement mon sein – celui sur lequel il ne posait pas la joue. Comme je ne protestais pas, il s'enhardit et en baisa le mamelon. Je sursautai. Pourquoi ressentais-je cet étrange pincement ? Un mamelon n'était pourtant rien d'autre qu'une petite protubérance rose foncé au bout du sein.

Je voulais qu'il cesse. Je voulais qu'il continue.

— Je peux me représenter Raymond embrassant Lily exactement là, poursuivis-je d'une voix haletante, mais je suis incapable de me les imaginer en train de faire ce qui vient ensuite.

Il leva la tête et me considéra à nouveau avec autant d'intensité que tout à l'heure. D'étranges couleurs changeantes dansaient dans ses prunelles.

— Tu sais ce qui vient ensuite, Cathy ?

Je sentis mes joues s'enflammer.

— Oui, plus ou moins. Et toi ?

Il émit un de ces petits rires étouffés dont les romans fourmillent.

— Un peu, oui ! Le premier jour où je suis allé à l'école, on m'a tout expliqué en long et en large pendant la récréation. C'était le seul et unique sujet de conversation des grands ou peu s'en fallait. Les filles, le base-ball, les filles, le football, les filles, les filles, les filles. Cela fascine la plupart des garçons et aussi la plupart des hommes, je suppose.

— Mais toi, ce n'est pas un sujet qui te fascine ?

— Moi ? Je ne pense ni aux filles ni au sexe, encore que je voudrais bien que tu ne sois pas aussi jolie ! Et ce serait plus facile si tu n'étais pas toujours près de moi.

— Alors, tu penses à moi ? Tu me trouves jolie ?

Il exhala un grondement étouffé qui était presque un gémissement et, se dressant brusquement sur son séant, abaissa les yeux sur ce que révélait mon chandail ouvert. Les mains tremblantes, il le reboutonna avec des gestes maladroits, sans me regarder en face.

— Il faut que tu te mettes une chose dans la tête, Cathy. Tu es jolie, c'est évident, mais pour un frère, une sœur n'est pas une fille. (Il se cacha un instant la figure derrière ses mains. Quand il les laissa retomber, il souriait gaiement. Il toussota.) Il est temps de redescendre s'occuper des jumeaux avant qu'ils n'aient plus que deux trous noirs à la place de leurs yeux brûlés à force de s'hypnotiser sur l'écran.

J'eus du mal à me mettre debout, bien qu'il m'aidât, tant j'avais mal. Il me tenait dans ses bras et j'avais une joue pressée contre son cœur. Il tenta de m'écarter mais je m'accrochai à lui plus fort.

— Chris… ce qu'on vient de faire… est-ce que c'était un péché ?

Il s'éclaircit à nouveau la gorge…

— Si tu penses que c'en était un, eh bien, c'en était un.

En voilà une réponse ? Si l'on mettait entre parenthèses toute idée de péché, les moments que nous avions passés allongés l'un à côté de l'autre quand ses doigts et ses lèvres si tendres avaient éveillé en moi ce frémissement magique avaient été les plus doux que j'avais vécus depuis que nous étions les hôtes de cette abominable maison. Quand je levai la tête pour savoir ce qu'il pensait, il avait à nouveau ce regard étrange. Et, paradoxalement, il paraissait plus heureux, plus triste, plus âgé, plus jeune, plus mûr… Mais était-ce parce qu'il se sentait un homme, maintenant ? Dans ce cas, péché ou pas péché, j'étais contente.

Nous descendîmes l'escalier la main dans la main.

Les yeux fixés sur l'écran, Cory jouait sur sa guitare un air de son cru tandis que sa sœur fredonnait les paroles qu'il avait écrites. Je m'assis par terre à côté de lui.

— Tu aimes ma chanson, Cathy ? me demanda-t-il quand il eut frappé le dernier accord.

— Et comment ! Mais elle est triste. Tu devrais en écrire de plus gaies où il y ait un peu d'espoir.

La petite souris était dans sa poche fort occupée à se régaler des miettes qui s'y trouvaient. Seule sa queue dépassait. Soudain, elle se tortilla et sortit la tête, tenant entre ses pattes un morceau de, pain qu'elle entreprit de grignoter délicatement. Le regard que Cory lui jeta m'émut à tel point que je dus me détourner pour ne pas pleurer.

— Tu sais, Cathy, maman ne me parle jamais de mon Mickey.

— C'est qu'elle ne l'a pas remarqué.

— Pourquoi elle ne l'a pas remarqué ?

Je poussai un soupir. Je ne savais plus qui était ma mère, je ne savais plus ce qu'elle était sinon une étrangère que nous avions aimée autrefois. Et je savais maintenant qu'il n'y a pas que la mort qui vous arrache les êtres que l'on aime et dont on a besoin.

— C'est que maman a un nouveau mari, dit Chris sur un ton allègre. Et, quand on est amoureux, on ne voit que son bonheur à soi, pas celui des autres. Mais elle s'apercevra bientôt que tu as un nouveau copain, ne t'en fais pas.

Carrie regardait mon chandail.

— Qu'est-ce que c'est, la tache que tu as là, Cathy ?

— De la peinture, répondis-je sans l'ombre d'une hésitation. Chris a voulu m'apprendre à peindre et comme mon tableau était plus beau que tous ceux qu'il a faits, ça l'a rendu furieux. Il a pris le godet de peinture rouge et il me l'a lancé.

— C'est vrai, Chris, que Cathy peint mieux que toi ?

— Si elle le dit…

Satisfaite par l'explication, Carrie, sautant du coq à l'âne, commença à expliquer à son frère qu'il avait manqué les dinosaures.

— Ils étaient plus grands que cette maison, tu sais ? Ils sont sortis de l'eau, et puis ils ont avalé le bateau avec les bonshommes qui étaient dedans. Je savais que tu regretterais de les avoir ratés.

— Oui, fit pensivement Chris, j'aurais drôlement aimé voir ça.

Cette nuit-là, je me sentis étrangement nerveuse et troublée. Je n'arrêtais pas de penser à la manière dont Chris m'avait regardée dans le grenier.

Et je compris soudain que j'avais trouvé le secret que je cherchais depuis si longtemps – le mystérieux déclic qui déclenchait l'amour… le désir physique, le désir sexuel. Ce n'était pas simplement le fait de voir un corps nu.

C'étaient les yeux. Le secret de l'amour résidait dans les yeux, dans la façon dont une personne en regardait une autre, dont ils se parlaient tandis que leurs lèvres restaient muettes. Les yeux de Chris m'avaient dit ce que mille mots ne m'auraient jamais dit.

Mais il y avait aussi la façon dont il me touchait, me caressait tendrement quand il me regardait ainsi. C'était pour cela que la grand-mère avait établi cette règle : interdiction de regarder le sexe opposé. Oh !

Dire que la vieille sorcière connaissait le secret de l'amour ! Non ! Jamais elle n'avait pu être aimée, ce dragon au cœur de pierre ! Jamais ses yeux n'avaient pu s'adoucir !

Il n'y avait pas que les yeux mais aussi ce qu'il y avait derrière – dans la tête. La volonté de faire plaisir, de rendre heureux, de donner de la joie et de tuer la solitude qu'éprouvent les gens que personne ne comprend comme ils voudraient être compris.

Le péché n'avait absolument rien à voir avec l'amour, le véritable amour. Je tournai la tête vers Chris. Il ne dormait pas, lui non plus. Couché en chien de fusil, il me regardait et la douceur de son sourire me donna envie de pleurer. Sur lui et sur moi.

Quelque chose d'obscur et de terrible jeta son ombre sur mes rêves lumineux. Les objets les plus quotidiens prenaient des proportions monstrueuses. La grand-mère se glissait subrepticement dans la chambre et, me croyant endormie, elle me rasait le crâne. Je hurlais mais elle ne m'entendait pas – personne ne m'entendait. Puis, saisissant un long couteau tout brillant, elle me trancha les seins et les enfonça dans la bouche de Chris. Et ce n'était pas encore le pire. Je m'agitais, me contorsionnais et mes faibles gémissements réveillèrent Chris qui, tout ensommeillé, vint en trébuchant s'asseoir au bord de mon lit et tâtonna à la recherche de ma main.

— Encore un de tes cauchemars, Cathy ?

Oh non ! Ce n'était pas un cauchemar ordinaire. C'était un rêve prémonitoire. Je sentais au plus profond de moi-même qu'il allait arriver quelque chose d'épouvantable.

Tremblante comme une feuille, je le racontai à Chris.

— Et ce n'était pas tout. Maman est entrée, couverte de diamants, et elle m'a arraché le cœur.

— Les rêves ne veulent rien dire, Cathy.

— Oh si !

Je racontais volontiers à mon frère mes rêves, bons et mauvais. Il m'écoutait en souriant et disait que ce devait être formidable d'aller toutes les nuits au cinéma. Mais ce n'était pas ça du tout. Quand on regarde un film, on sait que ce que l'on voit sur l'écran n'est qu'une histoire imaginée par un scénariste. Or, dans mes rêves, je participais. Je les vivais, j'avais mal, je souffrais et, malheureusement, il était bien rare que je les savoure.

Mais pourquoi Chris qui me connaissait et avait l'habitude de mes réactions insolites restait-il pétrifié telle une statue de marbre, comme si ce rêve particulier l'impressionnait plus que les autres ? Avait-il rêvé, lui aussi ?

— Cathy, je te donne ma parole que nous allons nous enfuir de cette maison. Tous les quatre ! Tu m'as convaincu. Tes rêves ont sûrement une signification – sinon, tu ne ferais pas tout le temps les mêmes. Les femmes ont plus d'intuition que les hommes, c'est prouvé. Le subconscient travaille dans le sommeil. Nous n'attendrons pas plus longtemps que maman hérite de ce grand-père qui n'en finit pas de ne pas mourir. On trouvera un moyen.

Il ne plaisantait pas, ce n'était pas des paroles en l'air. Il pensait chaque mot qu'il disait – il suffisait d'entendre son ton inflexible et résolu pour en être persuadé. J'étais si heureuse que j'aurais pu hurler de joie. Nous allions nous échapper ! Cette maison n'aurait finalement pas le dernier mot !

Avant tout, il fallait se procurer une clé. Nous savions que celle de la chambre était un passe qui ouvrait toutes les pièces de la maison. S'évader avec des draps de lit transformés en corde à nœuds était exclu à cause des jumeaux. Et inutile d'espérer que la grand-mère serait assez insouciante pour laisser sa clé à notre portée. Ce n'était pas son genre. Dès qu'elle avait ouvert, elle la remettait dans l'une des poches dont ses affreuses robes grises étaient invariablement bardées.

Mais notre mère, elle, était plus négligente. Et elle n'aimait pas les poches qui auraient déparé sa silhouette svelte. Aussi était-ce sur elle que nous fondions nos espoirs. Qu'avait-elle à craindre avec nous, ses dociles, ses doux « gentils chéris » résignés qui ne grandiraient jamais, qui ne constitueraient jamais un danger ? Elle était heureuse, amoureuse, à preuve ses yeux brillants et ses éclats de rire. Elle ne remarquait rien et nous aurions voulu hurler pour la forcer à voir la pauvre mine et l'état d'apathie des jumeaux. Elle ne faisait jamais allusion à la petite souris. Pourquoi ne la voyait-elle pas quand Mickey mordillait l'oreille de Cory, juchée sur son épaule ? Pas un mot même quand le petit avait les larmes aux yeux parce qu'elle ne le félicitait pas d'avoir gagné l'affection de la bestiole.

Elle nous rendait généreusement visite deux ou trois fois par mois, les bras chargés de cadeaux qui lui donnaient bonne conscience. Elle trônait, ce jour-là, comme une reine dans son fauteuil, gracieuse, bien prise dans un luxueux ensemble agrémenté de fourrure, parée de bijoux comme une châsse, et nous distribuait les présents qu'elle nous avait apportés – des boîtes de peinture pour Chris, des chaussons de danse pour moi et des vêtements sensationnels. Exactement ce qui convenait pour être porté dans notre grenier car ils étaient rarement à notre taille. Ils étaient trop grands ou trop petits ; nos baskets étaient parfois confortables et parfois ils nous faisaient mal aux pieds. Et j'attendais toujours le soutien-gorge qu'elle ne cessait de me promettre et qu'elle oubliait régulièrement.

Je la contemplais en silence, attendant qu'elle me demande des nouvelles de la santé des jumeaux. Ne se rappelait-elle plus que Cory avait le rhume des foins et que son nez coulait tout le temps, qu'il était quelquefois obligé de respirer par la bouche parce que ses narines étaient bouchées ? Elle savait pourtant qu'il fallait lui faire des piqûres antiallergiques une fois par mois. La dernière remontait à plusieurs années. Ne souffrait-elle pas de les voir, sa petite sœur et lui, suspendus à mes jupes comme si c'était moi qui leur avais donné le jour ? N'y avait-il donc rien qui la touchât et lui fît comprendre que quelque chose ne tournait pas rond ?

En tout cas, rien dans son attitude n'indiquait qu'elle soupçonnât que tout n'était pas parfaitement normal chez ses enfants. Je lui énumérai cependant nos petits ennuis physiques : il nous arrivait de vomir fréquemment depuis quelque temps, d'avoir des migraines, des douleurs d'estomac, d'être pris de faiblesse.

— Entreposez vos provisions dans le grenier, il y fait plus frais, répondait-elle sans broncher.

Elle avait le culot de nous parler des soirées et des concerts auxquels elle assistait, des pièces de théâtre et des films qu'elle voyait, des bals où elle se rendait et des voyages qu'elle faisait, toujours avec son Bart.

— Bart et moi allons faire du shopping à New York. Faites-moi une liste de ce que vous voudriez que je vous rapporte.

— Et après avoir fait tes courses de Noël à New York, où iras-tu ? m'enquis-je en prenant garde à ne pas regarder la clé qu'elle avait négligemment lancée sur la commode.

Contente de ma question, elle se mit à rire et, croisant ses mains blanches et déliées, entreprit de nous exposer par le menu ses projets pour après les fêtes :

— Nous irons dans le Sud. Peut-être ferons-nous une croisière à moins que nous ne passions un mois en Floride. Mais votre grand-mère prendra soin de vous pendant ce temps.

Tandis qu'elle continuait de babiller allègrement de la sorte, Chris s'approcha de la commode à pas de loup, s'empara de la clé, puis il se dirigea sans se presser vers la salle de bains après s'être excusé, ce dont il aurait fort bien pu se dispenser : elle ne remarqua pas qu'il s'était éclipsé. Elle faisait son devoir : elle rendait visite à ses enfants – et, Dieu soit loué, elle avait pris place dans le fauteuil qu'il fallait. Je savais ce que Chris faisait dans la salle de bains : il prenait l'empreinte de la clé avec la savonnette que nous avions réservée à cet usage. C'était l'une des nombreuses choses que nous avions apprises à force de regarder la télévision à longueur de temps.

Dès que notre mère fut repartie, Chris sortit le morceau de bois qu'il avait mis de côté et commença sans plus tarder à fabriquer une clé rudimentaire. Pendant des heures et des heures, il sculpta méticuleusement son ébauche, la polit et la repolit en se servant de l'empreinte comme matrice. Il avait délibérément jeté son dévolu sur un bois très dur, craignant qu'une clé taillée dans du bois tendre ne se brisât dans la serrure, ce qui aurait trahi nos intentions. Il travailla trois jours d'affilée avant d'en avoir terminé.

Quelle jubilation ! Nous nous jetâmes dans les bras l'un de l'autre et fîmes une danse endiablée autour de la chambre en riant et en nous embrassant. Nous pleurions presque. Les jumeaux nous regardaient, sidérés. Qu'une malheureuse petite clé nous rende si joyeux, ils n'en revenaient pas.

Nous pouvions désormais ouvrir la porte de notre prison mais, si curieux que cela puisse paraître, au-delà de cela, nous n'avions aucun plan.

Chris s'immobilisa soudain en plein milieu de notre sarabande triomphale et frénétique.

— De l'argent ! s'exclama-t-il. Il nous faut de l'argent. L'argent ouvre toutes les portes et, quand nous en aurons, toutes les routes seront à nous.

— Mais où veux-tu trouver de l'argent ?

Ces paroles avaient brusquement douché mon enthousiasme : il avait imaginé une nouvelle raison de tergiverser.

— Il n'y a pas trente-six solutions. On volera maman, son mari et la grand-mère.

Son ton était catégorique. Comme si voler était une vénérable et honorable profession. Ce qui est d'ailleurs peut-être vrai en cas d'absolue nécessité.

— Si nous nous faisons prendre, ce sera le fouet pour tout le monde, même pour les jumeaux, Chris. Et quand maman sera en voyage, la vieille pourra recommencer à nous mettre au régime jockey. Et Dieu sait ce qu'elle est capable d'inventer d'autre !

Il s'assit devant la coiffeuse et, le menton dans les mains, resta longtemps silencieux. Il réfléchissait.

— Une chose est sûre, laissa-t-il finalement tomber. Il n'est pas question qu'elle te frappe, ni toi ni les petits. Donc, c'est moi qui opérerai et si je me fais piquer, je serai seul à subir ses foudres. Mais je ne me ferai pas piquer. Je ne faucherai rien à la vieille, ce serait trop risqué. Elle n'a pas les yeux dans sa poche et elle sait certainement combien elle a dans son porte-monnaie au sou près. Maman, elle, ne compte jamais son argent. Tu te rappelles comme cela énervait papa ? (Il m'adressa un sourire rassurant.) Ce sera comme Robin des Bois qui volait les riches pour donner leur argent aux pauvres dans le besoin… les pauvres étant nous, en l'occurrence. Et je n'agirai que lorsque maman nous dira qu'elle passe la soirée dehors avec son mari.

— Et les jours où elle ne montera pas nous voir, il n'y aura qu'à faire le guet à la fenêtre.

Quand nous avions cette audace, nous disposions d'une excellente vue qui nous permettait d'observer les allées et venues.

Et, de fait, maman ne tarda pas à nous annoncer, un soir, qu'elle se rendait à une réception.

— Bart n'est pas un fanatique de la vie mondaine. Il préférerait ne pas bouger. Mais je déteste cette maison. Il me demande tout le temps pourquoi nous ne nous installons pas dans nos meubles. Que voulez-vous que je lui réponde ?

Mon chéri, j'ai un secret à t'avouer. Je suis mère de quatre enfants qui sont cachés dans l'aile nord.

Chris n'eut aucune difficulté à chiper de l'argent dans la somptueuse chambre à coucher de notre mère. L'insouciance avec laquelle elle laissait traîner les billets de dix et vingt dollars sur les meubles le troubla d'ailleurs, et lui fit se poser des questions. N'était-il pas entendu qu'elle faisait des économies pour le jour où elle pourrait nous faire quitter cette prison ? Il vidait aussi les poches du mari qu'il délestait de la petite monnaie qu'il y trouvait. Il y avait aussi de temps en temps des pièces derrière les coussins des fauteuils. Il multiplia ces visites durant tout l'hiver. Quand il revenait, il était à la fois jubilant et morne. Notre viatique s'arrondissait au fil des jours. Mais pourquoi cet air morose ?

— Viens avec moi la prochaine fois, me dit-il. Tu verras par toi-même.

Je pouvais l'accompagner sans remords : les jumeaux ne se réveilleraient pas en notre absence. Ils dormaient d'un sommeil profond, si lourd que, le matin, ils avaient toutes les peines du monde à reprendre pied dans l'univers réel. Parfois, quand je les regardais dormir, ils m'effrayaient. C'étaient deux poupées qui ne grandissaient pas et dont le sommeil ressemblait plus à une petite mort qu'au repos nocturne.

Le printemps approchait et il fallait absolument nous hâter de nous enfuir – avant qu'il ne soit trop tard.

— Ah ! Cathy ! Toi et tes intuitions ! disait Chris en souriant quand je lui disais ce que me répétait une petite voix lancinante. Nous avons besoin d'argent. Au moins cinq cents dollars. Pourquoi es-tu si pressée ? Maintenant, nous mangeons à notre faim et nous ne sommes plus fouettés. Même si nous ne sommes qu'à moitié habillés quand elle arrive, elle ne nous dit rien.

Oui, pourquoi cette nouvelle mansuétude de la grand-mère ? Tous les jours, elle nous montait notre panier pique-nique plein à ras bord de sandwiches, de thermos de potage tiède et de lait, plus les quatre beignets saupoudrés de sucre qui faisaient dorénavant partie de notre ordinaire. Comme si elle ne pouvait pas varier un peu les menus ! Pourquoi pas, de temps en temps, des biscuits, du cake ou de la tarte ?

Un soir, Chris m'entraîna donc le long d'obscurs et sinistres corridors jusqu'aux appartements de maman. Il m'avait abondamment parlé du lit cygne et du bébé lit mais, les découvrir *de visu*, ce n'était pas pareil. J'en eus le souffle coupé. Dieu du ciel, ce n'était pas une chambre, c'était un écrin pour une reine ou une princesse ! Tant de luxe et d'opulence me laissait médusée. Je n'osais pas toucher les murs tendus d'une soie damassée dont le rose vif tranchait sur la moquette mauve où l'on enfonçait presque jusqu'aux chevilles. J'effleurai la douce fourrure qui servait de dessus-de-lit et les vaporeux rideaux du baldaquin ; je caressai les lourdes tentures de velours cramoisi.

M'éloignant avec répugnance de ce lit, merveilleux cygne dont l'œil assoupi m'observait avec vigilance, où maman dormait avec un autre homme que notre père, j'ouvris la penderie. Un rêve ! Gigantesque, elle recelait plus de toilettes que les réserves d'un grand magasin. Et je ne compte pas les chaussures, les chapeaux les sacs à main, les manteaux de fourrure, des longs et des trois-quarts, la cape de vison blanc et la cape de vison noir, la veste en léopard, plus une multitude d'accessoires en daim, des déshabillés, des chemises de nuit, des peignoirs froufroutants, enrubannés, brodés, garnis de dentelles ou de duvet, en velours, en satin, en mousseline, en organdi…

J'ouvris le tiroir de la table de chevet. Des pots de crème, des mouchoirs en papier et deux livres, de ceux qu'on lit quand on n'arrive pas à dormir. (Y avait-il des nuits où elle se retournait dans son lit, incapable de trouver le sommeil parce qu'elle pensait à nous ?) Tout à fait au fond, je tombai sur un épais album ayant pour titre : *Créez vous-même vos modèles de broderie.*

J'étais intriguée. Maman m'avait appris à faire quelques points et même un peu de tapisserie lors de mon premier anniversaire en captivité. Créer ses propres modèles… voilà qui ne manquait pas d'intérêt.

Je pris l'ouvrage et commençai à le feuilleter au hasard tandis que, derrière moi, Chris ouvrait et refermait les tiroirs. Je m'attendais à des motifs floraux, à n'importe quoi, mais sûrement pas à ça. Les yeux écarquillés, j'étais comme foudroyée à la vue de ces photos en couleurs. Des photos incroyables représentant des hommes et des femmes tout nus en train de faire... les gens faisaient-ils réellement des choses pareilles ? Était-ce cela, faire l'amour ?

Je croyais qu'il s'agissait d'un acte sacré et digne de vénération auquel on ne se livrait que portes closes dans la plus stricte intimité. Et j'avais sous les yeux des images sur lesquelles figuraient des groupes de personnes accouplées selon diverses combinaisons. En dépit de moi-même – du moins, voulais-je croire –, je tournai lentement les pages les unes après les autres, et mon incrédulité ne faisait que croître. Il y avait donc tant de façons de faire ça ! Tant de positions !

Chris m'annonça qu'il avait terminé sa razzia. Il ne pouvait pas voler à chaque fois, cela aurait risqué de se remarquer. Il ne raflait que quelques billets de cinq dollars, des coupures d'un dollar et toutes les pièces qui avaient glissé derrière les coussins.

— Qu'est-ce qui t'arrive, Cathy ? Tu es devenue sourde ? Viens, on s'en va.

Mais je ne pouvais pas bouger, je ne pouvais pas m'arracher à l'album. Chris s'approcha pour voir ce qui me fascinait à ce point et regarda par-dessus mon épaule. Je l'entendis suffoquer. Il ne dit rien tant que je ne fus pas arrivée à la dernière page. Alors, il me le prit des mains et commença à en feuilleter le début pour voir ce qu'il avait manqué. En face de chaque photo pleine page, il y avait un texte en petits caractères mais ces photographies n'avaient nul besoin d'explication.

Quand il referma l'album, je lui lançai un coup

d'œil furtif. Il était comme frappé de stupeur. Je remis le bouquin exactement là où je l'avais trouvé, sous les deux livres. Chris saisit ma main et m'entraîna vers la porte. Nous regagnâmes l'aile nord.

Je savais maintenant pourquoi la grand-mère avait tenu à ce que nous ne partagions pas le même lit : l'irrésistible appel de la chair était si puissant, si impérieux, si vertigineux qu'il poussait les gens à se conduire comme des démons plutôt que comme des saints.

Une fois rentrés dans notre chambre, je me penchai sur Carrie endormie. Pelotonnée sur elle-même, on aurait dit un chérubin. Elle était très rouge et ses boucles humides de transpiration collaient sur son front. Je l'embrassai. Sa joue était brûlante. Cory était aussi congestionné que sa sœur.

Mon Dieu, priai-je silencieusement, *faites qu'il n'arrive rien aux jumeaux tant que nous n'aurons pas fui... Faites qu'ils vivent jusqu'à ce que nous trouvions un endroit lumineux et éclatant de soleil où les portes ne sont jamais fermées à clé...*

Après avoir pris mon bain, je mis ma chemise de nuit la plus épaisse, la plus chaude et la plus pudique.

Tous les jours, nous faisions notre prière à genoux au pied de nos lits : c'était l'une des règles de la grand-mère. Ce soir, nous l'enfreignîmes.

Je me couchai à côté de Carrie. J'avais l'impression que la vue du gros album – que j'avais envie de feuilleter encore en lisant chaque mot des légendes – m'avait souillée et, aussi, transformée. Je savais déjà que je n'étais ni une sainte, ni un ange, ni une prude collet monté, je savais qu'un jour prochain il me faudrait connaître tout ce qu'il y a à connaître sur la manière dont on se sert de son corps dans l'amour.

Lentement, très lentement, je me tournai vers Chris. Je le distinguai dans la pénombre rosée que diffusait la veilleuse. Couché sur le côté, les draps remontés jusqu'au menton, il m'observait.

— Ça va ? me demanda-t-il.

— Oui, je survis.

Quand je lui souhaitai bonne nuit, je ne reconnus pas ma voix.

— Bonsoir, Cathy.

Ce n'était pas sa voix habituelle, à lui non plus.

Mon beau-père

Au printemps, Chris tomba malade. Autour de sa bouche, la peau était verdâtre et il était pris de vomissements incoercibles. Quand il ressortait en chancelant de la salle de bains, c'était pour s'écrouler sur son lit. Il voulut se plonger dans *L'Anatomie* de Gray mais il ne tarda pas à lancer le volume au loin, furieux contre lui-même.

— Ce doit être quelque chose que j'ai mangé, grommela-t-il sur un ton maussade.

— Chris, je ne veux pas te laisser seul, lui dis-je au moment où je m'apprêtais à glisser la clé en bois dans la serrure.

Il se mit en colère :

— Cathy, il est grand temps que tu commences à marcher sans béquilles ! Tu n'as pas besoin de moi à tes côtés vingt-quatre heures sur vingt-quatre. C'était ça l'ennui, avec maman. Elle croyait qu'elle aurait tout le temps un homme sur qui se reposer. Il ne faut compter que sur soi, Cathy. Toujours.

L'effroi qui faisait battre mon cœur se reflétait dans mes yeux. Se rendant compte de ma terreur, Chris se radoucit :

— Je vais très bien, ne t'en fais pas, et je suis capable

de m'occuper de moi-même. Cet argent nous est indispensable, Cathy. Alors, il faut que tu ailles seule. Qui sait si l'occasion se représentera encore ?

D'un bond, je fus devant son lit et, à genoux, j'enfouis mon visage dans sa poitrine.

— Sois tranquille, je ne suis pas encore mort, murmura-t-il en me caressant tendrement la tête. Ce n'est pas grave au point de se répandre en pleurs. Mais il faut que tu comprennes une chose : quoi qu'il puisse nous arriver à l'un ou à l'autre, le survivant devra faire sortir les jumeaux d'ici.

— Ne dis pas des choses pareilles !

La seule idée de la mort me rendait malade. Et comme j'étais là, agenouillée, à le scruter intensément, je songeai fugitivement que, tantôt l'un tantôt l'autre, il nous arrivait très souvent de ne pas être dans notre assiette.

— Il faut que tu y ailles, maintenant, Cathy. Lève-toi. Fais un effort. Et ne prends que des billets d'un et de cinq dollars, rien de plus gros. Mais ramasse toutes les pièces qui tombent des poches de notre beau-père. Au fond de son placard, tu trouveras une grosse boîte de fer-blanc pleine de petite monnaie. Prends-en une poignée.

Il était pâle et affaibli. Et il avait maigri. Je lui piquai hâtivement un baiser sur la joue, répugnant à l'abandonner alors qu'il paraissait si mal en point, puis, après un dernier coup d'œil aux jumeaux endormis, je me dirigeai vers la porte, la fausse clé à la main.

— Je t'aime. Christopher Doll, fis-je sur un ton qui se voulait badin avant d'ouvrir.

— Je t'aime aussi, Catherine Doll. Bonne chasse !

Je lui envoyai un dernier baiser des doigts. Une fois dans le couloir, je donnai un tour de clé.

Mon opération de commando dans la chambre de maman ne présentait aucun danger. Dans la journée, elle nous avait dit que son mari et elle étaient invités à passer la soirée chez des amis qui habitaient non loin. Et tandis que je m'enfonçais sans bruit de corridor en corridor en rasant les murs, je me promettais de lui voler au moins un billet de vingt dollars et un de dix. Je prendrais mes risques. Je lui subtiliserais peut-être aussi quelques bijoux. Les bijoux, cela peut se mettre au clou. C'est aussi bien que l'argent. Peut-être même mieux.

J'étais tranquille : je ne tomberais pas sur la grand-mère. C'était une couche-tôt. Elle se retirait à 9 heures. Et il était 10 heures.

Courageuse et résolue, je poussai la porte à deux battants qui se referma silencieusement derrière moi. Seule une petite lampe était allumée.

Je jetai un coup d'œil circulaire dans la pièce et la terreur me paralysa !

Le nouveau mari de maman était affalé dans un fauteuil, jambes allongées et pieds croisés. J'étais juste devant lui dans ma nuisette bleue transparente et ultra-courte, mais heureusement, j'avais une petite culotte assortie en dessous. Le cœur battant à grands coups, complètement paniquée, je m'attendais qu'il me demande d'une voix tonnante qui j'étais et ce que je venais faire dans cette chambre sans y avoir été invitée.

Mais il n'ouvrit pas la bouche.

Il était en tenue de soirée. S'il ne posa pas de question, c'était pour la simple raison qu'il dormait. Je faillis faire demi-tour et m'enfuir sans demander mon reste tellement j'étais terrifiée à l'idée qu'il pourrait se réveiller et me voir plantée en face de lui.

Mais la curiosité fut plus forte que la peur. Je m'approchai sur la pointe des pieds pour l'examiner de plus près. Témérairement, j'allai jusqu'à son fauteuil. J'aurai pu le toucher et lui retourner les poches si j'avais voulu. Mais je ne voulais pas.

Jouer les pickpockets était bien la dernière chose à laquelle je pensais. J'étais ébahie maintenant que je voyais le Bart bien-aimé de maman en gros plan. Je l'avais déjà aperçu de loin à différentes reprises. D'abord, la nuit de Noël. Et puis une autre fois en bas du perron. Il aidait maman à enfiler son manteau. Il l'avait embrassée sur la nuque et, derrière l'oreille, il avait murmuré quelque chose qui l'avait fait sourire et il l'avait serrée tendrement contre lui.

Oui, oui, je l'avais vu, et j'avais beaucoup entendu parler de lui par notre mère ; je savais où vivait sa famille, où il était né, où il avait fait ses études mais rien ne m'avait préparée à cette brutale révélation.

Maman... comment as-tu pu ! Tu devrais avoir honte ! Cet homme est plus jeune que toi... il a des années de moins ! Cela, elle s'était gardée de nous le dire.

C'était un secret. Quoi d'étonnant si elle l'adorait ? N'importe quelle femme aurait rêvé d'un homme pareil. Rien qu'à l'élégance désinvolte de son attitude abandonnée, je devinais qu'il était à la fois tendre et passionné dans l'amour.

J'aurais voulu le haïr mais je n'y parvenais pas. Même endormi, il m'attirait et faisait battre mon cœur.

Souriant innocemment dans son sommeil, Bartholomew Winslow répondait sans le savoir à mon admiration. C'était un avocat, un de ces hommes qui savent tout… comme les docteurs… comme Chris. De quelle couleur étaient ses yeux ? Bleus ou marron ? Il avait une tête fine et allongée, un corps mince et musclé.

Il portait une large alliance en or travaillé, la sœur jumelle de celle de ma mère mais la taille au-dessus, et, à l'index, un gros diamant qui brillait d'un vif éclat même dans la pénombre.

Il était grand… cela, je le savais déjà. Beaucoup de choses me plaisaient chez lui, mais c'étaient ses lèvres charnues et sensuelles qui me fascinaient le plus. Sous la moustache, la bouche était d'un dessin parfait – cette bouche qui devait embrasser ma mère… partout. Grâce au livre érotique, j'avais maintenant une idée assez précise des plaisirs que se prodiguent mutuellement les adultes quand ils sont nus.

Brusquement, l'envie me prit de l'embrasser – juste pour voir si sa moustache noire chatouillait. Et pour savoir aussi l'impression que ça me ferait d'embrasser une personne qui n'avait pas de rapports de parenté avec moi.

Là, pas d'interdits. Caresser tout doucement sa joue rasée de près au risque de le réveiller n'était pas un péché.

Mais il ne se réveilla pas.

Me penchant sur lui, j'effleurai ses lèvres de mes lèvres et m'écartai précipitamment, à demi paralysée d'effroi. Je souhaitais presque qu'il se réveille, néanmoins. J'étais trop jeune et n'avait pas assez confiance dans mes charmes pour croire qu'il se ferait mon défenseur alors qu'une femme comme ma mère était follement amoureuse de lui. Si je le secouais pour le réveiller, écouterait-il tranquillement cette histoire… quatre enfants séquestrés depuis des années dans une chambre isolée, attendant avec impatience la mort de leur grand-père ? Comprendrait-il ? Se rangerait-il de notre côté et obligerait-il maman à nous rendre la liberté et à renoncer à son immense héritage ?

Je portai fébrilement la main à ma gorge comme le faisait maman quand, confrontée à un dilemme, elle ne savait quelle décision prendre. Mon instinct me criait : réveille-le ! Mes soupçons me murmuraient dans un chuchotement craintif : ne dis rien. Ne lui dis rien. Que veux-tu qu'il fasse de toi, de quatre enfants dont il n'est pas le père ? Il t'en voudra à mort d'empêcher sa femme d'hériter d'une fortune permettant d'accéder à tous les plaisirs. Regarde comme il est jeune et beau. Bien que notre mère fût une beauté exceptionnelle et qu'elle fût sur le point de devenir l'une des femmes les plus riches du monde, il aurait pu convoler avec quelqu'un de plus jeune. Une jeune fille qui n'aurait encore jamais aimé, qui n'aurait encore jamais couché avec un autre.

Il n'y avait pas d'hésitation à avoir. La réponse était parfaitement simple : que pesaient quatre enfants indésirables en face de cette richesse incroyable ?

Ils ne comptaient pas. C'était une chose que ma mère m'avait déjà apprise. Et une jeune fille assommerait Bart.

Oh ! C'était injuste ! Inique ! Maman possédait tout ! Elle était libre d'aller et de venir à son gré, libre de jeter l'argent par les fenêtres et de vider les magasins les plus luxueux du monde si tel était son bon plaisir. Elle avait même de quoi acheter un homme beaucoup plus jeune qu'elle, l'aimer, dormir avec lui. Et nous, qu'avions-nous, hormis des rêves brisés, des promesses non tenues et des frustrations sans fin ? Qu'avaient-ils, les jumeaux, hormis une maison de poupée, une petite souris et une santé qui ne cessait de décliner ?

J'avais les larmes aux yeux en retournant à notre prison et le désespoir qui m'accablait était une lourde pierre pesant sur ma poitrine. Chris dormait, *L'Anatomie* de Gray ouverte sur son cœur. Je la refermai après avoir soigneusement marqué la page, la posai près du lit et m'allongeai à côté de mon frère. Mes larmes silencieuses mouillaient mon pyjama.

— Cathy, murmura-t-il d'une voix ensommeillée en se réveillant. Qu'y a-t-il ? Pourquoi pleures-tu ? As-tu rencontré quelqu'un ?

J'étais incapable de le regarder en face et, pour une inexplicable raison, je ne pouvais lui dire ce qui s'était passé – que j'avais trouvé le nouveau mari de maman en train de dormir, et encore moins que j'avais été sotte et romanesque au point de l'embrasser dans son sommeil.

— Et tu n'as pas trouvé d'argent ? fit-il avec incrédulité.

— Pas un sou.

Je me détournai mais, me prenant parle menton, il me força à le regarder dans le blanc des yeux. Oh ! Pourquoi fallait-il donc que nous nous connaissions si bien l'un l'autre ? Je m'efforçai de demeurer sans expression mais c'était peine perdue. Je ne pouvais que fermer les yeux et me pelotonner davantage entre ses bras. Il enfouit son visage dans mes cheveux et me tapota le dos pour me consoler.

— Cela ne fait rien. Ne pleure plus. Tu ne savais pas comme moi où il fallait chercher. Va dans ton lit, ajouta-t-il d'une voix rauque. La grand-mère pourrait entrer et nous surprendre.

— Tu n'as plus vomi après mon départ, hein, Chris ?

— Non, je vais mieux. Mais couche-toi dans ton lit, Cathy, dépêche-toi.

— C'est bien vrai ? Tu ne dis pas ça seulement pour me rassurer ?

— Je te répète que je vais mieux.

— Bonne nuit, Christopher Doll.

Je l'embrassai sur la joue avant de regagner mon lit.

— Bonne nuit. Catherine. Tu es une sœur parfaite, tu es une mère parfaite pour les jumeaux mais tu es aussi une sacrée menteuse et, comme voleuse, tu n'es bonne à rien !

À chacune des expéditions de Chris chez maman, notre magot grossissait mais il faudrait encore longtemps pour parvenir à l'objectif des cinq cents dollars que nous nous étions fixé. Et c'était l'été. J'avais quinze ans et les jumeaux en avaient huit depuis peu. Nous serions bientôt en août – le troisième anniversaire de notre séquestration. Il fallait nous évader avant l'hiver.

Accroupi par terre, Cory, les yeux fixés sur la télévision qui passait un dessin animé idiot, gratouillait son banjo. Carrie, blottie contre lui, ne regardait pas l'écran.

— Cathy, gazouilla-t-elle, Cory ne se sent pas très bien.

— Comment le sais-tu ?

— Comme ça.

— Il te l'a dit ?

— Pas besoin.

— Et toi, comment te sens-tu ?

— Comme d'habitude.

— C'est-à-dire ?

— J'sais pas.

Oh oui ! Il fallait s'échapper d'ici ! Et vite !

Chris et moi partagions toutes nos pensées, toutes nos aspirations, tous nos doutes, toutes nos craintes. Quand j'avais quelque petit problème, il était mon médecin. Mes problèmes, heureusement, n'étaient jamais plus graves que les inconvénients mensuels qui n'arrivaient jamais à la date prévue, ce qui était parfaitement normal, m'expliquait mon docteur en herbe : j'avais une nature imprévisible et mes mécanismes internes emboîtaient le pas.

Aussi puis-je maintenant parler de Chris et coucher par écrit les événements qui se produisirent certaine nuit de septembre alors que je l'attendais dans le grenier tandis qu'il faisait une descente dans la chambre de maman. Je peux les raconter comme si j'en avais été témoin car plus tard, quand le choc se fut un peu amorti, il me relata cette expédition avec un grand luxe de détails.

C'était le livre caché dans le tiroir de la table de

chevet qui l'attirait, m'avoua-t-il. Il ne pouvait résister à son appel. Dès qu'il avait recueilli la somme voulue – suffisamment mais pas trop –, il fallait qu'il aille l'ouvrir. C'était comme s'il était hypnotisé.

Pourquoi, me demandai-je *in petto*, s'obstinait-il ainsi à passer sans fin ces photographies en revue alors qu'elles s'étaient imprimées dans ma mémoire de façon indélébile ?

— Et comme je le feuilletais, me dit-il, consumé par toutes les frustrations qui fermentaient en moi et regrettant, en un sens, que tu aies mis la main sur ce maudit bouquin dont le titre insipide n'aurait jamais retenu mon attention, j'entendis soudain des voix dans le couloir. Tu sais qui c'était ? Notre mère et son mari qui revenaient. Je fourrai prestement l'album dans le tiroir et remis les deux autres livres dessus. Ils n'étaient pas près d'être finis car les signets étaient toujours au même endroit. Cela fait, je me ruai dans la penderie de maman – la grande, tu sais ? Celle qui est le plus près du lit – et je m'accroupis tout au fond à côté de l'étagère aux chaussures, derrière les robes du soir. Je me disais que si elle l'ouvrait, elle ne me verrait pas. Et elle ne m'aurait sûrement pas vu. Mais je commençais à peine à me sentir à l'abri quand je m'aperçus que je n'avais pas refermé la porte. C'est alors que maman s'écria en même temps qu'elle allumait : « Tu passes ton temps à oublier ton portefeuille, Bart. Tu es d'une négligence incroyable. »

Il répondit : « Comment veux-tu que je ne l'oublie pas quand il n'est jamais à l'endroit où je l'ai posé ? » Je l'entendis qui déplaçait des choses, fourrageait dans les tiroirs, etc. « Je suis certain qu'il était dans ce pantalon, reprit-il. Et il n'est pas question que je prenne le volant sans mon permis. — Avec ta façon de conduire, je dois dire que je ne saurais te le reprocher, répliqua maman. Mais nous allons encore une fois arriver en retard. Tu auras beau rouler vite, nous raterons le premier acte. »

» J'entendis son mari s'écrier : « Ça alors ! » avec l'accent de la surprise et je jurai intérieurement en me rappelant ce que j'avais fait. « Il est là, sur la commode. J'aurais pourtant juré l'avoir mis dans la poche de mon pantalon. »

— Son portefeuille, m'expliqua Chris, était caché sous une pile de chemises. J'y avais pris plusieurs petites coupures et l'avait laissé sur le meuble quand j'étais allé jeter un œil sur ce bouquin. Maman poussa un soupir exaspéré. « Écoute, Corinne, enchaîna-t-il, il faut qu'on quitte cette maison. J'ai l'impression que les bonnes sont des voleuses. Il te manque tout le temps de l'argent et à moi aussi. Tiens ! Je sais que j'avais quatre billets de cinq dollars. Et je n'en trouve plus que trois. » Je poussai à nouveau un grognement en moi-même. J'avais pensé qu'il avait tellement d'argent qu'il ne prenait pas la peine de le compter. Et le fait que maman savait ce qu'elle avait dans son sac m'abasourdit littéralement. « Cinq dollars, qu'est-ce c'est ? » fit-elle sur un ton insouciant, exactement celui qu'elle employait avec papa. Et elle continua en disant que les domestiques étaient si mal payés qu'elle ne leur reprochait pas de dérober ce qu'ils pouvaient quand l'occasion s'en présentait. Bart la contra : « Ma chère épouse, peut-être n'as-tu pas de problèmes financiers mais, moi, j'ai toujours travaillé dur pour gagner le moindre dollar et je n'admets pas qu'on me vole ne serait-ce *dix cents.* De plus, je mentirais si je te disais que ma vie a commencé à partir du moment où j'ai été contraint de voir tous les matins la tête rébarbative de ta mère en face de moi au petit déjeuner. « Tu sais, Cathy, je ne m'étais jamais posé la question de savoir quels étaient ses sentiments envers la vieille à la sinistre figure. Eh bien, apparemment, elle lui fait le même effet qu'à nous. » Cette dernière remarque eut le don d'énerver maman qui laissa tomber : « Ne revenons pas là-dessus, je t'en prie. » Elle avait dit cela sur un ton cassant. Je ne la reconnaissais plus… Jamais l'idée ne m'était venue qu'elle ne nous parlait pas de la même manière qu'elle parlait aux autres. Et elle a conclu : « Tu sais très bien que je ne peux pas quitter la maison pour le moment. Maintenant, dépêchons-nous. Nous sommes déjà suffisamment en retard comme cela. »

» Du coup, notre beau-père lui dit qu'il n'avait pas envie d'aller au théâtre s'ils avaient déjà raté le premier acte, ça lui gâcherait la soirée, et, d'ailleurs, ils trouveraient certainement quelque chose de plus divertissant à faire que de passer deux heures dans un fauteuil d'orchestre. Bien sûr, il suggérait par là qu'ils pourraient se mettre au lit et faire l'amour. Si tu crois que l'entendre dire ça ne m'a pas mis dans tous mes états, c'est que tu me connais mal. Je n'avais aucune envie, vraiment, d'être là pendant ce temps ! Mais notre mère a fait preuve d'une détermination qui m'a surpris. Elle a changé, Cathy, elle n'est plus comme elle était avec papa. Elle a riposté : « Comme la dernière fois ? Quand je me suis trouvée à cause de toi dans une situation si embarrassante ? Tu étais remonté chercher ton portefeuille en me jurant que cela ne te prendrait que quelques minutes et tu t'es purement et simplement endormi. Et moi, j'étais à la réception sans cavalier ! »

» Notre beau-père a alors paru un tantinet irrité à la fois par cette sortie et par le ton qu'elle avait employé. « Oh ! Comme cela a dû être pénible ! » a-t-il répliqué d'une voix sarcastique. Mais sa colère n'a pas duré longtemps, ce doit être une bonne nature, cet homme. « Moi, j'ai eu le plus merveilleux des rêves, a-t-il repris, et je recommencerais volontiers si j'avais la certitude qu'une ravissante jeune fille à la longue chevelure couleur des blés se glisserait dans ma chambre pour m'embrasser dans mon sommeil. Oh ! quelle beauté ! Et quelle passion dans le regard dont elle m'enveloppait ! Mais quand j'ai ouvert les yeux, il n'y avait plus personne et j'ai compris que j'avais rêvé. »

» En entendant ça, j'ai eu le souffle coupé, Cathy... C'était toi, n'est-ce pas ? Comment as-tu pu être aussi imprudente ? J'étais tellement furieux contre toi que j'ai failli éclater. Tu crois que tu es la seule à mijoter dans ton jus, hein ? Qu'il n'y a que toi qui sois rongée de frustrations, de doutes, de soupçons et de peurs. Eh bien, si ça peut te consoler, sache que j'en suis au même point – grâce à toi. Je te le dis, jamais je n'avais été aussi en boule contre toi.

» Maman a alors lancé sèchement : « J'en ai plus qu'assez de t'entendre parler de cette fille et de ce baiser, Bart ! C'est à croire que personne ne t'avait jamais embrassé avant ! » J'ai bien cru que cela allait se terminer par une scène mais sa voix s'est brusquement faite douce et tendre comme lorsqu'elle parlait avec papa.

Toutefois, sa réponse prouvait qu'elle était bien décidée à sortir et non à utiliser le lit cygne comme l'aurait fait une prétendue amoureuse : « Viens, Bart. Nous coucherons à l'hôtel. Comme cela, tu n'auras pas la figure de ma mère en face de toi demain matin. » Cela réglait mon problème car je me cassais la tête pour essayer de trouver le moyen de m'esquiver avant qu'ils commencent leurs ébats. Pour rien au monde je n'aurais voulu les entendre ni les épier !

Tels étaient les événements qui avaient eu lieu pendant que, dans le grenier, j'attendais le retour de Chris. Assise sur le rebord d'une fenêtre, je pensais à la boîte à musique en argent que papa m'avait offerte et que je regrettais de ne plus avoir. Je ne savais pas alors les suites qu'allait avoir l'incursion de mon frère dans la chambre de maman.

Un craquement, le bruit d'un pas léger sur une lame de parquet pourrie me fit sursauter. Je me retournai, effrayée, m'attendant à me trouver en présence de… de Dieu sait quoi et poussai un soupir de soulagement : ce n'était que Chris. Debout dans l'ombre, il me regardait fixement en silence. Pourquoi ? Étais-je plus jolie que d'habitude ? Était-ce l'alliance du clair de lune et de mon déshabillé vaporeux ?

Sa voix basse et rocailleuse répondit à mes questions :

— Comme tu es belle ainsi. (Il toussota pour chasser le chat qu'il avait dans la gorge.) La lune te nimbe d'une auréole argentée et je vois la forme de ton corps à travers ton déshabillé.

À mon grand ahurissement, il m'empoigna par les

épaules et ses doigts s'enfoncèrent brutalement et douloureusement dans ma chair.

— Tu as embrassé ce type ! Il aurait pu se réveiller et, s'il t'avait vue, il aurait voulu savoir qui tu étais ! Il n'aurait pas cru que tu n'étais qu'un rêve !

Son comportement m'effrayait sans que j'eusse aucune raison d'avoir peur.

— Comment sais-tu ce que j'ai fait ? Tu n'étais pas là. Cette nuit-là, tu étais malade.

Le regard enflammé, il me secoua. À nouveau, il me faisait l'effet d'un étranger.

— Il t'a vue, Cathy… il ne dormait pas aussi profondément que tu le croyais.

— Il m'a vue ? m'exclamai-je avec incrédulité. Ce n'est pas possible… ce n'est pas possible !

— Si, vociféra-t-il, lui qui était d'habitude tellement maître de lui. Il a pensé que c'était un rêve. Mais maman est capable de deviner la vérité comme je l'ai fait, il suffit d'additionner deux et deux ! Ah ! c'est beau le romanesque ! Bravo, je te félicite ! Maintenant, ils ont la puce à l'oreille. Ils ne laisseront plus traîner leur argent partout. Ils vont le compter et nous n'avons pas encore assez !

Il m'arracha du rebord de la fenêtre. Il était dans un tel état de rage que je crus qu'il allait me gifler, lui qui n'avait jamais levé la main sur moi – et pourtant, je lui avais parfois donné des raisons de me flanquer des claques quand j'étais plus jeune ! Il me secouait si fort que j'étais sur le point de perdre connaissance.

— Arrête ! lui criai-je. Maman sait bien que nous ne pouvons pas passer à travers une porte fermée à clé !

Ce n'était plus Chris… c'était quelqu'un que je ne connaissais pas… un primitif… un sauvage…

Il se mit à hurler quelque chose comme : « Tu es à moi, Cathy ! À moi ! Tu as toujours été à moi ! Quel que soit celui qui entrera un jour dans ta vie, tu m'appartiendras toujours. Tu vas être à moi ce soir… à l'instant même ! »

Chris… c'était Chris qui parlait comme cela ? Je n'en croyais pas mes oreilles.

Je ne comprenais pas entièrement ce qu'il avait en tête et je ne crois pas, au fond, qu'il pensait vraiment ce qu'il disait. Mais quand la passion vous subjugue…

Nous roulâmes tous les deux par terre. Je m'efforçais de le repousser. Nous nous colletions en silence, nous nous battions comme des chiffonniers, nous nous tordions frénétiquement.

C'était une lutte inégale.

J'avais comme atout mes jambes musclées de danseuse. Chris avait ses biceps, son poids et sa taille… et une détermination beaucoup plus farouche que la mienne.

Et je l'aimais. Je voulais ce qu'il voulait – puisqu'il le voulait si ardemment, à tort ou à raison.

En définitive, nous nous retrouvâmes je ne sais trop comment sur le vieux matelas crasseux qui avait sûrement servi à d'autres amants avant nous. Ce fut là qu'il me prit, qu'il enfonça en moi son sexe rigide et gonflé qui déchira ma chair et la fit saigner.

Nous avions fait ce que nous nous étions juré de ne jamais faire.

Nous étions désormais deux damnés qui rôtiraient pour l'éternité, pendus par les pieds au-dessus des flammes infernales. Nous avions péché comme l'avait prophétisé la grand-mère.

Je connaissais maintenant toutes les réponses.

Peut-être aurais-je un bébé.

Nous nous séparâmes et nous regardâmes. Nous étions blêmes, comme en état de choc. Nous nous rhabillâmes. C'était à peine si nous pouvions parler.

Chris n'avait pas besoin de dire qu'il regrettait ce qui s'était passé : cela se voyait à la façon dont il frissonnait et dont ses mains tremblantes se battaient maladroitement avec les boutons.

Plus tard, nous montâmes sur le toit.

De longs bancs de nuages à la dérive tantôt masquaient la lune et tantôt la découvraient. Et là-haut, sur ce toit, au cœur d'une nuit faite pour les amoureux, nous pleurâmes dans les bras l'un de l'autre. Il n'avait pas voulu faire cela. Et je n'avais jamais eu l'intention de le laisser faire. La peur du bébé qui pourrait résulter d'un seul baiser posé sur des lèvres moustachues me nouait la gorge et me faisait chevroter. C'était la pire de mes frayeurs. Plus que l'enfer ou la colère divine, je redoutais de donner le jour à un monstre difforme, un avorton, un idiot. Mais comment le dire à Chris ? Il souffrait déjà suffisamment. Cependant, il était mieux informé que moi.

— Les risques que tu aies un enfant sont nuls, m'assura-t-il avec force. Une seule fois… la conception n'aura pas lieu. Et je te jure qu'il n'y aura pas de seconde fois, en aucun cas. Je préférerais m'émasculer avant ! (Il m'écrasa si fort contre lui que j'en eus les côtes meurtries.) Ne m'en veux pas, Cathy. Il ne faut pas que tu me haïsses pour cela, je t'en supplie. Je n'avais pas l'intention de te violer, Dieu m'en est témoin. J'en ai eu bien souvent la tentation mais je la repoussais. Je me réfugiais dans la salle de bains ou dans le grenier, je me plongeais dans un livre jusqu'à ce que je sois à nouveau dans mon état normal.

Je collai ma tête sur sa poitrine et murmurai :

— Je ne te hais pas, Chris. Tu ne m'as pas violée. J'aurais pu t'en empêcher si je l'avais vraiment voulu. Je n'aurais eu qu'à plier les genoux. C'est ma faute à moi aussi.

Oui, oui, c'était aussi ma faute. Qu'est-ce qui m'avait pris d'embrasser le jeune mari de maman ? Je n'aurais jamais dû me pavaner en tenue transparente devant un frère qui avait les besoins physiques exigeants d'un homme, un frère rongé de frustrations. Moi aussi, je brûlais de désirs inassouvis et je faisais ma coquette, je testais ma féminité sur lui.

C'était une nuit pas comme les autres. C'était une nuit que la fatalité avait programmée depuis longtemps, c'était la nuit de notre destin, pour le meilleur ou pour le pire. Une lune éblouissante illuminait l'obscurité et les étoiles semblaient échanger des messages en morse… le sort en est jeté…

Le bruissement du vent dans les feuilles était une musique mystérieuse et mélancolique, musique discordante mais musique tout de même. Comment quelque chose de si humain et d'aussi beau pouvait-il être laid par une nuit aussi merveilleuse ?

Peut-être restâmes-nous aussi trop longtemps sur le toit.

Les ardoises étaient froides, dures et rugueuses. On

était au début de septembre. Les feuilles que touchait déjà la main glacée de l'hiver commençaient à tomber. Si le grenier était un four, il faisait froid, très froid sur le toit.

Nous nous étreignions étroitement pour nous sentir en sécurité et au chaud, jeunes amants maudits de la pire espèce. Nous nous étions avilis à nos propres yeux pour avoir cédé à un désir qu'une intimité de tous les instants avait exacerbé jusqu'au point de non-retour. Nous avions une fois de trop tenté le sort et notre propre sensualité – et je ne me doutais même pas que j'avais une nature sensuelle, pour ne pas parler de Chris ! Je croyais que c'était seulement une suave musique qui me poignait le cœur et me brûlait les reins. J'ignorais que c'était quelque chose de beaucoup plus concret.

Un coup de vent projeta sur le toit une feuille morte qui, à petits sauts allègres, vint se prendre dans mes cheveux. Elle craquait, la petite feuille d'érable sèche, quand Chris la saisit entre ses doigts pour la scruter, comme si sa vie même dépendait du déchiffrement de son secret, le secret de danser dans le vent. Elle n'avait pas de bras, pas de jambes, pas d'ailes. Et pourtant, morte, elle savait voler.

— Cathy, dit soudain Chris d'une voix étranglée, nous sommes à la tête de trois cent quatre-vingt-seize dollars et quarante-quatre *cents*, très exactement. Bientôt, ce seront les premières neiges. Et nous n'avons même pas de manteaux d'hiver ou de bottes à notre taille. Les jumeaux sont si affaiblis qu'ils s'enrhumeront pour un rien et le moindre rhume risque de dégénérer en pneumonie. Je me fais tant de bile pour eux que je me réveille la nuit et tu dois t'en faire autant parce que je t'ai vue dans ton lit regarder Carrie. Je doute fort que nous trouverons désormais de l'argent dans la chambre de maman. Ils soupçonnent – ou soupçonnaient – une bonne de chaparder. Maman pense maintenant que c'était peut-être toi… je ne sais pas… j'espère que non. En tout cas, quoi qu'ils puissent croire, la prochaine fois que je me déguiserai en cambrioleur, je serai forcé de lui voler ses bijoux. Et je ne ferai pas le détail. Je prendrai tout et, alors, nous pourrons nous enfuir. Dès que nous serons assez loin, nous ferons examiner les jumeaux par un médecin. Nous aurons de quoi le payer.

Les bijoux ! Je n'arrêtais pas de le supplier de les dérober ! Et, cette fois, ça y était ! Il était d'accord pour faire main basse sur les trophées que maman avait eu tant de mal à gagner. En les perdant, elle allait en même temps perdre ses enfants. Mais en souffrirait-elle ?

Un hibou, peut-être celui-là même qui nous avait accueillis à la descente du train la nuit de notre arrivée, poussa au loin un hululement spectral. Du sol humide et glacé par le froid nocturne montaient lentement de diaphanes et grises volutes de brume. Le brouillard s'épaississait, montait à l'assaut du toit en vagues houleuses et immatérielles pour nous engloutir sous leur linceul vaporeux. Et, perdus au milieu de ces obscures et froides fumerolles, nous ne distinguions rien d'autre que l'œil gigantesque de Dieu qui brillait dans la lune.

Je me réveillai avant le lever du jour et me tournai,

les yeux encore englués de sommeil, vers le second lit. Je devinai que Chris était réveillé, lui aussi, et depuis un certain temps déjà. Il me regardait. Les larmes luisantes qui étincelaient dans le bleu de ses yeux qu'elles brouillaient tombaient sur son oreiller. Chacune avait un nom : honte, remords, faute.

— Je t'aime, Christopher Doll. Ne pleure pas. Si tu peux oublier, je le peux aussi – et il n'y a rien à pardonner.

Il acquiesça mais garda le silence. Je le connaissais bien, je le connaissais jusqu'au tréfonds de son cœur et je savais ce qu'il pensait, ce qu'il ressentait, je savais quelle blessure mortelle le torturait. Je savais que, à travers moi, c'était à une autre qu'il s'en était pris, à la seule femme qui avait trahi sa confiance, sa foi et son amour. Il me suffisait de me regarder dans le miroir au dos duquel étaient gravées les initiales C.L.F. pour voir le visage qui avait été celui de ma propre mère quand elle avait mon âge.

La prédiction de la grand-mère s'était réalisée point par point. La progéniture du diable. La graine maudite, semée dans un sol maudit, avait levé, donnant naissance à une nouvelle génération qui répétait les péchés de ses père et mère.

Un jour à marquer d'une pierre noire

C'était décidé. Nous allions nous évader. D'un jour à l'autre. Dès que maman nous annoncerait qu'elle allait à une soirée. Nous ne retournerions pas à Gladstone. L'hiver approchait et, là-bas, il durait jusqu'en mai. Non, nous irions à Sarasota, la capitale des gens du cirque. Ils avaient la réputation d'être hospitaliers avec les étrangers. Quand je dis sur un ton léger à Chris que nous ferions du trapèze volant, il commença par sourire, trouvant que c'était une idée ridicule. Mais elle fit quand même son chemin et lui titilla l'imagination :

— Tu serais sensationnelle avec un collant rose tout pailleté, Cathy ! (Et il se mit à déclamer :) Elle vole sans effort à travers les airs, la jeune et téméraire beauté sur son trapèze...

Cory secoua sa tête blonde et ses yeux s'agrandirent d'effroi :

— Non !

— On n'aime pas votre plan, renchérit Carrie de son ton sérieux. On veut pas que vous tombiez.

— Nous ne tomberons pas parce que nous formons une équipe imbattable, Cathy et moi, répondit Chris.

Je le regardai, me remémorant ce qui s'était passé cette nuit-là dans la salle d'étude et, après, sur le toit. Quand il avait murmuré: «Je n'aimerai jamais que toi, Cathy. Je le sais… je le sens… nous deux, rien que nous deux, toujours.» J'avais ri.

— Ne dis pas de bêtises, tu sais que tu ne m'aimes pas réellement de cette manière. Et tu n'as aucune raison de te sentir coupable ou d'avoir honte. C'était ma faute, à moi aussi. Et nous pouvons faire comme s'il n'était rien arrivé et veiller à ce que cela ne se reproduise jamais plus.

— Mais, Cathy…

— S'il y avait eu d'autres garçons et d'autres filles, nous n'aurions jamais éprouvé ce que nous avons éprouvé l'un pour l'autre.

— Mais je veux ressentir ce que je ressens pour toi et il est trop tard pour que j'aime quelqu'un d'autre, pour que j'aie confiance en qui que ce soit d'autre.

Comme je me sentais vieille à tirer des plans sur la comète, à expliquer de manière péremptoire de quelle façon nous nous en sortirions! C'était pour les jumeaux, pour les rassurer: je savais très bien que nous serions obligés de faire n'importe quoi pour gagner notre vie.

Octobre avait succédé à septembre. Les premières chutes de neige n'allaient plus tarder.

— Ce sera pour ce soir, laissa tomber Chris après que notre mère fut montée nous dire hâtivement bonsoir.

Elle ne s'était même pas retournée avant de refermer la porte. Elle ne pouvait plus nous souffrir à présent, notre vue lui était devenue presque insupportable.

Nous fourrâmes deux taies d'oreiller l'une dans l'autre pour faire un sac solide où Chris entasserait les précieux joyaux maternels. Nous avions déjà préparé nos valises. Elles étaient cachées dans le grenier où notre mère ne mettait jamais les pieds.

Vers la fin de la journée, Cory fut soudain pris de vomissements irrépressibles qui le laissaient pâle et tremblant. À un moment donné, il me prit par le cou et me dit dans un souffle :

— M'man, ça ne va pas bien.

— Qu'est-ce que tu veux que je fasse pour que ça aille mieux ?

C'était affreux de me sentir aussi jeune et inexpérimentée.

— Mickey, murmura-t-il d'une voix faible, je veux que Mickey dorme avec moi.

— Mais tu risquerais de rouler sur lui et de l'étouffer. Tu ne voudrais pas qu'il meure, n'est-ce pas ?

— Non ! répondit-il, horrifié par cette idée.

Une nouvelle et terrible crise de nausée le secoua. Il était tout froid entre mes bras. Les cheveux collés sur son front moite, il me regardait sans me voir. Il recommença à appeler sa mère :

— Maman, mes os, ils brûlent en dedans.

— Ça ne va pas durer.

Je le portai sur son lit pour le changer. Comment pouvait-il continuer à vomir alors qu'il n'avait plus rien dans l'estomac ?

— Chris va s'occuper de toi, ne t'inquiète pas.

Je m'allongeai à côté de lui, entourant de mes bras son pauvre petit corps squelettique.

Plongé dans ses manuels de médecine, Chris, se fondant sur les symptômes, essayait d'identifier le mal mystérieux qui nous frappait de temps en temps les uns après les autres. Il avait dix-huit ans mais encore bien du chemin à faire pour être docteur.

— Ne t'en va pas en me laissant seul avec Carrie, gémit Cory.

Un peu plus tard, il cria plus fort :

— Chris, ne t'en va pas ! Reste là !

Que voulait-il dire ? Qu'il ne voulait pas que nous nous évadions ? Ou qu'il ne fallait plus s'introduire chez maman pour voler ? Pourquoi Chris et moi avions-nous cru que les jumeaux prêtaient rarement attention à nos faits et gestes ? Carrie et Cory savaient certainement que nous ne partirions jamais sans eux. Plutôt mourir !

Un petit être fantomatique tout de blanc vêtu s'approcha du lit, ses grands yeux bleus mouillés de larmes vrillés sur son frère jumeau. Haute comme trois pommes, Carrie ne dépassait pas quatre-vingt-dix centimètres. Elle était vieille, elle était jeune, c'était une petite plante délicate élevée dans une serre obscure, toute rabougrie et étiolée.

— Est-ce que je peux dormir avec Cory ? On fera rien de vilain et qui doit pas se faire. Je veux juste être près de lui.

Au diable la grand-mère ! Qu'elle fasse ce qu'elle voudra ! Nous couchâmes Carrie à côté de son frère, et nous nous assîmes, Chris et moi, de part et d'autre du grand lit. Cory s'agitait sans discontinuer.

Il respirait avec difficulté et il criait dans son délire. Il réclamait sa petite souris, il voulait sa mère, son père, il réclamait Chris, il me réclamait, moi. Mes larmes coulaient sur le col de ma chemise de nuit. Les joues de Chris étaient, elles aussi, barbouillées de larmes. « Carrie, Carrie… où est Carrie ? » ne cessait de répéter Cory longtemps après que sa petite sœur se fut endormie. Leurs deux visages émaciés étaient à quelques centimètres l'un de l'autre, ils se faisaient face mais il ne la voyait pas. Carrie paraissait à peine moins malade que son frère.

C'est le châtiment, me disais-je. Dieu nous punit de ce que nous avons fait, Chris et moi. La grand-mère nous avait prévenus.

Chris passa une bonne partie de la nuit à potasser ses livres de médecine tandis que je tournais en rond dans la pièce. Finalement il leva la tête de ses bouquins. Ses yeux étaient injectés.

— C'est une intoxication alimentaire, laissa-t-il tomber. Le lait a sans doute tourné.

— Il n'en avait pas l'air, murmurai-je.

Je prenais toujours soin de renifler et de goûter tous les aliments avant de servir les jumeaux et Chris. J'étais convaincue que mes papilles gustatives étaient plus subtiles que celles de mon frère aîné qui était si vorace qu'il aurait mangé n'importe quoi, même du beurre rance.

— Alors, c'étaient les hamburgers. Il m'a semblé qu'ils avaient un drôle de goût.

— Moi, je les ai trouvés bons.

Lui aussi car il avait dévoré la moitié du hamburger

de Carrie et celui de Cory tout entier. Le petit n'avait rien pu avaler de la journée.

— Cathy, j'ai remarqué que tu n'as pour ainsi dire rien avalé aujourd'hui. Tu es presque aussi maigre que les jumeaux. La vieille nous apporte des provisions en suffisance, même si ce n'est pas follement enthousiasmant. Tu n'as aucune raison de te restreindre. Es-tu malade, toi aussi ? Tu n'as que la peau sur les os.

— Cory adore les beignets et c'est la seule chose qui me fasse envie. Et il en a plus besoin que moi.

La nuit s'étirait lentement. Chris retourna à ses bouquins de médecine. Je fis boire à Cory un peu d'eau qu'il rendit immédiatement. Je lui passai une douzaine de fois un gant humide sur la figure, lui changeai trois fois son pyjama. Carrie continuait imperturbablement à dormir.

Quand le jour se leva, nous en étions encore à nous interroger sur les causes de la maladie de Cory. La grand-mère arriva avec le panier pique-nique contenant notre ration de la journée. Sans mot dire, elle referma la porte à double tour, glissa la clé dans la poche de sa jupe et, s'approchant de la table de bridge, sortit du panier le gros thermos de lait, le petit thermos de potage, les paquets de sandwiches, de poulet, de salade de pommes de terre et de chou dans du papier métallisé – et, *last but not least*, le sac contenant les quatre beignets saupoudrés de sucre. Quand elle eut terminé, elle se prépara à sortir.

— Grand-mère…, fis-je timidement.

Elle n'avait pas tourné les yeux vers Cory. Elle ne l'avait pas vu.

— Je ne t'ai pas parlé, répondit-elle sèchement. Attends que je t'adresse la parole.

La colère s'empara alors de moi. Je me levai.

— Je ne peux pas attendre votre bon plaisir. Cory est malade. Il a vomi toute la nuit. C'est comme ça depuis hier. Il a besoin d'un docteur et de sa mère.

Elle ne me regarda pas. Ne regarda pas davantage Cory. Elle sortit à grands pas. La clé cliqueta dans la serrure. Pas une parole de consolation n'était sortie de ses lèvres. Elle n'avait même pas dit qu'elle préviendrait notre mère.

— Je vais aller chercher maman.

Chris ne s'était pas déshabillé depuis la veille, même pour dormir.

— Si tu fais ça elles sauront que nous avons une clé.

— Eh bien, tant pis !

Au même moment, la porte se rouvrit et maman apparut, suivie de la grand-mère. Les deux femmes se penchèrent sur Cory, palpant ses joues glacées gluantes de transpiration. Elles se dévisagèrent et allèrent palabrer à voix basse dans un coin en jetant de temps en temps un coup d'œil à l'enfant immobile qui faisait déjà presque penser à un gisant. Seule vivait encore sa poitrine secouée de spasmes. J'essuyai son front moite. C'était curieux : bien qu'il fût en sueur, il avait la peau froide. Sa respiration grinçait comme un râle.

Et maman qui ne faisait rien ! Qui était incapable de prendre une décision tant elle redoutait que quelqu'un apprenne l'existence d'un enfant, alors qu'il ne devait pas y en avoir.

— Qu'est-ce que c'est que ces messes basses ? me mis-je à vociférer. Il n'y a pas trente-six solutions ! Il faut conduire Cory à l'hôpital ! Et le mettre entre les mains du meilleur médecin possible !

Toutes les deux me décochèrent un regard venimeux. Après s'être un instant posés sur moi, les yeux de maman, pâle et tremblante, glissèrent anxieusement en direction de Cory. Ses lèvres frémirent, ses mains se crispèrent, de part et d'autre de sa bouche un muscle tressaillit. Elle battit plusieurs fois des paupières comme pour refouler des larmes.

J'observais attentivement la mère et la fille dont toute l'attitude trahissait les pensées calculatrices. Maman était en train d'évaluer les risques qu'elle avait de passer à côté de l'héritage si la vérité éclatait prématurément... parce que le vieil homme, en bas, finirait bien par mourir un jour, que diable ! Il ne pouvait pas s'accrocher éternellement à la vie !

Je m'écriai :

— Alors quoi, maman ? Vas-tu rester les bras ballants à ne penser qu'à toi et à ton argent alors que ton fils agonise ? Tu dois faire quelque chose ! Cela t'est-il égal de le voir dans cet état ? As-tu oublié que tu es sa mère ? Si tu t'en souviens encore, alors, conduis-toi comme une mère ! Cesse de tergiverser ! C'est maintenant qu'il a besoin qu'on s'occupe de lui, pas demain !

Ses joues s'empourprèrent. Elle me dévisagea et cracha :

— Toi ! Toujours toi !

Elle leva le bras et sa main hérissée de bagues s'abattit sèchement sur ma joue à deux reprises.

C'était la première fois qu'elle me giflait – et pour

quelle raison ! Ma rage était telle que, sans réfléchir plus avant, je la giflai à mon tour – aussi fort.

La grand-mère recula, observant la scène. Avec un rictus de satisfaction qui retroussait son horrible bouche aux lèvres étroites.

Chris me saisit par le poignet au moment où je m'apprêtais à gifler de nouveau maman.

— Cathy, ce n'est pas en agissant ainsi que tu aideras Cory. Calme-toi. Maman va faire ce qu'il faut.

La vision fugitive de papa passa devant mes yeux. La mine sévère, il m'enjoignait d'une voix de silence de respecter la femme qui m'avait mise au monde. Je savais ce qu'il aurait pensé. Il n'aurait pas voulu que je la frappe.

— Que la malédiction du ciel soit sur toi et que tu ailles en enfer si tu ne conduis pas ton fils à l'hôpital, Corinne Foxworth ! m'exclamai-je de toute la force de mes poumons. Tu te figures que tu peux faire de nous ce que tu veux et que personne n'en saura jamais rien ! Eh bien, tu te trompes ! Parce que je trouverai le moyen de te le faire payer, même si ça doit me prendre toute la vie. Si tu n'agis pas immédiatement pour sauver Cory, je te jure que tu le paieras, et cher ! Vas-y ! Fusille-moi des yeux, pleure, supplie, parle-moi de tout ce que l'argent permet de s'offrir ! Mais tout l'argent du monde ne peut pas ressusciter un enfant mort. Et si Cory meurt, fais-moi confiance ! Je me débrouillerai pour aller trouver ton mari et je lui dirai que tu avais quatre enfants que tu cachais dans une chambre fermée à clé avec en tout et pour tout un grenier comme salle de jeux… et que tu les as séquestrés ainsi pendant des années et des années ! Et je ne m'arrêterai pas là, poursuivis-je en haussant encore le ton. J'irai aussi le dire au grand-père. Tu n'hériteras pas d'un fifrelin – et je serai heureuse, heureuse, heureuse !

D'après son expression, elle aurait été prête à me tuer sur place mais, bizarrement, ce fut l'horrible vieille qui laissa tomber avec calme :

— Elle a raison. Corinne. Il faut conduire cet enfant à l'hôpital.

Elles revinrent dans la soirée après que tes domestiques se furent retirés dans les communs. Elles portaient d'épais manteaux car la température avait brusquement chuté. Le ciel gris que balayait un vent hivernal annonçait la neige. Elles enveloppèrent Cory dans une couverture verte. Quand maman le prit dans ses bras, Carrie poussa un cri angoissé.

— N'emmène pas Cory ! Ne l'emmène pas… Non…

Elle se précipita dans mes bras en hurlant pour que je les empêche de partir avec son petit frère. Jamais ils n'avaient été séparés.

Les larmes barbouillaient son petit visage exsangue. Je regardai ma mère dans le blanc des yeux.

— Si, il faut que Cory aille à l'hôpital mais j'irai avec lui. Je ne le quitterai pas : comme ça, il n'aura pas peur. Quand les infirmières auront trop à faire pour s'occuper de lui, je serai là. Il guérira plus vite et, sachant que je suis à ses côtés, Carrie sera rassurée.

C'était la stricte vérité. Je savais qu'il se remettrait plus rapidement si j'étais avec lui. Sa mère, maintenant, c'était moi, pas elle. Il ne l'aimait plus ; c'était de moi qu'il avait besoin, c'était moi qu'il voulait. Les enfants sont très intuitifs. Ils savent qui les aime et qui fait seulement semblant.

— Cathy a raison, maman, dit Chris en la dévisageant d'un regard dénué de chaleur. Elle lui est indispensable. Laisse-la l'accompagner. Sa présence hâtera la guérison de Cory et elle pourra mieux que toi expliquer ses symptômes au docteur. Je suis capable de m'occuper de Carrie si c'est cela qui t'inquiète.

Naturellement, ces dames ne me le permirent pas.

Notre mère sortit avec Cory empaqueté dans la couverture couleur de gazon. Avant de refermer la porte, la grand-mère me lança un sourire de victoire, sardonique et cruel.

Carrie, en larmes, me frappa de ses poings comme si c'était ma faute.

— Cathy, je veux aller aussi à l'hôpital ! Dis-leur qu'elles me laissent y aller ! Cory veut aller nulle part sans moi… et il a oublié sa guitare. (D'un seul coup, sa colère se dissipa et elle se précipita dans mes bras en sanglotant :) Pourquoi, Cathy ? Pourquoi ?

Pourquoi ?

C'était la grande question.

Cette journée fut la plus longue et la plus terrible de notre vie. Dieu n'avait pas mis longtemps à nous punir. C'était vrai, il nous surveillait avec vigilance comme s'il savait depuis toujours que, tôt ou tard, nous révélerions notre indignité, cette indignité qui n'avait pas un seul instant échappé à la grand-mère.

Nous ne fîmes pas marcher la télévision. Nous nous contentions d'attendre en silence des nouvelles de Cory.

Chris s'était assis dans le fauteuil à bascule, Carrie et moi sur ses genoux, et nous nous balancions lentement d'avant en arrière, d'arrière en avant. Les lames du parquet grinçaient. Nous restâmes si longtemps dans cette position, que je n'arrive pas à comprendre comment les jambes de Chris n'étaient pas ankylosées. Enfin, je me levai pour m'occuper de Mickey. Je lui donnai à manger et à boire, puis le caressai et le câlinai en lui disant que son petit maître reviendrait bientôt. Je crois qu'il sentait qu'il se passait quelque chose d'anormal. Il ne jouait pas joyeusement comme d'habitude et, bien que j'eusse laissé la porte de sa cage ouverte, il n'en profitait pas pour trottiner dans la pièce.

Après le dîner, auquel nous touchâmes à peine, quand nous eûmes rangé la vaisselle, quand nous nous fûmes baignés et préparés pour la nuit, nous nous agenouillâmes tous les trois devant le lit de Cory pour dire notre prière. « Mon Dieu, faites que Cory se remette et qu'il revienne, s'il vous plaît. » Si nous demandâmes autre chose au bon Dieu, je ne me rappelle plus quoi.

Nous dormîmes – nous essayâmes de dormir, tout au moins – tous les trois dans le même lit, Carrie entre Chris et moi. Jamais plus nous ne ferions rien d'inconvenant… jamais plus… jamais plus.

Mon Dieu, je vous en supplie, ne vous vengez pas sur Cary pour nous punir, Chris et moi, et nous faire souffrir car nous souffrons déjà, et nous n'avions pas l'intention de faire ça, nous n'en avions pas l'intention. C'est arrivé sans que nous l'ayons fait exprès. Et juste une fois. Et nous n'en avons retiré aucun plaisir, mon Dieu, aucun.

Le jour se leva. Gris, lugubre, sinistre. Derrière les rideaux tirés, la vie renaissait pour tous ceux qui étaient libres et que nous ne voyions pas. Nous traînâmes en essayant de tuer le temps, de manger, de réconforter Mickey qui paraissait si triste sans le petit garçon qui semait des miettes de pain derrière lui pour qu'il le suive. Je retournai les matelas avec l'aide de Chris, nous mîmes des draps propres et rangeâmes la chambre. Pendant ce temps Carrie restait prostrée dans le fauteuil à bascule, le regard perdu dans le vide.

À 10 heures, n'ayant plus rien à faire, nous nous résignâmes à nous asseoir sur le lit le plus proche de la porte, les yeux rivés sur le bouton. Ah ! Quand daignera-t-il tourner, quand la porte allait-elle s'ouvrir pour livrer passage à maman venant nous apporter des nouvelles ?

Lorsqu'elle arriva, peu après, elle avait les yeux rouges. La grand-mère la suivait, haute silhouette de fer, rébarbative et l'œil sec.

À peine entrée notre mère, prise de faiblesse, défaillit comme si ses jambes ne la portaient plus et s'écroula. Chris et moi bondîmes, mais Carrie ne bougea pas. Elle la regardait d'un air inexpressif.

— J'ai conduit Cory dans un hôpital à je ne sais combien de kilomètres d'ici, c'était le plus proche, commença-t-elle d'une voix rauque et tendue qui s'étranglait par moments… Je l'ai inscrit sous un nom d'emprunt, en disant que c'était mon neveu et que j'en avais la garde.

Des mensonges ! Toujours des mensonges !

— Comment va-t-il, maman ? lui demandai-je avec impatience.

Ses yeux se posèrent sur nous, vitreux, hagards. Des yeux perdus, en quête de quelque chose qui n'existait plus depuis longtemps. Son humanité, me dis-je.

— Il avait une pneumonie. Les médecins ont fait tout ce qu'ils pouvaient… mais… mais il était trop tard.

Il avait une pneumonie ?

Ils avaient fait tout ce qu'ils avaient pu ?

Il était trop tard ?

Mais elle parlait au passé !

Cory était mort ! Nous ne le reverrions plus !

Chris me dit plus tard que ç'avait été comme s'il avait reçu un coup de matraque. Je le vis reculer en chancelant et nous tourner le dos pour que nous ne voyions pas son visage tandis que ses épaules s'affaissaient.

Sur le moment, je ne la crus pas. Immobile, je la dévisageai avec incrédulité. Mais son expression me convainquit ; un étau me broya la poitrine. Je m'effondrai sur le lit, hébétée, comme assommée. Ce ne fut qu'en m'apercevant que ma robe était mouillée que je me rendis compte que je pleurais.

Mais, même alors, je me refusais encore à admettre que Cory avait à jamais déserté notre vie. Et Carrie, la malheureuse Carrie, rejetant la tête en arrière, se mit à hurler !

Elle cria jusqu'à ce que sa voix se cassât et qu'elle fût incapable d'émettre un son. Elle se dirigea alors vers le coin où Cory rangeait sa guitare et son banjo, aligna soigneusement les vieux tennis usés de son frère et ce fut là, à côté des chaussures de Cory, de ses instruments de musique et de la cage de Mickey, qu'elle décida de s'installer à demeure, dorénavant murée dans un mutisme total.

— Est-ce qu'on ira à l'enterrement ? s'enquit Chris, toujours le dos tourné, d'une voix hachée.

— Il est déjà enterré, répondit maman. J'ai fait mettre un faux nom sur sa tombe.

Et, en toute hâte, elle s'éclipsa, fuyant la chambre et nos questions, suivie par la grand-mère dont les lèvres étroites arboraient un rictus sardonique.

Sous nos yeux consternés, Carrie dépérissait un peu plus tous les jours. N'eût-il pas mieux valu que Dieu la prenne, elle aussi, et qu'elle repose avec Cory dans cette tombe lointaine gravée d'un faux nom où il n'avait même pas la consolation d'être près d'un père ?

Nous n'avions presque pas d'appétit. Nous sombrions dans l'apathie et nous étions en proie à une tenace lassitude. Rien ne nous intéressait. Nous pleurions – nous versions des torrents de larmes. Nous nous considérions comme entièrement responsables de ce qui était arrivé. Il y avait longtemps que nous aurions dû nous enfuir d'ici. Nous aurions dû nous servir de la fausse clé pour aller chercher du secours. Nous avions laissé mourir Cory ! Ce petit garçon tranquille, bourré de talents, que nous aimions tant et dont nous avions la charge, nous l'avions laissé mourir ! Et maintenant, sa petite sœur, tapie dans son coin, se consumait et dépérissait à vue d'œil.

— Il faut s'échapper, Cathy, me murmura un jour

Chris pour qu'elle n'entende pas au cas où elle écouterait, ce dont je doutais fort. Et le plus vite possible. Sinon, nous allons tous mourir. Il y a quelque chose… ça ne tourne pas rond. Cela fait trop longtemps que nous sommes enfermés. Ce n'est pas une vie normale. C'est comme si nous étions sous globe, en milieu stérile, sans être en contact avec les germes auxquels sont exposés les enfants. Nous n'avons pas de résistance à l'infection.

— Je ne comprends pas, Chris.

— Si tu veux, nous sommes dans une situation comparable à celle des Martiens de *La Guerre des mondes* que le banal virus de la grippe a exterminés jusqu'au dernier.

Atterrée, je ne pus que le dévisager. Il était tellement plus savant que moi ! Puis mon regard se posa sur Carrie, tapie dans son coin. Ses yeux trop grands qu'accusait un cerne noir fixaient le vide. Je savais quelle vision l'habitait : l'éternité, là où elle était près de son frère. Tout l'amour que j'avais pour Cory, je l'avais reporté sur elle. Et l'angoisse m'étreignait à la vue de ce pauvre petit corps squelettique, de ce cou si frêle, trop frêle pour supporter sa tête. Était-ce donc ainsi que les poupées de Dresde devaient finir ?

— Chris, nous allons peut-être mourir mais nous ne mourrons pas comme des souris prises au piège. Ce soir, quand tu iras dans sa chambre, prends tous les objets de valeur que nous pourrons transporter. Je préparerai des provisions de route. Il y aura davantage de place dans les valises quand j'aurai enlevé les affaires de Cory. Il faut que nous soyons partis avant le lever du jour.

— Non, répliqua-t-il d'une voix calme. Ce ne sera que lorsque nous saurons sans l'ombre d'un doute que maman et son mari seront absents pour la soirée que je pourrai m'emparer d'un seul coup de tout ce qu'il y a comme argent et comme bijoux. N'emporte que le strict nécessaire. Pas de jouets, pas de jeux. D'ailleurs, Cathy, maman ne sortira sûrement pas aujourd'hui. Elle ne peut aller à une soirée alors qu'elle est en deuil.

Mais comment pourrait-elle observer le deuil puisqu'elle devait toujours laisser son mari dans l'ignorance ? Et personne n'était là pour venir nous dire ce qui se passait, sauf la grand-mère qui ne nous parlait pas, ne nous voyait pas. Pour moi, c'était déjà comme si nous avions sauté le pas et elle me faisait l'effet d'appartenir au passé. Maintenant que notre départ était si proche, j'avais peur. Nous ne pourrions compter que sur nous-mêmes et le monde était grand. De quel œil nous regarderait-il ?

Nous n'étions plus les beaux enfants que nous avions été. Nous n'étions plus que des souris de grenier, livides et malingres, vêtus de vêtements coûteux mais qui ne nous allaient pas, chaussés de baskets.

Nous avions fait notre éducation en lisant d'innombrables livres, Chris et moi, et si la télévision nous avait appris bien des choses sur la violence, la cupidité et l'imagination, elle ne nous avait à peu près rien inculqué de pratique et d'utile qui nous aurait préparés à affronter la réalité.

Survivre !... Voilà ce que la télé devrait enseigner aux enfants innocents. Comment vivre dans un monde où on ne se soucie que de ceux qui vous sont proches et encore, pas toujours.

L'argent… S'il y avait une chose que nous avions apprise pendant ces années de séquestration, c'était qu'il occupait la première place. Le reste ne venait qu'ensuite. « Ce n'est pas l'amour qui fait tourner le monde, c'est l'argent », nous avait dit notre mère il y avait bien longtemps. Comme c'était vrai !

Je m'endormis ce soir-là en pensant à Cory et comme toujours quand j'étais particulièrement troublée, je rêvai. Je longeais un chemin sinueux qui serpentait entre de vastes prairies émaillées de fleurs sauvages – roses et écarlates à ma droite, jaune et blanches à ma gauche – qui se balançaient doucement au souffle de la brise légère d'un éternel printemps. Un petit enfant me prit par la main. Je baissai la tête, m'attendant à voir Carrie… C'était Cory !

Avec des rires joyeux, il gambadait à côté de moi, ses petites jambes trottaient ferme pour ne pas se laisser distancer. Il serrait un petit bouquet dans sa main. Il me sourit et ouvrit la bouche pour me dire quelque chose mais, au même instant, s'élevèrent les pépiements d'une multitude d'oiseaux multicolores perchés dans les arbres.

Un homme de haute taille, mince, les cheveux couleur de miel, bronzé et qui portait une tenue de tennis émergea d'un merveilleux jardin peuplé de fleurs radieuses. Quelle abondance de roses de toutes les couleurs ! Il s'immobilisa à quelques mètres de nous et tendit les bras à Cory.

Même dans mon rêve, mon cœur se mit à battre d'allégresse. C'était papa ! Papa qui était venu à la rencontre de Cory pour qu'il ne fasse pas seul le reste du chemin. Je savais que j'aurais dû lâcher sa petite main chaude mais je voulais le garder éternellement avec moi.

Papa me regarda. Sans pitié, ni reproche, mais avec fierté et admiration. Alors, je lâchai la main de Cory qui se jeta joyeusement dans ses bras.

— Cathy, réveille-toi !

C'était Chris qui me secouait.

— Tu parles dans ton sommeil, tu ris aux éclats, tu pleures, tu dis bonjour et puis au revoir... Tu n'arrêtes pas de faire des rêves, toi !

Je lui racontai mon rêve avec tant de précipitation que je trébuchais sur les mots. Il me regardait sans rien dire, comme Carrie qui s'était réveillée, elle aussi, et qui écoutait. Tant de temps s'était écoulé depuis sa mort que le souvenir que je gardais de mon père s'était émoussé, voilé, mais un grand trouble m'envahit en dévisageant Chris. Il lui ressemblait énormément. En plus jeune, c'était tout.

Ce rêve devait souvent revenir me hanter. Il m'apportait la paix. Il m'apprenait quelque chose que j'ignorais : les gens ne mouraient pas réellement. Ils se rendaient simplement dans un monde meilleur où ils attendaient que les êtres qu'ils chérissaient viennent les rejoindre. Alors ils renaissaient une nouvelle fois.

Fuir

10 novembre. C'était le dernier jour de notre emprisonnement. Puisque Dieu ne nous délivrait pas, nous nous délivrerions nous-mêmes.

À 10 heures, ce soir, Chris ferait sa dernière razzia chez maman. Elle était passée nous voir dans la journée mais n'était restée que quelques minutes à peine. Elle était visiblement mal à l'aise avec nous.

— Ce soir, nous sortons, nous avait-elle annoncé. Je n'en ai pas envie mais Bart y tient absolument. Il ne comprend pas pourquoi j'ai l'air si triste.

Bien sûr qu'il ne comprenait pas !

Chris balança sur son épaule la double taie d'oreiller dans laquelle il ramènerait son butin. Il se retourna sur le seuil pour nous regarder longuement, Carrie et moi, avant de refermer la porte et de nous enfermer à l'aide de sa clé en bois. Il ne pouvait pas la laisser ouverte car cela alerterait la grand-mère si jamais elle montait faire une inspection. La carpette du couloir et les murs étaient trop épais pour que l'on entende le bruit de ses pas furtifs qui s'éloignaient.

Les heures s'étiraient, longues comme des siècles

– et Chris ne revenait pas. Pourquoi était-il si long ? L'angoisse m'étouffait et j'imaginais toutes les catastrophes susceptibles d'expliquer son retard.

Bart Winslow… le mari soupçonneux… Il l'avait surpris et avait appelé la police ! Chris était en prison ! Maman, affichant le plus grand calme, avait à peine manifesté quelque surprise à l'idée que quelqu'un ait eu l'audace de la cambrioler. Un fils ? Elle ? Bien sûr qu'elle n'avait pas de fils. Voyons ! Tout le monde savait bien qu'elle n'avait pas d'enfants. L'avait-on jamais vue avec un enfant ? Elle ne connaissait ni d'Ève ni d'Adam ce jeune garçon blond aux yeux bleus qui ressemblaient tellement aux siens. Après tout, elle avait quantité de cousins éparpillés un peu partout. Et un voleur est un voleur même si c'est un parent lointain, un cousin à la mode de Bretagne.

Et la grand-mère ! Si c'était elle qui avait surpris Chris en train d'opérer, son châtiment serait terrible.

L'aube se leva vite, déchirée par le chant strident d'un coq, et le soleil surgit en rechignant à l'horizon. Bientôt, il serait trop tard. Le train du matin quitterait la gare et nous avions besoin d'une marge de plusieurs heures avant que la grand-mère constate notre disparition en nous apportant notre panier. Que ferait-elle ? Lancerait-elle ses serviteurs à nos trousses ? Avertirait-elle la police ? Ou, et c'était encore le plus vraisemblable, nous laisserait-elle partir, heureuse d'être enfin débarrassée de nous ?

Désespérée, je montai au grenier pour regarder à l'extérieur. Il faisait froid et il y avait du brouillard. Il avait neigé la semaine précédente et des plaques de neige subsistaient encore çà et là. Ce jour maussade et mystérieux ne paraissait porteur d'aucune promesse de joie ni de liberté. Le coq lança un nouveau cocorico que la distance étouffait et je demandai dans une prière silencieuse que Chris l'entende lui aussi, où qu'il fût, pour que cela l'incite à se hâter.

Oh ! Comme je me le rappelle ce petit matin glacé quand mon frère rentra enfin ! J'étais au bord d'un sommeil agité et je me réveillai d'un seul coup lorsque la porte s'ouvrit. Je m'étais allongée à côté de Carrie, tout habillée, prête au départ.

Chris, le regard absent, hésita avant de s'avancer vers moi sans hâte excessive. Je n'avais d'yeux que pour la taie d'oreiller. Comme elle était plate ! Comme si elle était vide.

— Où sont les bijoux ? Pourquoi as-tu tant tardé ? Regarde la fenêtre ! Le soleil se lève. Nous n'arriverons jamais à temps à la gare. (Et j'ajoutai d'une voix dure et accusatrice :) Tu as recommencé à jouer les preux chevaliers, hein ? C'est pour cela que tu rentres bredouille !

Il était debout devant mon lit, la taie d'oreiller toute flasque à la main.

— Envolés, les bijoux, laissa-t-il tomber sur un ton morne. Ils ont disparu jusqu'au dernier.

— Disparu ? répétai-je sèchement, certaine qu'il mentait, qu'en vérité il n'avait pu se résoudre à faire main basse sur les précieuses parures si chères à maman. Comment ça, disparu ? Ils ont toujours été là. Mais qu'est-ce qui t'arrive ? Comme tu es bizarre !

Il se laissa lourdement tomber à genoux devant le lit et enfouit son visage dans ma poitrine. Et il éclata en sanglots. Mon Dieu ! Que s'était-il passé ?

Pourquoi pleurait-il ainsi ? C'est terrible de voir pleurer un homme et, maintenant, je ne le considérais plus comme un adolescent mais bien comme un homme.

Je l'entourai de mes bras, lui caressai les cheveux, la joue, lui tapotai les épaules, le dos et l'embrassai pour l'apaiser et effacer le choc causé par une terrible expérience, quelle qu'elle eût été. J'agissais comme j'avais si souvent vu faire notre mère dans les moments de détresse, et mon intuition me disait que je n'avais pas à craindre d'éveiller en lui des passions qui lui feraient exiger plus que je n'étais disposée à accorder.

Il fallait que je l'oblige à parler, à expliquer.

Finalement, il ravala ses sanglots et s'essuya la figure avec le coin du drap. Puis il tourna la tête vers les abominables gravures représentant l'enfer et ses tourments. Quand il parla, sa voix était hachée, et il devait souvent s'interrompre pour étouffer de nouveaux sanglots.

— Eh bien, commença-t-il sur ce débit haletant, j'ai compris qu'il y avait quelque chose d'anormal à la seconde même où j'ai mis le pied dans sa chambre. Sans allumer les lampes, j'ai balayé la pièce d'un coup de ma lampe électrique. Je n'en croyais pas mes yeux. Pourquoi avions-nous attendu si longtemps pour nous décider à fuir ? C'était d'une cuisante et terrible ironie ! Ils sont partis, Cathy ! Maman et son mari… ils sont partis ! Pas simplement pour aller à une réception chez des amis. Ils sont partis pour de bon ! Ils avaient emmené tous les bibelots qui donnaient une touche personnelle à l'appartement. Plus un colifichet sur la commode, plus rien sur la coiffeuse – ni crèmes de beauté, ni poudriers, ni lotions, ni parfums. Rien de rien !

» Comme un fou, j'ai ouvert tous les tiroirs dans l'espoir de récupérer quelques objets de valeur que l'on pourrait mettre en gage – et je n'ai rien trouvé. Ils avaient fait place nette. Systématiquement. Ils n'ont rien laissé, pas la moindre bonbonnière en porcelaine, pas même un de ces gros presse-papiers en verre de Venise qui coûtent une fortune. Je me suis précipité dans le cabinet de toilette et j'ai tout retourné. Si, elle avait quand même laissé des choses – des choses qui n'ont aucun intérêt ni pour nous ni pour personne : des tubes de rouge à lèvres, des laits démaquillants, des trucs de ce genre. Et puis j'ai ouvert le fameux tiroir, celui du bas. Tu sais ? Le tiroir dont elle nous avait parlé il y a bien longtemps sans penser un seul instant que nous lui subtiliserions quoi que ce soit ? Je l'ai entièrement sorti, je l'ai posé par terre et j'ai cherché le petit bouton situé par-derrière et qu'il faut pousser d'une certaine façon pour former la combinaison. Sa date de naissance. Parce qu'elle aurait oublié n'importe quel autre code. Tu te rappelles comme elle riait en nous expliquant ça ? Le compartiment secret s'est ouvert. Il y avait à l'intérieur des espèces de plateaux recouverts de velours avec de petites encoches qui pouvaient recevoir des dizaines de bagues. Mais les plateaux étaient vides ! Et les bracelets, les colliers, les boucles d'oreilles, tout avait été enlevé. Y compris son diadème. Tu ne peux pas savoir dans quel état j'étais, Cathy ! Tu m'avais si souvent supplié d'escamoter au moins une petite bague. Et moi, je ne voulais pas parce que j'avais foi en elle.

Une fois encore, les sanglots qui l'étranglaient le

forcèrent à s'interrompre et il se cacha le visage contre ma poitrine.

— Ne pleure pas, Chris, je t'en prie. Tu ne pouvais pas savoir qu'elle partirait si peu de temps après la mort de Cory.

— Oui, elle a vraiment un chagrin fou ! fit-il avec amertume. J'ai perdu mon sang-froid, Cathy. J'ai ouvert les penderies, je les ai vidées des vêtements d'hiver dont elles étaient pleines et il ne m'a pas fallu longtemps pour constater que toutes ses tenues d'été s'étaient évanouies ainsi que leurs valises en maroquinerie de luxe. Elle avait juste laissé ses manteaux de vison. J'ai pensé à en voler un mais ils n'étaient pas à ta taille, et une jeune fille portant un vison trop grand risquerait d'éveiller les soupçons. En dehors de cela, il n'y avait plus une étole en fourrure. Je m'en serais arraché les cheveux, Cathy.

» Et puis, alors que je désespérais de mettre la main sur quoi que ce soit, j'ai ouvert le dernier tiroir de la table de nuit. Jamais je n'y avais encore touché. Il contenait une photographie de papa dans un cadre en argent, leur contrat de mariage et un petit étui en velours vert. Et tu sais ce qu'il y avait dans cet étui ? Son alliance et sa bague de fiançailles en diamants. C'est affreux de penser qu'elle a tout embarqué sauf cette photo sans valeur pour elle et les deux anneaux qu'il lui avait donnés. Une idée étrange m'est alors venue à l'esprit. Peut-être qu'elle savait qui venait voler l'argent qui traînait dans sa chambre et que c'était délibérément qu'elle avait laissé ces souvenirs là où ils étaient.

— Non ! m'exclamai-je. C'est simplement qu'elle ne

se soucie plus le moins du monde de papa maintenant quelle a son Bart !

— J'étais quand même content d'avoir trouvé quelque chose. Aussi, mon sac n'est pas aussi vide qu'il en a l'air. Nous avons la photo de papa, l'alliance et la bague, mais ce sera une véritable torture de les engager.

— Continue… qu'est-il arrivé ensuite ? le pressai-je. (Son récit n'expliquait toujours pas pourquoi il n'était rentré qu'au petit matin.)

— Eh bien, comme il n'y avait plus rien à prendre chez maman, je me suis dit : « Pourquoi ne pas voler la grand-mère ? »

Mon Dieu ! Il n'avait pas… il n'avait pas pu faire ça ! Et pourtant, quelle vengeance raffinée !

— Tu sais qu'elle a des bijoux, des bagues comme s'il en pleuvait. Et cette fichue broche en brillants dont elle ne se sépare pas, elle fait partie de son uniforme, sans compter les diamants et les rubis qu'elle portait à la soirée de Noël. Et je pensais que le butin ne devait pas s'arrêter là. Alors, j'ai traversé d'interminables corridors obscurs et je suis arrivé sur la pointe des pieds jusqu'à sa porte.

Oh ! Quelle intrépidité ! Je n'aurais jamais osé !

— Un rai de lumière s'en échappait, signe qu'elle était encore réveillée. J'étais décontenancé parce que, normalement, elle aurait dû dormir. Si je n'avais pas été acculé comme je l'étais, j'y aurais réfléchi à deux fois et je n'aurais pas agi aussi témérairement.

— Si j'avais été toi, j'aurais fait demi-tour et je serais rentrée sans demander mon reste !

— Je ne suis pas toi, Catherine Doll, je suis moi…

J'ai fait attention. J'ai très doucement entrebâillé la porte, juste d'un centimètre. Mais je mourais de peur à l'idée qu'elle craquerait ou grincerait et donnerait l'éveil à la grand-mère. Mais les gonds étaient parfaitement graissés et j'ai pu jeter un coup d'œil par la fente.

Je l'interrompis :

— Tu l'as vue toute nue ?

— Non, répondit-il avec agacement. Non, je ne l'ai pas vue nue et j'en suis fort aise. Elle était assise dans son lit et portait une épaisse camisole à manches longues boutonnée jusqu'au cou. Et pourtant, en un sens, j'ai eu un aperçu de sa nudité. Figure-toi que ces cheveux gris-bleu que nous détestons tellement… eh bien, au lieu de se trouver sur sa tête, ils étaient posés de guingois sur un champignon qui trônait sur la table de nuit comme si elle voulait être sûre de les avoir à portée de la main en cas de nécessité.

— Elle a une perruque ?

J'étais sidérée.

— Tu parles ! Elle n'a sur le crâne que quelques mèches jaunâtres entre les larges plaques de peau rose et des touffes de duvet comme un bébé. Une paire de lunettes sans monture était perchée au bout de son long nez. Nous ne l'avons jamais vue avec des lunettes. Sa bouche pincée était plissée en une moue réprobatrice tandis que ses yeux parcouraient lentement les lignes d'un gros livre noir – la Bible, comme tu peux t'en douter. C'était de lire des histoires de femmes de mauvaise vie et autres pécheurs et pécheresses qui lui arrachaient cette affreuse grimace. À un moment donné, elle posa sa bible, y glissa une carte postale en guise de signet, puis, se mettant à genoux devant son lit, elle inclina la tête, joignit les mains et commença à prier en silence. Cela dura un temps fou. Et, soudain, elle se mit à parler tout haut : « Pardonnez-moi mes péchés, Seigneur. J'ai toujours agi conformément à ce que j'estimais être juste et si j'ai commis des fautes, je croyais bien faire. Puis-je trouver à jamais grâce à vos yeux. Amen. » Puis elle se recoucha et éteignit.

» Je me demandais ce que j'allais faire. Je ne pouvais pas retourner vers toi les mains vides, car j'espère que nous ne serons jamais obligés de mettre au clou les anneaux que papa a donnés à notre mère. Je me suis dirigé vers la grande rotonde sur laquelle débouche l'escalier d'honneur, là où il y a le bahut. J'ai cherché la chambre du grand-père. Je ne savais pas si j'aurais le culot de pousser la porte et de me trouver face à face avec cet éternel mourant qui s'obstinait à ne pas mourir.

» Mais l'occasion ne se représenterait plus et il fallait en profiter. Advienne que pourra ! J'ai descendu l'escalier sans bruit comme un voleur professionnel avec mon sac improvisé. Je savais où était la bibliothèque grâce à toutes les questions dont tu as harcelé maman. J'étais rudement content que tu aies été aussi curieuse, tu sais, car si tu ne l'avais pas interrogée avec cette belle obstination, j'aurais risqué de me perdre tellement il y avait de galeries qui s'embranchaient à droite et à gauche. Mais il m'a été aisé de m'orienter. C'était une pièce immense et sombre tout en longueur, où régnait un silence de cimetière. Elle faisait bien six mètres de plafond. Les murs disparaissaient sous les rayonnages. Il y avait un bureau massif qui devait peser une tonne et un fauteuil de cuir noir pivotant avec un haut dossier. J'imaginais le grand-père assis là dictant ses ordres à gauche et à droite, donnant des coups de téléphone. Il y avait six postes, Cathy. Six, pas un de moins ! J'ai pensé qu'ils pourraient peut-être me rendre service mais quand je les ai regardés de près, je me suis aperçu qu'aucun n'était en service. De part et d'autre du bureau s'alignaient de hautes et étroites fenêtres donnant sur un jardin privé. C'était superbe à voir, même la nuit.

» J'ai songé qu'il y avait peut-être de l'argent caché dans ce bureau et j'ai fouillé tous les tiroirs les uns après les autres en m'éclairant avec ma lampe de poche. Ils n'étaient pas fermés à clé. Ce qui n'avait rien de surprenant puisqu'ils étaient vides... Entièrement vides ! J'étais interloqué. À quoi bon avoir un bureau si l'on n'y met pas de paperasserie ? Les papiers importants, d'accord, on les garde dans un coffre, à la banque ou chez soi, on ne les laisse pas dans un tiroir qu'un cambrioleur avisé pourrait fracturer. Mais il n'y avait strictement rien ! Pas de bracelets en caoutchouc, pas de trombones, pas de crayons, pas de stylos, pas de blocs, bref aucun des petits accessoires que l'on laisse dans un bureau. Tu n'as pas idée des soupçons qui me sont alors venus à l'esprit. C'est à ce moment que j'ai pris ma décision. La chambre était au fond de la bibliothèque. Je m'en suis lentement approché. Enfin, j'allais le voir. Enfin j'allais me trouver face à ce détestable grand-père – qui était aussi notre demi-oncle.

» J'imaginais déjà la confrontation. Il serait dans son lit, malade mais toujours aussi dur et buté, d'une froideur de glace. Je pousserais la porte d'un coup de pied, j'allumerais et il me verrait. Il aurait un hoquet de surprise ! Parce qu'il me reconnaîtrait... il saurait immédiatement qui je suis, un seul regard suffirait. Et je lui dirais : « C'est moi, grand-père, moi... le petit-fils qui n'aurait jamais dû naître. J'ai deux sœurs, enfermées là-haut dans une chambre de l'aile nord. J'avais aussi un petit frère mais il est mort – et vous y êtes pour quelque chose ! » Je ne sais si j'aurais réellement prononcé ces mots. Toi, je suis certain que tu les aurais hurlés. Pourtant, je lui aurais peut-être quand même lâché ce que j'avais sur le cœur, rien que pour la satisfaction de le voir marquer le coup. Qui sait s'il n'aurait pas manifesté de la peine, du chagrin ou de la pitié ? Non, très probablement, le simple fait que nous existions aurait provoqué sa fureur ! Tout ce que je sais, c'est qu'il m'était impossible de me résigner une minute de plus à être séquestré et à voir Carrie mourir comme Cory.

J'en avais le souffle coupé. Quel cran ! Avoir l'audace d'affronter ce grand-père abhorré, même sur son lit de mort !

— Je tournai tout doucement la poignée de la porte. Je voulais ménager l'effet de surprise. Et puis, j'eus honte d'être aussi timoré. Il fallait y aller hardiment, sans complexe. J'ouvris la porte d'un coup de pied. Mais il faisait si noir dans la chambre que je n'y voyais rien. Comme je ne voulais pas me servir de ma torche, je tâtonnai à la recherche du commutateur mais sans parvenir à le trouver. En désespoir de cause, je me résolus quand même à utiliser ma lampe. Je la braquai droit devant moi. Le faisceau de lumière accrocha un lit d'hôpital peint en blanc. J'ouvris tout grands les yeux car je ne m'attendais pas à voir un matelas à rayures blanches et bleues replié à même le sommier. Le lit était vide, la chambre était vide. Et pas l'ombre d'un grand-père agonisant prêt à passer l'arme à gauche et connecté à toute une batterie d'appareils de réanimation. J'avais l'impression d'avoir reçu un coup de poing en plein dans l'estomac, Cathy, tellement j'étais abasourdi.

» Une canne était posée à côté du lit et, un peu plus loin, le fauteuil roulant chromé dans lequel nous l'avions vu lors du bal de Noël. Il paraissait tout neuf. Il n'avait pas dû beaucoup servir. En dehors de deux chaises, il n'y avait qu'un seul meuble, une commode. Et rien dessus. Pas une brosse, pas un peigne – rien. La chambre était aussi déserte que celle de maman et l'on sentait qu'elle était inoccupée depuis longtemps, très longtemps. Ça sentait le renfermé. Il y avait de la poussière sur la commode. Je cherchai frénétiquement quelque chose, des objets de valeur dont nous pourrions tirer de l'argent plus tard. Mais non. Il n'y avait rien… rien ! Dans ma rage, je me ruai à nouveau dans la bibliothèque. Maman nous avait dit qu'il y avait là un coffre-fort mural dissimulé derrière un tableau représentant un paysage.

» Nous avions vu plus d'une fois à la télévision des voleurs ouvrir des coffres et j'étais persuadé que c'était enfantin quand on connaissait la technique. Il suffisait de coller l'oreille à la serrure, de tourner très lentement le bouton, d'écouter attentivement les « clics » de la bonne combinaison et de les compter. Enfin, c'était ce que je croyais. Alors, il n'y avait plus qu'à composer les chiffres dans l'ordre voulu et, hop ! la porte du coffre s'ouvrait !

Je l'interrompis :

— Mais le grand-père ? Pourquoi n'était-il pas dans son lit ?

Chris poursuivit comme s'il n'avait pas entendu :

— Tout en guettant les déclics, je songeais que si, par chance, le coffre s'ouvrait, il serait vide, lui aussi. Et puis, je les ai entendus, ces « clics » qui trahissaient la combinaison, Cathy ! Je n'arrivais pas à les compter assez vite mais je me suis dit : tant pis, je vais tourner la manette pour le cas où, par hasard, je tomberais sur la bonne combinaison. Mais le coffre ne s'est pas ouvert. Je n'y comprenais rien. Les encyclopédies ne vous apprennent pas à devenir un voleur. C'est un don que l'on a en naissant. En désespoir de cause, je me mis en quête d'un objet à la fois mince et solide que je pourrais introduire dans la serrure, espérant faire sauter un ressort. À ce moment, j'ai entendu des pas !

— Seigneur ! m'exclamai-je.

Je vivais sa déception.

— Oui. Je me suis aussitôt caché derrière un canapé. Et, brusquement, je me suis rappelé que j'avais laissé ma lampe dans la chambre du grand-père.

— Mon Dieu !

— J'ai pensé que j'étais fait comme un rat mais je suis resté parfaitement immobile, à plat ventre derrière mon canapé. Et un couple est entré.

— Je te jure que ce n'étaient pas des hallucinations, dit la femme d'une voix de petite fille. J'ai entendu du bruit qui venait de cette pièce.

— Tu entends toujours des drôles de trucs, répliqua l'homme d'une voix gutturale.

C'était John, le maître d'hôtel chauve.

Tout en se chamaillant, ils inspectèrent superficiellement la bibliothèque et la chambre. Moi, je retenais mon souffle, persuadé qu'ils allaient trouver ma torche. Mais non, ils ne la virent pas. Pour la bonne raison, je suppose, que John n'avait d'yeux que pour sa compagne. Je m'apprêtais à me relever et à filer quand ils ressortirent de la chambre du grand-père et je fus bien obligé de rester derrière le canapé. Il ne me restait plus qu'à faire un somme, la tête dans mes bras en guise d'oreiller. Je me doutais bien que tu devais t'inquiéter en voyant que je ne revenais pas mais comme tu étais enfermée à clé, tu ne risquais pas de venir à ma recherche. Heureusement que je ne me suis pas endormi !

— Pourquoi ?

— Laisse-moi te raconter à ma manière, Cathy. « Tu vois ? dit John à la fille en s'asseyant avec elle sur le canapé. Qu'est-ce que je t'avais dit ? Il n'y a personne, pas plus dans la bibliothèque que dans la chambre. (Il parlait sur un ton satisfait.) Tu es trop nerveuse, Livvy. Ça gâche tout le plaisir.

» — Mais c'est pourtant vrai, John, que j'ai entendu quelque chose.

» — Je te répète une fois de plus que tu entends des voix. Tiens, pas plus tard que ce matin, tu causais encore des souris qu'il y a dans le grenier et tu te plaignais du boucan qu'elles font.

John eut un petit rire étouffé. Et j'imagine qu'il fit quelque chose à la fille car elle se mit à glousser comme une dinde. Si elle repoussait ses avances, en tout cas, elle manquait de conviction. John a repris : « La vieille veut les massacrer toutes, les souris qu'il y a dans le grenier. Elle apporte de la bouffe là-haut dans un panier pique-nique. Assez de bouffe pour exterminer une armée de souris. »

J'étais si niaise, si innocente et encore si confiante, malgré tout, que je ne trouvai rien d'extraordinaire à la conversation que me rapportait Chris. Il toussota pour s'éclaircir la voix et continua :

— Ma gorge s'est alors nouée et mon cœur s'est mis à battre si bruyamment que j'avais peur que le couple ne l'entende.« Oui, dit Livvy, elle n'a pas de cœur, la vieille, et si tu veux que je te dise la vérité, John, j'ai toujours préféré le vioque. Lui, au moins, il savait sourire. Elle, elle sait pas. Quand je viens faire le ménage de la petite chambre, souvent, elle est là à regarder le lit vide avec comme un petit ricanement. Pour moi, c'est parce qu'elle est contente qu'il soit mort et qu'elle lui survive. Maintenant, elle est libre, elle ne l'a plus tout le temps sur le dos à lui dire fais pas ci, fais pas ça et quand je dis quelque chose, obéis vite fait. Franchement, y a des moments où je me demande comment elle pouvait le supporter. Et lui aussi. Mais maintenant qu'il est claqué, elle a tout le pognon.

» — Pour avoir de l'argent, elle en a, on peut pas dire le contraire, dit John. Ce que lui ont laissé ses parents. Mais les millions du vieux Malcolm Neal Foxworth, c'est à la fille qu'ils sont allés.

» Bah ! Elle a pas besoin de plus, la vieille chouette. Moi je trouve qu'il a eu raison de tout léguer à sa fille. Qu'est-ce qu'il lui en a fait baver, à la malheureuse !

Fallait qu'elle soit aux petits soins pour lui malgré toutes les infirmières qu'il avait. Il la traitait comme une esclave. Mais, maintenant, elle est libre, elle a épousé un beau garçon, elle est encore jeune et belle et elle a des masses d'argent. J'aimerais être à sa place. Il y a des gens qui ont de la chance. Moi, j'en ai jamais eu.

» — Et moi, ma poule ? Comme si je n'étais pas là ? Tu m'as, moi... jusqu'à l'arrivée du prochain joli minois, en tout cas.

Moi, derrière le canapé, j'étais comme pétrifié, assommé par ces révélations. J'avais envie de vomir mais, prenant sur moi, je demeurai totalement silencieux tandis que la conversation se poursuivait. Je n'avais qu'un désir : vous rejoindre, Carrie et toi, pour nous enfuir avant qu'il ne soit trop tard. Mais j'étais coincé, je ne pouvais pas bouger. Et puis John et Livvy ont commencé à se tripoter. Je les entendais, lui qui la déshabillait et elle qui en faisait autant.

— C'est vrai ? Ils se sont mutuellement déshabillés ?

— C'était l'impression que cela donnait, en tout cas.

— Elle n'a pas crié ? Elle n'a pas protesté ?

— Oh non ! Elle ne demandait que ça. Et si tu savais comme ça a duré ! Oh ! les bruits qu'ils faisaient ! Tu ne peux pas croire, Cathy. Elle gémissait, elle criait, elle haletait et lui, il grognait comme un porc qu'on houspille à coups d'épieu, mais il devait avoir une excellente technique parce qu'à la fin Livvy s'est mise à brailler comme une folle. Quand ils en ont eu terminé, ils se sont reposés en fumant des cigarettes et en discutant de tout ce qui se passe dans cette maison. Crois-moi, il n'y a pas beaucoup de choses qu'ils ignorent, ces deux-là. Et puis, ils ont recommencé à faire l'amour.

— Deux fois le même soir ?

— C'est à la portée de tout le monde, tu sais.

— Chris, tu as un air bizarre. Pourquoi ?

Il marqua une hésitation et s'écarta un peu pour me scruter :

— Est-ce que tu m'écoutes, oui ou non, Cathy ? Je me suis efforcé et ça n'a pas été facile, crois-moi, de tout te rapporter mot pour mot. Est-ce que tu as entendu ce que je t'ai dit, oui ou non ?

Bien sûr que j'avais entendu ! Cette question !

Il avait trop tardé à se décider à dérober les bijoux que notre mère avait eu tant de peine à amasser. Il aurait dû suivre mes suggestions et en voler quelques-uns à chaque fois.

Alors, comme ça, maman et son mari étaient encore une fois partis en voyage ? Ce n'était pas une nouveauté. Ils n'arrêtaient pas de se balader. Leur seule idée était de fuir cette maison. Comme je les comprenais ! N'était-ce pas ce que nous nous préparions à faire, nous aussi ?

Je lançai à Chris un regard interrogateur en fronçant les sourcils. Il était visible qu'il ne me disait pas tout. Il la protégeait encore. Il l'aimait encore.

— Cathy..., murmura-t-il d'une voix étranglée.

— Rassure-toi, Chris, je ne te reproche rien. Bon... notre chère et tendre mère, si douce et si débordante d'affection, a encore fait une escapade avec son jeune et séduisant époux en emmenant toute sa joaillerie.

Eh bien, tant pis ! Ce n'est pas cela qui nous empêchera de nous évader.

C'était dire adieu à la sécurité matérielle une fois libres, mais nous nous débrouillerions. Nous travaillerions, nous trouverions le moyen de subvenir à nos besoins et de payer les docteurs qui remettraient Carrie sur pied. Au diable les bijoux ! Au diable cette mère calculatrice qui nous abandonnait sans même prendre la peine de nous dire où elle allait ni quand elle reviendrait ! Nous étions désormais habitués à sa dureté et à son indifférence. *Mais pourquoi pleures-tu comme ça, Chris, pourquoi ?*

Il leva vers moi son visage barbouillé de larmes et s'écria avec fureur :

— Pourquoi ne m'écoutes-tu pas, Cathy ? Pourquoi gardes-tu ce calme olympien ? Tu as les oreilles bouchées ou quoi ? As-tu entendu ce que j'ai dit ? Le grand-père est mort ! Depuis plus d'un an !

Je ne l'avais peut-être pas écouté avec assez d'attention, en effet. Peut-être que le fait de le voir aussi bouleversé m'avait distraite. Brusquement, je compris que le grand-père avait bel et bien passé l'arme à gauche. C'était la meilleure des nouvelles ! Maintenant, maman allait hériter ! Nous serions riches. Elle nous ouvrirait la porte, elle nous délivrerait ! Plus besoin de nous évader !

Mais un atroce torrent de questions me submergea soudain. Quand son père était mort, maman ne nous avait rien dit. Pourquoi ne nous avait-elle pas prévenus, pourquoi nous avait-elle laissés dans l'ignorance de son décès alors qu'elle savait quelle épreuve était pour nous cette attente qui s'éternisait depuis tant d'années ? Pourquoi ? Dans mon désarroi, je ne savais pas si j'étais heureuse ou désolée. Une singulière appréhension me paralysait.

— Cathy..., dit Chris dans un chuchotement, Cathy, notre mère nous a trompés délibérément. Son père est mort, cela fait des mois que le testament a été ouvert et, pendant tout ce temps, elle ne nous a rien dit, elle nous a laissés moisir ici. Il y a neuf mois, nous aurions été de neuf mois en meilleure santé ! Cory serait vivant à l'heure qu'il est si elle nous avait délivrés le jour où son père est mort – ou même le lendemain de l'ouverture du testament.

Atterrée, je dégringolai au fond du puits de la trahison qu'elle avait creusé de ses mains pour nous y noyer. Je fondis en larmes.

— Garde tes pleurs pour plus tard, Cathy. Tu ne sais pas encore tout. Il y a pire... bien pire.

— Je ne vois pas ce qu'il pourrait y avoir de pire. Notre mère s'est montrée sous son vrai visage, celui d'une menteuse, d'une sournoise, d'une voleuse qui nous a dépouillés de notre jeunesse, qui a tué Cory pour s'approprier une fortune qu'elle refusait de partager avec des enfants qu'elle ne voulait plus et qu'elle n'aimait plus. (Je m'effondrai dans les bras de Chris.) Ne m'en dis pas davantage ! J'en ai déjà suffisamment entendu comme ça... ne me force pas à la haïr encore plus !

— La haïr... Tu n'as pas encore commencé à apprendre ce qu'est la haine ! Mais avant que je continue, mets-toi bien ceci dans la tête : nous allons quitter cette maison quoi qu'il arrive. Nous partirons pour la Floride comme nous en sommes convenus. Nous vivrons au soleil et nous organiserons notre existence au mieux. Jamais nous n'aurons honte de ce que nous sommes ni de ce que nous avons fait, car ce que nous avons fait ensemble est dérisoire comparé à ce qu'a fait notre mère. Même si tu meurs avant moi, je me rappellerai le grenier. Je nous reverrai danser sous les fleurs de papier, toi si gracieuse et moi si empoté. L'odeur de la poussière et du bois pourrissant me restera dans les narines et il y aura dans mon souvenir le parfum des roses parce que, sans toi, ce n'aurait été qu'un désert lugubre. C'est toi qui m'as donné un avant-goût de ce que peut être l'amour.

» Nous allons changer. Nous rejetterons ce qu'il y a en nous de mauvais et conserverons ce qu'il y a de bon. Mais, qu'il vente ou qu'il grêle, nous ne nous quitterons pas, tous les trois. Tous pour un, un pour tous. Nous mûrirons, Cathy. Physiquement, mentalement et affectivement. Et ce n'est pas tout. Nous atteindrons les buts que nous nous sommes fixés. Jamais on n'aura vu un meilleur médecin que moi et, à côté de toi, la Pavlova aura l'air d'une fille de ferme.

Je commençais à en avoir assez de l'entendre parler d'amour et d'avenir alors que nous étions toujours derrière une porte close.

— Très bien, Chris. Tu m'as accordé un répit pour me laisser souffler. Tu dois avoir quelque chose d'absolument épouvantable à me révéler – alors, vas-y. Continue de me serrer contre toi et je serai assez forte pour supporter n'importe quoi.

Que j'étais jeune ! Comme je manquais d'imagination ! Et que j'étais présomptueuse !

Des fins, des commencements

— Devine ce qu'elle leur a dit, poursuivit Chris. Essaie d'imaginer l'explication qu'elle a donnée aux domestiques pour qu'ils ne fassent plus le ménage dans cette chambre le dernier vendredi du mois.

Comment voulait-il que je le devine ? Pour cela, il aurait fallu que mon esprit soit semblable à celui de la grand-mère. Il y avait si longtemps que les bonnes ne mettaient plus les pieds dans cette pièce que j'avais oublié les premières et horribles semaines de notre séquestration.

— Les souris, Cathy, reprit Chris, le regard dur et froid. *Les souris !* Des centaines de souris qui grouillent dans le grenier – voilà ce qu'elle a inventé. D'astucieuses petites souris qui descendent au premier étage en passant par l'escalier. De diaboliques petites souris qui l'obligeaient à condamner cette chambre où elle déposait de la nourriture saupoudrée d'arsenic.

Quel prétexte ingénieux pour maintenir les bonnes à l'écart ! Le grenier était infesté de souris, c'était vrai. Et elles empruntaient l'escalier.

— L'arsenic est blanc, Cathy. Si on le mélange à du sucre en poudre, cela masque son amertume.

Mon cerveau se mit à tourner à une vitesse vertigineuse. Les quatre beignets quotidiens saupoudrés de sucre ! Un pour chacun. Maintenant, le panier n'en contenait plus que trois !

— Mais cette histoire n'a pas de sens, Chris ! Pourquoi la grand-mère chercherait-elle à nous empoisonner à petit feu ? Il n'y aurait qu'à nous en faire ingurgiter une dose suffisante pour nous tuer tous et on n'en parlerait plus !

Il prit ma tête entre ses mains et enchaîna d'une voix contenue :

— Rappelle-toi, un film que nous avons vu à la télé. Il y avait une jolie femme qui tenait le ménage de vieux messieurs ? – des messieurs riches, bien sûr –, tu te souviens ? Elle gagnait leur confiance et captait leur affection, ils la couchaient sur leur testament et chaque jour elle leur administrait un tout petit peu d'arsenic. Quand on en absorbe quotidiennement une dose infime, le poison imprègne lentement l'organisme et la victime décline de jour en jour mais de manière presque imperceptible. Elle a de petits ennuis, des migraines, des maux d'estomac dont l'origine est facilement explicable et quand elle meurt – à l'hôpital, disons –, elle est déjà amaigrie et anémiée. Elle traîne depuis longtemps des tas de maladies – rhume des foins, grippes, etc. Et les médecins ne soupçonnent pas qu'elle a été empoisonnée puisqu'elle présente tous les symptômes de la pneumonie ou du vieillissement, comme c'était le cas dans ce film.

— Cory ! balbutiai-je. Cory est mort empoisonné par l'arsenic ? Maman disait que c'était d'une pneumonie !

— Elle a pu nous raconter n'importe quoi. Comment pouvions-nous savoir si elle disait la vérité ou non ? Peut-être qu'elle ne l'a même pas conduit à l'hôpital. Et même s'il a été hospitalisé, les docteurs n'ont pas pensé que c'était une mort suspecte. Sinon, elle serait en prison.

Je protestai :

— Mais voyons, Chris, elle n'aurait jamais laissé la grand-mère nous donner du poison ! Je sais qu'elle veut cet argent, je sais aussi qu'elle ne nous aime plus comme elle nous aimait avant... mais elle ne nous assassinerait quand même pas !

Chris se détourna.

— Bon. Nous allons faire un test. On va faire goûter un peu de beignet à la souris de Cory.

Non ! Pas Mickey ! Il avait confiance en nous, il nous aimait... Ce n'était pas possible de faire ça à cette petite bête que Cory adorait.

— Si on attrapait une autre souris, Chris ? Une souris sauvage qui ne nous connaîtrait pas.

— Viens, Cathy. Mickey est vieux. Et il boite. Ce n'est pas commode de capturer une souris vivante, tu sais. Combien ont survécu après avoir grignoté le fromage, veux-tu me dire ? D'ailleurs, quand nous serons partis en lui rendant la liberté, Mickey mourra. Il est apprivoisé et nous lui sommes désormais indispensables.

— Mais j'avais prévu que nous l'emmènerions avec nous.

— Il faut poser le problème autrement, Cathy. Cory est mort et il n'avait pas même commencé à vivre. Si les beignets ne sont pas empoisonnés, cela ne fera aucun mal à Mickey et nous l'emmènerons avec nous, si tu y tiens. Mais une chose est sûre : nous devons en avoir le cœur net. Pour Carrie, il faut que nous sachions exactement ce qui en est. Regarde-la. Ne vois-tu pas qu'elle est en train de mourir, elle aussi ? Elle s'affaiblit un peu plus chaque jour. Et nous également.

La petite souris grise approcha cahin-caha en traînant sa patte folle et commença par mordiller le doigt de Chris avant de s'attaquer au beignet. Elle avait confiance en nous, ses dieux, ses parents, ses amis. Cela me faisait mal au cœur.

Elle ne mourut pas tout de suite. Ses mouvements se firent plus lents, languissants, apathiques. Puis de petits accès de douleur lui arrachèrent des gémissements. Quelques heures plus tard, elle gisait sur le dos, raide et froide, ses doigts roses recroquevillés, les yeux voilés.

Maintenant, nous savions la vérité. Il n'y avait pas de doute possible. Dieu n'était pour rien dans la mort de Cory.

— On pourrait mettre Mickey dans un sac en papier avec deux beignets et le remettre à la police, suggéra Chris d'une voix hésitante, sans me regarder.

— Ils jetteraient la grand-mère en prison.

— Ouais.

Il me tourna le dos.

— Chris, tu me caches quelque chose. Dis-moi quoi.

— Plus tard… quand on se sera enfuis. Pour le moment, je ne pourrais pas ajouter un mot de plus sans vomir. Nous partirons tôt demain matin. (Il saisit mes mains et les serra très fort.) On fera examiner Carrie par un docteur le plus vite possible. Et nous aussi.

La journée fut interminable. Tout était prêt pour le départ et nous n'avions rien d'autre à faire qu'à regarder la télévision pour la dernière fois, chacun sur notre lit, tandis que Carrie demeurait prostrée dans son coin.

— Les personnages des feuilletons sont comme nous, dis-je à Chris à la fin de l'émission. Ils sortent rarement de leurs maisons et quand ça leur arrive, on ne les voit jamais dehors, on entend seulement ce qu'ils racontent. Ils se prélassent au salon ou dans la chambre, ils boivent du café à la cuisine ou se préparent des cocktails mais jamais au grand jamais on ne les voit hors de chez eux. Et quand tout s'arrange, quand ils croient qu'ils vont être enfin heureux, survient une catastrophe et tous leurs espoirs s'écroulent.

J'eus brusquement le sentiment d'une présence. Je cessai de respirer ! C'était la grand-mère. Quelque chose dans son maintien, dans ses yeux cruels et durs, qui trahissait un mépris railleur, me fit comprendre qu'il y avait un moment qu'elle était là.

— Comme vous voilà avertis, laissa-t-elle tomber de sa voix froide, pour un garçon et une fille reclus et coupés du monde ! Vous croyez en parlant ainsi plaisanter et caricaturer la réalité. Eh bien, vous vous trompez. Ce n'est pas de l'exagération. Rien ne se passe jamais comme on l'escomptait et, au bout du compte, on est toujours déçu dans ses espérances.

Ayant dit ce qu'elle avait à dire, elle sortit. La clé tourna dans la serrure.

— Ne prends pas cet air consterné, me dit alors Chris. Elle cherchait seulement à nous démoraliser une fois de plus. Peut-être que rien n'a marché pour elle comme elle l'espérait, mais cela ne veut pas dire pour autant que tout est fichu pour nous. Quand nous nous évaderons, demain, il ne faudra pas nous attendre à trouver l'idéal. Mais si nous n'aspirons qu'à une petite part de bonheur, nous ne serons pas déçus.

Si une taupinière lui suffisait, grand bien lui fasse. Moi, après ces années d'épreuves, d'espoir, de rêves et d'impatience, c'était une montagne de bonheur que je voulais ! Non, je ne me contenterais pas d'une taupinière. Je me jurai qu'à partir de ce jour, je serais maîtresse de ma vie. Personne, ni le destin, ni Dieu, ni même Chris, personne ne me dicterait jamais plus ma conduite, personne n'aurait jamais plus barre sur moi. Dorénavant, je serais *moi*, je prendrais ce qu'il me plairait de prendre et quand cela me plairait, et je n'aurais de comptes à rendre qu'à moi-même. J'avais été emprisonnée, emmurée par cupidité. J'avais été trahie, trompée, on m'avait menti, utilisée, empoisonnée… mais tout cela appartenait maintenant au passé.

J'avais à peine douze ans en cette nuit étoilée où nous nous étions enfoncés derrière maman dans l'épais bois de pins… j'étais à la veille de devenir femme. Au cours des trois années et presque cinq mois qui s'étaient écoulés depuis ce jour, j'étais parvenue à la maturité. J'étais plus vieille que les montagnes. La sagesse du grenier m'imprégnait jusqu'à la moelle des os.

Chris m'avait un jour cité un passage de la Bible disant qu'il y avait un temps pour tout. Eh bien, le temps du bonheur était à portée de ma main. Il m'attendait.

Où était-elle la fragile et blonde poupée de Dresde d'antan ? Volatilisée ! La porcelaine s'était transmuée en acier. Quels que fussent les obstacles qui se dresseraient sur mon chemin, rien ni personne n'empêcherait jamais la femme que j'étais devenue d'obtenir ce qu'elle voudrait. Je posai un regard empreint d'une détermination nouvelle sur Carrie, affalée dans son coin. Ses cheveux étaient si longs qu'ils cachaient son visage. Elle n'avait que huit ans et demi mais elle était si affaiblie qu'elle traînait les pieds en marchant comme une petite vieille. Elle ne mangeait plus, elle ne parlait plus. Elle ne jouait plus avec le bébé en porcelaine de la maison de poupée.

Même Carrie avec sa tête de mule et son caractère réfractaire ne m'en imposerait plus. Personne, nulle part, et surtout pas une gamine de huit ans, n'était maintenant capable de résister à ma volonté de bronze.

Je m'approchai de Carrie, la soulevai et, bien qu'elle se débattît faiblement pour se libérer, je m'assis devant la table et entrepris de la faire manger de force. Elle voulait recracher ce qu'elle avait dans la bouche mais je l'obligeai à avaler. Comme elle refusait de boire le lait que je lui présentai, je lui écartai les lèvres et je lui fis ingurgiter bon gré mal gré. Elle me traita de « vilaine ».

Je la portai ensuite jusqu'à la salle de bains, lui fis un shampooing et l'habillai chaudement. Quand ses cheveux furent secs, je les brossai jusqu'à ce qu'ils brillent et retrouvent un peu de leur ancien éclat.

Pendant ces longues heures d'attente, je la tins serrée dans mes bras, lui parlant à l'oreille des projets d'avenir que nous ébauchions, Chris et moi, de la vie heureuse que nous mènerions sous le soleil d'or de la Floride.

Chris, habillé de pied en cap, se balançait dans le fauteuil à bascule en grattant nonchalamment les cordes de la guitare de Cory tout en fredonnant « Danse, ballerine, danse… ». Il n'avait pas une vilaine voix. Pourquoi ne deviendrions-nous pas musiciens pour gagner notre vie ? Un trio… si Carrie se remettait suffisamment pou avoir à nouveau envie de chanter.

J'avais au poignet une montre en or de fabrication suisse que maman avait sûrement payée des centaines de dollars. Mon frère en avait une aussi. Nous n'étions donc pas totalement démunis. Nous pourrions également vendre la guitare, le banjo, le Polaroïd de Chris, son matériel de peinture – plus l'alliance et la bague que papa avait données à maman.

Demain, nous prendrions la poudre d'escampette. Pourtant, j'avais l'impression d'avoir négligé quelque chose d'une importance capitale.

Brusquement, cela me revint. C'était une chose qui nous était sortie de la tête à Chris et à moi. Si la grand-mère avait ouvert la porte et était restée si longtemps dans la chambre sans que nous ne nous soyons aperçus de rien, elle avait fort bien pu en faire autant en d'autres occasions. Dans ce cas, elle connaissait peut-être nos intentions et avait pris toutes dispositions utiles pour nous empêcher de tirer notre révérence !

Fallait-il en parler à Chris ? Cette fois, il ne pouvait pas reculer et trouver des prétextes pour renoncer à nos projets. Aussi je résolus de lui faire part de mon inquiétude. Cela n'eut aucunement l'air de l'émouvoir.

— La même idée m'est venue à l'instant où je l'ai vue dans la chambre, me répondit-il sans cesser de gratter sa guitare. Je sais qu'elle a toute confiance en John, le maître d'hôtel, et il est fort possible qu'elle l'ait posté au bas de l'escalier pour nous interdire le passage. Eh bien, qu'il essaie ! Nous partirons demain à la première heure. Rien ni personne ne pourra nous en empêcher.

Mais l'idée que la grand-mère et son valet étaient embusqués au pied de l'escalier continuait de me tarabuster. Rien à faire pour la chasser de mon esprit. Laissant Carrie qui dormait sur le lit, laissant Chris se balancer en caressant sa guitare, je montai dans le grenier pour lui dire adieu.

Je m'immobilisai sous l'ampoule qui se balançait au bout de son fil et jetai un regard circulaire autour de moi. Je me remémorai notre arrivée. Je nous revoyais, la main dans la main, contemplant avec stupéfaction ce grenier cyclopéen, les meubles spectraux, tout ce bric-à-brac qui disparaissait sous la poussière. Je revoyais Chris faire de l'acrobatie sur les poutres pour installer, au péril de sa vie, des balançoires pour les jumeaux.

Je me dirigeai vers la salle d'étude et m'arrêtai un instant devant les vieux pupitres où Cory et Carrie s'asseyaient pour apprendre à lire et à écrire mais je m'abstins délibérément de poser les yeux sur le matelas souillé et malodorant où nous prenions nos bains de soleil : il m'évoquait d'autres souvenirs. Je balayai du regard les fleurs de papier bariolées, l'escargot de guingois, l'inquiétant ver de terre violet, les pancartes que nous avions rédigées, Chris et moi, accrochées ici et là dans le dédale de nos jardins-jungles.

— C'est l'heure, Cathy, me cria Chris dans l'escalier.

Je revins vivement dans la salle d'étude et, prenant une craie, j'écrivis en grosses lettres sur le tableau noir :

NOUS AVONS VÉCU DANS LE GRENIER CHRISTOPHER, CORY, CARRIE, ET MOI. NOUS NE SOMMES PLUS QUE TROIS MAINTENANT.

Je signai et datai. Je savais au fond de mon cœur que nos quatre fantômes éclipseraient tous les autres fantômes d'enfants enfermés dans un grenier. C'était une énigme que je laissais à quelqu'un le soin de déchiffrer un jour.

Chris mit dans sa poche le sac en papier où il avait glissé Mickey et deux beignets empoisonnés avant de se servir pour la dernière fois de la clé en bois qui ouvrait la porte de notre prison. Si la grand-mère et le maître d'hôtel étaient en bas, nous nous battrions à mort. Chris portait les deux valises qui contenaient nos vêtements et nos quelques richesses, et il avait en bandoulière la guitare bien-aimée de Cory et son banjo. Je le suivais le long des couloirs sombres conduisant à l'escalier de derrière, Carrie à moitié endormie dans mes bras. Elle ne pesait guère plus que la nuit où, trois ans plus tôt, nous avions gravi ce même escalier.

Deux petits sacs étaient épinglés à nos vêtements. Nous y avions réparti les billets dérobés à maman après les avoir divisés en parties égales afin de ne pas être pris au dépourvu, si jamais un événement imprévu nous séparait, Chris et moi. Les pièces, également partagées en deux lots pour avoir le même poids, étaient dans les valises.

Nous ne nous faisions pas d'illusions sur ce qui nous attendait au-dehors. Nous avions suffisamment vu de films pour savoir quels dangers guettent les naïfs et les innocents. Nous étions jeunes et vulnérables, affaiblis et mal portants, mais nous n'étions plus ni naïfs ni innocents.

Mon cœur cessa de battre quand Chris ouvrit la porte de service. Je mourais de peur à l'idée que quelqu'un nous barre le chemin. Il fit un pas à l'extérieur et se retourna en souriant.

Dehors, il faisait froid et il y avait des flaques de neige fondue. Le ciel plombé laissait présager de nouvelles chutes pour bientôt. Pourtant, il ne faisait pas plus froid que dans le grenier. La terre détrempée était molle sous les pieds et cela nous faisait un curieux effet, ce sol spongieux. Il y avait si longtemps que nous ne marchions que sur des planchers de bois, durs et plats. Je n'étais pas pleinement rassurée car John pourrait nous suivre et nous ramener… ou essayer.

Levant la tête, je respirai l'air âpre des montagnes. Il était grisant comme un vin pétillant. Après avoir fait quelques mètres, je posai Carrie à terre. Elle vacilla sur ses pieds, incertaine, et regarda autour d'elle, désorientée et abasourdie, puis renifla et essuya son petit nez rougi. Oh ! s'enrhumait-elle déjà ?

— Il va falloir vous dépêcher, toutes les deux, dit Chris. Nous n'avons pas beaucoup de temps devant nous et on a une bonne trotte à faire. Quand Carrie sera fatiguée, il faudra que tu la portes.

Je pris ma petite sœur par la main et l'entraînai.

— Respire longuement et à fond, Carrie. Le bon air, une nourriture saine et le soleil te rendront tes forces en un rien de temps.

Elle leva vers moi un visage pâlichon. Était-ce enfin une lueur d'espoir qui palpitait dans ses yeux ?

— On va retrouver Cory ?

C'était la première question qu'elle posait depuis le jour affreux où nous avions appris que Cory était mort. Je la regardai. Je savais que retrouver son petit frère était son plus brûlant désir. Je ne pouvais pas lui répondre non. Je n'avais pas la force d'éteindre cette étincelle d'espérance.

— Cory est quelque part très loin d'ici. Tu te rappelles quand je te disais que j'avais vu papa dans un beau jardin ? Qu'il l'avait pris dans ses bras ? Eh bien, il s'occupe maintenant de lui. Ils nous attendent tous les deux et nous les reverrons un jour dans très, très longtemps.

Elle plissa le front.

— Mais Cory n'aimera pas ce jardin si je ne suis

pas avec lui. Et s'il nous cherche et s'il revient, il ne saura pas où on est allé.

Une pareille ferveur me fit venir les larmes aux yeux.

Je la tirai, mais elle résistait, traînant les pieds, et se retournait vers l'immense bâtisse.

— Viens, Carrie ! Marche plus vite. Cory nous regarde et il veut qu'on s'échappe. Il est à genoux et il prie pour qu'on s'enfuie avant que la grand-mère envoie quelqu'un pour nous ramener et nous enfermer de nouveau !

Nous suivîmes le sentier derrière Chris qui nous obligeait à avancer à vive allure. Il nous conduisait avec un flair infaillible, comme je savais qu'il le ferait, vers la petite gare qui se réduisait à un toit de tôle supporté par quatre montants de bois et un banc vert et branlant.

Les premiers rayons du soleil effleurèrent la cime d'une montagne, dissipant la brume matinale. Quand nous fûmes en vue de la petite gare, le ciel rosissait.

— Vite, Cathy ! m'adjura Chris. Si jamais on rate le train, il faudra attendre celui de 4 heures.

Mon Dieu ! Pas question de le rater ! La grand-mère aurait alors amplement le temps de nous rattraper.

Sur le quai, un homme armé d'un balai était debout à côté d'une camionnette des postes, trois sacs de courrier à ses pieds. Il ôta sa casquette, révélant une tignasse rousse, et nous adressa un sourire jovial.

— Eh bien ! s'exclama-t-il joyeusement, on peut pas dire que vous faites la grasse matinée, vous autres ! Vous allez à Charlottesville ?

— Oui, nous allons à Charlottesville, répondit

Chris en posant les valises avec un soupir de soulagement.

— Elle est mignonne comme un cœur, cette gamine, reprit l'homme en regardant d'un air apitoyé Carrie qui s'accrochait peureusement à ma jupe. Mais, soit dit sans vous offenser, je lui trouve petite mine.

— Elle a été malade, lui expliqua Chris. Mais elle sera bientôt remise sur pied.

L'employé opina, apparemment rassuré par ce pronostic.

— Vous avez des sous ?

— Oui. Mais juste assez pour prendre nos billets, précisa Chris avec sagacité – façon de s'entraîner à affronter des inconnus moins dignes de confiance.

— Eh bien, mon gars, dépêche-toi de les prendre. Voilà le 5 h 45 qui s'amène.

Du train qui roulait vers Charlottesville, nous aperçûmes le manoir perché à flanc de coteau. Nous n'arrivions pas à détacher nos yeux de ce qui avait été notre prison. C'était surtout les fenêtres du grenier, aveuglées de sombres volets, qui fascinaient nos regards.

Mon attention fut soudain attirée par la dernière pièce du premier étage de l'aile nord. Je lançai un coup de coude à Chris quand les lourds rideaux s'écartèrent, laissant apparaître la haute et massive silhouette d'une vieille femme, très loin, qui nous cherchait des yeux. Les rideaux retombèrent.

Elle avait vu le train, évidemment, mais elle ne pouvait pas nous voir, nous. Néanmoins, nous nous fîmes tout petits sur nos sièges.

— Je me demande ce qu'elle fait là-haut si tôt,

chuchotai-je. D'habitude, elle ne nous monte pas à manger avant 6 heures et demie.

Chris laissa échapper un rire caustique.

— Bah ! C'est encore un de ses trucs pour essayer de nous surprendre en train de faire quelque chose de défendu.

Peut-être. Mais j'aurais quand même bien voulu savoir ce qu'elle avait pensé quand elle était entrée et avait constaté que la chambre était vide, qu'il n'y avait plus rien ni dans la penderie ni dans les tiroirs.

À Charlottesville, nous prîmes à la gare routière nos billets pour Sarasota. Le prochain autocar ne partait que deux heures plus tard, nous dit-on. Deux heures à attendre – que John pouvait mettre à profit pour sauter dans une des limousines noires et rattraper le tortillard.

— Ne te casse pas la tête, me dit Chris. Tu ignores ce qu'il sait. La grand-mère n'est pas folle. Tu penses bien qu'elle ne lui a pas parlé de nous – encore qu'il est probablement assez fureteur pour avoir découvert le pot aux roses…

Nous conclûmes que le meilleur moyen de l'empêcher de nous retrouver si jamais la vieille l'avait lancé à nos trousses était de déambuler dans la ville. Après avoir mis les valises, la guitare et le banjo à la consigne, nous nous baladâmes dans les rues de Charlottesville, tenant chacun Carrie par une main.

Nous devions ressembler à des visiteurs d'un autre monde avec nos vêtements qui ne nous allaient pas et nous engonçaient, nos baskets, nos cheveux coupés à la diable et notre pâleur. Mais, contrairement à ce que je redoutais, personne ne nous regardait avec un intérêt particulier. Nous étions de banals ressortissants de la race humaine, pas plus bizarres que la plupart des gens. C'était bon de se trouver au milieu d'une foule, environnés de visages inconnus.

— Je me demande pourquoi tout le monde a l'air si pressé, murmura Chris à l'instant précis où je me posais la même question.

Nous nous arrêtâmes, indécis, à un coin de rue. En principe, Cory était enterré non loin de là. Oh ! quelle envie j'avais d'aller au cimetière pour y chercher sa tombe et la fleurir ! Nous reviendrions plus tard avec des roses jaunes et nous dirions des prières, que cela serve ou non à quelque chose. Mais, pour le moment, il fallait partir très loin pour ne pas mettre Carrie encore plus en danger. Il n'était pas question de la faire examiner par un médecin tant que nous n'aurions pas quitté la Virginie.

Chris sortit de sa poche le sac contenant la souris morte et les beignets enrobés de sucre en poudre. Son regard, grave et scrutateur, m'interrogeait. « Alors, qu'est-ce qu'on fait ? Œil pour œil ? »

Il représentait une foule de choses, ce sac en papier. Toutes ces années dilapidées, l'éducation que nous n'avions pas reçue, les camarades et les amis que nous n'avions pas eus, les jours de joie qui avaient été des jours de larmes. Toutes nos frustrations, nos humiliations, des tonnes de solitude, plus les punitions et les désillusions, voilà ce qu'il y avait dans ce sac.

Et surtout – surtout – la mort de Cory.

— Nous pouvons aller au commissariat et tout raconter à la police. (Chris détournait les yeux en parlant.) La municipalité vous prendra en charge, Carrie et toi, vous ne serez pas obligés de fuir. Ils vous placeront dans un foyer ou un orphelinat. Moi, je ne sais pas…

Quand il ne me regardait pas en face, c'était qu'il me cachait quelque chose. Et je savais ce qu'il me cachait. Ce à quoi il n'avait pas voulu faire allusion tant que nous n'avions pas quitté Foxworth Hall.

— Cette fois, ça y est, Chris. Nous avons fini par nous évader. Alors, tu peux y aller. Qu'est-ce que tu as sur le cœur ?

— C'est à propos de maman. (Il parlait d'une voix très basse.) Tu te rappelles qu'elle nous disait qu'elle était prête à faire n'importe quoi pour rentrer dans les grâces de son père et devenir sa légataire universelle ? Je ne sais pas quelles promesses il lui a arrachées mais j'ai entendu les commérages de John et de Livvy. Quelques jours avant sa mort, le grand-père a ajouté à son testament un codicille disant que s'il advenait qu'elle ait eu des enfants de son premier mari, elle devrait restituer tout ce qu'elle aurait touché et rendre aussi ce qu'elle aurait pu acheter avec cet argent – vêtements, bijoux, valeurs… absolument tout. Et cela va encore plus loin : il est précisé dans cet acte que si elle a des enfants de son second mari, elle perdra également tout ce dont elle a hérité. Dire qu'elle croyait qu'il lui avait pardonné ! Non, il n'a rien pardonné, il n'a rien oublié. C'est sa vengeance posthume.

Les morceaux du puzzle se mettaient en place. D'effarement, j'écarquillai les yeux.

— Tu veux dire que maman… que c'était maman et pas la grand-mère ?

Il haussa les épaules mais je savais bien que son apparent détachement n'était qu'un faux-semblant.

— J'ai entendu la vieille prier. C'est une méchante femme mais je ne crois pas qu'elle aurait mis elle-même le poison dans les beignets.

— Mais maman… ce n'est pas possible, Chris ! Quand la grand-mère a commencé à nous apporter des beignets, elle était en voyage de noces.

Il eut un sourire sans joie.

— Oui, mais il y a neuf mois que le testament a été ouvert. Et, à ce moment, elle était rentrée. C'est elle seule qui hérite de son père. La grand-mère ne touche pas un sou. Elle a sa fortune personnelle. Elle ne faisait que monter chaque jour le panier.

J'avais mille questions sur le bout de la langue mais il y avait Carrie qui me regardait, cramponnée à ma jupe, et je ne voulais pas qu'elle sache que Cory n'était pas mort de mort naturelle.

Chris me fourra dans les mains le sac qui contenait la preuve du forfait.

— À toi de décider, Cathy. Je me fie à ton intuition. Si je l'avais écoutée, Cory serait encore vivant.

Il n'est pas de haine plus virulente que la haine qui naît de l'amour trahi. Tout en moi criait vengeance. Oui, je voulais voir maman et la grand-mère derrière les barreaux, inculpées de meurtre avec préméditation – de quatre assassinats, si l'on tenait compte de la volonté de donner la mort. Des souris en cage, enfermées comme nous l'avions été, avec, en plus, la joie d'être en compagnie de drogués, de prostituées et d'autres criminels. Fini les salons de beauté deux fois par semaine, maman, fini les séances de maquillage et de manucure. Les robes en droguet des détenues. Et la douche hebdomadaire. Oh ! comme elle souffrirait sans ses fourrures et ses croisières d'hiver dans les mers du Sud ! Et fini, aussi, les ébats amoureux dans le somptueux lit cygne avec le jeune et beau mari qui l'adulait !

Je levai les yeux vers le ciel, trône de Dieu, paraît-il. Pouvais-je Lui laisser le soin de faire justice à ma place avec Sa propre balance ? Pourquoi Chris me chargeait-il du fardeau de la décision ? C'était inique. Cruel.

Pourquoi ?

Parce qu'il était prêt à tout lui pardonner – y compris la mort de Cory et ses efforts pour nous tuer tous les quatre ? L'excusait-il sous prétexte que des parents comme les siens pouvaient la contraindre à faire n'importe quoi – même à recourir au meurtre ? Tout l'or du monde ne m'aurait pas conduite, moi, à assassiner mes propres enfants !

Des images du passé fulguraient dans ma mémoire. Le jardin derrière la maison où nous nous amusions avec mes frères et ma petite sœur – heureux et riant aux éclats. La plage où nous faisions de la voile, les baignades. Les montagnes que nous dévalions à ski. Et maman dans la cuisine s'ingéniant à nous cuisiner de bons petits plats.

Oui, des parents comme les siens savaient sûrement comment faire pour tuer son amour pour nous. Ils le savaient. Mais peut-être Chris pensait-il la même chose que moi ? Que si nous racontions notre histoire à la police, tous les journaux du pays publieraient notre photo en première page. Les feux de la publicité compenseraient-ils ce dont nous avions été dépouillés ? Fallait-il sacrifier notre intimité, le besoin que nous avions de rester soudés les uns aux autres ? Pouvions-nous accepter d'y renoncer rien que pour assouvir notre soif de vengeance ?

À nouveau, mes yeux s'élevèrent vers le ciel.

Ce n'était pas Dieu qui écrivait le texte que récitaient les dérisoires acteurs d'ici-bas. C'était nous qui composions la pièce – au fil des jours que nous vivions, des paroles que nous prononcions, des idées qui nous passaient par la tête. Et maman avait, elle aussi, écrit sa pièce. Une pièce bien triste, au demeurant.

Autrefois, elle avait quatre enfants qui l'aimaient et aux yeux de qui elle était le summum de la perfection. Maintenant, elle n'avait plus d'enfants qui voyaient en elle la quintessence de la perfection. Et elle n'en aurait plus d'autres. Par amour de l'argent et de tout ce que l'argent permet d'acheter, elle obéirait à la lettre au codicille par lequel son père avait complété ses dernières volontés.

Elle vieillirait. Son mari était beaucoup plus jeune qu'elle. Un jour, la solitude l'accablerait et elle regretterait d'avoir agi comme elle avait agi. Elle souffrirait de ne pas pouvoir serrer dans ses bras Chris – et peut-être aussi Carrie –, je ne parle pas de moi. Et elle languirait sûrement de ne pas connaître les bébés que nous aurons un jour.

Nous embarquerions dans l'autocar en partance pour le Sud. Là, nous deviendrions *quelqu'un*. Le jour où nous reverrions notre mère – et le destin ferait en sorte que nous la revoyions, c'était inéluctable –, nous la regarderions droit clans les yeux et nous lui tournerions le dos.

Je laissai tomber le petit sac dans la première corbeille à papier venue, disant adieu à Mickey et lui demandant pardon.

— Viens, Cathy, me dit Chris en me tendant la main. Ce qui est fait est fait. Dis au revoir au passé et bonjour à l'avenir. Nous sommes en train de perdre notre temps et nous en avons suffisamment perdu comme ça. L'avenir nous attend, la vie nous attend.

Exactement les mots qu'il fallait pour que je me sente réelle, vivante et *libre* ! Libre d'oublier toute idée de vengeance. Le sourire aux lèvres, je me retournai et serrai la main qu'il me tendait. Il souleva Carrie de son bras gauche, la serra très fort contre lui et déposa un baiser sur sa joue au teint cireux.

— Tu as entendu, Carrie ? Nous partons pour un pays où les fleurs poussent en plein hiver… où elles poussent toute l'année. Alors ? Ça ne te donne pas envie de sourire ?

Un sourire évanescent passa sur les lèvres pâles de Carrie qui semblait avoir désappris le sourire. Mais nous n'en demandions pas davantage – pour le moment.

Épilogue

C'est avec soulagement que je mets un point final au récit de nos années de formation, ces années qui devaient être les fondations sur lesquelles nous allions édifier notre vie.

Après nous être évadés de Foxworth Hall, nous avons fait notre chemin sans jamais perdre de vue les buts que nous nous étions fixés.

Notre existence a été agitée mais elle nous a appris une chose, à Chris et à moi : que nous étions de la race de ceux qui survivent. Pour Carrie, c'était très différent. Il fallait la convaincre d'avoir le goût de vivre sans Cory – même entourée de roses.

Comment avons-nous réussi à survivre ? Cela est une autre histoire.

Le Livre de Poche s'engage pour l'environnement en réduisant l'empreinte carbone de ses livres. Celle de cet exemplaire est de :
450 g éq. CO_2
Rendez-vous sur www.livredepoche-durable.fr

PAPIER À BASE DE FIBRES CERTIFIÉES

Composition réalisée par MAURY-IMPRIMEUR

Achevé d'imprimer en septembre 2022 en Espagne par
BLACKPRINT
Dépôt légal 1re publication : octobre 2022
LIBRAIRIE GÉNÉRALE FRANÇAISE
21, rue du Montparnasse – 75298 Paris Cedex 06

16/5693/4